FRANZ SPICHTINGER
Das Haus am Hradschin

AF200934

FRANZ SPICHTINGER wurde 1941 in Plöss, einem Dorf an der böhmisch-bayerischen Grenze, geboren. Nach der Vertreibung und Flucht aus der angestammten Heimat ließ sich die Familie in der benachbarten Oberpfalz nieder. Der Neuanfang, der Aufbau neuer Beziehungen und Lebensverhältnisse und die Vielfalt persönlicher Ereignisse in den Wirren der Nachkriegszeit haben sich auch in seinem Leben niedergeschlagen. Der Autor studierte Erziehungswissenschaften und Religionspädagogik an der Katholischen Pädagogischen Hochschule Eichstätt. Danach war er als Volksschullehrer und schließlich als Schulleiter tätig. Ein Schwerpunkt ist seit Jahrzehnten im Rahmen der Erwachsenenbildung die Auseinandersetzung mit Fragen der Gesellschaftspolitik und der Religionen. Franz Spichtinger ist verheiratet und hat zwei Töchter.

Informationen zu allen bisherigen Publikationen des Autors finden Sie am Ende dieses Buches.

Franz Spichtinger

Das Haus am Hradschin

Roman

Die Bibliografische Information der Deutschen Bibliothek
Die Deutsche Bibliothek verzeichnet diese Publikation in der
Deutschen Nationalbibliografie; detaillierte bibliografische
Daten sind im Internet über http://dnb. ddb. de abrufbar.

ORIGINALAUSGABE

Einbandabbildung: © *dahin*, Fotolia
Herstellung und Verlag: Books on Demand GmbH, Norderstedt
www.bod.de

© 2018 Franz Spichtinger
Homepage des Autors: www.Franz-Spichtinger.de

ISBN 978-3-7460-5543-5

1.

Das gräfliche Dorf Haunstein, an den Abhängen des böhmischen Waldes gelegen, ist beileibe nicht reich, aber seit Generationen bleiben immer mehr Neugeborene am Leben. Die meisten der Bewohner gehen rechtschaffen einer Arbeit nach und versuchen ihre Familien über die Runden zu bringen. In Sasice hingegen, einen Tagesweg dem Sonnenaufgang entgegen, leben die Dörfler im Dreck, ihre Mühsal ist groß, die Böden sind schlecht. Keiner traut dem anderen, jeder neidet dem anderen den Kittel, den Rock, den neuen Besen. »Denen tut der große Krieg gut, müssen sie dann doch alle von vorne beginnen«, sagte der Baron von Bermann, aber ihn kümmerten nur die eigenen Belange.

Manch einer der Haunsteiner zieht in eine fremde Stadt und vom Farmandl Theodor, der aus einer vielköpfigen Bauersfamilie stammt, hat man sogar gehört, dass er in dem lange dauernden Krieg weit drüben im Westen, wo die Niederländischen wohnen, sich tapfer geschlagen, später bei einem Bischof in Bamberg die Kutsche gefahren und schließlich ein Bamberger Bäckermädel geheiratet hat. Diese Nachricht hat ein Handelsmann aus Nürnberg nach Haunstein überbracht, der wiederum mit seiner Exzellenz geschäftlich zu tun hat. Aber in Haunstein war der Farmandl Theodor nicht mehr gesehen.

Die Alten in Haunstein hören und sehen wie andernorts auch durchwegs recht schlecht, sie husten, krümmen sich und hinken zumeist durch ihre letzten Lebensjahre. Essen ist immer zu wenig am Tisch und nur die Bauern, weniger die Häusler, die sich zumeist von der Waldarbeit, vom Besenbinden oder anderem Kleinkram ernährten, finden einmal in der Woche ein Stück Fleisch am Tisch. Ein zweites Gasthaus gibt seit Mitte der Zwanziger vor allem Reisenden, Männern aus den Säumerzügen zumal, Obdach und lädt die Haunsteiner Männer zum Bier ein, was in der einen oder anderen Familie zum großen Klagen, zum Zank und zur bleibenden Bitterkeit der Frauen führt, weil die Männer dringend nötige Pfennige oder gar Kreuzer, die schwer genug verdient wurden, über den Budel schoben und übers Maß hinaus becherten. Den einen oder anderen hatte der Graf getadelt und ihn zu sittsamerem Leben ermahnt.

Der Silvan Hagl im oberen Dorf ist dem hungrigen Haufen seiner lärmenden und unterernährten Kinder nicht mehr Herr geworden und ist ins Saufen abgeglitten. Dann war die Babette, seine Frau, eines Tages einfach weg aus dem Dorf, galt lange als vermisst, bei einem Köhler oben im Wald fand sie Unterschlupf. Zwei der ganz Kleinen hat sie mitgenommen und sie waren in Haunstein nie mehr gesehen. Nachdem der Vater bald darauf einen Strick genommen hatte, wurden die übrigen gebliebenen Kinder auf die Familien des Dorfes verteilt und der Graf Leopold nahm sich aufrichtig vor, den Waisenkindern in Haunstein eine passende Bleibe zu bauen und für sie zu sorgen. Hungern sollte keines dieser Kinder, sagte auch die Gräfin Klara.

Großes Ärgernis beseitigte er mit der Anordnung, dass die Dörfler ihren Dreck nicht auf die Straßen schütten durften. Ein tiefes Loch hinter dem Haus, das es immer abzudecken galt, konnte die Wässer und Exkremente fassen. So wär's schon immer gewesen, polterten ein paar alte Haunsteiner und niemand würde es stören. Aber die Jüngeren waren offen für diese Neuerung. Die Dorfstraße im alten Dorf war so eng, dass man mit einem Viehwagen kaum durchfahren konnte. Deswegen verpflichtete der Graf alle Neusiedler eine neue Straßenbreite einzuhalten, zudem, sagte er, wäre das ein besserer Feuerschutz. Diese Veränderungen galten für alle Haunsteinischen Dörfer und fanden recht bald Nachahmer in anderen Grafschaften. »Wo der Verstand nicht reicht, werden wir deutlich nachhelfen«, sagte der Burgmarschall Stefan Prack. Der Freiherr Kotz von Buschitz hörte von der Haunstein'schen Neuordnung, ließ sich vom Prack einweisen und verfügte selbigen Erlass, wie ihn der Haunsteiner vorgegeben hatte. Es sollte sich zeigen, dass die Nachrichten bis Krumau gedrungen waren, und der Eggenberger stellte Graf Leopold eine öffentliche Belobigung in Aussicht. Von einem der Nürnberger Kaufleute hatte Leopold gehört, dass die dortigen städtischen Brunnenanlagen von der Bevölkerung gut angenommen werden und er verfügte alsdann, dass auch im Dorf ein stabiler und gemauerter Brunnen gebohrt wurde. Da könnte ihnen jedoch auch der Burgbrunnen Vorbild sein. Der Schacht war mit gebrannten Ziegeln auszukleiden und auf dem Boden verlangte er eine meterdicke Kieselschicht, die würde aufwallenden Dreck verhindern. Er schickte den Prack nach Pilsen, um die dortigen Flaschenzüge für die Brunnen kennen zu lernen. »Bring einen mit und schau, ob wir auf der Burg uns nicht auch neuzeitlich anstellen.«

Die Zeitumstände möchte er recht einordnen, sagt der Graf. »Wir leben nicht mehr in den alten Zeiten«, sagt er, »da kündigt sich Neues an.« Das müsste man im Gespür haben, eines rechten Sinnes fürs Richtige bedürfe es. »Das Herz und der Verstand gehören zusammen«, sagt der Graf Leopold und das gelte auch für die Familie.

Der Graf Leopold von Haunstein ist kein rücksichtslos

gewordener Lehensherr, der seinen Dörflern einen großen Teil ihres Einkommens stiehlt, noch macht er ihnen endlos Vorhaltungen wegen ihrer sündhaften Lebensart. Da reichen schon die sonntäglichen Prügel durch den Pfaff aus. Allein als Schutzherrn, als den Patron sieht er sich. Das sei seine erste Aufgabe. Die Unfreien wie die Freien nutzen sein Land und die Gerichtsbarkeit versieht er bedacht und weise. Und so bringt der Graf Segen über die Seinen und das Dorf. Aber die ergebene Ehrerbietung erwartet er und die Achtung der ihm Anvertrauten, seiner Schutzbefohlenen.

2.

Am unteren Ende des Dorfes, wo die Straße nach Budweis hinüberführt, liegt ein kreisförmiger Weiher und wenn es brennt, holt man dort das Wasser in blechernen Kübeln zum Löschen der Hütten. Dieser Weiher, vor einem Menschenalter angelegt, von Binsen gesäumt, vom Rand des Gewässers baumeln Büschel Riedgräser ins Uferwasser, wird in ein paar Jahren gänzlich verlanden. Am Ufer riecht es modrig und an warmen Sommertagen spielen dort ein paar Kinder, paddeln Gänse im Wasser, tollen Hunde um den Tümpel. Der dreijährige Bertl vom Wondrasch ist vor ein paar Jahren in diesem fauligen Wasser ertrunken.

Aber der Wondrasch, ein Holzhauer, der in Diensten des Grafen Leopold stand, hatte noch eine beachtliche Herde Heranwachsender aufzuziehen und so fiel die Abwesenheit des Bertl nicht weiter auf. Die Anna Wondrasch wusch weiter ihre Kinder jeden Morgen im Weiher bis in die späten Novembertage hinein und schaute, dass sie von den Früchten des Feldes und des Waldes etwas Genießbares auf den Tisch brachte.

Die Anna Wondrasch war ein zierliches Wesen und sie erholte sich von jeder Geburt erstaunlich schnell und sie arbeitete an besonderen Tagen, wenn Gäste kamen oder ein Fest gefeiert wurde, auf der Burg in der Küche.

Zum Leidwesen der jungen Gräfin Klara war sie überdies ungewöhnlich anziehend und der Graf Leopold hatte nur einen Fehler, wie die Gräfin immer sagte. Er konnte an keiner der schönen Frauen im Dorf vorbeigehen und so dürfte das eine oder andere Neugeborene nicht nur beim Wondrasch von gräflicher Abstammung gewesen sein. Der Graf wusste, dass man so etwas nicht tut, wenn man denn frisch verheiratet ist, aber er war schon in Jugendjahren, bevor er sich bald danach als junger Draufgänger in der Schlacht Weißen Berg seine militärischen Sporen verdient hatte, ein recht offenherziger und den Frauen zugewandter Charakter und es dauerte auch nach der Schlacht noch lange, bis er sich im Zaum hatte, seine wildeste Zeit überwunden glaubte.

Die Dörfler schätzten ihn sehr, wussten um sein zweifelhaftes Temperament und so manches Mal haben sie ihn, wenn er wieder einmal einen Rausch hatte, zur Burg hinaufgeleitet.

Dann war er plötzlich ein paar Wochen verschwunden und sie suchten ihn landauf, landab.

Als er dann wieder auftauchte, schien er ein anderer Mensch zu sein. »Ein echter Jud hat mir das Leben gerettet«, sagte er, »es könnt aber auch der mächtige Schutzengel Rafael oder der Uriel oder gar der Heilige Erzengel Michael gewesen sein.« So erbaute er im Burghof eine Kapelle für den Heiligen Rafael.

Der Dorfpfarrer redete ihm aber ein, dass das sicher der Hl. Christophorus gewesen wäre, der ihn vor dem Tod bewahrte. Da war der charmante Graf hin und hergerissen. Er erbaute auch noch zu Ehren des Hl. Christophorus im Dorf eine Kapelle, denn dieser hohe Heilige galt den Dörflern als Schutzpatron der Reisenden und Graf Leopold verbrachte nun viele Stunden in den zwei Kapellen betend zu, zur großen Freude seiner doch so jungen Frau. Er zweifelte jedoch, ob seine damalige Rettung aus höchster Not wirklich dem Heiligen Christophorus zu verdanken war. Vielmehr war er fest überzeugt, dass da ein Erzengel seine Hände im Spiel gehabt hätte, weil man ja wisse, dass dieser Christophorus nicht nur den Reisenden beisteht, und auch eher für Dienste an reißenden Flüssen zuständig wäre. Aus der Dorfkapelle wurde jedoch bald eine Kirche und er ordnete an, dass alljährlich eine Prozession zu Ehren dieses heiligen Märtyrers durchgeführt würde.

Er war auch fest davon überzeugt, dass der Heilige Erzengel Michael schon einschreiten würde, dass die Pestilenz am Dorf vorüberginge. Dieser Beistand des Heiligen Erzengels Michael habe den Menschen auch in früheren Zeiten, hat man ihn denn angerufen, geholfen.

Stefan Prack registrierte die wundersame Wandlung seines Freundes und Herrn mit einer gewissen Beklommenheit. »Das liegt bei den Grafen irgendwie in der Familie«, sagte seine Lydia und erinnerte an den alten Grafen, der auch immer so gescheite Gespräche geführt hatte.

Oft genug hatte Graf Leopold plötzliche Eingebungen, sodass manche meinten, er wäre ein Visionär. Er redete wie einer, der die Widerwärtigkeiten und Verstrickungen des

Lebens deuten kann, wie einer, der mehr weiß und erfährt als der normale Mensch.

Klein kam er sich ob der vielen Probleme, die er zu richten hatte, vor, so beschränkt in seinen Möglichkeiten. Sehr kraftlos fühlte er sich, einsam dazu. Trotzdem stand Leopold unbeirrt mitten im Leben, bewältigte seinen Alltag beharrlich und ausdauernd und lebte ein inniges Verhältnis besonders zum Heiligen Erzengel Michael. Immer sicherer wurde er, dass er sein Überleben damals am Weißen Berg diesem verehrungswürdigen Boten Gottes zu verdanken hatte.

Andererseits habe man sich auf das wundersame Wirken der Heiligen Mutter Maria wie auch ihrer Mutter, der Heiligen Anna, immer verlassen können. So könnte sich eine Pilgerfahrt nach Haunstein begründen lassen, denn die Menschen brauchen himmlisches Geleit und Hilfe durch das Gebet zu den großen Fürsprecherinnen bei Gott. Gerade in diesen Zeiten der Pest müssen sich die Gläubigen unter den Schutz und Schirm der Madonna stellen. Seine Gedankengänge besprach er mit Gräfin Lydia und sie bestärkte ihn in seinen Überlegungen. So ermunterte er die katholischen Christen in Haunstein zum Glauben und er sagte ihnen, dass im wilden Meer des Lebens, wo uns die Stürme, die Sünde und die vielen Nöte auch die Orientierung nehmen würden, die Menschen sich an Gott wenden sollten. Die Ungeheuer würden nur darauf warten, um die Menschen zu vernichten und der Luzifer, der Satan, der von Gott abgefallen sei, wolle sie in das Reich des Bösen und der Finsternis führen.

Wobei Graf Leopold schon recht früh begriff, dass die Sündhaftigkeit sich nicht auf die armen Dörfler, die einfachen Leute allein bezöge. Vielmehr bliebe kein Stand ausgenommen von der Schlechtigkeit und je höher einer in Amt und Würden emporsteige, desto tiefer könne der Fall sein. Und wenn der Heilige Herr Jesus Christ durchs Böhmische zieht, trifft er wie anderswo auch, auf die Schwachen und Starken, auf die Verletzlichen und auf bedeutende Menschen und die Mächtigen sorgen sich um ihr Seelenheil wie die Ohnmächtigen.

Der Graf wurde schließlich zu einer hochgeachteten Persönlichkeit und weit über Haunstein hinaus war sein Standpunkt begehrt. Selbst der Bischof von Budweis erbat sich in schwierigen Angelegenheiten seinen Ratschlag.

Von dieser Zeit an musste der junge Herr Graf ein sittsames Leben führen, das hatte er seiner Klara versprochen. Nur die Anna Wondrasch kam noch regelmäßig zum Wäschewaschen auf die Burg.

3.

Die Seilerin, die am Dorfende wohnte, kehrte mit ihrem schütteren Strohbesen gerade ihren winzigen Teil des Dorfweges vor der Haustüre, wie sie es jeden Morgen machte, sobald sie die Kinder gewaschen und abgefüttert hatte.

Sie betrachtete den Herrn Graf mit unverhohlener Neugier. Graf Leopold kam heute schon früh morgens ins Dorf geritten. schaute vom Rücken seines Rosses verhalten in ihren Garten und fragte sie lächelnd, aber doch zurückhaltend, ob denn was wachse, weil ja das Wetter heuer wieder um die Zeit so gar nicht recht mitspiele.

Die Seilerin lächelte geziemend und freute sich, dass der Herr Graf ein gutes Wort für sie hatte. Sie gehörte zu den Häuslerinnen in Haunstein. Die kleine hölzerne Fensterbank ihrer Hütte schmückte sie vom Frühjahr bis hinein in den Herbsttag mit einem hölzernen Blumenkästchen. Das hatte ihr Vinzenz noch gefertigt. Zu Ostern vor zwei Jahren war es. Da hat er ihr das fichtene Kästchen auf den Tisch in der Mitte der Stube gestellt.

Im vergangenen Herbst war er verstorben, hatte womöglich ein altes Stück Fleisch erwischt und hat dann nicht mehr lange gebraucht. In dem Jahr war er der sechste Mann in Haunstein, der recht jung das Zeitliche gesegnet hat.

»Im Garten, und das wäre Brauch«, sagte sie zum Graf Leopold, »wachsen heuer wieder meine schönsten Ringelblumen.«

Neben ihren wunderschönen Pfingstrosen, die sich am Gartenzaun entlang hochrankten und den buschigen roten Rosen, die sich Jahr für Jahr am steinernen Hauseck emporschoben, zierten eine Handvoll forsch wachsender Sonnenblumen überdies das kleine Gärtchen. Vor allem aber einen guten Salat und frische Gurken und immer wieder den geliebten Krautkopf versuchte sie durchs Jahr zu bringen. In den ersten Monaten der Blüte trug die Seilerin der Frau Gräfin regelmäßig ein Körbchen gelber Ringelblumen auf die Burg und gegen Ende September verriet sie der Frau Gräfin stets aufs Neue, dass man die Ringelblumen auch trocknen könnte und in den tönernen Vasen hielten sie sich über den Winter, ergänzte sie. Die Gräfin erfreute sich an ihrem Blumengarten hinter der Burg, freute sich jedoch stets über die aufmerksame Seilerin.

Die Seilerin war nun eine recht junge Witib und drei von den fünf Kindern, die sie in den vergangenen acht Jahren geboren hatte, waren ihr geblieben. In Haunstein sagten sie, dass das der Lohn für ihr gottesfürchtiges und frommes Leben wäre. Sie war aber auch ein lammfrommes und seelengutes Mädel gewesen und stammte aus Eicheldorf. Just aus dem Eicheldorf weiter drinnen im Wald, das in die Moldau gespült wurde. Von dort hatte sie der Vinzenz dann nach Haunstein gebracht.

Sie soll schauen, dass sie wieder einen Mann im Haus hat, weil das nichts wäre, so alleine, sagte ihr der Graf noch, bevor er weiterritt.

Er musste ins Brauhaus, um nach dem Rechten zu sehen. Die Halle, in der die Säumer ihre Güter lagerten, brauchte dringend einen Anbau und die Dachrinnen solle er sich auch anschauen, hatte ihm der Burgmarschall Stefan Prack mit auf den Weg gegeben. Der jungen Witib sagte er noch, dass er ihr eine Arbeit in der Säumerhalle verspreche, sobald es halt möglich wäre und da müsste er jedoch den Herbst abwarten. Ob ihr Gusterl schon wieder auf den Beinen wäre, fragte der Herr Graf auch noch und die Eve dankte ihrem Vinzenz, dass er vom Himmel aus so auf sie aufpasse und sie versprach auch für den Graf Leopold und die gräfliche Familie zu beten.

»Sie muss halt schauen, dass wieder ein wenig mehr Lustigkeit ins Haus kommt, das ist gut für die ganze Familie. Ein wenig ein Lachen und die Welt schaut gleich ganz anders aus und dem Vinzenz wär das auch genehm.« Jedes hat sein Kreuz, grad ein Elend ist es, grübelte er.

»So ein schönes Weib«, sagte sich der Graf auch, »und muss so allein und einschichtig durchs Leben gehen. Es gibt halt keine Gerechtigkeit. Artig ist sie, ehrbar und freudig noch dazu.«

Zu der alten Olm sagte die Everl, »dass des schöne Bildl

von da Muattagottes, des ihra Vinzenzerl selbigsmal an da Moldau gfundn hat, an rechtn Segn bringa dat.«

Die Olm, die halt schon ein langes Leben, mit einem Haufen Auf und Ab hinter sich gebracht hatte, sagte ihr, dass sie fleißig weiterbetn sollt und dass ihr da Vinzenzerl halt no an Mo schicka dat, sollt sie extrich sogn, weil ohne an Mo warat ois nix, wia se selm beschwörn kanntat, weil a Mo im Haus ois richtn kannt und a im Goartn kanntat er umgrom und de Kinda fürchtatn a.

Und sie soll hoit net alleweil an früahra denka, es tat se scho wieda wos Neus af. Und wenn sie a weng drauf horchat, wia de Vogala singa, wia da Wald so sche rauscht und as Wasser vom Bachl so gluckert, des dat ihra so guat. Da heiligen Schutzmantelmadonna hot sie, de Olm, schon vo früha her ois gsagt und guat wars gwen.

»De Schutzmantelmadonna is ja die Muata vom liabn Herrn Jesus und unter eahran ausbroitn Mantel kannst Unterschlupf findn, so wia de ganze Wölt a. Wannst a Load host, Everl, wann es dir as Herz odruckt und a wechan de Kinda, na bist bei da Schutzmantelmadonna richtig dran, weil se de Mutter Gottes um alle Schutzbedürftign kümmert.«

Von diesem Tag ging es wieder einen großen Schritt weiter bei der Everl.

4.

»Ich muss mich neu ausrichten«, sagte er auch dann noch zu den Eltern, als er die Schlacht am Weiße Berg und Heidelberg hinter sich gelassen hatte und diese Ereignisse nicht schon genug der Erfahrung gewesen wären.

So hatte er Frau und Kinder in den Wagen gesetzt und sich bei Graf Sternberg auf Český Šternberk verdingt, den er am Weißen Berg kennen gelernt hatte. »Du kommst auf der Burg mit dem Prack allein zurecht«, sagte der dem enttäuschten Vater. Der Sternberg hatte ihn mit einem prächtigen Batzen angeworben und der Leopold konnte nicht nein sagen. Das wäre die Gelegenheit seines Lebens, sagte er sich.

Aber auch der Stefan Prack, ebenso unvernünftig wie der Grafensohn, meinte damals, er müsse raus aus Haunstein, die Welt erobern. »Die Frau daheim lassen und die Kinder und einem Gerücht nachgehen, dass man in Prag sein Leben lassen könne für Kaiser und Vaterland, ist der Gipfel der Unvernunft«, hatte der Vater resignierend gesagt. Wenigstens verblieb der Stefan nach den militärischen Episoden auf der Burg.

Leopold blieb Stefan Prack, seinem Burgmarschall, lebenslang dankbar, dass dieser ein paar Jahre nach dem Gemetzel am Weißen Berg, nach beider Dummheit vor Heidelberg, schließlich noch nach seinem Abstecher bei Graf Sternberg auf der Burg verblieben war, um dem Graf beizustehen und ihm als Burgmarschall zu Diensten war. Leopold hatte rückblickend Grund dankbar zu sein, dass sich in seinem Leben doch noch das Meiste zum Guten gewandt hatte.

5.

Graf Leopold saß nach dem Morgenbrot, das er allein in der Laube unterhalb des Bergfrieds zu sich genommen hatte, in Gedanken versunken in seinem Korbstuhl und bedachte die ungute Lage, in der sie seit mehreren Wochen ausharrten.

Nachts hatte ihn ein grauenhafter Traum geplagt, er konnte nicht schlafen, wälzte sich, glaubte zu ersticken, dämmerte vor sich hin.

»Ich werde darauf bestehen, dass dieser ungute Mensch heute mein Haus verlässt.« Die Sehnsucht nach einem ganz normalen Alltag beherrschte sein Denken immer mehr und er würde sich dieser unausweichlichen Auseinandersetzung stellen. Sein Freund Frederik Mannstein würde sagen, dass da nur ein schneller Schwerthieb helfe. Alles andere würde den Ärger nur unnötig in die Länge ziehen.

Die Stimmung im Haus war auf einem Tiefpunkt angelangt, seine Magdalena weinte, die Kinder wurden immer unausstehlicher. Der Prack Stefan, sein Freund und Verwalter, hatte ihm gestern besorgt erklärt, dass die Dienerschaft wegen des unausstehlichen Gastes aus Hilecek aufmüpfig werde, spiele der sich doch als der Herr auf der Burg auf.

Leopold erinnerte sich an die guten Tage, die sie zur Sommerszeit vor zwei Jahren in Bischofteinitz verbracht hatten, auf dem Gestüt seines Vetters Baldur. Die beiden Frauen hatten sich doch so viel zu erzählen, hatten den Gedankenaustausch herbei gesehnt und die Kinder hatten freien Auslauf und ließen sich nur zum Essen blicken und er ritt mit Baldur von früh bis spät durch die Felder und die Auen rund um die herrliche Stadt, die den Prager Erzbischöfen immer wieder zur Erholung diente, hatten sie doch in Prag verantwortungsvolle Ämter auszuüben. Was waren das seinerzeit für glückliche Tage gewesen.

Seine Gedanken kreisten wieder und wieder um die Familie, er dachte an die verstorbenen Eltern, ihr Andenken spielte in seinem Leben eine große Rolle. Mutter war eine stille und besonnene Frau gewesen, liebevoll zu den Kindern, ihrem Mann, eine Hüterin des Hauses, verständnisvoll gegenüber dem Gesinde. Das Lesen und das Schreiben waren ihr sehr geläufig und oftmals las sie den Kindern Geschichten aus fremden Ländern vor, von Menschen, die anders aussahen, wie die im Dorf und auch in einer anderen, fremden Sprache redeten. Der Vater hatte fünf Jahre seiner Jugend in Regensburg bei den Benediktinern gelebt. Er hatte an seine Mutter, eine geborene Gräfin Dolezal und an den Vater viele Briefe geschrieben, in denen der Sohn, Graf Leopold noch heute las, erzählte der Vater doch von den Menschen und den Ereignissen in der weltberühmten Stadt, in der eine mächtige Kirche stand, an der seit vielen hundert Jahren schon gebaut würde und wo eine uralte Brücke über einen reißenden Fluss führte. Er war dann nach einer umfassenden Ausbildung bei den benediktinischen Ordensleuten wieder nach Haunstein zurückgekehrt. Dann machte er sich auf die große Reise nach Prag, führte dort das kirchenrechtliche Kontor der Prämonstratenser vom Strahov und lebte damals im Haunstein'schen Haus am Hradschin, von dem er in seinen späteren Jahren den Kindern erzählte.

Die Zukunft seiner Kinder war dem Graf Leopold und seiner Frau Klara ein großes Anliegen. Die Hedwig lag ihnen am Herzen, sie würde bald ihre dummen Jahre hinter sich haben. Aber dem Piseker Malencky, Freiherr zu Pisek, dem würde er sie, bei aller respektablen Fason, nicht anvertrauen wollen. Er war zwar über die Maßen honorabel und begütert und wurde durch das Gold in der Otava und seine Güter von Jahr zu Jahr vermögender. Die politischen Umstände in Pisek waren nicht gerade friedlich zu nennen und in einen Trümmerhaufen würde er sich nicht schicken. Die Schwanberger aus Ronsperg kannte er gut. Aber er würde sich zuvörderst in Krumau beim großen Fest umschauen. »Kommt Zeit, kommt Rat«, hatte sein Vater immer gesagt, wenn eine Situation nicht zu durchblicken, schlecht zu beurteilen war. Aber die Zeit ist wild und was man heute bedenkt und plant, kann morgen schon anders sein.

6.

Die landesweit kriegerischen Auseinandersetzungen, die seinerzeit in Prag ihren Ausgang genommen hatten, versetzten Graf Leopold auch heute noch immer wieder aufs Neue in Schrecken. Wie würde die Zukunft seiner Kinder aussehen, wenn der Krieg, den der Herzog Albrecht Eusebius Waldstein auf Seiten der Kaiserlichen erfolgreich dirigierte, andauern würde?

Er dachte abermals an die Schlacht am Weißen Berg, die so lange schon zurücklag. Ein elendig kalter Novembertag war es gewesen im 20er Jahr und Leopold konnte es auch nach so langer Zeit bisweilen nicht fassen, dass er mit den Freunden das schreckliche Gemetzel nahezu unversehrt durchgestanden hatte und mit dem Leben davongekommen war. Er sah den Alfred von Wolkenstein neben sich liegen, der durch Kanonenbeschuss die rechte Schulter verloren hatte und der Viktor von Rumpler, ein österreichischer Baron, sein guter Freund, war vom eigenen Pferd erdrückt worden. Er selber war im Getümmel schwer gestürzt und hatte seine Rettung einzig und allein dem Prack und dem Mannstein zu verdanken.

Ein Schauder lief ihm ein um das andere Mal über den Rücken, wenn er an jenen Morgen am Altstädter Ring im Juni 1621 zurückdachte, als die ständischen Protestanten exekutiert wurden. Der Kommandant hatte ihn mit einer Kompanie von Berittenen zur Zeugenschaft bei der Hinrichtung abkommandiert.

An seine geistlose Einfalt erinnerte er sich, als er sich dann das Jahr darauf noch nach Heidelberg verpflichtete, schrieb seine Beschränktheit seiner jugendlichen Unvernunft und Unreife zu. Dass er zudem wiederum den Prack für das erneute Abenteuer überredet hatte, fuhr im siedend heiß durch den Kopf. Er musste den Kopf schütteln, angesichts so großer, unbedarfter Blindheit. Nachträglich wusste er, dass er damals noch keinesfalls für das Leben, für größere Verantwortung bereit war.

7.

Das Elend macht vor niemandem halt, sagte seinerzeit Leopolds Vater, Graf Karl Heinrich, als sein aufbrausender Filius und der Sohn des Burgmarschalls, den er wiederum für vernünftiger gehalten hätte, sich aufmachten und im kaiserlichen Prag kämpfen wollten. »Wir stehen zu unserer Fahne und wir stehen zu unserem römisch-katholischen Glauben«, taten die beiden Heroen kund.

Und die Väter schrien und die Mütter auf der Burg Haunstein weinten und eines Morgens, es dürfte gegen Ende September 1621 gewesen sein, waren die beiden Söhne verschwunden, kaum der Jugendzeit entwachsen. Sie ließen nichts von sich hören. Es mag im Sommer 1621 gewesen sein, viele Gerüchte von einer wilden Schlacht am Weißen Berg bei Prag das Jahr zuvor waren schon durchs Land gezogen. Da machte ein junger, erschöpfter Baron, der auf der Heimreise von Prag ins Böhmische nach Prachatitz war, in Haunstein Halt. Er meinte nach besorgter Frage, dass der Leopold Haunstein und der Stefan Prack gar noch nach Heidelberg mit dem General Tilly gezogen seien. Da hätten sich viele gemeldet. Aber er vermute das lediglich und wisse nichts Genaues. Viele Söldner der Protestanten seien in der Moldau ertrunken, die Kanonen der Protestanten hätten aber auch in den eigenen Reihen viele weggeräumt. Aber die Kavallerie wäre sehr tapfer gewesen. Es wären sicher ein paar tausend Kameraden in der Schlacht ums Leben gekommen, meinte er. Ihm habe aber die Heilige Maria geholfen. Die Pilsener Gegend sei im Übrigen seit dem Frühjahr von den Kaiserlichen unter Tilly besetzt, ergänzte er. Aber das war dem Graf bekannt, waren doch in seiner Gegend immer wieder Kanonendonner zu hören.

Der Kummer auf der Burg Haunstein und auch im Dorf unten wurde noch größer.

8.

Der alte Graf Haunstein wollte die Ungewissheit nicht weiter hinnehmen. Er war dann im Frühsommer 1622 lange Wochen mit einer bewaffneten Begleitung im Sattel seines Schwarzen ins Deutsche hinüber unterwegs und hatte sich Richtung Heidelberg gewandt. Er bräuchte dem General Tilly nur folgen, hieß es, als er in die Obere Pfalz hinüberritt. Das Glück war ihm gewogen. Nach doch außerordentlichen Strapazen, er schob die daraus erwachsenden Kalamitäten auf sein fortgeschrittenes Alter, wie er später gelegentlich schelmisch erzählte, hatte er die beiden jungen Draufgänger, unter Tilly stehend, tatsächlich aufgespürt. Wenige Tage vor der Schlacht hatte er sie beim Regimentskommandeur ausgelöst, noch bevor Tilly mit der Belagerung und Einnahme Heidelbergs begonnen hatte.

Welch ein unvorstellbares Glück, dass er den Graf Prestow, einen Jugendfreund aus dem Brünner Studienkreis auf dem Weg zum Zelt des Kommandeurs getroffen und ihm sein Leid geklagt hatte. Tilly brauchte wohl Geld, glaubte auf die jungen Kerle verzichten zu können. Der Kommandeur hieß sie das Pferd satteln. Das ließen sich die drei nicht zweimal sagen.

Noch bevor Tilly durch den Mansfeld sich diesen vernichtenden Schlag hatte versetzen lassen müssen, hatten die Haunstein'schen Böhmen zwei Tagesritte zwischen sich und das Schlachtfeld gebracht. Dass der Tilly gemeinsam mit dem Spanier Córdoba den Mansfeld noch einmal treffen und vernichtend schlagen würde, stand um den 26. April 1622 nach der Blockade Heidelbergs noch in den Sternen.

9.

»Die hätte man alle miteinander von der Prager Burg werfen sollen«, sagte Graf Karl Heinrich, als die Kaiserlichen von den lutherischen Aufständischen in Prag durchs Burgfenster geworfen wurden, aber auf ihn hörte ja keiner. Zuerst lachten die Leute landauf, landab über diesen Fenstersturz, der doch so glimpflich, aber mit Schimpf und Schande für die Kaiserlichen abgegangen war. Erst als es sich im Land herumgesprochen hatte, dass sich die Heere des Kaisers wie die der böhmischen Truppen am Weißen Berg in die Haare geraten waren, dass es viele Tote gegeben hatte und die Kaiserlichen Habsburger den König Friedrich V., den sie verächtlich den Winterkönig nannten, schließlich außer

Landes gejagt hatten, dass noch dazu die Anführer des Aufstandes in Prag geköpft worden waren, zog die Furcht durch das Land. »Das kann nur noch schlechter werden«, sagte der alte Graf, »wo soll das nur hinführen, aber auch da geht es nur ums Geld, um Land und Macht. Das Jahr 1620 dürft ihr nicht vergessen, Kinder, da hat sich der Teufel persönlich nach Prag geschlichen.«

Er sollte Recht behalten, aber es waren die Menschen, die mit Lug und Trug, mit Rachegelüsten, mit dem Schwert die Religion pervertierten und viele Länder ins Unglück stürzten.

Dass der junge Graf Leopold wie auch der Stefan Prack sich seinerzeit dem unduldsamen Werben der Kaiserlichen nicht hatten entziehen können, vielmehr alles daran setzten, in die Truppe aufgenommen zu werden, hatte die Eltern fast ins Grab gebracht. Leopold wie Stefan hatten viel Furchtbares erlebt im Heer von Buquoy, an der Seite des unerbittlichen aber gerechten Tilly und wie durch ein Wunder die kriegerischen Schrecken überlebt. Die grauenvollen Kämpfe, die entsetzlichere Abschlachterei erschütterten beide bis ins Mark.

Graf Karl Heinrich hatte dann seinen Sohn Leopold wie den Stefan Prack nach der Schlacht bei Mingolsheim im Pfälzischen aus der Armee herausgekauft. Nach mühseligen Verhandlungen waren die zwei jungen Leute im Sommer nach der Schlacht wieder auf die Burg gelangt, der Graf hatte für die Lösung aus dem unfreiwillig eingegangenen Kontrakt immense Summen in die kaiserliche Kriegskasse bezahlt. Der Tilly hatte sich eine Mordsschlappe durch den Graf Mansfeld eingehandelt, musste zunächst zuschauen wie die Mansfeldschen das Nest Mingolsheim dem Feuer übergeben hatten, die Bewohner hatten sich größtenteils in die umliegenden Wälder geflüchtet, dann wurde er selbst im Feld verwundet, während ein paar tausend seiner Landser in der unrühmlichen Schlacht gefallen waren.

Immer wieder erzählte Stefan Prack in den stillen Abendstunden, wenn das Licht langsam abbrannte, von diesen schlimmen Zeiten, die ja lange noch nicht vorbei waren und der junge Rupert konnte nicht genug der Geschichten hören. »Ich kann es nicht glauben, dass wir hier noch so glimpflich davongekommen sind«, sagte die Mama und schaute sorgenvoll auf ihre Kinder, »und ich bin so froh, dass du nicht mehr bei denen bist«, ergänzte sie, schaute zum Vater und Rupert konnte sich nicht vorstellen, was die Mutter da gemeint hatte.

10.

Leopold fröstelte und zog sich die graue, wollene Decke, die ihm seine liebe Frau fürsorglich bereitgelegt hatte, über die Beine. Er hatte seinerzeit nach den Gefechten den beschwerlichen Heimweg nach Haunstein mit seinen Freunden angetreten, viele Wochen waren sie unterwegs und nur der Beutle Waldemar blieb in der Moldau hängen und ist samt seinem Pferd in den Fluten ertrunken. Er dachte wieder an seinen Reitunfall vor einigen Jahren, an die unerwartete Rettung durch diesen jungen Jud.

Die Magd holte ihn zurück in die Gegenwart und fragte, ob er noch Tee möchte. Er löste sich von seinen Gedanken, dachte wieder an das Naheliegende und Nötige, das es zu bewältigen galt. Graf Leopold begriff, dass das langjährige, herzliche Verhältnis zwischen den Brankas, die einen Tagesritt nach Süden eine gut bewirtschaftete Baronie besaßen, und den Haunstein'schen Grafen durch den Besuch des ältesten Sohnes Sebastian Branka, wohl gar einen nicht wieder gut zu machenden Schaden erlitten hatte.

War es doch drei Tage nach Trinitatis gewesen, als der genannte Gast, ein bärtiger und, wie sich zeigte, hitzköpfiger und anmaßender Bursche, unvermittelt am Burgtor gestanden hatte. Er brüllte und begehrte Einlass. Er gab sich als der Branka Sebastian zu erkennen und grölte, dass sie von ihm ja schon gehört hätten, der Vater wäre ein Gefährte des Haunstein'schen Grafen in Prag bei den Kaiserlichen am Bílá hora gewesen und er möchte doch einmal schauen, wie es bei den Haunstein'schen heut so zugeht.

Den Knecht, der ihm seine schweißdurchtränkte Mähre abgenommen hatte, drohte er zu erdolchen, würde er seinen Gaul nicht gebührlich behandeln. »Er gehört zur Familie Branka, merk dir das Bursche.« Er schien besoffen zu sein und torkelte durch den Burghof.

Graf Leopold verspürte im Innersten die Ahnung, dass sich da auf der Burg gegen seinen Willen Unkraut ausbreitete.

11.

Nun begannen für die gräfliche Familie Haunstein, für die Familie des Burgverwalters Stefan Prack und alle Knechte und Mägde auf der Burg unerwartete und ungeahnte, nicht für möglich gehaltene Tage. Der unvermittelt aufgetauchte Ankömmling führte überall das große Wort, machte schon am ersten Tag seiner Anwesenheit großspurig klägliche und unbrauchbare Vorschläge, wie seiner Meinung nach die

Burg zu erneuern wäre, »ein altes und schon verfallenes Gemäuer«, wie er sagte.

Er protzte mit seinen besonderen Großtaten daheim auf dem wohl bestellten Gut, erzählte, dass die Brankas sechs Dörfer und vierzig Mägde und Knechte auf dem Gutshof hätten, die Schweine könne man nicht zählen und die Kühe hätten mächtige Euter, wie man sie anderswo nicht zu sehen bekäme. Ihre Gäule würden sie bis ins Österreichische und Ungarische verkaufen und selbst der Fürst Schwarzenberg in Prag reite seine Hengste und dem Fürst Sternberg lieferten sie die schönsten Rösser aus dem Gestüt Branka bis nach Deutschland hinüber.

Der Sebastian Branka ritt mehrmals in der Woche ins Dorf hinunter und spielte dort den großen Mann, der diesen einfältigen Dörflern schon etwas von der Welt erzählen könnte, der lange schon weit über den böhmischen Wald hinausgekommen wäre. Er sei in Krumau und in Brünn bekannt, prahlte er, und in Prachatitz habe er gar eine Herde Kühe verkauft und der Graf Haunstein, gab er noch zum Besten, könne heute schon nicht mehr auf seine Erfahrungen und Ratschläge verzichten.

Der prahlerische junge Branka hatte die Mägde während dieser schlimmen Wochen über den Hof und durch die Stallungen gejagt und ihnen nachgestellt. Er hatte sich am Mittagstisch grölzend wie ein Schwein über das Fleisch und das Kraut her gemacht, hatte seine deftigen, übel riechenden Fürze ungeniert und lautstark fahren lassen. Dieser Klotz verhielt sich unverschämt und dreist, als würden ihm die Burg und das Dorf gehören. Er hatte sich die heißen und schwülen Tage über wohl wenig gewaschen und stank wie ein Eber, auch in den Räumlichkeiten verbreitete sich die faulige Ausdünstung dieses üblen Menschen. In der kleinen Hauskapelle hatten ihn die Mägde vor zwei Tagen, es war der frühe Sonntagmorgen, schlafend gefunden, war er doch erst weit nach Mitternacht aus dem Dorf zurückgekommen, wo er sich mit den Üblen unter den Dorfburschen verbrüdert hatte.

Die Mägde auf der Burg nannte er Huren und jämmerliche Geschöpfe, die ihm, dem Branka, nachlaufen würden und sein Geld wollten. Den diensthabenden Wächter, der zur Nacht im Wehrgang patrouillierte, waren doch immer wieder berittene Hasardeure unterwegs, forderte er gar zum Duell heraus, nannte ihn einen verzagten Hasen, der zu nichts tauge. Solch niedriges Pack, lärmte er, lebe nur auf Kosten der Edelleute.

»Er ist eine Sau«, sagte die Hedwig, Graf Leopolds Tochter unverblümt, »schmeiß ihn in den Burggraben.«

Dann fragte sie den Vater Leopold noch, ob er auch Blut an seinen Händen hätte, weil der Kaplan gesagt habe, dass alle Krieger Blut an den Händen haben. »Aber manche der Kriegsknechte hätten nur Dreck an den Händen«, hat er gesagt. »Die Köchin hat immer Teig und Mehl an den Händen«, ergänzte sie.

Graf Leopold war wieder einmal sprachlos. Das hatte er noch nicht so gesehen. »Darauf müssen einen erst die eigenen Kinder bringen«, sinnierte er. Er müsse darüber mit dem Prack reden.

Dann überlegte er, ob der Kaplan noch der richtige Mentor für seine Kinder wäre. Gräfin Klara beruhigte ihn, erzählte der Kaplan den Kindern doch viel von der neuen Welt, von bedeutenden Menschen und bedeutsamen Ereignissen in fremden Ländern, weit außerhalb der großen Stadt

Prag, hinter den böhmischen Bergen, gar hinten am Meer. Er habe von den ganz großen Mooren und gefährlichen Sümpfen hinter den großen böhmischen Wäldern gesprochen, von schönen Feen auch, von geheimnisvollen Elfen und boshaften Gnomen und von weit entfernten, sagenhaften Ländern und auch von untergegangenen Kulturen.

Seine geliebte Hedwig entwickelte sich in ihrer Suche nach der Rechtmäßigkeit der Dinge und der Wahrheit zu einem wunderbaren Menschen, der aber schon auch recht unerbittlich die Finger in die Schrammen und den Schorf der Vergangenheit drückte. »Das tut weh«, sagte er zum Prack und der meinte, dass das die Pflicht und das Recht der Jugend sei, nachzufragen, was die Eltern falsch oder richtig gemacht hätten.

12.

Der Sebastian Branka, der kaum Mitte der zwanzig zählte, wieherte über jede seiner groben und verdorbenen Narreteien, selbst der Gräfin Klara hatte er mit triefenden Augen derbe Anzüglichkeiten hinterher geschwätzt, sodass ihn der Graf schon nach vier Tagen unverblümt scharf zur Rede gestellt hatte. Er solle sich benehmen, hieß ihn der Graf deutlich, sonst würde er ihn rausschmeißen, da wäre es mit der Gastlichkeit aus, auch wenn er Wolfgang Brankas Sohn wäre.

Sein Vater wäre von anderem Schlag gewesen, seinerzeit am Weißen Berg, setzte Haunstein hinzu und auch heute noch wäre der Wolfgang Branka ein nobler Mann und überall wohl geachtet. Er, der Herr Nachfolger, wäre gewissermaßen nur auf der Welt, den Namen des ehrenwerten Vaters, sein Gut und Geld zu vertun. Diese Woche könne er noch mit der Gastfreundschaft rechnen, dann solle er davon reiten, aber je eher, desto besser.

Aber der junge, flegelhafte Kerl verblieb auch die Tage darauf stur und unbelehrbar auf der Burg, kam spät abends oder erst in den frühen Morgenstunden betrunken aus dem Dorf zurück, begehrte Einlass, johlte und steuerte auf seine Unterkunft im Stadel zu, die ihm der Graf tags zuvor zugewiesen hatte. »Die Kinder fürchten sich vor dir und jeden Tag müssen die Mägde dein Gespeites wegwischen. Du lebst wie ein Hund, jedoch bald nicht länger in meinem Haus.«

13.

»Er ist wie ein störrischer, aufsässiger Esel«, sagte der Graf. »Was soll ich mit dem Kerl tun?«, fragte er den Prack, seinen wohlgelittenen Verwalter. »Ich möchte keinen Streit. Wer weiß, wie dieser Mensch reagiert.«

Stefan Prack wollte sich um den renitenten Kerl kümmern. Er solle sich nun endlich zügeln, herrschte er den jungen Branka an, und vor allem die Dörfler solle er in Ruhe lassen, mit denen sei nicht zu spaßen, sagte der Stefan Prack dem Branka, bevor der wieder seinen Gaul bestieg und ins Dorf ritt. Vielleicht hänge er unerwartet an einem Fichtenast und die Krähen der Umgebung freuten sich über seinen Kadaver, setzte der Prack unmissverständlich hinzu. Der Sebastian lachte ihm nur ins Gesicht, verstand weder die deutliche Ansprache des Grafen noch die Warnung des Verwalters und hielt sich für einen ganz bedeutenden Menschen, der Entscheidendes zu sagen habe.

Den unmittelbaren Anlass, dass der Graf den unverschämten Kostgänger nun endgültig nach dem gemeinsamen Mittagsmahl aus der Burg weisen würde, hatte der Sebastian am frühen Morgen geboten. Die Magd, die seine Kammer reinigen wollte, hatte den Gast in seinem Kot gefunden. »Der Herr Branka stolperte gestern Abend besoffen in die Kammer und hat drinnen herumgeschrien«, sagte sie »und er hat die Schübe aus dem Kasten gerissen und die Wäsche auf dem Boden verstreut. Seinen Dreck muss er selber wegräumen.«

Die Gräfin war ihrem Mann lange schon in den Ohren gelegen, dass er diesen Menschen, der unerwartet aufgetaucht war, sich selber eingeladen hatte, aus der Burg schicken solle. »Heute noch«, sagte sie, »ich kann diesen Zustand nicht mehr länger aushalten.«

»Übrigens liegt der Brief, den du an den Lobkowitzer schicken wolltest, noch auf der Kredenz«, sagte die Klara zu ihrem Leopold.

»Am besten wird sein, ich sende ihn gar nicht weg. Der Lobkowitzer wird doch nur wieder sagen, dass es nicht in unserer Macht liege, wie viele Männer und Frauen aus der oberen Pfalz und dem Fränkischen zu uns kommen. Handwerker bräuchten wir, Leute, die sich darauf verstehen, stöckige steinerne Häuser zu bauen, habe ich ihm geschrieben, Bauern, die den Acker sinnvoll zu bewirtschaften und die Viehzucht auf den neuesten Stand zu bringen in der Lage sind. Neue Straßen brauchen wir und tausenderlei anderes. Der Handel liegt durch den Krieg darnieder und der Hunger und die Pest werden auch im Böhmischen seine Opfer holen. Der Tod bringt seine Ernte ein, Klara.

Wir sollten lieber die Grenzen schützen, sagte der Lobkowitzer letztes Jahr in Krumau, obwohl in diesen gefährlichen

Zeiten, wo der Aufruhr und andauernde Kriege ganz Europa ins Unglück reißen, eine Grenzsicherung nicht möglich ist.«

14.

Von der Dorfkirche herauf schallte der Klang der Glocke, die alle Christenmenschen in Haunstein zum Mittagsgebet rief.

»Ich habe dir dein Pferd satteln lassen. Es ist besser für uns alle, wenn du dich gleich draufsetzt und verschwindest. Schau, dass du nicht verloren gehst und sag deinem Vater, er selber wäre mir willkommen. Dich möchte ich jedoch nicht mehr in Haunstein sehen.« Dann erhob sich Graf Leopold vom Mittagstisch und ließ den Grobian allein am Tisch sitzen.

Dem Sebastian Branka verschlug es den Atem. Er schaute in seiner Torheit mit Unverständnis hinter Graf Haunstein drein, als habe sich der undeutlich ausgedrückt.

Aber er erhob sich stillschweigend, ging noch einmal in seine Kammer, um sein Wams zu holen. Er griff sich seinen Spieß im Stadel und schwang sich schweigsam auf seinen Gaul. Kein Wort des Dankes kam über seine Lippen. Verwirrt und grußlos ritt der durch das Burgtor, überquerte die hölzerne Brück und entschwand.

Kein Vaterunser später zogen jählings schwere, schwarze Wolken vom böhmischen Wald herein, fielen über Haunstein her. Donner, Blitz und Hagelschauer prasselten auf das Land. Im Dorf würde der untere Teil der Straße wieder in den Dorfweiher geschwemmt und Graf Leopold nahm sich fest vor, die Straße bald zu befestigen.

»Den Gewitterregen braucht der Dreckbär«, sagte die

Gräfin, zufrieden und erleichtert, dass diese Ekel erregende Kreatur ihr aus den Augen war, »das ist das erste Wasser, das er seit vier Wochen am Körper spürt.«

In der Kemenate trällerte Hedwig ein fröhliches Lied, nachdem nun wieder Frieden und Ruhe auf Haunstein eingekehrt waren.

15.

Die Tage wurden nun wieder heller und wenn Graf Leopold durch die Halle ging, die Treppe hinauf, vielleicht zur Kapelle oder in den Empfangsraum, roch er wieder den Duft seiner lieben Klara. Es wurde ihm bewusst, dass sich sein Leben zum Guten verändert hatte. Ein neuer Zeitabschnitt kündigte sich an. Er nahm dankbar und mit anderen Augen die Kastanienbäume wahr, die den Weg ins Dorf säumten, vernahm bewusster den Gruß der Dorfbewohner, denen er begegnete.

Morgen, am Montag, würde er mit dem Baron von Salzinger über einen Grundstückstausch reden. Er wusste, dass der Salzinger den Tod seiner Frau noch nicht bewältigt hatte, dass seine Tochter den Kaufmann Ublager aus Brünn geheiratet hatte, der sie als Kammerfrau hielt, dass er seinen Besitz kaum halten konnte, fehlten ihm doch immer deutlicher Kraft und Gesundheit dazu. Er würde ihm in den Verhandlungen entgegenkommen, nahm der Graf sich vor.

Auf der langen Seitentruhe lag noch der Brief, der ihm heute Mittag überbracht worden war. Er hatte augenblicklich das Siegel gebrochen. Der Eggenberger hatte geschrieben, lud zur alljährlichen Festivität auf sein Schloss zu Krumau ein. Zugegeben, es war eine Ehre für den Haunsteiner, stammte doch die Großmutter mütterlicherseits, lange war sie schon verstorben, aus der mährischen Linie derer von Žerotín, die wieder sehr bekannt mit den Eggenbergern waren. Von beiden Linien, derer von Žerotína und der Haunstein'schen Grafen, gab es, wenngleich nicht enge, verwandtschaftliche Beziehungen zu den Liechtensteinischen. »Da wird der eine oder andere wieder fehlen«, sagte der Leopold, »der Karl von Žerotín steckt ja lang schon drüben in Breslau, war immer schon ein Lutherischer, war schon in Prag seinerzeit in schlechtem Zustand. Aber ein friedliebender Mann war er zeitlebens, der Karl. Es war damals ja nicht einfach für die Großmutter den katholischen Haunstein zu heiraten, aber es ist gut gegangen, wie du siehst. Hat immer einen roten Kopf aufgehabt, der Karl, und hat davon geredet, dass es ihn dreht. Na ja, es ist eben der Lauf der Dinge, der eine lebt, der andere stirbt.«

16.

»Na, das ist ein gescheites Wort«, lachte die Gräfin Klara, eine entfernte Cousine, die der junge Leopold bei einem Besuch beim Onkel Karl Theodor gesehen hatte. Dieser liebste Onkel, ein angesehener Militär, ein Kommandeur bei den Kürassieren in Mähren im schönen Olmütz, war der zweite Sohn der böhmischen Haunsteinischen. Die Buben hatten ehemals einen ungewöhnlich strengen Winter überlebt. Es war bei Karl Theodors Geburt tatsächlich so ungewöhnlich kalt gewesen im böhmischen Wald, der beißende Frost drang durch die dicken Mauern der Burg, dass in vielen Häusern im Dorf die Kinder in den Betten erfroren sind. Ihre Mutter hatte immer gesagt, sie hätten dieses Wunder nur der Muttergottes von Přibram zu verdanken, der sie zeitlebens treu geblieben ist.

»Die Großmutter war das schönste Mädel in den weiten Auen der March, eine Mährische halt«, schwärmte der Großvater immer, wenn er von seinen jungen Jahren erzählte.

»Eher ein keckes Bauernmädel war ich gewesen«, sagte die Großmutter dazu lachend. »Ich habe länger im Fluss verbracht, als ich mich daheim auf dem Gut ausgetobt habe.«

»Sie schwamm in der March wie ein Fisch. Sie hätte auch die große Pest anno Domini 1616 überstanden.« Der Großvater war auch in seinen alten Tagen in sie verliebt.

Das Krummauer Treffen war für die Haunsteinischen eine willkommene Abwechslung im grauen Alltag.

»Es ist halt ein Heiratsmarkt auf Krumau«, sagte der Graf Leopold und schielte zu seiner Hedwig. So konnte man wieder einige Verbindungen aufleben lassen. Die Hedwig bekam große Augen. Der Graf Leopold freute sich jedenfalls über die Einladung in Krumau und sie hatten sich vorgenommen, diesen Besuch wahrzunehmen. Nur die Kutsche, die er in Augenschein genommen hatte, bedurfte einer gründlichen Instandsetzung.

Dann ging er langsam die breite Treppe hinauf in sein Zimmer. Der Schwed, der mit den Lutherischen unzertrennlich war und dem Kaiser und den Katholischen in Preußen so feindlich gegenüberstand, ging ihm nicht aus dem Kopf. »Die Abschlachterei hört nicht auf und der Hunger und die Pest rotten die Leut aus. Was für ein Kreuz. Wenn der Krieg nicht bald ein Ende hat, werden sie mir noch meine Buben holen.«

Seine Klara meinte, dass der Eggenberger dem Kaiser

ganz schön aus der Bredouille geholfen hätte. »Da könnte man ja ganze Städte neu bauen«, sagte sie, »und womit will der Kaiser denn seine Schulden an den Eggenberger zurückzahlen?«

Er war schläfrig geworden, sollte noch seine Papiere und Notizen, die ihm der Verwalter gegeben hatte, ordnen. Er ließ alles liegen, morgen wäre auch noch ein Tag. Leopold erinnerte sich an Karl Paschinsky, der ihm immer wieder geholfen hatte, in diesem Papierkram einigermaßen Ordnung zu schaffen. Der Karl war erst vor einem Jahr tot über seinem Arbeitstisch liegend gefunden worden. Niemand konnte verstehen, dass ein Mensch in so jungen Jahren, den scheinbar kein Zipperlein geplagt hatte, so plötzlich sterben musste. »Gottes Wege sind seltsam«, hatte der Pfaff am Grab gesagt. »Es wird schon so sein«, grübelte Leopold. »Worüber mache ich mir Gedanken, was ist wichtig für mich und meine Familie?«

Es gab Zeiten, da hat ihn maßlos der Ehrgeiz getrieben. Der Obere der Benediktiner in Kladrau hatte ihm einmal geraten, so zu leben, wie der gute Herrgott es ihm vorschreibt und das könne er am besten als treuer Sohn seiner katholischen Kirche. Denn den Sinn, das rechte Leben, finde der Mensch, wenn er auch die Endlichkeit seines Daseins im Blick habe und redlich sollte er sein. Das Richtige und das Wahre liegen in jedem Menschen, man müsse es nur wachsen lassen.

Er wollte sich künftig mehr um seine Leute im Dorf kümmern, nahm Leopold sich vor. Zu viele der Leute in seinen Dörfern leiden Not und verkraften ihren Kummer, ihre Sorgen und Krankheiten nicht.

Und da kamen ihm jäh seine unbeherrschten und wilden,

ungestümen Jahre in den Sinn, nachdem er Prag und Heidelberg schon glaubte vergessen zu haben. Mit dem Stefan Prack machte er das Dorf und den ganzen Bezirk unsicher. Sie fanden Gefallen an den Mädchen und wurden erst sehr langsam erwachsen. Anna Wondrasch erschien urplötzlich deutlich und liebreizend vor seinem geistigen Auge. Eine seltsame Hitze durchfuhr ihn. Aber die schwere Müdigkeit ergriff von ihm Besitz und befreite ihn von diesen heißen und auch unbehaglichen Gedanken.

»Die Auseinandersetzung mit vielerlei Versuchungen und Beschwernissen, mit nahezu unablässigem Ungemach begleiten den Menschen und schließlich gehst du ungefragt auf den Tod zu, dem keiner entkommt«, dachte er noch. Dann wusch er sich, legte sich auf sein Bett und schlief ein.

17.

»Über den Branka erzählt man sich schlimme Dinge«, sagte der Prack Tage nach Brankas unrühmlichen Auszug so beiläufig zum Graf Leopold. »Er soll zu denen gehört haben, die seinerzeit, es ist annähernd vier, fünf Jahre her, den Ältesten vom Samuel Abendstein, dem einzigen Jud aus Hilecek an die Eiche vor dem Dorf genagelt haben.«

»Geredet wird viel, so was muss man beweisen«, sagte der Graf. »Er wird sicher irgendwann seiner gerechten Strafe noch zugeführt. Nicht jeder, der Schändliches getan hat, wird augenblicklich dafür bestraft. Oft genug muss viel Wasser die Moldau hinunterlaufen. Der Gerechtigkeit entgeht keiner und wenn es schließlich die göttliche Gerechtigkeit ist.«

»Es sollen ihrer drei gewesen sein«, sagte der Prack. »Der

alte Jud und seine zwei anderen Buben sind dann in eine andere Gegend gezogen, wer weiß wohin. Die Hileceker hatten die Mordtat an dem Jud schon fast vergessen, als man dann den einen Übeltäter, den Seicker, der ein Holzknecht war, im Wald mit einem gespaltenen Schädel gefunden hat, und der andere, der dritte im Bund ist heut noch verschwunden. Man hat ihn bis heut nicht gefunden.«

»Na«, sagte der Graf, »dann wird es den Branka auch noch erwischen.«

»Das ist gewiss«, sagte der Stefan Prack. »Aber immer geht es gegen die Juden. Es ist eine Niedertracht.«

»Wie wird das Wetter diese Woche?«, fragte der Leopold den Prack.

»Wir werdens erwarten können«, lachte der Prack. »Am Mittwoch müssten wir auf die Pirsch, die Wildsäue ruinieren die Felder auf der Moosleitn.«

Der Graf Leopold liebte die schönen Jahreszeiten, konnte aber auch dem Winter einiges abgewinnen. Sie heizten dann nur in der großen Kammer und er lag gern auf der gepolsterten Bank, studierte und ergänzte die Haunstein'sche Chronik. »Niemand macht es, wen ich's nicht tu«, lachte er und seine Klara nickte zu dieser weisen Erkenntnis, hatte sie doch selber den ganzen Tag im Haus, oft genug auch im Dorf, zu tun. Die Winter aber waren im böhmischen Wald recht kalt und eisig und der Schnee lag mancherorts meterdick bis in den April hinein. Aber die Kinder freuten sich, wenn sie am Morgen aus dem Fenster der Kemenate schauten und die aufgehende Sonne mit ihren Strahlen ein wenig wohlige, anheimelnde Wärme schickte.

Im Herbst hatten sie vor der Burg etliche Fuder Holz gelagert, das müsste für den Winter hinreichen. Beim Aufschichten kam ein Stamm ins Rutschen und hatte den Fiala Andres das linke Bein unterm Knie abgerissen und der Fiala, der ein anständiger Mensch war, wurde nach zwei Wochen auf den Friedhof gebracht. Das war ein Elend. Die Fialova, die mit ihrem Mann vor Jahren aus der Pilsener Gegend zugezogen war, pochte in ihrer Drangsal an das Burgtor und jammerte der Gräfin vor, dass sie jetzt nichts mehr zum Essen hätten und sie würde den Kindern und sich selber einen Stein um den Hals binden und in die Moldau gehen. »Und der Herrgott hilft auch nicht«, weinte sie, kniete sie doch jeden Morgen in der Kirche und vertraute der Jungfrau Maria und ihrem Sohn ihren Jammer an.

Der Graf sagte ihr schließlich zu, dass er ihr das Holz für den Winter bringen lasse und das Getreide und die Hirse stünden ja heuer gut im Halm und er würde dafür sorgen, dass sie nicht verhungern müssten. Die Gräfin sagte ihr, sie solle zum Wäschewaschen auf die Burg kommen, weil die Kränzerin auch schon nimmer recht könne.

18.

»Heut sind die Hühner dran, Rupert, die Mama ist schon draußen im Hof.« Stefan Prack zog seinem Rupert die wollene Decke vom Leib, rüttelte ihn vollends aus dem Schlaf, packte ihn an den Füßen und zog ihn aus dem Bett. »Schau, dass du nichts versäumst, die Mama bereitet schon alles vor«, lachte er.

Die kräftige Morgensonne gleißte durch die offene Tür. Rupert hatte seinen Strohsack kräftig geschüttelt, ihn wieder ins hölzerne Bett gelegt, glatt gestrichen, die wollene Bettdecke drüber gefaltet und war vor die Tür getreten. »Das könnt ein schöner Tag werden«, dachte er, damit ließe sich schon etwas anfangen. Vielleicht könnte er zum Bach hinunterlaufen, die Reuße hineinstellen, um der Mutter eine Brachse fürs Mittagessen zu bringen, zu den Weiden könnte er gehen, ein paar dünne Äste abschneiden und einen kleinen Korb flechten, der würde der Hedwig gefallen. Der Vater war seit Tagen mit der Kutsche des Grafen beschäftigt. »Die muss auf Vordermann gebracht werden«, hatte der Vater gesagt. Da könnte er ihm in der Schmiede bei der Arbeit zuschauen. Verrostet war sie, die gräfliche Kutsche, ein Hinterrad brauchte einen neuen eisernen Reifen, die Deichsel sollte längst schon ausgewechselt werden, die Sitzböcke waren rissig, der nächste Anstrich der hölzernen Kutschenwände wäre seit langem nötig. Möglicherweise könnte er dem Vater zur Hand gehen.

Seine Mama kam über den Hof, lachte ihm zu, hatte in der linken Hand den dreibeinigen hölzernen Hocker, im Ledergurt über der braunen Schürze steckte das lange, scharfe Küchenmesser, mit dem sie am Morgen das Brot vom Laib geschnitten hatte. »Kannst zuschaun, wie ich das mache, kannst was lernen, Rupert, aber erst trinkst deine Milch, die ist ganz frisch und noch warm, dazu isst deinen Keilen Brot, den ich dir auf den Tisch gelegt hab, aber pass auf, dass du keine Brösel auf den Boden fallen lässt, die Mäuse sind scharf dahinter her«, lachte sie. Unter den rechten Arm hatte sie drei Hühner geklemmt, denen sie nun in den nächsten Minuten den Garaus machen würde. Bis zum Mittag würden sie in der Pfanne schmoren, der Graf würde Gäste erwarten.

Rupert wusch sich gründlich. »Wasch dich fein, Rupert«, hatte die schöne Gräfin seinerzeit gesagt, als der Rupert zum

ersten Mal mit den gräflichen Geschwistern auf der Holz-
bank in der guten Stube der Familie saß, das Lesen und das
Schreiben und das Lateinische lernen durfte und dem Herrn
Kaplan Herzsprung zuhörte, als der von Josef und Maria
und dem Heiligen Jesuskind und dann gleich darauf von
fremdländischen Menschen im fernen Amerika erzählte, die
Federn auf dem Kopf trügen, »und halb nackt herumliefen«,
fügte er angewidert hinzu, und einer würde dem anderen die
Kopfhaut abziehen, was er aber für ein Märchen hielt. Mit
Pfeil und Bogen würden sie schießen, »ganz genauso wie
die unseren, wenn sie auf die Jagd gehen oder in den Krieg
ziehen«, fügte er hinzu. Und der Kaplan erzählte von den
Menschenfressern im dunklen Afrika, wo es nur schwarze
Menschen gäbe und wilde Löwen und mächtige Schlangen, die vor allem die Kinder auffressen würden, die noch
dazu Heiden wären und denen man von Christus erzählen
müsste, sonst würden sie alle in der Hölle braten. Der Herr
Kaplan unterbrach dann den Unterricht, wenn die Kinder
ihre Buchstaben und Worte schrieben, ging in die Küche,
ließ sich von der Köchin verköstigen und schäkerte mit den
Mädchen. Er war ein Guter, aber den Ritt nach Haunstein
würde er nicht vergessen, war er doch am Ende des Buchtal-
weges, man konnte schon die ersten Häuser von Haunstein
sehen, vom Pferd gefallen. Er konnte nicht gehen, nicht
stehen, lag lange auf der linken Seite, hatte sich die rechte
Hüfte geprellt und die Olm versorgte ihn gute drei Wochen,
bis er wieder auf den Beinen stand und seinen priesterlichen
Dienst in der Kirche erfüllen konnte.

Dann erzählte er von den Katholischen, den Kaiserlichen, die schon seit Jahren den Protestantischen im Land
das Fürchten lehrten und in Prag hätten sie diesen wider-

lichen Lutherischen, diesen aufständischen Gesellen, die Seine Majestät, den Herrn Kaiser, provoziert hätten, im einundzwanziger Jahr die Köpfe abgehackt und dieselben auf Lanzen gesteckt, da hätten die Leute von Prag was zum Gaffen gehabt.

19.

Rupert schob bedächtig Bissen um Bissen des kräftigen, mit Gänseschmalz bestrichenen Brotrankens in den Mund und trank Schluck für Schluck die warme Milch. Auf das zweite Brot hatte ihm die Mutter ein Stück dicke, fette Milchhaut gelegt, die sie nach dem ersten Aufkochen vorsichtig mit einem hölzernen Löffel von der erhitzten Milch aus dem Milchhafen geschöpft hatte.

Er schaute durch das Fenster, ließ die Mutter nicht aus den Augen. Dann trat er durch die Tür, erfasste mit einem schnellen Blick die Vorgänge auf dem Hof, allmählich erwachte die Burg zum Leben. Der Dorftischler war durch das Burgtor getreten, er würde den Leiterwagen reparieren, sich vom Vater seine Aufträge abholen und der Schmied kam hinterher gehinkt. Den hatte im letzten Sommer ein Pferd das rechte Knie zerschlagen und seither konnte er nur mit Schmerzen seiner Arbeit nachgehen. In der Burgschmiede würde er dem Vater helfen, den Blasebalg treten, das Feuer in der Esse brauchte gleichbleibende Temperatur.

Die Hedwig, die Jüngste der gräflichen Kinderhorde, die immer noch in der Kemenate im Hauptgebäude bei der älteren Schwester schlief, würde gleich aus der Burg heraustanzen, lachen, Späße machen, ihr Lieblingslied trällern und den Rupert zum Spielen auffordern. Wie der Wind würde sie dann zu den Zinnen hinauf in der Burgmauer stieben und allerlei tönerne Figuren, ein paar kleine Vasen mit Wiesenblumen und anderen Krimskrams, der ihr am Herzen lag, zwischen die Zinnen stellen. »Kannst auf die Wiese laufen und ein paar Blumen pflocken«, würde sie Rupert auffordern. Der ließ sich die Befehle gerne gefallen, hing doch sein Herz an der kleinen Hedwig. Bei ihrer Erstkommunion im vorigen Jahr war er der Einzige, der in die gräfliche Burg eingelassen wurde, um mit der Hedwig zu spielen. »Der Rupert ist ein anständiger Bub«, sagte die Gräfin, »aus dem wird noch was, er wäscht sich jeden Tag.«

Und der Rupert lebte in einer faszinierenden Welt, das Leben auf der Burg Haunstein gefiel ihm, er merkte, dass sie alle zusammengehörten auf der Burg und im Dorf, dass sie miteinander verflochten waren, und er lernte langsam, die Dinge zu durchschauen und Gutes von Bösem zu unterscheiden.

Nur zu gerne hätte er aber ein Stück der weiten, unbekannten Welt kennen gelernt. Wenn der Vater oder Graf Leopold von Prag erzählten, von der Schlacht am Weißen Berg, von Krumau und Pilsen, von Bischofteinitz, wurden ihm die Haunstein'sche Feste und das Dorf zu eng, spürte er eine große Sehnsucht, hinauszuziehen.

Er wollte Abenteuer erleben, in die Kämpfe zwischen den Kaiserlichen und den Schweden eingreifen und siegreich wiederkehren und alle würden zu ihm aufschauen, ihm die Hand schütteln wollen, und Vater und Mutter wären stolz auf ihren Sohn, durch dessen heldenhaften Einsatz diese und jene Schlacht beendet worden wären.

Es wäre ein interessantes und gefährliches Leben gewesen, würde er erzählen können, neue Freunde hätte er gewonnen, und schließlich wäre er Adjutant des Kommandeurs gewesen. Aber er wäre auch mit den gefangenen Offizieren und Gemeinen gut umgegangen, er habe mit Schwedischen und Niederländischen in deren Sprache gesprochen, die er schnell gelernt habe, und vor allem sei er weit herumgekommen, im Geheimen habe er gehandelt, oft genug und auf Befehl des Kommandanten. Die Haundorfer würden zu ihm aufschauen und der Graf würde ihn bewundern.

»Lern was, Bub«, sagte der Vater und die Mutter meinten, er solle Bauer werden, da habe man wenigstens zu essen.

Der Rupert aber dachte viel nach und sagte sich, dass die Bauern im Dorf rechte Hungerleider wären und er irgendwann lieber nach Prag ginge und er dachte an das prachtvolle Haus am Hradschin, das die Wand im Speisesaal der gräflichen Familie schmückte.

20.

Gemeinsam mit Gräfin Klara, seiner herzensguten, immer hustenden, doch so schönen Frau, hatte er in aller Herrgottsfrüh in der Kapelle die Heilige Messe gefeiert.

Die kleine, forsche Hedwig würde es danach nicht zu lange am Tisch bei der Familie aushalten und über die schmale Stiege in den Burghof herunterhüpfen. Sie würde sich mit allerlei Handarbeiten abmühen oder in der Küche helfen, wenn denn die morgendliche gute Stimmung anhielte.

Ihre beiden älteren Brüder würde der Graf zum Fischen in den Kübelbach schicken, in dem sich Forellen tummelten, oder sie würden zur Jagd aufbrechen.

Da standen sie dann unter der Aufsicht von Leopolds Verwalter und Freund, Stefan Prack, dem Burgmarschall, denn die Söhne vom Graf Leopold, der ältere Karl und der kleine Wenzel, brauchten noch Anleitung.

Graf Leopold Haunstein, hatte sich ausbedungen, dass ein Bub, sollte denn nach dem Rupert unverhofft noch einer bei den Prackschen zur Welt kommen, nach ihm benannt würde.

Im Stall blökten die Schafe und warteten auf das Futter. Der alte Zenker, ein müder, schläfriger Hirtenhund, erhob sich träge, begutachtete Ruperts Mutter, die sich auf den hölzernen Hocker gesetzt hatte. Dann setzte er langsam einen Fuß nach den anderen und legte sich vor die Kiste, in der die Hühner, von einer alten Decke zugedeckt, geduldig warteten, bis sie an die Reihe kämen. Der stolze Reis, wie sie den rotbraun gesprenkelten Gockel nannten, machte eine kleine Inspektion rund um die Kiste mit seinen Hühnern, pickte im Sand nach irgendetwas Essbarem, krähte, hüpfte, flatterte mit den beiden kräftigen Flügeln. Was sich da abspielte, gefiel ihm ganz und gar nicht.

Die Zugbrücke war schon heruntergelassen, bald würde die Waschfrau aus dem Dorf eintreffen, heut war Waschtag, sie würde die gewaschenen leinenen Betttücher dann auf die Wiese vor der Burg zum Trocknen auslegen. Die Melkerin hatte ihre Arbeit schon vor einer Stunde erledigt, hatte die Milch in zwei Kübeln in die Burg getragen, aus der übrigen Milch würde sie in der kleinen Käserei auf der Burg Käselaibchen formen. Die sechs Kühe hatte sie schon in aller Früh auf die Weide getrieben, dort würden sie ihren Tag verbringen. Pünktlich wie der selbstbewusste Reis, der seine Hühner gegen sechs Uhr am Abend in den Hühnerstall scheuchte, würden sie über die Zugbrücke durch den gepflasterten Hof der Vorburg in den Stall stelzen und sich der Melkerin anvertrauen.

»Komm her, Rupert, jetzt ist es so weit«, lachte die Mama über den Burghof.

»Wart, bis die Hedwig kommt, Mama, die möchte das auch sehen«, erwiderte der aufmerksame Bub. Dann tanzte die Hedwig durch den Hof und blieb vor der Kiste mit den Hühnern stehen. »Drehst denen den Kopf ab?«, fragte sie Ruperts Mutter, »da schau ich nicht zu, die tun mir so leid.« Dann fasste sie dem Zenker unter das Halsband. »Das ist auch für dich nichts, Zenker«, sagte sie und zog den alten Kämpen durchs Haupttor über die Zugbrücke hinaus auf die Wiese.

Ruperts Mama nahm nun eine Henne nach der anderen aus der hölzernen Kiste. Sie fasste das Huhn unter dem Kopf am Kragen, dann riss ihm mit einem schnellen, kurzen Ruck den Kopf vom Leib, trennte den Kopf mit dem scharfen Messer vom Rumpf, ließ den zuckenden Körper in einer kleinen Schüssel ausbluten und legte ein Huhn nach dem anderen sorgsam in den Korb zurück.

»Marie«, schrie sie, »komm endlich raus, es ist schon heller Tag, kannst die Federn rupfen, beeil dich.« Marie, Ruperts ältere Schwester, war noch mit den zwei Kälbern im Kuhstall beschäftigt, die noch immer Milch aus einer Flasche brauchten.

»Da wird sich der Herr Graf freuen«, dachte der Rupert, »wenn ihm die Mutter die Viecherln brät, und die Mutter wird ein Stückerl von der Henne für mich mitbringen.«

»Such deinen Vater, er wird dringend gebraucht.«

21.

Stefan Prack hörte derweil bei seinem morgendlichen Rundgang um die Burganlage in dem kleinen, von Efeu und Rosen gesäumten Gärtchen, die kindliche Stimme des kleinen Wenzel, der auf lateinisch die Responsorien der Heiligen Messe angestimmt hatte. Er öffnete die kleine hölzerne Tür, trat in das Gärtchen und kniete sich ins Gras, um das kindliche Spiel mitzumachen. Der Bub hatte ein weißes Nachtgewand, das ihm die Mama lange schon zurecht geschneidert hatte, übergestülpt und ein rotes Tuch um die Schultern gelegt. Wenzel zitierte eben die Wechselgesänge der Laudes, schwenkte dann, er hatte den Stefan Prack bemerkt, auf die Präfation der Heiligen Messe über, die er in flüssigem Latein deklamierte. Er drehte sich vor seinem Altar, den er selbst gebaut hatte, zum Burgmarschall und forderte den Kirchenbesucher zur Antwort auf:

»Dominus vobiscum«, sang er und breitete die Arme weit aus.

»Et cum spiritu tuo«, antwortete der Burgmarschall.

»Sursum corda«, sang der Wenzel.

»Habemus ad Dominum«, sang der Stefan Prack.

»Gratias agamus Dominio Deo nostro«, sang der kleine Zelebrant.

»Dignum et iustum est«, erwiderte der Burgmarschall Stefan Prack.

»Weißt, Marschall«, sagte der kleine Wenzel Graf von Haunstein, noch am Altar stehend, »ich möchte einmal ein richtiger Pfaff werden, wie der gute Kaplan einer. Dann möchte ich noch Bischof werden, wenn ich größer bin. Du weißt ja, dass der Dietrichsteiner Oheim ein richtiger Bischof in Olmütz ist und er ist auch irgendwie mit der Mama verwandt, oder so, das weiß ich nicht genau. Ich möchte also so ein Bischof werden mit einer echten Bischofsmütze, einer Mitra am Kopf und im Dom möchte ich oft herumgehen und zum lieben Herrn Jesus Christus beten. Aber der gute Vater sagt, ich soll mir einfach Zeit lassen, es würde nichts pressieren. Gut Ding will Weile haben, sagt er und das gefällt mir.«

Dann drehte er sich wieder weg von seiner kleinen Gemeinde und jubilierte die heiligen Texte bis zum Ende.

»Benedicat vos omnipotens Deus, Pater et Filius, et Spiritus Sanctus«, sang Wenzel und segnete den Stefan Prack und der antwortete mit einem ehrfürchtigen »Amen«.

Dann schickte ihn der würdevolle Zelebrant mit einem feierlichen »Ite missa est« nach Haus.

»Deo gratias«, sagte Prack und wünschte sich und seiner Familie und dem künftigen Bischof Wenzel von Haunstein und der gräflichen Familie und allen Menschen auf Erden, dass endlich Frieden sei und dass der Wunsch des kleinen Wenzel in Erfüllung gehen möge.

Der Wenzel würde sich nun neuen Aufgaben zuwenden und seine Geschwister und den Prack Rupert solange mit der Ahnenreihe der Grafen Haunstein abmühen, bis jedes der Geschwister auch den letzten der Stammväter und Ahnfrauen, die Haunstein'schen gingen bis ins 14. Jahrhundert zurück, fehlerfrei deklamierte.

Dann würde ihn zur Freude und zum allgemeinen Ergötzen in Krumau im blauen Saal der Fürst Eggenberg auf einen Tisch oder Stuhl heben und Wenzel würde den hochgeachteten Damen und Herren von der Bedeutung der Haunstein'schen erzählen.

22.

Der gute alte Pfaff Wenzel Bolecher sagte dem Graf Leopold, als der ihn auf dem Krankenlager besuchte, dass die Weihe des Dorfes an die Mutter Gottes und dazu der Schutz des Heiligen Michael dem Dorf helfen würden. Er wäre überzeugt, dass die Leute besser zusammenstehen und sich nach ihrem Herrgott ausrichten würden. Zeitlebens hätte er darum gebetet.

Und er erinnerte den Graf daran, dass im letzten Jahr keiner der Bauern oder Waldarbeiter zu Schaden gekommen wäre. »So wenige Kinder, wie im letzten Jahr, sind in früheren Jahren nicht verstorben«, sagte der Pfaff. »Das haben wir dem Fürbittgebet der Heiligen Schutzmantelmadonna zu verdanken.«

Der Graf stimmte ihm bei und nahm sich vor, selber mit der ganzen Familie den Heiligen Michael als Bollwerk gegen Elend und Tod anzurufen.

23.

»Geh Er mir aus den Augen, ich will Ihn heut Abend schon nicht mehr auf meinem Territorium sehen, eigenhändig werfe ich Ihn aus dem Dorf.« Der Graf Leopold Haunstein hatte einen roten Kopf, polterte mächtig und der Pfarrer Wronsky, der dem alten, kränkelnden Pfarrer Bolecher seit ein paar Jahren zur Hand ging, kam nicht mehr zu einer Gegenrede. Der resolute Hausknecht öffnete dem Geistlichen das Burgtor und komplimentierte ihn hinaus. »Den Weg über die Zugbrücke wird Euer Gnaden wohl selber finden«, grinste er. Der Abgang des Schwarzrocks hatte eine

Menge feixender Zuschauer, auf dem Burghof hatten sich Stallknechte und ein paar Mägde versammelt, der Schmied war zugegen und ein paar Männer aus dem Dorf, die sich mit der Ausbesserung des Aborterkers abmühten. Die Maurer waren schon am frühen Morgen aus dem Dorf herauf gestiegen zur Burg, um ihrer Arbeit nachzugehen. Die Morgenmesse in der Burgkapelle war heute ausgefallen, der Graf hatte den Pfarrer schon an der Tür zum Palas abgefangen und ihn zur Rede gestellt. Die Männer und die Frauen des Dorfes hätten sich tags zuvor bei ihm beschwert und das zum wiederholten Male, raunzte der Graf den Beschämten vernehmbar an, der Kaplan würde seit Jahren den Frauen und Mädchen nachstellen und wären sie ihm nicht gefügig, würde er sie in der Predigt bloßstellen. Als schamlos, anstößig und sündhaft würde er sie vor allen Leuten bezeichnen und eine Schande fürs Dorf wären sie, die man auf dem Hexenanger verbrennen müsste. Der Schwarzrock, blass und gräulich im Gesicht, wurde immer kleiner, hob die rechte Hand zur Verteidigung. »Nehm Er die Hand runter oder ich lass sie ihm abschlagen, gleich hier noch auf dem Hof, seinen Bischof in Prag werde ich selber in Kenntnis setzen, man soll ihn hinüber an die polnische Grenze setzen oder sonst wohin, wo der Teufel das Weihwasser scheut.«

Der Pfarrer Wronsky wäre unwürdig, die Heilige Messe zu feiern. Künftig würde einzig der Kaplan, der die Kinder unterrichtete, dafür zuständig sein, nahm der Graf sich vor: »Ad maiorem dei gloriam«, sagte er sich, »alles zur größeren Ehre Gottes.« Und dem alten Pfarrer Bolecher würde er noch vorzeitig den Tod bringen.

Der Graf konnte seinen Zorn über den Übeltäter nicht zügeln. Dass er sich zunächst und unverzüglich den Herrn

Dechant in Pilsen vorknöpfen werde, der ihn, diesen lotterhaften Weiberschänder und vermaledeiten Schurken in die Grafschaft zur Aushilfe geschickt habe, verstehe sich von selbst, rief er dem Pfaffen nach und er würde ihm die Hunde nachhetzen, sollte er nicht bis zwölf Uhr mittags sein Dorf verlassen habe, aber ohne den Gaul unter dem Steiß. Stante pede habe er sich aus dem Staub zu machen, ohne sich noch einmal umzuschauen, wie die Lotsche anno dazumal, die ja zur Salzsäule geworden sei.

Würde er jetzt ein Auge zudrücken, den Pfaffen im Amt lassen, könne das nur noch mehr Schande über die Frauen im Dorf und somit auch über ihn selber bringen. »Abyssus abyssum invocat«, ein Fehler, ein Irrtum, zieht den anderen nach sich und das wollte er sich nicht zuschulden kommen lassen.

Die Väter des Dorfes hatten ihre unverheirateten Töchter nicht mehr ins Pfarrhaus gehen lassen, um dem Kooperator Wronsky aufzuwarten, seinen Haushalt zu ordnen. Schon drei Kinder im Dorf hatten seine Nase im Gesicht und seine Glubschaugen. Ein Makel fürs ganze Leben wäre das für sie, sagten die Dörfler und der Pfarrer wollte für nichts aufkommen und auch die verheirateten Frauen klagten immer wieder ihren Männern, dass sie der Anzüglichkeiten und Übergriffe des Kooperators überdrüssig seien. Die Klagen aus dem Dorf hatten nun ein Ausmaß erreicht, das den Burgherrn zum Eingreifen zwang, hatte der doch den Dorfschulzen schon in früheren Jahren beauftragt, den Geistlichen in die Schranken zu weisen.

»Geht an eure Arbeit, Leute, den Pfaffen soll der Teufel holen«, rief der Graf. Sein Verwalter, Stefan Prack, hatte sich nicht sehen lassen, er hatte den unrühmlichen Abschied des

Pfarrers durch das Fenster mitbekommen. »Allein hat er da keine Schuld«, sagte der Prack hintersinnig, »da gehören immer zwei dazu. Aber Pfaff ist eben Pfaff.« Seine Wertschätzung hatte der Pfaff noch nie gehabt. Er war nicht selbstlos, dieser Pfaff, und nicht mildtätig, eher schaute er auf sich, war eigennützig und ließ sich von den Dörflern, die selber wenig zum Leben hatten, genügsam lebten, sich oft genug mit dürftigen Mehlspeisen über die Runden bringen mussten, verköstigen.

»Merkt euch eines, Kinder, nicht der Rock des Pfarrers und nicht des Fürsten Wams macht einen Menschen aus, sondern sein Charakter.« Der Graf hatte immer wieder ein kluges Wort zu sagen, das man sich merken konnte.

Rupert Prack wollte ins Dorf. Der, den sie nur den Buckler nannten, der mit den langen Haaren, ein Geheimnisvoller, von dem sie an den Abenden auf der Burg oder wenn die Dörfler in den Hütten beieinander saßen, erzählten, wäre wieder im Dorf und da könnte er auch die schwarze Lara sehen, die ihm sein junges Herz schwer machte.

24.

Graf Leopold von Haunstein hatte sein beträchtliches Erbe von seinem Vater Karl Heinrich übernommen. Der alte Graf war ein Verehrer der Heiligen Gottesmutter und des heiligsten Herzens Jesu gewesen. Er war nun an einem gewittrigen Fronleichnamstag gleich nach dem Umgang durch das Dorf jählings verstorben. Dem Heiligsten Sakrament in der Monstranz brachte der Graf wie auch seine Gemahlin Ludmilla hohe Verehrung entgegen. Solches würde seinem

Herrn und Gott gefallen und ihm hoch angerechnet beim Ewigen Gerichte.

Der alte Graf war seiner lieben Frau nachgefolgt, die lange schon erbärmlich gehustet hatte und dann an einem hellen, frischen Maitag, am Palmsonntag morgens, auf der Ottomane eingeschlafen war. Die reizende Kaufmannstochter aus kleinem, doch sehr gutsituiertem Prager Adel, der Vater hatte große Güter im Mährischen wie im Reichenberger Land, war ob ihrer Anmut und Schönheit, auch wegen des Geldes des Herrn Papa begreiflicherweise stets Mittelpunkt der Prager Festivitäten und die jungen Kavaliere machten ihr heftige Avancen.

Mit dem beachtlichen Vermögen, das der Vater der Ludmilla, Miroslav von Klensky, zudem kultivierter Handelsmann, der geliebten Tochter in die Ehe mit dem Grafen Johannes Haunstein mitgab, hatten die beiden jungen Leute ehemals die Burg Haunstein bald nach der Verehelichung renoviert. Dem Herrn Erzbischof von Prag hatten sie alsbald zwei weitere Dörfer nahe Bischofteinitz abgekauft und sich zudem neu dem einträglichen Rinder- und Salzhandel verschrieben, hatten zweihundert Säumer unter Vertrag, die hinunterzogen bis ins bayerische Oberland.

Johannes Graf Haunstein hatte seinerzeit in Prag zu tun, sollte in die Geschäfte des Vaters, der im böhmischen Norden, in Reichenberg oben und nahe Altbunzlau die genannten Ländereien besaß, eingebunden werden. Von alters her hatten die Haunstein'schen ihren Besitz umsichtig und gewissenhaft verwaltet. Fleiß, Besonnenheit und ein genügsames Leben zeichneten sie aus. Durch glückliche Fügung hatten sie die eine oder andere Liegenschaft erworben, auch über die böhmischen Grenzen hinaus hinzugekauft. Sie hatten eingeheiratet in den böhmischen und den österreichischen Adel und waren mit den anderen hohen Ständen auf katholischer wie protestantischer Seite verwandt und verschwägert. Sie besaßen Häuser in Brünn und Eger, auch in Pilsen, am Altstädter Ring in Prag wie auf der Kleinen Seite unterhalb des Hradschin. Die Haunsteiner mieden den Prunk und ließen auch ihre Bauern und die Häusler und Handwerker, die aus dem Bayerischen in die Haunsteinischen Dörfer zugezogen waren, mitkommen. Sie gewährten Freiheiten, wie sie andernorts nicht gängig waren und ob ihres bescheidenen Auftretens waren sie landauf, landab geachtet und wertgeschätzt.

Der junge Johannes verliebte sich an einem milden Abend beim Tanz im kleinen Klenskypalais in diese schöne Ludmilla Klensky. Da war dann nicht viel zu reden. Amors Pfeile hatten beiden jungen Leuten beträchtliche Wunden zugefügt und sie konnten nicht mehr voneinander lassen. Wenn sie denn in den böhmischen Urwald übersiedeln möchte, resignierte der Vater Klensky, kein heißes Bad hätte sie da und die Umstände wären, wollte man den Reisenden Glauben schenken, doch recht fürchterlich. Klensky vermochte mit seinen grausigen und dramatischen Schilderungen der fremden böhmischen Waldzivilisation die Zukunftspläne der beiden Verliebten nicht zerstören.

So nahm der Graf von Haunstein seine Ludmilla nach der fröhlichen Hochzeit in der prächtigen Nikolauskirche auf dem Kleinseitner Ring, den Winter ließ er noch vorübergehen, in der Kutsche mit nach Hause auf seine Burg. »Heim geht es, es wird dir gefallen, meine Ludmilla, in der unzivilisierten Welt«, lachte er. »Wirklich, nur Wald, nichts als Wald findest in deiner neuen Heimat und himmlische

Ruhe, blauer Himmel, schöne Dörfer und gute Leute«, lachte er und sie lächelte ihn in gespannter Vorfreude an, dachte an das Kind unter ihrem Herzen und freute sich auf das Leben mit ihrem Liebsten.

»Bald sind wir in Pilsen, da wollen wir aber erst in Rokycany zu Mittag essen und übermorgen sind wir daheim«, sagte er am zweiten Tag der doch recht mühevollen Reise. Dann fuhr der Kutscher den Zweispänner etwas zu scharf um die Kurve, mehrere Speichen brachen aus dem rechten Vorderrad, gerade neben der Schmiede von Rokycany und der Schmied freute sich ob des unverhofften Geschäftes, das er machen würde. »Gehen Sie nur zuerst ins Dampfbad, Herr Graf, gleich nebenan, es ist schon angeschürt und um die Mittagszeit gibt es wenig Leute, meine Frau bereitet ihnen derweil, wenn Sie wollen, ein kleines Mittagessen.«

Die jungen Eheleute nutzten die unfreiwillige Unterbrechung zunächst, um sich die Füße zu vertreten und der Kutscher half dem Schmied das Rad von der Kutsche zu heben. Ludmilla war schon recht weit in den hohen Schwangerschaftsmonaten und nach den zwei Tagen dieser doch recht mühevollen Reise auf schlechten, holprigen Straßen konnte so ein Dampfbad nur recht sein und gut tun. »Siehst du«, sagte der liebevolle Ehemann zärtlich zu seiner jungen Frau, »alles kommt zur rechten Zeit und wer hätte das gedacht, dass wir auf der Heimreise in ein Dampfbad steigen, das hättest du in Prag nicht bekommen.«

Die Gegebenheiten verändern sich gar oft von einem Tag auf den anderen. Dieses Wort seiner lieben Mutter kam ihm in den Sinn. Meldete sich das Kind doch abrupt im Leib seiner Mutter und noch im Dampfbad wollte es ans Tageslicht. Die Frau des Schmieds, auch Bademeisterin in Rokycany, zog die schreiende Ludmilla gemeinsam mit dem plötzlich schwächelnden Gatten auf ein Strohlager, dann war der neue Gast schnell und ohne lange Umstände zu machen auf Erden da, schrie wie ein Berserker und die herbeigeeilte Hebamme trennte ihn kunstvoll und hunderte Male geübt von der Nabelschnur, wusch ihn und bettete ihn auf die Brust seiner Mama. Die überraschende Geburt hatte gerade eine Viertelstunde gedauert und der Pfarrer von der schönen Kirche *Maria Schnee* kam auch noch gleich und fragte, wann denn die Taufe sein solle. Das wäre noch etwas früh, sagte der glückliche Vater, den Knaben würden sie wohl daheim taufen. Der Herr Pfarrer erhob einen gewissen Einspruch gegen diese doch sehr glaubensferne Einstellung. Die Frau des Schmieds meinte, dass das die erste Geburt im Dampfbad von Rokycany wäre und da würden sie jetzt berühmt werden.

Josef, der Sohn des Dorfschmieds von Rokycany, hatte sich derweil an die Ausbesserung des Schadens gemacht, hatte das zerbrochene Rad in die Werkstatt getragen, setzte eichene Speichen in den Radkranz und zog einen neuen Eisenreifen über das Holzrad. »Das hält ewig«, meinte er und war stolz auf sein Werk.

»Einen solchen wie dich könnte ich auf meinem Schloss brauchen. Ein Schmied, der sich zugleich auf die Wagnerei versteht, hätte bei mir gute Arbeit und Unterkunft, du verdienst bei mir besseres Geld, als hier in Rokycany auf zerbrochene Räder zu warten«, sagte der junge Graf.

»Die Straße von Pilsen nach Prag bleibt wohl auf lange Zeit noch in schlechtem Zustand und bringt mir das eine oder andere Zubrot«, erwiderte der junge Prack lachend.

25.

Zu seinem Vater sagte er danach, dass er eine solche Chance so schnell nicht bekommen würde und er, der Vater, sei ja noch jung und außerdem wäre das Haus für die Eltern und die jungen Leute und den Kleinen, der viel Auslauf bräuchte, zu eng und sie säßen die ganze Zeit aufeinander und das führe nur zu Streit und Ärger und ob der Vater und die Mutter sich vorstellen könnten, dass er mit seiner Jarmila zum Graf Haunstein ziehen würde. »Ihr könntet mich ja besuchen, die Straßen werden wohl doch immer besser und bis Pilsen ist es nur eine gute Stunde zu fahren und dann brauchst du noch einen halben Tag nach Kladrau hinunter und schon bist auf dem Schloss.«

»Ja, wenn alles so schnell ginge, Bub«, lachte der Vater.

Dann ging alles wirklich geschwind und vier Wochen später traf der Prack mit seiner Jarmila auf dem Herrschaftssitz der Grafen Haunstein ein und es sollte nicht nur ein stabiles Arbeitsverhältnis werden, sondern eine Freundschaft, die sich dann über Generationen auf die Kinder der beiden Paare übertrug.

So vergingen die Jahre, und die Kinder der Haunsteinischen und der Pracks wuchsen heran und die Gräflichen heirateten in die weite Welt hinaus.

26.

Das Mauerwerk der Burg und der Burgmauer wurden immer wieder neu ausgebessert. Dem Erstgeborenen des Josef Prack aus Prachatitz, Emmeram Prack, ebenso vielfältig handwerklich geschickt wie der Vater, fehlte es nie an Arbeit und sein Erstgeborener wiederum, der Stefan, trat in seine Fußstapfen, wuchs mit den Kindern des Grafen Haunstein, besonders mit dem jungen Graf Leopold in brüderlicher Einigkeit auf.

Der neue Burgherr, Graf Leopold ernannte Stefan Prack zu seinem Burgmarschall mit weiten Befugnissen und der Graf kam, wie auch die Bewohner seiner zwölf Dörfer, zu beträchtlichem Wohlstand. Es war eine segensreiche Zeit. Im Land war es friedlich, Handel und Wandel gediehen. Dann schlugen sich die Lutheraner und die Katholiken die Köpfe ein, in Prag war der Teufel los und vorbei war es mit dem Segen und dem Frieden im Land. »Das Haus am Hradschin wird wohl über kurz oder lang nicht mehr mein sein, es wird bald einer der Ständischen drinnen sitzen oder der Habsburger konfisziert es. Es wäre betrüblich, ist's doch in Schuss, vom Großvater hingestellt«, sinnierte der Graf Haunstein. »Der alte Kilian Koresch wird es nicht mehr allzu lange machen. Man sollte das bedenken«, sagte er zu seiner lieben Gattin Klara.

27.

Die lärmenden Dorfbuben nannten ihn den »Buckler«, den »Steifbeinigen« auch, wenn er hinkend, das rechte Bein leicht nachziehend und wortkarg in den heißen Sommertagen durch den Dreck, den Staub und in der Winterzeit an kalten und frostigen Tagen durch den verharschten Schnee durchs Dorf schritt, leicht vornüber gebeugt, manches Mal auf einen kräftigen Stecken gestützt, aber mit breiten Schultern, stark wie eine Eiche. Eine lang wallende, schwarze, schon leicht angegraute Mähne hing ihm in den Nacken, niemand konnte sein Alter auch nur annähernd recht taxieren, ein schwarzer, fester Schnauzer ließ ihn jedoch jünger erscheinen. Ein Fähnleinführer, Lieutenant gar wäre er gewesen zu Zeiten, als sich die Böhmischen Aufständischen mit den Kaiserlichen am *Weißen Berg* in die Haare gerieten, kein läppischer Figurant, kein Mitläufer in der zweiten Reihe, ein furchtloser Kämpfer, ein mit allen Wassern gewaschener Draufgänger, der weder Tod noch Teufel fürchtete, erzählte man sich im Dorf und das Knie hätten die Aufständischen ihm in der Schlacht zerschossen, sagten die Dörfler respektvoll und der Herr Graf lud ihn zu mancher Gelegenheit auf die Burg. Dann war dieser Unergründliche wieder wochenlang unterwegs, sein Haus stand dann leer. Geheim wäre das alles, sagte man im Dorf und wenn er wiederkehrte von seinen rätselhaften Missionen, gleich dem Herrn Graf seine Aufwartung machte, war die Achtung vor diesem besonderen Mann noch größer geworden.

Die hölzerne Hütte hatte er selber hingestellt, auf steinernes Fundament die schweren hölzernen Balken gesetzt, trotz seines steifen Beines, hatte die Stämme vom Harrschler, einem ebenso mysteriösen Gesellen, fällen und aus dem Wald ziehen lassen. Ab und an saßen die zwei beieinander, sogen an einer deftigen Tabakspfeife und hatten wohl viel zu bereden. Den Gustav Harrschler hatte der Buckler von einer seiner ominösen Reisen mitgebracht, aber es schien, als kennten sie sich schon lange.

Ihre Pferde, zwei Schecken, standen im Stall des größten Bauern im Dorf, beim Arbertin, auch einem ehemaligen Kriegsmann, der dem Graf Leopold Haunstein schon in Kriegszeiten zu Diensten gewesen war, der dem Herrn Graf mehr als den nötigen Jahrestribut zukommen ließ und sich so dessen besonderer Gönnerschaft versicherte. Dann wieder ging der Buckler ins Kloster im Nachbardorf hinüber, das den Ehrwürdigen Schwestern *Von Unserer Lieben Frau* gehörte. Dort besserte er Mauerschäden aus, war für den rechten Baumschnitt zuständig, half aus, wann immer er gebraucht wurde und was er zu leisten imstande war mit seinem steifen Bein, das er der Schlacht am Weißen Berg zu verdanken hatte. Die Schwestern revanchierten sich mit der täglichen Kanne Milch am frühen Morgen schon. Mit den Dorfbewohnern hatte dieser Unergründliche wenig Kontakt, war nicht unfreundlich, aber jeder Kumpanei abhold, traf sich ab und an mit dem gräflichen Verwalter Prack. Der Dorfwirt brachte ihm tagaus, tagein zur Abendstunde einen Humpen Bier.

Für Rupert waren die Besuche beim Buckler abenteuerlich, hingen doch an der Wand zwei alte Partisanen, mit denen er, so ging die Legende im Dorf, seinen Gegnern einen jämmerlichen Tod bereitet hätte und das mächtige Schwert auf einer selbst gezimmerten Kommode lag sozusagen griffbereit, war stets verfügbar, konnte man doch nie wissen, ob die schrecklichen Zeiten nicht auch auf das Dorf und die Burg übergreifen würden. »Heb es runter, zieh es aus der Scheide, wenn ich nimmer bin, gehört es dir, Rupert«, der Buckler redete nur wenig, »und die Partisanen dazu, musst nur noch etwas wachsen, breiter werden.«

Rupert war herangewachsen, lang aufgeschossen, hatte die kräftigen Schultern vom Vater und die gröbsten Jahre, wie der Vater immer sagte, hinter sich und wollte den Buckler liebend gerne auf seinen dunklen und geheimen Reisen begleiten. Er wollte die Welt kennen lernen, vor allem dieses fremde, geheimnisvolle und unbekannte Prag, von dem der Vater oft erzählte. Eine mächtige Burg gäbe es in dieser mächtigen Stadt auf einem Berg, den die Leute Hradschin nannten und einen Dom gleich daneben, eine Kathedrale, die ihresgleichen auf der Welt suchte. Dort verehrten sie ihren Heiligen, den Herzog Wenzel, den der eigene Bruder vor Hunderten von Jahren gemeuchelt hatte. Große Kirchen, prächtige Bauten, dazwischen auf dem Hradschin dieses kleine, jedoch exquisite Haus der Haunsteiner, säumten die breiten Straßen diesseits und jenseits der Stadt, die allesamt gepflastert wären und Leute aus aller Herren Länder würden in den verschiedensten Sprachen miteinander reden.

Er würde einmal in dieses Haus einziehen, träumte der Rupert Prack, und die Haunsteiner würden noch nach Generationen davon erzählen, dass einer der ihren nach Prag gezogen und ein großer Mann geworden wäre. Der Prack Rupert wäre es gewesen, würden sie sagen, und er wäre ein gemachter und angesehener Mann geworden und die Haunsteiner könnten stolz auf diesen Prack sein und sie würden das alles vielleicht einmal aufschreiben, sodass es die Kinder und Kindeskinder noch weitersagten.

Er griff das kleine eiserne Kruzifix, das ihm die Mutter an einem ledernen Riemen um den Hals gehängt hatte. Er führte es an den Mund und küsste das Kreuzchen und dachte an die Mama. Das Kreuz würde ihn beschützen, wo immer er auch sei, hatte sie gesagt.

28.

Der Buckler ließ diesen großen und mächtigen General Waldstein, der unbesiegbar den herrschenden Kaiser Ferdinand in Wien unterstützte, vor seinem inneren Auge erstehen. »In Sachsen drüben schlägt er sich gerade mit dem Schwedenkönig Gustav Adolf«, berichtete er, »aber wer hoch steigt, fällt leicht tief«, sinnierte er. Dieser Gustav Adolf musste ein grauenhafter Anführer sein, ein Befehlshaber, der Schrecken und Entsetzen, Mord und Tod verbreitete und in seiner Phantasie schlug Rupert sich mit den Vasallen dieses Schweden.

Der Wallensteiner hätte fünfzigtausend Mann unter seinem Kommando, würde sie aus eigenem Vermögen zahlen, erzählte der Buckler nach seiner letzten Reise, und jeder könne von Glück reden, raunte er, der derzeit nicht kämpfen müsse, wo tausende Soldaten ihr Leben werden lassen müssen in dieser schrecklichen Mühsal. In den umkämpften Städten lägen unvorstellbar viele verwundete und dem sicheren Tod geweihte Soldaten auf den Straßen und krepierten jammervoll an ihren Verletzungen und allerlei Krankheiten.

»Frauen, Kinder und Männer aus den Städten und viele Flüchtlinge aus dem zerstörten Umland werden Krankheiten und dem Hunger zum Opfer fallen und bald wird die Pest ins ganze Land einfallen.« Er habe das weite Feldlager des Heerführers Waldstein gesehen und grässlich zugerichtete Soldaten, aber man erzählte sich, dass die Schweden nach diesen schweren Scharmützeln bald abrücken würden, wären sie doch durch die Kämpfer des legendären Obristen Waldstein dezimiert und müssten geschwächt und ausgeblutet von dannen ziehen. »Aber irgendwo werden sie sich wieder treffen auf den Feldern der Ehre, die feindlichen Herren und sich weiterhin die Köpfe einschlagen«, setzte er hinzu, »wir können nur hoffen, dass wir hier in unserer abgeschiedenen Gegend verschont bleiben, dass uns keine versprengte Nachhut, keine Landsknechte und Marodeure überfallen.«

Rupert hing gebannt an den Lippen des Erzählers, er würde heute Abend den gräflichen Freunden oben auf der Burg viel zu berichten haben und sein Respekt vor diesem Mann, den sie Buckler nannten, wuchs ins Unermessliche.

»Der Buckler, eigentlich heißt er Frederik Mannstein, hat in der Schlacht am Weißen Berg, im kalten November des Jahres 1620, eine Wegstunde vor Prag, unter *Graf Bucquoy* als Kürassier gedient, war als Fähnleinführer Kommandant von einhundertzwanzig Reitern und er stand immer unter Dampf, kam erst am Schluss der Schlacht das erste Mal vom Pferd. Unter Graf von Bucquoy musste er dann bald drauf in Prag zuschauen, wie die Kaiserlichen die Verräter um einen Kopf kürzer machten. Ein schreckliches Erlebnis, wie Mannstein sagte«, erzählte der Vater dann auf dem Heimritt. »Vaterlandsverrat hatten die Kaiserlichen den lutherschen Rebellen vorgeworfen und Beleidigung des allerhöchsten Kaisers, noch dazu hätten sie den Frieden im Land untergraben, worauf nur die Todesstrafe stehen könnte.« Dem Rupert zogen Schauder über den Rücken.

»Einige der Rebellen mussten ins Gefängnis«, erzählte der Vater, »andere wurden von den Landsknechten mit Stecken und Peitschen geschlagen, bis ihnen das Blut aus der Haut spritzte. Dann hatte man zur allgemeinen Abschreckung die Köpfe der Hingerichteten an den Altstädter Turm an der Karlsbrücke genagelt und wer durch das Tor trat, musste den grauenvollen Anblick in Kauf nehmen. Dass man den armen Teufeln ihre Besitztümer aberkannte und sie dem Staat einverleibte, verstand sich von selbst.« Der Vater schüttelte sich im Nachhinein, »und das alles geschah im Namen und Auftrag des Kaisers. Welch eine schreckliche

Zeit, in der wir leben und das alles hatte Frederik Mannstein erlebt«, fügte er hinzu.

In Rupert Kopf schwirrte das Gehörte durcheinander, der Kaplan hatte ja auch von diesen abgehackten Köpfen erzählt und Rupert konnte keine Zusammenhänge herstellen, alles war so neu und unbekannt und undurchschaubar in diesen Erzählungen. Er war erschreckt von diesen hässlichen kriegerischen Auseinandersetzungen und er wollte das Schwert in Bucklers Hütte und die zwei glänzenden Partisanen schnell vergessen. Krieger wollte er nicht werden, Pfarrer, wie die Mama immer meinte, jedoch auch nicht, aber nach Prag wollte er und würde Buckler dorthin aufbrechen, dann wollte er an seiner Seite sein. Dieses berühmte Haus oben am Hradschin wollte er sehen, es kennen lernen, wollte es betreten. Aber da gelte es, mit Vater und Mutter noch einiges zu bereden.

29.

Sie hatten am späten Nachmittag Mannsteins Hütte verlassen. Die Waffen an den Wänden hatten Rupert fasziniert. »Bet, Bub, dass du das Schwert nie brauchst«, hatte Frederik Mannstein zum Abschied gesagt, »aber wenn Not am Mann ist, musst damit umgehen können.«

Rupert dachte an den Unterricht, den er mit den Söhnen des Burgherrn beim Kaplan absaß. Lesen und Schreiben und das Rechnen sollte er beherrschen und eben gut aufmerken, weil nichts, was man könne, verloren sei und auf einem Pferd müsse er sich zudem in schwierigen Situationen halten können. »Irgendwann«, meinte der Buckler, »kannst alles brauchen, was du gelernt hast, und wäre es im Krieg und die das Lesen und Schreiben beherrschen wie die Pfarrer und die Männer im Kloster, würden Hauptleute werden, eher auf einem Pferd sitzen als im Straßenstaub im Tross marschieren, bis sie umfallen. Auf solche mit einem Hirnschmalz würden die Oberen nur warten.«

Er würde ab jetzt das Holz im Burghof hacken, nahm Rupert sich vor, der Vater würde anderswo gebraucht und Kraft bekäme man vor allem, wenn man fest zugelangt hätte in den jungen Jahren, hatte Frederik Mannstein ihm zum Abschied mit auf den Weg gegeben.

Am Rand des Weges durch das Dorf stand die schwarze Lara und schaute ihn mit ihren großen blauen Augen an. »Den Hinkenden besuchst, mich schaust gar nicht mehr an«, sagte sie, als er langsam auf dem Pferd an ihr vorüberritt. »Morgen sehen wir uns beim Kaplan, Lara, wenn du kommst, ist es schön«, erwiderte er, dann ritt er mit dem Vater weiter. Der deutete ein Lächeln an, »die sieht dich gern, ist ein gutes Mädel, Rupert und die Einzige, die der Graf aus den Dorfkindern zum Lernen ausgewählt hat.« Am Fest des Heiligen Dominik würde Rupert vierzehn Jahre alt, nach der Frühmesse in der Burgkapelle würde die Mutter den Kindern einen Kuchen backen. Da würde er mit der Lara reden können, vielleicht draußen vor der Burg, wo der Weg hinunter führte durch den knorrigen Fichtenwald ins Dorf.

30.

Einen Mörder haben sie auch im Dorf gehabt, die Haunstein'schen. Es war der Boderer Schorsch, der seine Haftzeit abgesessen hatte und der nun Tag für Tag durchs Dorf schlurfte, zwei Eimer Wasser aus dem Brunnen schöpfte und ins Joch hängte, das er sich über die Schulter gelegt hatte. Nach ein paar Schritten blieb er stehen, ächzend den Weg zurück zur Hütte mit den Augen abmaß. Dann hob er den Nacken, streckte sich, fasste wiederum mit der Linken und der Rechten die beiden Stricke, an denen die gefüllten Eimer hingen und setzte den Weg fort.

Die ersten Wochen haben ihn die Kinder des Dorfes mit Steinen beworfen und ihn den Mörder geheißen, bis es ihnen nach geraumer Zeit wieder zu dumm wurde und sie ließen ab von ihm. In die Frühmesse hatte ihn der Pfarrer nicht hineingelassen, aber der Schorsch hatte im Brünner Kerker lange zehn Jahre Geduld gelernt und noch vorm Herbst saß er allein in der Kirchbank unter der Empore, wo es dunkel und zugig war. Aber auch an die Dunkelheit zu gewöhnen, hatte er viel Zeit gehabt. In einem nassen Kellerloch, im Verlies, hatte er die ersten fünf Jahre in Ketten gelegen. Wegen guter Führung durfte er sich dann frei in der kalten Zelle bewegen, da waren aber die Knöchel schon ruiniert und so humpelte er durchs Leben. In den Sommermonaten durfte er das Holz in der Festung hacken und der Wärter, der es gut mit dem Burschen meinte, sagte ihm, er solle nicht versuchen zu fliehen, die Hunde würden ihn mir nichts dir nichts finden und dann würde der Kommandant ihn von der Festung schmeißen, das wäre die einfachste Lösung, da gäbe es wenigsten kein Blut.

Er habe sie nicht mit der Klinge bedroht, seine Grit, sagte er bei der Verhandlung seinerzeit zum Strafrichter in Brünn, und ich hab nicht zugeschlagen. »Ich hatte keine Stichwaffe im Gürtel stecken.« Im Halbdunkel habe er den nächstbesten Gegenstand ergriffen und auf den dämonischen Burschen eingeschlagen, der da bei seiner Frau im

Bett gelegen hatte. Es wäre ein irdenes Gefäß gewesen, das er vom Tisch greifen konnte und das habe er dem Schänder über den Schädel geschlagen, dass es zersprungen sei. »Dann hab ich noch einen Scherben in der Hand gehabt und ihn dem Lump übers Hemd gezogen und dabei habe ich meiner Grit, die neben ihm gelegen hat, den Hals aufgeschlitzt. Es hat nur einen Vaterunser gebraucht, dann war sie ausgeblutet.«

Er sei kein Mörder und sei unglücklich, weinte er, und wenn sie ihn auf den Galgen schicken, wär es ihm nur recht. »Das Leben hatte noch nie einen Sinn und Zweck für mich.«

Aber der Herr Richter meinte, dass er, der Boderer Schorsch kein echter Mörder wär und so was möchte jedem passieren können, da müssten nur die rechten Umstände zusammenkommen. Die Seine hätte eine gewisse Schuld auf sich geladen, habe sie doch Nacht für Nacht mit den Dorfburschen ihre abseitigen Spiele und gegen die gute Sitte den Tag verbracht, habe ihre Tändeleien aufgeführt und die Dorfbuben verführt und schon das allein würde ihr im Fegefeuer lange Zeit der Buße einbringen. Der Richter erzählte dann vom Kalberer, einem Bauern draußen in der Brünner Aue, der seinen Buben Jahr für Jahr die Rute und den Stecken habe verspüren lassen. Im zwanzigsten Lebensjahr des Buben wäre es passiert. Der Vater habe den Johann im Stall mit dem Ochsenziemer geschlagen, bis dem Bub das Blut über den Rücken gelaufen ist. Da habe der Johann in seiner Not die Mistgabel gepackt und sie dem Vater in die Brust gerammt. Der Alte habe noch eine Weile nach Luft geschnappt, der alte Kalberer, dann habe er sein jämmerliches Leben ausgehaucht und er, der Richter, habe den Johann fünf Jahr ins Verlies geschickt, mehr zum Arbeiten und zum Erholen, wie er sagte, hatte der Bub doch zwanzig Jahre Unglück und Schläge hinter sich und der Johann sei nun beim Graf zu Ibis-Joinville drüben im Wald im Erwerb. Wo es nach Krumau reingeht, habe er eine Familie gegründet, und »er ist ein ehrenhafter Mensch«, fügte der Herr Richter hinzu.

»Auf unserem Haus liegt ein Fluch«, klagte der Schorsch. »Der alte Simmerdell hat das schon immer gesagt. Der Simmerdell steht mit dem Erzengel Uriel in Verbindung und das wissen alle Leute im Dorf und der Simmerdell hat dem Vater gesagt, dass da keine Gnad mehr auf dem Haus sei, weil der Vater den gut gewachsenen Hollerbaum, der vor dem Kuchlfenster gestanden hat, eines Morgens abgesägt hat. Er soll sich zum Teufel scheren, hat der Vater den Simmerdell angefahren und acht Tag später war der Vater tot, der Ochs vom Hechtlbauern hat ihm ein Horn ins Kreuz gestoßen und die Mutter ist sechs Wochen drauf auch gestorben, hat nimmer aufgehört zum Husten, sie hat Blut gespuckt und viel gewimmert, dann war sie tot.«

Das Lotterleben der Grit wäre bekannt gewesen, setzte der Richter, nun an den Schorsch gewandt, fort, und er würde ihn für einige Jahre hinauf in die Festungshaft nach Brünn schicken, er hätte schließlich einen Menschen ums Leben gebracht und das wäre mit dem Hauen und Stechen im Krieg nicht zu vergleichen, weil es dort ja um das heilige Vaterland gehe. Im Verlies könnte er nachdenken und wenn er es überstehen würde, dann wär das Gottes Wille und er solle dankbar sein.

»In Koschau und in Wolfenbüttel habe ich überlebt, anno 1627, dann muss mir so was passieren, bring meine Grit ums Leben und muss nach dem elenden Krieg noch ins Verlies«, seufzte der Schorsch, als der Richter sein Urteil verkündet hatte. Der Richter dachte an seinen Valentin, der droben in Prag auf Jurisprudenz studierte, seine Zeit mit den Prager Weibsbildern verlotterte, sich aus dem Leben nur die Rosinen rauspickte und ansonsten den lieben Gott einen braven Mann sein ließ. Der Filius führte ein schlampiges, vom Herrn Vater noch dazu unterstütztes Studentenleben und von der Welt und ihren Nöten und Kümmernissen wusste er nichts und er wünschte dem jungen Delinquenten, der da wie ein Häufchen Elend vor ihm auf der hölzernen Bank saß, Gottes Segen.

31.

So wohnte der Boderer nunmehr in seiner alten Hütte. Das Bett, in dem seine Grit verstorben war, stand immer noch im Herrgottswinkel und da legte er sich hinein.

Mitte der zwanziger Jahre hatte er die schöne Grit, die Tochter eines gräflichen Jagers, geheiratet, da waren der Graf Haunstein und der Prack schon wieder zurück vom Feldzug am Weißen Berg. Der kaiserliche Hauptmann, der dann eines Tages mit einer Soldatentruppe ins Dorf geritten kam und landauf, landab Soldaten anwarb, versprach ihm einen Gulden und er dürfe nach der ersten Schlacht wieder heim zu seiner Frau. Die Grit weinte, aber er ließ sich nicht abhalten, stieg auf den Wagen, auf dem schon ein Dutzend junge Männer zusammengepfercht saßen. Nach vier Wochen stand er in der ersten Schlacht oben an der Oder gegen die Dänen und einen Monat später hatte er noch mehr Glück als Verstand, als er mit General Pappenheim den Wolfenbüttlern den Schneid abgekauft hatte. Einen glatten

Durchschuss durch die linke Brust hatte er überstanden und durfte die schwere Verletzung Weihnachten 1627 im Lazarett auskurieren.

32.

Der Graf Haunstein, der den Schorsch einmal im Verlies besuchen wollte, hatte ihn, nachdem er erfahren hatte, dass der Boderer wieder aus der Haft entlassen und in seine Hütte im Dorf unten eingezogen war, zu sich gerufen. Der steile Weg zur Burg hinauf hatte dem Schorsch beträchtliche Nöte gemacht, aber er wäre nicht der Boderer gewesen, hätte er nicht durchgehalten.

»Kannst des Holz hacken auf der Burg, der Alfred wird schon müde, hat deine Hilfe nötig. Kannst dich davon ernähren und im Dorf wird sich die eine oder andere Arbeit auf den Bauernhöfen finden.«

Der Schorsch konnte keine Ansprüche stellen und war auf die Barmherzigkeit des Grafen Haunstein verwiesen.

Er würde ihn nicht verkommen lassen, habe seinen Fall in guter Erinnerung und er solle sein Leben bedächtig leben, meinte der Graf.

Der Boderer erzählte dann dem Graf Leopold, dass er lesen und schreiben gelernt habe und auch des Lateinischen mächtig sei. Ein gestrauchelter Priester, der seiner Köchin die Gurgel zugedrückt und fünfzehn Jahre zu sitzen und mit ihm im Loch gelegen habe, hätte ihm das alles beigebracht und er hätte für die Mitgefangenen auch Briefe an die Familien geschrieben. »Zudem habe ich das Protokollbuch des Hauptmanns im Verlies geführt, aber das nur zwei Jahre lang, aber der Hauptmann meinte, er würde mich gar

nicht gerne gehen lassen, weil ich alles so gewissenhaft aufgeschrieben habe.«

33.

Als dann eines Tages der Friedrich Auersperg, ein äußerst
ehrenwerter und ritterlicher Mann, ein kluger Kopf zudem,
ein Cousin seiner lieben Klara, sein Besuch war längst an-
gekündigt, bei ihnen einkehrte, lebte Leopold wieder auf.
Die Auseinandersetzung mit diesem fragwürdigen Branka
seinerzeit hatte ihm, vor allem seiner Klara, arg zugesetzt.

In Schwechat draußen hat sich der Herr Papa Friedrich
Alexander Auersperg, ein sehr begüterter Mann, dem Brau-
wesen verschrieben, führt eine beträchtliche Landwirtschaft
dazu, ist mit seiner Baronie angesehen und war bei Hofe gar
Adjunkt des Oberststallmeisters. Am Straßenbau zwischen
Graz und Maribor verdient er und auch an der Pferdezucht.
An der schönen Kupa gelegen, Karlovac vorgelagert, hat er
dem alten Freund Tomislav Horvat, geschätzt seit mehreren
gemeinsamen Grenzinspektionen an der osmanischen Grenze, der ohne Nachkommen aushielt, einen Batzen Geld für
sein Gestüt gezahlt hat. Auch das gereicht ihm zum Vorteil.

»Der Herr Papa wird sich bald am Freiherrn erfreuen
dürfen«, lachte der Fritz, »er stöllt doch Seiner Majestät
jedes Joahr anen Sack Gulden zur Verfügung. Da Kriag is
eben lang und kostete anen Haufen Geld und de Majestät
braucht as Geld, wia de Katzn ane Milch.«

Den alten Gefährten Tomislav, erzählte der Fritzl, lasse
der Auersperg seine alten Tage auf dem Gestüt genießen
und der Sohn Friedrich, der gute Fritzl, der lieber ein Paffe
oder ein Magister in Wien wäre, sagte vom Herrn Papa, dass

er mit seiner Freigiebigkeit mehrere Sprossen auf seiner persönlichen Himmelsleiter erklommen hat.

Hatte der Friedrich, der mütterlicherseits zudem auf italienische Vorfahren verweisen konnte, ihn doch in ein interessantes Frage- und Antwortspiel gezogen. Sie saßen am Abend bei einem Glas Wein, den die Haunsteiner seit Jahrzehnten vor allem aus dem ertragreichen Gebiet um Leitmeritz bezogen, in der Laube, die der kleine Wenzel zu gerne für seine theatralischen, liturgischen Spiele nutzte. Alleine der Charme seiner Wiener Mundart verbreitete eine große Sanftmut und Herzlichkeit und der Fritzl hat die alterierten Herzen der Haunsteiner besänftigt.

34.

Dem Haunstein gingen so viele Begegnungen mit Menschen, vor allem aus den Dörfern, mit Bekannten und Freunden durch den Kopf. Er war also nicht alleine auf dieser Welt. Dass man von Karlovac, wo man dem Osmanen seinerzeit fürchterlich eine aufs Maul gehaut hatte, schnurstracks hinüber nach Triest fahren könnte, erzählte der Friedrich. Und dass die Brauer von Karlovac ein feines Bier zu brauen verstünden und die Mädchen doch so schön seien. »Na, und wer hinauf will nach Zagreb, der wird sich schon deutlich anstrengen müssen. Des is nix für Leite mit aner Schwäche auf da Brust, wird sich entscheiden müssen, durch welches Tor er da hineingehen möcht. Der Herr Vater ist immer beim Onkel Markus in der Oberstadt abgestiegen. Könnt ma viel erzählen, Poldi. Na, beizeiten eben.«

Für den Poldi tat sich eine Welt auf, die er nicht einmal vom Hörensagen kannte. Nun eröffnete der Friedrich urplötzlich eine neue Weite seines Denkens, hatte er am Abend zuvor doch schon ausgiebig über die Olmützer Jesuiten, die den Herrn Onkel stützten, erzählt und was es auf sich hätte mit diesen Geistlichen, die ja, wie der Onkel auch beiläufig angemerkt hatte, ganz schön deutlich hineinregierten, bis in das Kaiserhaus. Gescheite Köpfe wären sie, diese heiligen Männer und eine Disziplin hätten sie wie ein gutes Offizierskorps. »Na, ohne ane Ordnung kannst nix bewegen auf dera Wölt«, räsonierte der Fritzl.

35.

Ein langer, schwüler Tag neigte sich langsam seinem Ende zu. Der Graf Leopold und der Friedrich von Auersperg hatten sich über die Jagd ausgetauscht und der Fritzl konnte hier so manche kleine Erzählung beisteuern. »Die Wildsaujagd letzten Winter hat uns einen Überschuss auf Haunstein eingebracht, sag ich dir, war rentabel. Das war eine rechte Hatz und die Viecha sind recht schlecht zu jagen. Die riechen alles, kannst dich in den Bäumen verkriechen, eine Wildsau hat dich in der Nase.«

»Waßt, Poldi, i selm halt eh nix von da Jagd, is mir a zu blutiges Gschäft, vastehst. Die Frau Mama sagt immer, i wär eher wos für anen Kontor, aber weniger für Ochs und Esel geboren. Na, wann sie des sagt, wird sie schon Recht ham. Irgendwo in ana Niederlassung, lacht sie, auch im Kroatischen oder im Ungarischen. Der Herr Vater hat sich ja gewaltig ausgedehnt, Poldi.«

Vom Dorf herauf erklang ein zartes Stakkato. Der Storrisch Franz, der am Dorfende einen Hof bewirtschaftete, der eine recht beträchtliche Fläche auf der Point oben sein

Eigen nannte, ein Freibauer, hatte wie jeden Abend, solange das Gras gut wächst und das Getreide das Jahr über gut am Halm stand, zu dengeln begonnen. Es war eine lange Tradition in Haunstein, eine Gesetzmäßigkeit in allen Dörfern. Das Dengeln gehörte zum Ablauf des Lebens, wie das Aufstehen in der Früh, wie das Geläut der Kirchenglocken, das Krähen der Hähne am frühen Morgen, das abendliche Gebet im Herrgottswinkel.

Die Bauern oder die Knechte hatten die auszubessernden Sicheln und die Sensen, ihren Dengelhammer und den Amboss hingestellt, den dreibeinigen Hocker dahinter. Der Storrisch setzte den ersten Schlag, dann fielen die Straße abwärts die anderen Bauern ein. So formte sich der silberne Klang und langsam, gelassen zu Beginn tönte das zarte Stakkato durch den Abend, schwoll zum Lobgesang an, bis es nach vielen Vaterunsern gelassen in sich zusammenfiel, plötzlich und endgültig zum Abschluss kam. Diese halbe Stunde glich abendlicher Musik, wie sie der Storrisch anzustimmen verstand, oft genug mit dem Bäumler zusammen, dem alten Simmerdell, an lauen Abenden unter der Linde.

»Weil wir grad eben über deine Wildsäu gredet ham. Sag Poldi, hat etzat as Viech a ane Söl? I red also net von anem Geist, der denken kann, i red vo ana Söl, wia sie a da Mensch hot, glaub i. Vastehst, Poldi?«

Poldi meinte, dass es da schon einen Unterschied zwischen einem Viech und einem Menschen gäbe.

»Wann i etzat deinen Hund anschaug, den Wolfi, und er mi, mit seine Augen, so treu und lieb, da leuchtet doch ane Söl heraus.«

Leopold schaute seinen treuen Wolf an, den er vom Baron Bermann erstanden hatte. Der Wolfi zeigte ihm auf seine lauterste Art, dass er ihn mochte, lachte ihm mit seinen weißen Zähnen entgegen, legte den runden Kopf leicht zur Seite, wedelte mit dem Schwanz.

»Das kann schon sein, dass da mehr da ist«, sagte der Leopold. »Aber ob das eine Seele ist, wie sie der Mensch hat? Ich weiß nicht.«

Der Friedrich ließ den Kopf hängen. »Wann ma a Viech aufschlitzt und ausblutn lässt«, sagte er, »da schaugt es di an, sag i, wia wenn es a Mensch wär.«

Wäre es nach seinem Vater gegangen, wäre der Friedrich heute bei den Benediktinern zu Wien im Schottenstift.

»Mit an Viech kannst besser reden wia mit an Mensch, sog i. A Viech hot a Gfühl, wia da Mensch nicht und er hot ane Treu, da muasst unter de Leit gscheit suacha. Wann ma a Gfühl hot, muass ma a a Söl ham.«

Da hatte der Friedrich den Nagel auf den Kopf getroffen, wenn er mit dem Wolfi redet, gibt es nie einen Streit. »Mit dem, was du sagst, kannst oft mehr zerstören als mit einem Hammer«, hatte der Vater immer gesagt.

»Nix Gwisses weiß man nicht«, meinte der Leopold, »mit der Seele ist es halt so eine Sache.«

»Oder schaug dir a Goaß oder an Schafbock an. Springan umanander wia de Kinder, lachn di o. I sog, se ham ane Söl. Da bringt mi koana ab davon. Es gibt da so anen Glauben in da Wölt, wo de Viecha groß respektiert werdn, hinten im Indischen, wo doch dieser Franz Xaver das Katholische verbreitet. Des Rindviech derf dortn net gschlacht werdn, obwohl de Leit hungern. Na, wos sagst, Poldi? Na, da redet man ja auch von diesem Franz aus dem Italienischen, der hat den Vogerln vor langer Zeit schon ane Predigt gehalten«, sagte der belesene Poldi, »is aber scho lange her, die Vogerl-predigt.«

Er hielt ein, vielleicht um nachzudenken, das eine oder das andere zu bedenken, mit sich selbst zu erörtern.

»Na, wos sog i? Wann di dei Wolfi in da Fruah griaßt, nachat möcht er di grod in de Arm nehma, möchte di fressn, so mog er di. Na siehst eahm grod o, wia a se freit. Freia ko ma se erscht, wann ma a Söl hot.«

»A Spinna a oder a Wurm?«, fragte Leopold.

»I möchte sagn, dass alle Viech a Söl ham, de anen a große, de andern a kloana Söl. In der Heiligen Bibel, de wo da Luther nei aufgschriebn hot, findest a wos vo de Viecha. Da Herr Jesus is goar auf anem Esel nach Jerusalem hinein geritten, er hot eahm, an Esel also, geadelt, vastehst, Poldi?«

36.

Der Leopold schien eine Zeitlang in sich gekehrt, fragte dann eher absichtslos den Friedrich, ob er denn gar ein Lutheraner sei, so im Geheimen. »Die setzen doch lauter so neue Geschichten in die Welt und da weiß man nimmer, wie man dran ist. Aber da ist auf beiden Seiten der Teufel los, bei den katholischen Kaiserlichen und bei Protestanten.«

»Den Herrn Bischof Amos Komenský haben die Kaiserlichen nach Polen gejagt und ein gewisser Tycho Brahe hat ja schon vor geraumer Zeit in Prag am Sternenhimmel ganz gesehen, was mich sehr anregt, und in Amerika, da haben sie ganz neue Völker entdeckt. Was ein gewisser Galileo Galilei forscht, ist ja praktisch aus der Welt, aber es interessiert mich ungemein. Aber ob die Viecha eine Seele haben?«

Der Friedrich schien weniger mit den neuesten wissenschaftlichen Entdeckungen und Erfindungen zu kokettieren.

»Waßt, Poldi, damit ist es ja noch nicht getan. Wann also a Viecherl ane Söl hat, dann muass ma des Viecherl auch christkatholisch begraben. Vorausgesetzt, also so zum Beispiel dei Wölferl, dass sein Herr katholisch päpstlich getauft ist.«

»Schau dir bloß den Türkn an. De Türkn essen a kane Säu, se wärn unrein, sogn de Türkn. Na hörst, a Sau is wenigstens so sauber wia a Rindviech.«

»Weil du grad von den Osmanen redest. Jetzt brauchen bloß noch die Türken einmarschieren, na, dann hast die Herren Osmanen in ganz Europa und das Christentum kannst vergessen.«

»Na, die Kaiserlichen und die Protestanten werdn auch nicht aufhörn, bis alles in Schutt und Asche liegt«, sagte der Fritzl, war er doch auf die derzeitige politische Lage zu sprechen gekommen. »Man darf net vagessn, dass scho vor hundert Joahren die Janitscharen vor Wien gstandn ham. No, es is grod guate hundert Joahr her, wia is sog. Ham a alles dadeppert.«

Der Leopold kramte einige geschichtliche Kenntnisse hervor und erwähnte, dass der Graf Niklas Salm ihnen Mores beigebracht hat. Kommandant in der Wiener Stadt wäre er gewesen. Soweit er sich erinnere, stamme eine Großmutter mütterlicherseits aus dem Salmer Geschlecht. »Die Türken werden so lange nicht nachgeben«, meinte der Poldi, »bis ihnen das schöne Abendland zufällt. Wirst sehen, Fritzl.«

Der Friedrich bestätigte, dass er historisch gebildet war. »Der Osmanen-Sultan Süleyman I. ›der Prächtige‹, woar es, der da so gewaltig zugschlagn hot. Na prächtig woar des net. Ham alles niedergemetzelt. Die woarn eben kane Christenmenschen, sog i. Se woarn eben Schlächter, de Türkn. Es woar a jämmerlichs Gemetzl und a Gschrei in Wien. Wann de Türkn wiederkommen sollten, haun se uns in de Donau nei. Vastehst, Poldi.«

»Du bist ein studierter Mann, Friedrich, mach dir weiter deine Grübeleien. Ist ja auch irgendwie grundlegend, was du sagst. So eine Mischung aus Verstand und Glaube. Dieser Italiener, Thomas von Aquino, hat ja vor vierhundert Jahren schon darauf aufmerksam gemacht, dass man das Denken nicht beiseite schiebt allein zugunsten des Glaubens. Der Onkel Bischof aus Olmütz war doch vor vier Jahren bei uns eine ausgiebige Weile zur Logis und wir haben sehr dezidiert auch über dessen Gedanken geredet, hoch interessant das und aufschlussreich. Ein gescheiter Mann der verehrte Herr Onkel, er weiß viel, ist in allen Disziplinen rastlos, agitiert und ist ein großer Lehrer der ihm Anvertrauten. Gottverlassen käme er sich zeitweise vor, hat er gesagt. Hat viele Niederträchtige um sich, infame Leute, die ihm einen Ärger machen, Günstlinge aus dem Adel, die ein Auskommen und einen zusätzlichen Titel brauchen, auf Kosten der einfachen Leute also.«

»Na hörst«, sagte der Friedrich, »es is ausgschamt, so was. Hat er gar vom Junker von Stecklatsch geredet? Ane penetrante Erscheinung, der Stecklatsch. Der Herr Onkel hat den Junker nach Sankt Magdalenen versetzt, kümmert sich dort jetzt um die Wallfahrer. So eine Exzellenz ist schon allzu oft wie ein Rufer in der Wüste, muss er doch dem Herrn auch auf ungeraden Wegen den Weg in dieser Welt bereiten, sagt bereits der Prophet Malachias, und der war ein Gesandter des Herrn.«

»Aber er hat sich bei uns an so Vielem und Schönem delektieren können, die Jagd hat ihm gut getan, war er ja ein Waidmann in frühen Jahren, da Herr Onkel im hohen Amt.«

37.

»Das Leben in Wien, im schönen Schwechat, wo man so schön fischen kann, hätte schon was für sich«, meinte der gute Fritzl.

»Wia i mit da Strauchl Bille ane wohlgemerkt recht kurz-zeitige Poussage ghabt hob«, erzählte er weiter, »si woar ja de Kuahmagd bei uns im Stall, ane aus anem Einschichthof, is uns amal a Hunderl zuglafn, is einfach so im Hof gschtandn. De Bille hot se so um des Viecherl kümmert und da samma na zsammkemma, de Bille und ich, praktisch durch die Freundschaft zu anem Viecherl oder ma kunt sogn, dass dö Söl von am Hunderl da ane bedeutende Rolle gspielt hot.«

Dieses Ereignis war dem Poldi neu und er konnte nicht glauben, dass der gediegene Friedrich tatsächlich eine solche verquere Kapriole mit dieser gewissen Bille vollbracht hatte.

»Noja, da woar na nach anem Joahr a Kinderl do und mei Herr Vater, i bin eahm heite noch verpflichtet, hot des Madl wieder zruckgschickt zu ihrem Vaterhaus. Er hot aber a schönes Häusl neben den Hof des Vaters gschtöllt und se kriagt jede Woche as Fleisch und de Mili und a Troid und hot praktisch ausgsorgt. Da lassn mir uns a nix nachsagn, vastehst, Poldi? As Buberl wachst etzat friedlich heran, is recht sanftmütig. Es is a wirklich recht schön vom Herrn

Vata, dass er so kulant woar zu da Bille, net? Der Herr Vater hot mir schon deutlich gsagt, dass ma in meim Alter, i woar da seinerzeit an de fünfzehne, a scho an Vastand hom könnt. Aber i woar da a eben unerfahren, so feurig dazu. Na, Poldi, du waßt ja a wia dös so is, wann ma jung is und bled. Oba wann i a so a hoaßblütigs Madl gsegn hob, na da bin i aufkocht.«

38.

Dem Poldi kam unvermittelt diese Frau in den Sinn, die ein paar Haunsteiner im Wald, wo es in die Haid raufgeht, aufgegriffen hatten. Sie wäre beim Reisig sammeln gewesen, erzählte sie ihnen und es müsse eine Vorsehung gewesen sein, dass sie ein Fremder angesprochen hatte. Er hatte gesagt, er wär von weit her, aber doch noch ein Böhmischer mit einer dringlichen Order von ganz oben und sie sollte Vertrauen haben.

Die Dörfler konnten mit dieser Frau nicht viel anfangen, gaben ihr zu essen und zu trinken. Der Schulze hatte ihn, den Graf Leopold, dann ins Dorf geholt, damit er sich diese sonderliche Person selber anschaue. Sie konnte nicht erzählen woher sie sei, auch nicht, wie sie heiße. Die Frau machte einen verwirrten und verstörten Eindruck, aber sie schien nicht unglücklich zu sein.

Sie sagte, sie müsse nun hauptsächlich von Waldfrüchten leben, weil die dem Kind in ihrem Bauch viel Kraft spenden würden. Er wäre kein gewöhnlicher Mann gewesen, aber ein guter, dieser Fremdling und das Kind würde kein gewöhnlicher Mensch werden, habe der Fremde gesagt und sie solle beten, viel beten, auch für ihn.

39.

Der Poldi war ermüdet ob der Redseligkeit des lieben Cousin, schmiegte seinen Kopf schläfrig in das Kissen, seine Aufmerksamkeit erlahmte zusehends und er forderte den verehrten Vetter auf, das Glas zu füllen und zu trinken, weil man so jung nicht mehr zusammenkommen würde. Der gefällige Fritzl nahm diese Anregung gerne wahr, bevor er fortfuhr ein weiteres Histörchen zu erzählen.

»Der Herr Vata selm hot ja a zwoa Kinder en passant«, erzählte der Fritz. »Er hot goar a Verbindung zu denen Kindern, besucht se des ana oder des andere Mal, insistiert sogoar drauf, geniert se da goar net, der Herr Papa. Das muaß ma eahm lassn, is eben a akkurater Mann, hab i Respekt davor. As ane Kind, a Madl, wachst in da Sagmühl druntn auf, da Stiefvater liefert as Holz zu uns auf unserem Hof. Da Bua vom Vater, na ja, eben außerehelich, wias anem so zuastoßt, is eahm wia aus am Gesicht gschnittn. Hörst, des is scho putzig, so was. Oba kanes is a Bankert, kimmt jedes sche durch as Lem. Es is halt scho a so a Sach mit da Liab. Is eben a ana Sach vo da Söl. Es gibt eben Sachan, de ma mit anem gewöhnlichen menschlichen Verstand kaum dapackt. Da is doch dieser gewisse Professor Kepler in Prag und in Linz dabei gwesn, hab i viel glesn drüber, dass er den Himmel neu vamessn hot, und der, also der Kepler, hot a gsagt, dass es so viel gibt, wo da Mensch heite no goar nicht ahnen kann. Es ist irgendwie mysteriös, sagt meine liebe Mama immer, dass i dös Gleiche fühl wia sie selber.«

Die Magd legte noch Etliches auf die Teller. »Auch eine Liabe«, stellte der Fritzl, ihr nachblickend, fest.

»De liabe Mama is vor Joahrn vom Ross gfalln und da

hat sie dann vazöhlt, dass ihr praktisch an Engel erschienen wär' und der hot immer gsagt, dass alles guat wird und der hot se in seine Arme gnommen, hot se mit seinen weichen Flügeln bedeckt und es hot ihr alles guat getan. Des hot sie vazählt. Da ham de Leit na den Wundarzt gholt, aber da Schneiders Michael, der a gschickter Holzknecht am Hof war, hot gsagt, er hätt da Mama, wia a sie gfundn hot, den Arm scho wieder eikugelt.

Er wär zu dem Unglück vo da gnädign Frau dazua kemma, weil er vom Weg a wenig abkemma wär, hot der Michl gsagt, und da hot er se gfundn und as Ross hot a Gras gfressn. Vo am Wundarzt hält er, da Michael, goar nix und es wird bald alles wieder so guat wia zuvor.

Und zu dem Wundarzt, der na doch recht schnell kemma is, weil da Vata koana Ruah ghabt hot, und der ihr glei an Aderlass gnomma hät, hot de Muata gsagt, er soll se schleicha, weil er selm a saures Bluat hot, weil seine Hehnerfürz, die er ausstoßt, stinkan wia d'Sau und des woaß a jeder im Dorf.

Dass er etzat in da Kamma herinna ungeniert sane impertinente Flatulenz ausblasn würd, hot se gsagt, gar unter de Leit da im Haus der Auersperg, wär scho a Schand. ›Mir ham zwoar an Kriag‹, hot se gsagt, ›des hoaßt aber noch lang net, dass unserans auf diese pestilenzialische Art und Weis ums Lem bracht werd.‹«

Der Fritzl griente übers ganze Gesicht. »Na, as ganze Gsind hot glacht, was ma sich vorstelln könnt.«

Fritzl liebte den böhmischen Wein und meinte, der käme dem Mährischen, den man bei Velké Pavlovice anbaue, doch sehr nahe. »Der Böhmische Rote hat an optimal ausbalanciertes Cuvée, wia ma so sagt, a bissl so a Arbst is des, goar mit an albanischen Einschlag, sag i. Oba a wannst hinterm Wiener Nußberg nausgehst, liegen da schon recht schöne Schrägen mit anem Wein, der sich sehen lassen kann.«

Fritzl meinte, dass man für einen guten, ausdrucksstarken Wein eine gute Lage brauche, viel Sonne. »Na, es kommt zweifellos drauf an, was da Liebhaber für anen Geschmack hot, nussig möcht er es vielleicht, fruchtig, je nach der Vorliebe.«

»Um auf den Herrn Medikus zurückzukommen«, setzte er seinen Sermon fort, »er is da auch recht sauer gwordn, der Herr Blutegeldoktor, gar unhöflich, hat da Herr Vater gmant. Na is er davon gerittn, da Windblasa. Recht rotzig woar er, der Herr, muss i schon dazua sogn, kann mi net haltn. De Mama is bald wieda gsund worn. Aber des woar a nachher so ane besondere Nähe zwischen da liabn Mama und userm Holzknecht. Irgendwia hot des mit da Söl, mit am Herz, ana Empfindung, zu tua ghabt, woar sie, de Mama, überzeugt davon. De Mama is nachat gern mit an Michael ausgerittn, weil sie gewisse Zustände ghabt hot, wann sie so allan woar. Er wär ihre Zuflucht, hot sie gsagt und da Herr Papa, der eher a Bauer is, der da weniger mit am Herz hot ofanga kenna, hot an Michael freigschtöllt vo da Holzarbeit.«

Wenn der Poldi sich die lebhafte Frau Mama vom Fritzl vorstellte, so erinnerte sie ihn, er konnte nicht begründen warum, an die Reisigsammlerin, die jetzt im Dorf in der Armenhütte lebt. Und er nahm an, dass die Weibsleute doch irgendwie andere Lebewesen als die Mannsbilder sind.

40.

Er meinte dann noch, dass er mit einem gewissen Józef Kossak, der im Dorf bei einem Bauern arbeitet, mehrmals schon geredet habe. »Ein Gscheiter is dös, hörst, wahrhaftig. Der Kossak hot reichlich viel im Kopf und der sagt dir aus der Sicht des einfachen Mannes, dass es noch viel zwischen Himmel und Erde gibt, was wir heite noch nicht wissen. Hot gar ane Heilige Schrift in Besitz, der Kossak, is oba koa Lutherischer, sog i. Na, da Pfaffe derfat dös net wissen«, lachte er.

Der Józef Kossak war aus dem Polnischen zugewandert, lange vor dem vermaledeiten Krieg, den sie als einen Propheten in Haunstein ansahen. Er war ein ehrenwerter Mann, Knecht beim einschichtigen Seiler, dem die Frau im Kindbett gestorben war. Jetzt lebten da diese zwei doch recht unterschiedlichen Männer harmonisch in einer Stube zusammen. Wortkarg erfüllten sie gemeinsam ihren Alltag im Haus, im Stall, auf dem Hof, dem Feld, im Wald. Nachts, so erzählten die Haunsteiner, wäre lange, oft bis zur mitternächtlichen Stunde ein kleines Licht zu sehen und die zwei fachierten auch mit den Händen, redeten wohl über dies und das, über Gott und die Welt.

Dem Pfaffen war das nicht recht, das viele Reden, wie er verlauten ließ. Aber der Vinzenz Seiler, der keinen Streit mit dem Pfaffen suchte, sagte ihm, dass sie über ihren Herrn und Gott redeten, der die Welt so weise und gut geschaffen hätte. Da wars der Pfaff zufrieden.

Der kleine Wenzel, der abseits in Gedanken war, vielleicht eine komplizierte liturgische Form der Laudes oder gar eines feierlichen Hochamtes durchdeklamierte, warf plötzlich ein: »Wenn wir eine Braxn oder ein Rotaug aus der Reuße heben, dann hauen wir der Braxn eine übern Kopf. Dann sieht man genau, wie sie die Seele raushaucht, stoßweis. Aber beim Braten in der Pfanne schnalzt der Fisch manchmal, des war dann des letzte bisserl von der Seele.«

Es war noch ein ausgiebiges Gespräch mit dem Cousin an diesem Abend und nicht das letzte während seines Aufenthalts auf Burg Haunstein und der kleine Wenzel sagte, dass er auch einmal ein solcher Gescheiter werden möchte, wenn er nicht Bischof würde. Der Friedrich hat schließlich von selber dieser Rede ein Ende bereitet.

»Ich möchte goar noch beim Baron Buthagen vorbeischaun, der vor Gratzen seine Residenz hat, a wengerl entlegen halt und dann möchte i no mit ana Zille über die Donau nach Gmünd rüber, wo ja noch der Kalitsch sei Domäne hot. Könnt an Herrn Kaiser, an Herrn Ferdinand, as Göld verleihen. Vastehst, Poldi, er is a Geldiga, da Kalitsch Peter.«

»A Gschickter is er«, fügte er hinzu, »hots zu wos bracht mit seine Viecha und an Bergbau, an Haufn Gneis und Grant baut er ab und in Trattenbach holt er sich as Pyrit, braucht er für de Schwefelsäure. Wos es ois gibt, Poldi, sama froh, dass uns dös nix ogeht.«

Der Leopold war gründlich instruiert.

»Man begegnet recht selten so trefflichen Menschen, wie der Friedrich einer ist, er soll nur weiter denken, kann nicht schaden«, aber so im Alltag, von Montagfrüh bis Sonntagabend haben wir doch ganz andere Probleme und Nüsse zu knacken, meinte Klara, als der Leopold ihr von den Gesprächen mit dem verehrlichen Cousin berichtete.

»Ma muass genug über alles wissen«, sagte der Poldi dem Wenzel, der ihn tagsüber nach allen Geheimnissen der Welt ausfragte, »aber alles über wos anziges.« Und der Wenzel spitzte seine Ohren, hatte er doch wieder etwas zu bedenken und zu hinterfragen.

Der gute Friedrich hat geheiratet, eine liebenswerte Schöne eben aus Maribor, wie sich's geziemt. Er ist glücklicher Vater von zwei gesitteten Kindern und regelt einen beträchtlichen Teil des großen landwirtschaftlichen Besitzes, der ihm früher oder später zusteht. Allem Getier auf seiner Domäne, vom Borstenvieh bis zu seinem Hunderl, wird es bei ihm gut gehen.

41.

Józef Kossak, den sie den Propheten nannten, hatte zwei dicke Bücher in der Schublade. Das eine hatte er irgendwo einem Lutherischen abgekauft. Es wäre die Heilige Schrift, sagte der, aus dem auch die katholischen Pfaffen lesen würden.

Wenn man nach dem christlichen Glauben lebt, sagte er, dann könnte man auch den Nachbarn besser ertragen und alle im Dorf wären in ein Geflecht von Vorurteilen und Engstirnigkeit, von Rechthaberei und übler Nachrede, von Ränke und Hinterlist eingebunden. Aber es gibt auch die guten Leute, die ihre Netze spinnen mit Hilfe und Trost und gutem Zuspruch.

Und er sagte voraus, dass die Guten und Gottgläubigen sich schlussendlich durchsetzen. Es würde am Himmel einmal untrügliche Zeichen geben, sagte er. Auf Erden aber würden Lug und Trug die Menschen irre leiten und es gäbe Kriege und Krankheiten und viel Hunger. Das wären Zeichen, dass der Untergang der Welt nahe wäre. Die Länder würden übereinander herfallen und das ganze nie dagewesene Elend würde lange so dauern, bis die verstockten Seelen umkehrten. Aber das große Strafgericht wäre nötig und Gott würde seine mächtigsten Erzengel schicken, denn per curiam werde sich alles wieder zum Guten wenden. Die Wucht der Strafe wird alle Bösen von der Erde vertilgen und die Guten werden ein heiliges Regiment der Liebe errichten.

Der Pfaffe sagte auch, dass man dem Józef Kossak vertrauen könnte, weil der dem Pfarrer nicht zuwider rede und weil er aus seinem heiligen Glauben lebe. Der Kossak besserte alles aus, was im Haus und Garten des Pfaffen alt und zerbrechlich wurde. Die Leute sollten auf den Kossak hören, sagte der Pfarrer, gerade in dem großen Elend, dass die Lutherischen über die Böhmen bringen. Das sagte er, weil es Streit gab um den Kossak im Dorf.

Der Pfaffe kam auf den Prophet Jeremia zu sprechen, weil er ein guter und frommer Mann war. »Ich werde meine Gerichte über die Schlechten sprechen wegen all ihrer Bosheit, dass sie mich verlassen und den Götzen geräuchert und vor den Werken ihrer Hände sich niedergebeugt haben«, zitierte der Pfaffe in der Kirche den Jeremia, »und die Bösen werden zwar lange gegen das Gute streiten, aber es nicht überwältigen; denn ich bin mit den guten Christenmenschen, spricht JHWH, um sie zu erretten.« Graf Leopold sagte dem Pfaffen nach dieser tröstlichen Predigt seinen Dank und lud ihn zu einem Gespräch auf die Burg und es würde sich schon ergeben. Da könnte man dann über Gott und die Welt und über den Krieg und die Politik palavern und vielleicht auch darüber, ob die Viecher eine Seele hätten, lachte er.

Der Pfarrer hätte mit dem Herrn Graf auch Ungereimtes, wie er sagte, zu besprechen. Dass der Kossak auch so was wie ein Dorfprediger wäre, würde doch zu sehr in seine seelsorgliche Zuständigkeit und Verantwortlichkeit eingreifen, sagte er dem Graf Leopold.

Dem Kossak sagte er, dass es wohl besser wäre, wenn er, der Kossak, sich zurückhalten würde.

Zu viel gehässigen Gemunkels und boshafter Äußerungen und oft giftige Blicke müsse der Ortspfarrer wegen ihm, dem Kossak, hinnehmen. Und wenn's da neben dem Pfaff auch noch eine Person gebe, die die Leute gar gleichwertig anschauen, gäbe es über kurz oder lang Ärger in der Pfarrei. Dem wollte der Kossak nicht widersprechen, weil es ihm um den Frieden ging.

42.

Zu diesem Gespräch hatte es kommen müssen. Weder Vater Prack noch die Mutter, die Anna, hatten damit gerechnet.

Was da seit einiger Zeit im Kopf des heranwachsenden Rupert so vorging, schien ihnen doch im Wesentlichen entgangen zu sein. Nach Prag wolle er, die Welt sehen und sich an den Frederik Mannstein anhängen. »Nach dem Besuch zweier kaiserlicher Gesandter vergangene Woche, wird der sicher mit dem Harrschler in Richtung Prag reiten und du Vater kennst ihn und könntest ein gutes Wort für mich einlegen«, sagte er. Und er dachte, dass diese Bitte der Vater nicht abschlagen könne und er sicher mehr über die Kuriere wisse und die Absichten des Mannstein.

»Du bist kaum fünfzehn Jahre alt«, sagte der Vater zu Rupert und das Herz seiner geliebten Mama klopfte, er konnte es spüren.

»Das halte ich nicht aus, Bub. Du nach Prag oder sonst

wohin, mit zwei Kriegern. Du kennst doch die Erzählungen vom Vater und von Graf Leopold. Mitten im Krieg willst du nach Prag. Dort gehst verloren und es ist doch gleich, ob du das Haus am Hradschin jemals kennen lernen wirst oder nicht. Es gehört uns nicht, es muss dich gar nicht interessieren, bist kein Adelsmann«, sagte sie mit zittrigen Lippen.

»Der Vater war kaum älter seinerzeit und ist mitten hineingestürmt in die Schlacht. Ihm ging es ums böhmische Vaterland und seinen katholischen Glauben, er hat dich, jung verheiratet, daheim gelassen und ist dann gar noch ins Heidelbergische hinüber. Mir geht es darum, die kaiserliche Stadt zu sehen. Wenn ich alt bin und eine Familie habe, werde ich kaum noch nach Prag kommen. Außerdem haben die Haunstein'schen in Prag Verwandte, da könnte ich immer wieder anklopfen, wenn es brennt.« Mit allen Finessen wollte Rupert seine Eltern überzeugen.

Stefan Prack zog den Kopf ein. »Unser Rupert ist schon sehr besonnen«, sagte die Mama, als sie alleine waren.

Leopold Haunstein sagte tags darauf, dass sein Großer derzeit kein Interesse an einem Ritt nach Prag hätte, aber er hätte den großen Wunsch einer Reise nach Regensburg mit einem Säumerzug angedeutet.

»Ihr müsst diese schwere Entscheidung, ob der Rupert nach Prag reitet, als Eltern treffen. Erinnerst du dich, dass wir mitten in der Nacht aus der Burg verschwunden sind und unsere Frauen, Kinder und die Eltern heimlich verlassen haben. Was waren wir dumm und gedankenlos. Da schäm' ich mich noch heut. Der Mannstein ist ja der Anführer und der Harrschler Gust, der Unverwüstliche, gehört dazu. Der würde allein einer ganzen Schwadron den Garaus machen, du kennst ihn. Eine bessere Begleitung kannst du dir gar nicht vorstellen für den Rupert.«

Was den Frederik ständig umtreibe, könne er nicht verstehen, sagte der Stefan zu seinem Freund. »Einmal ist er da, dann wieder in der weiten Welt, und das mitten im Krieg. Wer weiß, was ihm während der Reise alles einfällt.«

»Von Pilsen und nördlich aus Eger, auch von Brünn aus liefern die Handelswagen viel Gut nach Prag. Da wäre im Ernstfall auch Platz für den Rupert. Ich würde ihm ein Empfehlungsschreiben mitgeben. Lass ihn mitreiten, er hat eine Figur wie du, groß gewachsen ist er und Arme hat der Bursche wie ein osmanischer Ringkämpfer.«

Die Eltern wussten nicht, ob ihre Entscheidung von Vernunft gesteuert wäre. »Wir denken noch darüber nach«, sagte der Vater, »Bub, wir wollen das Beste für dich.«

»Das Beste, Vater, wäre diese Reise für mich.«

Der Mannstein war nicht sehr begeistert, als ihn Stefan Prack bat, seinen Sohn durchs Böhmische nach Prag mitziehen zu lassen und auf ihn aufzupassen. »Wenn er wie du ist, kann es mir recht sein«, sagte er. »Eine solche Reise kann auch ganz anders verlaufen, als man es sich vornimmt. Zudem wird sich erst während der Reise endgültig entscheiden, wo es hingeht. Du verstehst doch meinen Dienst.«

43.

Die Freude des jungen Menschen war mit Händen zu greifen. Jeden Abend fiel Rupert todmüde vom Pferd auf das dürftige Lager. Er hatte sich nicht vorstellen können, dass Reisigkissen und dicke Blätterhaufen ein vortreffliches Nachtlager abgeben würden. Nach zwei Tagen war er wundgeritten. Am Ende der ersten Woche zweifelte er an seiner Entscheidung, die weite Welt zu erobern und hatte nur den einen Wunsch, daheim auf der Burg zu sein.

Nach mehr als zwei Monaten recht eintönigen, aber sehr anstrengenden Rittes, bei dem sie verschiedene Lager zwischen Pilsen und dem mährischen Brünn besucht hatten, waren Mannstein, der Harrschler und Rupert in Zlin angekommen. Er habe dort einen wichtigen Obristen zu treffen und müsste wohl eine Zeitlang seinen eigenen Wegen nachgehen, sie sollten sich nicht um ihn sorgen.

Das wäre aber weitab von Prag, wagte Rupert einzuwenden. Rupert hatte in den vergangenen Wochen immer ersehnt, dass Mannstein irgendwann die Richtung nach Prag einschlagen würde oder ihn mit einem Zug Soldaten oder reisenden Kaufleuten, die stets von einer beträchtlichen Kohorte begleitet waren, in die Kaiserstadt schicken würde.

In Uherský Brod logierten sie eine gute Woche beim Pfandleiher Joshua Rosenkranz, einem betagten Juden, der den Mannstein mit besonderer Ehrerbietung empfangen hatte. Die beiden waren bald nach der Ankunft für zwei Tagen verschwunden. Dieses Verschwinden des verehrten Freundes interessierte ihn und er fragte den Harrschler, was es damit auf sich habe. Der Harrschler deutete ihm, er solle sich die Stadt anschauen, ihn interessiere auch nicht, was der Mannstein so treibe. Aber der Mannstein habe einen Beruf und diesen Anforderungen müsse er nachkommen.

Rupert überließ sich der Führung des jungen, hellwachen Joshua Rosenkranz, der nach seinem Vater hieß. »Die Juden haben ihr Viertel nach den Brandschatzungen und Plünderungen der 1620er Jahre wieder hergerichtet, als hemmungslose Soldatenhaufen in die Stadt eindrangen, jüdische Häuser als Quartiere konfiszierten und deren Bewohner zu hohen Zahlungen zwangen. Zuletzt haben sie sowohl unsere Wohnungen als auch die Synagoge geschliffen.

Die Tschechen brauchen für den Aufbau noch ein paar Jahre. Bis dahin wird aber der Krieg vermutlich vorbei sein«, lachte der junge Rosenkranz, ein gewiefter und mit der Historie seiner Stadt vertrauter Mensch.

Monate später, sie befanden sich zur winterlichen Zeit wieder nahe der Heimat im böhmischen Wald, erzählte Frederik Mannstein von seiner Visite bei einem Verwandten des Jan Rudolf Trčka von Lípa, einem gewissen Wenzel Bednarek, der nahe Hersch Brod einen reichen Bauernhof unterhielt. Der sei ihm aus alten Zeiten in Prag bekannt. Der Wenzel hatte Nachrichten für ihn und obendrein eine gewisse Summe Geldes bereitgehalten, die Mannstein für seinen Auftrag verwenden durfte. Zudem sei der Wenzel Bednarek endlich wieder ein Katholischer und das rechne er ihm hoch an.

44.

Strenge Ritte lagen vor ihnen, kaum dass sie aufgehalten wurden. Soldaten der Kaiserlichen, die sie anhielten, salutierten schließlich gar vor Mannstein. Rupert konnte sich darauf keinen Reim machen. Die Offiziere dieser kleinen Einheiten erzählten von protestantischen Haufen, die immer wieder aus dem Hinterhalt angriffen. Sie würden aber bald über die Grenze ins Deutsche hinübergejagt werden. Es gelte nur, sie beizeiten zu wittern, lachte ein Obrist, um Auseinandersetzungen zu entgehen.

Dann fand er sich nach weiteren Wochen in Znaim wieder und merkte, dass er an beharrlicher Ausdauer und Kraft gewonnen hatte und dass er die Zeichen der Natur und die Umstände besser verstehen und einordnen gelernt hatte. Mannstein und Harrschler waren erstrangige und geduldige Lehrmeister.

Abends schlief er ein, kaum dass er einen Bissen gegessen hatte. Nur um die Pferde ausruhen zu lassen, befahl Mannstein abends einen Halt. Anscheinend war er es gewohnt, die Pferde an nur ihm bekannten Aufenthalten zu tauschen und auch zur Nachtzeit weiterzureiten. Sie umritten Wien, Graz gefiel ihm, und Rupert lernte auf dem Rücken seines Pferdes die Welt kennen. Mannstein und der reitende Gustl verstanden sich wortlos, unterhielten sich mit Gebärden, Blicken und Handbewegungen, einer konnte die Gesten des anderen richtig deuten.

Trotzdem verstand er allmählich, dass dies nicht irgendein Erkundungsritt des alten Kämpen Mannstein war, sondern dass hier Absichten zutage traten, die mit dem Krieg zu tun hatten und hinter allem ein ausgeklügelter Plan stehen musste. Ein solcher Plan konnte nicht erst während des monatelangen Ritts peu à peu reifen und in die Tat umgesetzt werden.

Er könne jederzeit bei Freunden bleiben, in Wien, in Graz oder wo immer auch, sagte der Mannstein, sah er doch die Müdigkeit, mit der Rupert zu kämpfen hatte. Er würde nicht aufgeben, sagte sich Rupert. Er würde wohl nicht in Prag einreiten, aber vielleicht in Rom.

45.

Auch im Feldlager vor Uherský Brod war ein Trubel, wie in einer großen Stadt. Ödön Gabor hatte den Dreien das Quartier gemacht und den jungen Rupert Prack unter seine Fittiche genommen. Frederik Mannstein, den die Offiziere respektvoll als Herrn Rittmeister Mannstein titulierten, war von einem Tag auf den anderen verschwunden, irgendwohin geritten. Am ersten Sonntagmorgen nach ihrer Ankunft hatte er lange vor Sonnenaufgang das Feldlager verlassen, ohne ein Wort, niemand wusste, wo er geblieben war, wohin er sich orientiert hatte.

»Er wird wiederkommen, darauf kannst du dich verlassen«, sagte Gabor, der ungarische Oberleutnant, »aber es mag dauern. Er hat zu tun, lässt er ausrichten. Er ist ein unabhängiger Mann, man braucht solche Leute für schwierige Aufträge, er kennt die maßgeblichen Leute bei Tillys Kaiserlichen wie bei den selbstbewussten Ständischen in Prag und darüber hinaus reichen seine Verbindung bis Bayern hinein und im Süden bis ins Ungarische hinunter. Frederik Mannstein ist jahraus, jahrein unterwegs.«

Rupert konnte sich noch immer kein rechtes Bild über den im Dorf daheim nur Buckler Genannten, seinen verehrten Freund Frederik Mannstein, machen, obwohl sie lange schon, den vierten Monat, zusammen geritten waren. Hinauf nach Olmütz hatte Mannstein eine Order geführt, nach Königgrätz dann für einige Wochen. Hinüber nach Prag, die Stadt seiner Träume, sollte er zudem reiten. Auch der schweigsame Harrschler war mit seinem Herrn verschwunden, Mannsteins Schatten wäre er, wie die Soldaten sagten. Der Gustl, der mit den Oberen wenig zu tun haben wollte, hatte sich bei den Soldaten einquartiert, wollte lieber bei Seinesgleichen im Zelt liegen.

Mannstein hatte mit Graf Haunstein seinerzeit bei den Matthias'schen Kürassieren in Ostrau gedient und lange genug in Landskron in der schäbigsten Kaserne, die man sich vorstellen konnte, gelegen. Nachkommen der Grafen Harras hatten die Kasernengebäude seit langer Zeit im Besitz und verkommen lassen.

Kriegerischen Auseinandersetzungen abhold, hatten sie sich eher als Ratgeber von Fürsten und Kaisern seit Generationen hervorgetan. Mannstein kannte das Habsburgische Kaiserreich besser als Seine Majestät selber. Er wusste ebenso um die Lügnereien, die Heimtücke und Sirenentöne der falschen adeligen Zunft am Prager Hof und im kaiserlichen Wien. Seit vielen Jahren war er mit Harrschler unterwegs, für besondere, vertrauliche, diskrete Aufträge eingesetzt.

»Rede nicht zu viel, Rupert, vor allem nicht in so gefährlichen Zeiten. Schweigen ist oft Gold wert, gerade wenn du dein Gegenüber nicht kennst, es gibt genug Leute, die erst reden und dann denken.« Mannstein ließ in diesen Monaten der gemeinsamen Expedition, an stillen Abenden vor dem Zelt, auf ihrem Weg durch die böhmischen Lande, eine um die andre Lebensweisheit ins Gespräch einfließen, wusste er doch, dass der Rupert nicht nur jung und liebenswert, auch weitgehend unerfahren und naiv war, gierig zudem, Neues zu erfahren, zu erleben.

Mannstein wusste aus unguter Erfahrung, dass der eigenen Vertrauensseligkeit oft nur zu schnell der Verrat der Gegenseite auf den Fuß folgte. »Den konfessionellen Händeln und Auseinandersetzungen ist nicht beizukommen, das mündet noch in der Katastrophe«, hatte Major Kohn-

Bela, ein bewährter und gemäßigter Haudegen, auch einer aus dem Ungarischen, erzürnt in der Offiziersmesse gesagt, wenn die Abgesandten des Kaisers in den Gaststuben und Spelunken in den Garnisonsstädten prahlten, sie würden die Lutheraner schon zwingen, wieder den alten Glauben anzunehmen, und wenn es deren Kopf kosten würde.

Kaiser Ferdinand brachte da keine Ordnung in den konfessionellen Wirrwarr, eher Unfrieden ob seiner Härte und Unnachgiebigkeit. Das Land war zerrissen, nicht einmal im österreichischen Stammland wollte ihm der Frieden gelingen, die Stände waren unzufrieden, vielmals zerstritten. »Jeder schaut nur auf seinen Sack«, polterte Kohn-Bela, ein im Grunde ausgleichender Mensch.

Rupert saß in Ödön Gabors Zelt, flickte sein zerschlissenes Wams, putzte seine und des Oberleutnants Stiefel, legte ein einfaches Gedeck auf zum Abendessen. Vor dem Zelt nahm die Lautstärke zu, Ödön erhob sich, lüftete knapp den Zelteingang, schaute hinaus, im selben Moment torkelte ein Soldat durch den Eingang. »Scheiß Böhmen«, schrie er, wollte den Säbel ziehen, sicher nicht im Besitz seiner Sinne, »der Teufel soll euch alle holen und euren Kaiser dazu«, grölte er, »wartet nur, bis ihr zu uns kommt, wir werden euch durch die Puszta jagen, die Schädel werden wir euch abhauen und an euren Stephansdom heften, stinkiges Gschwerl, Dreck, Kaisertrottel seid ihr alle, Abschaum.« Dann schlug er flach und mit voller Wucht auf den Boden im Zelt,

»Das ist der Oberleutnant Arany von der achten Kompanie, jähzornig und meistens besoffen, Heimweh hat er und unbeherrscht ist er«, seufzte Ödön, packte den Herrn Oberleutnant Laszlo Arany an den Füßen und zog ihn ins Freie vor das Zelt. »Packt ihn auf einen Karren«, wandte er sich an seine Leute, »und schafft ihn zur Achten hinüber, die werden sich um ihn kümmern.«

»Darfst dir nichts denken, Rupert, im Krieg liegen die Nerven blank, der Arany ist einfach zu jung für ein Kommando, aber der Vater ist ein Herr General bei den Ungarn, irgendwo im Generalstab und der Herr Sohn muss in seine Fußstapfen treten, aber der wird einen Dreck tun, der wird sich entweder zu Tode saufen oder er wird irgendwo auf dem Feld der Ehre sein Leben aushauchen.«

Rupert schwieg, was sollte er schon sagen? Diese politischen und religiösen Zusammenhänge zu erfassen, war ihm bisher nicht recht gelungen. Von den Ungarn wusste er aus Mannsteins Erzählungen, dass sie, wild und beseelt von ihrem Wunsch nach Unabhängigkeit, gar mit den Türken paktierten, und gegen die Kaiserlichen ließ sich von ihrer Seite immer etwas ins Feld führen.

Der Vater daheim auf der Haunstein'schen Burg würde sagen, dass das eine schlimme Zeit wäre, dass sie nichts daran ändern könnten, dass die Mächtigen den Kuchen schlussendlich unter sich verteilten und man sollte alles tun, um sich herauszuhalten. In der Offiziersmesse am Abend meinte Hauptmann Kohn-Bela beiläufig, man solle gnädig schweigen über den Vorfall mit dem Arany. Er, Ödön, solle das seinen Leuten beibringen. »Irgendwann weht der Wind aus einer anderen Richtung, wissen Sie, Gabor, dann ist es gut, wenn er einem nicht allzu scharf ins Gesicht bläst, heutzutage geht es ums Überleben.«

Der Arany hatte schon gestern im Offizierszelt, wieder einmal betrunken und eingeschränkt ansprechbar, geschrien, dass er diesen Krieg für sich erst beendet habe, wenn er das Herz des großen Feldherrn gebraten und gefressen habe.

Rupert versuchte einzuschlafen, dachte an den unvermittelten Aufbruch vor einem guten halben Jahr auf der Haunstein'schen Burg, sah wieder die Mama vor sich, die weinte. Er würde sich nicht abhalten lassen, sagte er damals zur Lara, nach Prag wollte er unbedingt, koste es, was es wolle. Das Haus am Hradschin möchte er sehen und die Stadt und wenn es Jahre dauert bis der Krieg aus wäre. Zudem wäre er jetzt alt genug und stark wie ein Mann, könne den Bogen führen und das kurze Schwert auch schon. Der Mannstein würde ihn schon durchbringen, sagte er zur Lara. Dann schlief er ein.

Mit Frederik Mannstein und dem Harrschler sah er sich durch die Ländereien reiten, an der Moldau fischen, im Wald kampieren. Er saß im staubigen Hof der Haunstein'schen Burg, fühlte den warmen, sandigen Boden. Der alte Zenker brachte ihm eine Henne nach der anderen im Maul. Rupert solle ihnen den Kopf umdrehen, las er als Aufforderung aus Zenkers Augen. Der Vater brachte einen Korb mit eichenen Holzscheiten, er solle endlich die geforderten Holznägel fertigen, die hölzernen Nägel würden mehr taugen als die eisernen Stifte, wären zudem billiger, hielten lange, schützten vor Fäulnis. Laras Gesicht leuchtet das eine oder andere Mal auf. Sie müsse nicht nach Prag, sagte sie. Das Haus am Hradschin locke sie gar nicht und sie möchte mit ihm in Haunstein glücklich werden.

46.

Der Obrist von Knortzingen beanstandete im Zelt des Stabes vor den versammelten Offizieren mit scharfen Worten, dass die Pferde ungenügend gestriegelt und gepflegt wären, das habe er am Nachmittag mit Entsetzen festgestellt. Zecken hätten die Rösser im Fell, sie hätten Schürfwunden, wären einfach ungepflegt und die meisten der armen Gäule würden stinken, weil sie zu wenig Wasser sehen würden. »Wie der Herr, so as Gescherr«, schnarrte er.

»Dafür sitzen die Soldaten in den Zelten und saufen literweise ihren Branntwein«, schrie er. »Mit so einer versoffenen und unzuverlässigen Bande kann man keinen Gegner das Fürchten lehren.«

Vor allem aber die Basilisken wären in schlechtem Zustand, fügte er polternd an und er warf einen unverhohlen scharfen Blick auf den jungen Hauptmann Kress, der in der zweiten Reihe feixte und sich bei der Rede des Kommandanten scheinbar mächtig langweilte.

»Womit jagen wir denen wohl einen gehörigen Schrecken ein, wenn die Stadtmauern platzen sollen, wenn nicht mit einem scharfen Geschütz und den 40-Pfündern.« Damit meinte er die paar altersschwachen Karaunen. Die stünden bei jedem Wetter im Freien, wären nicht abgedeckt, rosteten vor sich hin. »Wenn sich die Zustände nicht umgehend bessern, werde ich ein Exempel statuieren. Herr Hauptmann Kress, Sie sind mir persönlich für den guten Zustand der Geschütze verantwortlich.«

Hauptmann Kress hob die linke Augenbraue und wagte einzuwerfen, dass das lauter altes Gerümpel sei, nichts als Plunder, mit dem man keine Sau durchs Dorf treiben könne und dass noch dazu die eine Scharfmetze schon in schlechtem Zustand gewesen wäre, als man sie seinerzeit aus der Moldaukompanie bekommen habe. »Wir bräuchten, wollen wir die Mauern brechen, noch mindestens zwei weitere Scharfmetzen«, fügte er hinzu, »und mit dem Ramsch, der da draußen vor sich hin rostete, gewinnen wir kein Gefecht.«

Der Kress war als frecher Hund bekannt, als Draufgänger auch. Der Vater, ein alter Obrist im Österreichischen, hatte Wert drauf gelegt, dass der Filius unter Oberst von Knortzingen diente, da käme er nicht auf dumme Gedanken und wenn er im Kampf falle, habe er sein Leben für eine gute Sache geopfert, hätte das sicher seinen Sinn gehabt. Er solle nur schauen, dass man ihm keine Partisane in den Leib renne, da würde er allzu jämmerlich zu Grunde gehen. In diesem Stil war er vom Vater erzogen worden, der Herr Hauptmann Kress, und so ging er jetzt mit seinen Leuten um und nicht nur einer wünschte ihm eine scharfe Kugel ins Hirn. Trotzdem war er gefürchtet, wobei er sich nie schonte und immer an vorderster Front zu finden war und seine draufgängerische Art nötigte den Gemeinen wie den Offizieren schon auch den nötigen Respekt ab. »Kress, Sie haben gehört, was ich sagte und wenn sie eine Scharfmetze herbeizaubern, habe ich nichts dagegen, bis dahin gehen Sie pfleglich mit dem um, was wir haben.«

»Wenn ich den Herren Gegnern ein paar leichtere Geschütze abjage, hat doch keiner der Herren dagegen etwas einzuwenden«, lachte Kress und hakte die beiden Daumen in den Gürtel. Er spielte auf die moderneren Waffen der Kontrahenten an, die zwar ihre deutlichen Schwächen hatten, aber leicht zu handhaben und zu transportieren waren. »Wir brauchen für den Transport der Scharfmetzen zu viele Pferde und die Kürassiere müssen zu Fuß gehen, zudem fehlt uns seit Wochen der versprochene Nachschub, darauf habe ich oft genug verwiesen und die Rinderherde am Schluss des Trecks verhungert langsam, weil den Viechern das Gras fehlt, aber einen Haufen Huren haben wir im Tross, damit können wir ja dann jeden Krieg gewinnen.« Der Kress echauffierte sich, bekam einen roten Kopf und ließ den Rüffel des Obristen nicht auf sich sitzen, fühlte er sich doch ungerechtfertigt abgestraft und das vor versammelter Mannschaft. Bald würde die Kompanie von dieser Maßregelung erfahren und die Lästerer würden sich die Mäuler hinter seinem Rücken zerreißen und so die Disziplin gefährden. Der Obrist würdigte den Hauptmann Kress keines weiteren Blickes. »Ich habe Sie alle jedoch in erster Linie zusammengeholt, weil ich Ihnen mitzuteilen habe, dass die Schweden ganz Bayern im Griff haben und dabei sind, es gänzlich zu ruinieren. Wenn Sie, Kress, die Schweden tatsächlich treffen wollen, müssten Sie nach Bayern gehen. Meine Herren, Sie kennen Hauptmann Mannstein, er ist vor zwei Stunden zurückgekommen.«

Mannstein ergriff nach Aufforderung des Obristen das Wort. »Meine Herren, unser Oberkommandierender General Tilly ist tot, er ist in der Schlacht bei Rain ums Leben gekommen, die Schweden haben Bayern überrannt und große Teile im Griff. Für die Bevölkerung reiht sich Schrecken an Schrecken, die Dörfer und Städte stehen in Flammen, die Bauernhöfe sind verlassen, der Schwede hat alles konfisziert und der Herzog Maximilian ist aus München geflohen. Die wichtigste Neuigkeit darf ich ihnen natürlich nicht vorenthalten. Kaiser Ferdinand II. hat Herzog Waldstein erneut mit dem Befehl über das Kaiserliche Heer beauftragt, das mag Maximilian nicht ganz ins Konzept passen, aber der Obrist Waldstein ist wohl der Einzige, der sich dem Schwedenkönig erfolgreich in den Weg stellen kann.«

Ein Raunen ging durch die Reihen der Offiziere. Rupert,

der an Ödön Gabors Seite im Zelt, nahe dem Eingang stand, freute sich, Mannstein nach mehreren Wochen wieder gesund zu sehen. Er vernahm diese gravierenden Neuigkeiten aus dem Mund Frederiks mit Begeisterung, dann aber mit mehr und mehr Betroffenheit. Sollte Frederik Mannstein wieder vermehrt mit geheimen Aufträgen befasst sein, dann würde er selber nie nach Prag kommen. Zumindest würde seine Reise in die Kaiserstadt, der Besuch im geheimnisvollen Haus am Hradschin auf die lange Bank geschoben. Zunächst freute er sich, dass er den verehrten Freund wieder in seiner Nähe hatte.

47.

»So spricht der Herr:
Zur Zeit der Gnade will ich dich erhören,
am Tag der Rettung dir helfen.
Doch Zion sagt: Der Herr hat mich verlassen,
Gott hat mich vergessen.
Kann denn eine Frau ihr Kindlein vergessen,
eine Mutter einen leiblichen Sohn?
Und selbst wenn sie ihn vergessen würde:
Ich vergesse ihn nicht.
Spruch des Herrn.«

Frederik hatte den Psalm gebetet und Rupert spürte instinktiv, dass dieses Gebet in der Notlage, in der sie sich alle befanden, angemessen war. Dann saßen sie gemeinsam beim Abendbrot. Die Küchenhilfe hatte ihnen einen Kanten Brot und einen dicken Streifen fetten Speck auf den zinnenen Teller gelegt. Rupert entschied sich jedoch für ein gut gebratenes Wammerl und eine Kelle Hirsebrei. Mannstein erzählte von seiner Reise, gefährlich wäre sie nicht gewesen, oft genug habe er bei Bauern Unterschlupf gesucht oder in einer Kaserne in der Stadt.

»Viele Landstriche im Nachbarland sind zum Teil menschenleer, wer nicht erschlagen wird oder verhungert, den rafft die Pest hinweg«, erzählte er mit versteinertem Gesicht, »ich kann im Moment nicht mit dir nach Prag«, wandte er sich an Rupert, »obwohl wir vergleichsweise Frieden haben hier im Böhmischen.«

Harrschler erwähnte die marodierenden Söldner, die in den Dörfern um sich schlagen und die Leute ausrauben. »Sie plündern die Behausungen, und schnappen sich, was nicht niet- und nagelfest ist.«

»Ich muss für gute drei Monate in den Süden«, sagte Frederik, »es wird Winter werden, bis ich zurückkomme. Da ist einiges zu klären und ich möchte, dass du hierbleibst, Rupert, da bist du sicher, meinen Harrschler Gust brauche ich jedoch, er muss mit mir kommen. Ein Teil unseres Regiments wird nach Olmütz hinauf verlegt, die anderen Truppen werden Richtung Westen in Marsch gesetzt, vielleicht Richtung Leipzig, müssen gar in die Kämpfe eingreifen. Vieles ist auf meiner Reise noch unklar, wird sich vor Ort erst entscheiden. Was heute nicht taugt, ist morgen der Weisheit letzter Schluss und was heute gepriesen wird, kann morgen Unheil ankünden. Was ich dir sage, Rupert, ist vertraulich, behalte es unbedingt bei dir.«

»Ich werde bei dir bleiben«, sagte Rupert leise, dankbar für den Vertrauensvorschuss, »hier beim Regiment bleibe ich nicht. Ich reite mit dir in den Süden, wenn ich dich nicht über Gebühr aufhalte, deinen Dienst möchte ich nicht beeinträchtigen. Ich kann reiten und du weißt, dass mich kein Gaul in den Sand zwingt, die Muskete ist mir vertraut, mein Beutel mit Schwarzpulver ist immer trocken und ich kann auch treffen, ich kann die Hellebarde führen und jedes Geschütz bedienen, jedes Schwert kannst du mir anvertrauen, nimm mich mit.«

Frederik Mannstein lachte, legte ihm die Hand auf den Unterarm und freute sich über die Begeisterung des jungen Freundes, der schon eine Mannsfigur hatte, waren viele der Soldaten doch nicht älter als Rupert.

»Du wolltest doch nach Prag, Rupert. Das Haus der Haunstein'schen am Hradschin und die Klenskys warten schon. Letztere freuen sich, wenn du kommst«, lachte er. »Schlaf eine Nacht, morgen reden wir weiter darüber. Wir würden übrigens bei Graf Gabor, Ödöns Vater, logieren, aber es wird dauern, bis wir dort sind, das Wetter wird immer schlechter und vieles kommt anders, als man es sich vorher ausgemalt hat.« Rupert war erleichtert, ein Stein fiel ihm vom Herzen. Dieser beiläufigen Bemerkung durfte er entnehmen, dass Frederik nicht abgeneigt war, ihn doch noch mitzunehmen.

Frederik griff in seinen ledernen Beutel. »Das ist für dich, Rupert. Ein Andenken an unseren gemeinsamen Ritt.«

Rupert schob erstaunt und überrascht seine Augenbrauen nach oben, öffnete sorgsam das braune Tuch und fasste einen braunen, kunstvoll gedrehten, ledernen Strang, an dem eine Unzahl weißer Hauer eines Ebers baumelten.

Dergleichen hatte er beim Graf Leopold schon gesehen und er fragte sich, ober er diesen Schmuck auch tragen dürfe. Frederik schien seine Gedanken zu lesen und meinte, dass das eine Ergänzung zum Halsschmuck des Grafen Leopold sei. Rupert konnte sein Glück nicht fassen und wäre dem Freund am liebsten um den Hals gefallen.

Mannstein klopfte dem Jüngeren väterlich auf die Schulter. »Seien wir zufrieden, dass zumindest das größte Gemetzel in Böhmen nach den Auseinandersetzungen seinerzeit am Weißen Berg heutzutage ein Ende hat. Ob und wann die Auseinandersetzungen zum Schluss kommen, steht in den Sternen. Wir werden die Kampfhandlungen umgehen. Nur vor ausgebüxten, raubenden Freischärlern muss man sich noch in Acht nehmen.«

Da war auch der Rupert beruhigt und er dachte an die Eltern, an sein Schwesterlein und an die Lara. Die Mama würde sich sicher tagaus, tagein um ihn sorgen.

»Wir werden vermutlich bei Bratislava über die Grenze gehen, kurz in Wien vorbeischauen und dann hinunter bis nach Gyor reiten, die Gabors sind übrigens mit den Schwarzenberg verschwistert«, ergänzte Frederik beiläufig. »Das kann sich jedoch von heut auf morgen ändern.« Rupert hörte gespannt zu, aber das alles sagte ihm nicht viel. Er hätte noch viel zu lernen, fand er.

Tags darauf saßen sie schon in aller Herrgottsfrüh in den Sätteln. Dass sich manches tatsächlich in eine andere Richtung bewegen würde, konnten sie nicht ahnen. Die Tage zogen sich, sie schliefen nachts wie gewohnt unter Bäumen, kauften bei Bauern ein Stück Fleisch, Brot, einen Topf Kraut oder aßen bei guten Leuten einen Teller Gulasch.

In Gyor trafen sie die Gabors nicht an. Die Herrschaften wären zur Jagd in den Karpaten, sagte der Hausverwalter.

Von Frederik solle er den Herrn grüßen, sagte Mannstein dem Bediensteten und er wäre in Bratislava oder gar in Buda anzutreffen. Er, Graf Gabor, würde gebraucht. Er

würde ihn, Mannstein, zu finden wissen und der Obrist lasse zudem vielmals grüßen.

Er würde die guten Wünsche bestellen, antwortete der
Hausmeister. Der Herr käme vor dem Winter wohl nicht
zurück, setzte er noch hinzu.

48.

»Der Sippenstreit bei den Gabors ist ein mehrere Jahrhunderte altes Schlachtfeld. Dauerkonflikte, und da spielen die
eingeheirateten Osmanen auch ihre Rolle, sind an der Tagesordnung«, erzählte Mannstein auf dem Weiterritt nach
Buda hinüber.

»Bei den Gabors ging es auch allezeit darum, zu überleben. Anna von Gabor, Ödöns ältere Schwester, war einem
Cousin des legendären Ahmet Osman versprochen. Mit der
Heirat versprachen die Osman und die Gabor sich Frieden
in der Nachbarschaft. Einen gewissen Mehmet also sollte
sie heiraten, der jedoch ein disziplinloser Draufgänger war
und vor der Hochzeit recht plötzlich das Zeitliche gesegnet
hatte. Im Rausch hatte er sich mit einem ebenso brünsti-
gen osmanischen Kampfhahn angelegt und der hatte ihm
seinen Dolch zwischen die Rippen gesteckt. Die Komtess
Anna von Gabor heiratete schließlich einen gewissen Mubarek Ben Laraki, auch ein Abkomme aus dem Osmanischen
Klüngel.

Der Mubarek hinkte und ließ sich nie in der Moschee
sehen. Allah habe ihm einen schweren Fuß mit ins Leben
gegeben, sagte er und mit so einem Fuß könne und dürfe
man dem unvergleichlich Großen, dem Kräftigen, dem, der
alle Gebete erhört, nicht unter die Augen treten.

Aber der Mubarek erbte ein recht erkleckliches Vermögen und verfügte über mehr Geld als seinerzeit der berühmte Stammvater Osman Gazi.

Da der Gatte nun viel unterwegs war, von Liegenschaft zu Liegenschaft eilte, um nach dem Rechten zu sehen, unterhielt die Anna ein offenes Haus, schloss neue Bekanntschaften und lud tausend Leute zu rauschenden Festen ein. Sie beherbergte durchreisende Sänger und einsame Kaufleute und gebar ihm schließlich neun Kinder, von denen eines schöner war als das andere.«

Mannstein erzählte einige Geschichten von den Gabor'schen Nachbarn unterhalb von Esztergom, beiläufig entfernten Verwandten der Grafen. Freiherr Béla von Feszty, den sie auch den Esztergomer Raubritter nannten, neidete schon seit langer Zeit den Gabors den Einfluss, ebenso das hohe Ansehen bei Seiner Majestät, dem Herrn Kaiser persönlich und vor allem die Größe ihres herrschaftlichen Besitzes war dem Feszty ein Dorn im Auge.

»An der südlichen Grenze der gräflichen Mark siedelte nun ein gewisser Graf Kálmán Szapáry, Freund des Grafen Gabor, seinerzeit 1622 am Weißen Berg dabei, und ebenso immer wieder angefeindet von einigen Adlaten des renitenten Feszty und auch von Höflingen aus dem Umfeld des Kaisers in Wien. Auf einer gemeinsamen Reise nach Wien gerieten Gabor und Szapáry in einen Hinterhalt. Den Szapáry haben die Strauchdiebe umgebracht und den Gabor ebenso für tot gehalten und ihn über einen Abhang in einen Fluss gerollt. Ein Fischer hatte ihn aus dem Wasser geholt, gesund gepflegt und wieder auf die Beine gestellt. Nachdem er unter recht mühseligen Umständen wieder in Gyor eingetroffen war, teilte er die schrecklichen Vorkommnisse in Wien bei Hofe mit.

Der Vorfall wäre nicht mehr zu rekonstruieren, teilte ihm das Ministerium mit, nachdem ein gutes Jahr verstrichen war und viel Wasser von der Donau ins Schwarze Meer getragen worden war. Da könne man nach so langer Zeit nichts machen, wurde Graf Ödön beschieden. Gabor wurde bei Hofe vorstellig. Als er mit ablehnender Beurteilung der Sachlage wieder in Gyor eintraf, war die Vorkommnisse beim Freiherrn Feszty in Esztergom schon zwei Wochen alt. Abgebrannt wäre er, hieß es.«

»Es trifft sich manchmal gut«, sinnierte der Harrschler, »und es ist vor allem schade um den Viehbestand, und alles andere ist auch so beklagenswert. Aber jeder hat eben sein Schicksal und dem kann man nicht davonlaufen.«

49.

In Buda, in der Tárnok utca 16, logierten die drei Reiter bei Lajos Barcsay, stellten ihre Pferde in den Stall und stillten ihren Hunger in der alten Taverne, die dieser langmähnige, schnauzbärtige Ungar führte. Es war ein herzliches Aufeinandertreffen alter Freunde. Frederik und Lajos waren nahe Prag seinerzeit Seit an Seit in die Schlacht am Weißen Berg geritten.

Lajos' Frau, ein festes Bauernmädel aus Veszprém, was nur zwei Wegstunden vom Balatonsee entfernt liegt, wo ein kräftiger Landwein gedeiht, hatte eine dampfende Fischsuppe vom Fofasch serviert und dann noch ein deftiges Gulasch im Kessel dazu gestellt. Eine Duftwolke aus Kümmel und Knoblauch, rotem und gelbem Paprika, aus Tomaten, Sellerie und gelben Rüben hüllte die Gruppe ein. »Trink den Roten, Rupert, dann kannst du gut schlafen.« Frederik genoss diesen Abend bei seinem Kriegskameraden Lajos, der mit ihm die Schlacht am Weißen Berg überstanden hatte. Mehr als ein Dutzend Jahre waren schon vergangen. Dann zogen sich die beiden zurück, hatten das eine oder andere zu besprechen.

Lajos' Altvordere waren schon Soldaten gewesen. Ein Urahn väterlicherseits hatte bereits Anfang des 16. Jahrhunderts in der Schlacht bei Mohacs unter Ludwig II. gedient. Er musste seinerzeit erleben, wie die königliche Reiterei aufgerieben wurde und der osmanische Sultan Süleyman I. den König und die kläglichen Reste des ungarischen Heeres in die Flucht schlug. Der alte Tibor Barcsay verlegte sich nach diesem traumatischen Ereignis auf die Landwirtschaft, züchtete Schweine und hatte auf den saftigen Wiesen langhornige Steppenrinder stehen. Aber die Söhne und Enkel standen wieder im Dienst der Könige, brachten es in den folgenden Jahrzehnten in der Armee zum Feldwebel und Lajos schließlich gar zum Lieutenant in der kaiserlichen Armee.

»Mein Großvater musste erleben, wie die Türken dann im heißen August 1541 unser schönes Buda eroberten und heute noch krümmen sie ihren Rücken in unserer heiligen Matthiaskirche. Alles hat er aufgeschrieben, der Nagyapa, der Gute, um seinen Nachkommen von dieser schrecklichen Zeit zu erzählen. Nun ist dieser herrliche Dom die Große Moschee der osmanischen Besatzer und sie danken tagaus, tagein Allah, dass sie die Ungarn und ihr heiliges Land unterdrücken dürfen«, erzählte Lajos.

»Wir müssen bald zu Bett gehen und wenn ich meinen Auftrag morgen drüben in Pest erfüllt habe, geht es auf schnellstem Wege nach Bratislava ins kaiserliche Hauptquartier. Vorher jedoch wollen wir in der St.-Stephans-Basilika beten, dass wir unsere Order gewissenhaft und lebend zu Ende bringen können. In der hiesigen osmanischen Umgebung sind wir nicht sicher.«

Am nächsten Morgen saßen Harrschler und Rupert mit Lajos und seiner Frau morgens alleine am Tisch, Frederik schien längst schon unterwegs zu sein. »Die Geheimen stehen früh auf«, griente Lajos, »Frederik machte sich schon gegen vier Uhr zu Fuß auf den Weg. Es soll uns nicht interessieren, was er so treibt. Aber ich sattle beizeiten eure Pferde und wenn er gegen Abend kommt, schleicht ihr euch still und leise zur Donau hinüber. Dort liegt ein großes Boot für euch am Ufer, ihr werdet dort übersetzen und macht euch auf den Weg nach Bratislava. Die Türken bleiben sicher noch hundert Jahre hier bei uns, da seid ihr nicht sicher.«

Harrschler räkelte sich auf dem harten Stuhl: »Frederik spricht türkisch, trotzdem werden wir so schnell wie möglich ins Kaiserliche wechseln. Der Weg hierher war schon Umweg genug, aber manchmal sind eben Umwege für einsame böhmische Kaufleute nötig.«

»Die Geheimen«, hatte Lajos gesagt. Was das nun wieder zu bedeuten hatte, konnte Rupert nicht einordnen. Er wusste auch nichts davon, dass sie als Kaufleute unterwegs waren. Er meinte mit Frederik nach Gyor, zu Gabor, Ödöns Vater, zu reiten. Der Umweg vor Tagen, immer wieder eine Absteige, wie es schien, in einem der Dörfer, einem einsamen Weiler, einer kleinen Stadt, Gespräche mit Leuten, die er nicht kannte, weitab von Wien, hinüber nach Esztergom, hatte ihn schon gewundert. In Gabor Ödöns Bleibe hatten sie sich auch nur zwei Tage aufgehalten, waren dann vier

Tage im Schnellritt nach Buda und würden heute wieder umgehend hinüber nach Bratislava. Vielleicht würde Frederik am Abend schon wieder eine neue Order ausgeben. Rupert kannte weder seine Pläne, noch kam er mit Harrschler zurecht, der nahe bis Esztergom stundenlang vorausgeritten und dann plötzlich wieder aufgetaucht war. Die beiden, Frederik und der Harrschler redeten kaum miteinander, verstanden sich auch ohne Worte.

»Nach Wien brauchen wir eine gute Woche, vielleicht auch drei, je nachdem, wie das Wetter wird.« Frederik war gegen acht abends wieder in den Raum getreten, veranlasste die Freunde mit ihm die Pferde leise durch die Gassen zu führen, dann standen sie am Ufer der Donau, die still, breit und träge dahinfloss. Lajos umarmte die Freunde. »Übers Jahr sehen wir uns in Bratislava, wie besprochen.«

50.

Ruperts interessantes neues Leben barg Geheimnisse, die er nicht durchschaute. Im Dunkeln tauchen Schatten auf. Insgeheim schienen sich gegen die Freunde im Hinterhalt tödliche Gefahren anzubahnen, die Arglist eines starken Gegners, den er nicht kannte. Im Traum trieben ihn Angst und Panik um. Er konnte nicht schlafen und nahm sich vor, den nächsten Tag zu nutzen, um Frederik zu fragen, welche Bewandtnis es mit der Reise denn habe.

Frederik schaute ihm lange ins Gesicht. »Ich wollte dich nicht belasten, Rupert. Ich sammle alte Gefährten, die den Generalissimus schützen. Er scheint in Gefahr zu sein. Wir werden nun über Bratislava nach Wien reiten und uns dann auf den Weg nach Passau machen und uns von dort hinauf nach Pilsen begeben. Vielleicht triffst du ihn. Sicher wirst du den Graf Piccolomini treffen. Der ist einer seiner Generäle, Kommandeur seiner Leibgarde. Er ist einflussreich, aber ich mag ihn nicht, er ist mir zu glatt. Der Herr Graf sitzt lieber in Wien und antichambriert bei Hofe, um den Kaiser zu sehen oder macht bei den Offizieren und deren Damen seine Macht geltend. Er passt meines Erachtens eher in den römischen Senat, um dort zu brillieren, aber nichts ins Böhmische. Aber er trinkt gerne den Wein des Generalissimus. Der Piccolomini nutzt den Herzog Waldstein, um sich Vorteile zu verschaffen. Je eher er geht, desto besser für den Generalissimus.«

Wer denn dieser Generalissimus sei, fragte Rupert.

»Ich rede von Generalissimus Waldstein persönlich«, antwortete Frederik, »jetzt gehörst du zu den Eingeweihten, damit musst du nun zurechtkommen, Rupert. Jetzt bist du einer von uns.«

Rupert war wie vom Donner gerührt. Frederik war ein Getreuer des Generalissimus Waldstein persönlich und er, Rupert, gehört ab heute dazu.

Er würde auf dem Rückweg nach Pilsen in der Burg Haunstein absteigen, ins Dorf gehen und allen mitteilen, dass er zur Garde des Generalissimus Waldstein gehört.

»Wer im Dienst des Generalissimus Waldstein steht, muss schweigen können, er verliert sonst sein Leben eher als ihm recht ist.« Frederik nahm Rupert beiseite. »Das musst du wissen, Rupert. Ab heute ist dein Einsatz ein Dienst, eine soldatische Pflicht für den höchsten General des Kaisers. Du zählst nicht mehr, allein dein Dienst ist maßgebend, bemühe dich, ihm gerecht zu werden. Das heißt, du redest mit niemandem darüber, so wie ich es auch nicht tue.«

51.

In Bratislava stand das Kaiserliche Hauptquartier. Der Ritt
von Buda hinauf in das Heeresdomizil war mühselig. Anscheinend hatte es zwischen den Dorfbauern und einigen
Soldaten schwere Auseinandersetzungen gegeben. Man erzählte, dass ein Bauer, der mit einem Dreschflegel auf die
Soldaten eingehauen hätte, zu Tode gekommen war. Ein Fü-
silier aus dem Regiment habe ihn mit einer Lanze erstochen.
Daraufhin wären die anderen Bauern mit Heugabeln und
Hacken auf die Soldaten losgegangen und hätten einige von
ihnen schlimm zugerichtet. Soldaten hätten zwei Mägde des
Dorfes angegriffen und immer wieder brächten die durch-
marschierenden Soldaten Krankheiten, und das seit Jahren,
in die Dörfer und die Oberen würde das alles nicht rühren,
sagte ein Schultheiß auf Nachfrage von Frederik. Betrunkene Offiziere, vor allem auch aus dem nachziehenden Treck
würden stehlen und die Mädchen belästigen.

Frederik setzte sich mit dem Regimentskommandeur in
Verbindung, wies sich als Beauftragter des Generalissimus
aus und bestand auf ordnungsgemäßem Verhalten der ihm
anvertrauten Soldaten.

Diese Leute kämen aus aller Herren Länder, viele würden
die deutsche Sprache nicht sprechen, seien ungehobelt und
würden ihrerseits nur gewaltsames Vorgehen der Vorgesetzten verstehen, aber er würde eine Order herausgeben, um
nochmals auf die Missstände zu verweisen, erwiderte der
Regimentskommandeur. Frederik und seine Begleiter schliefen im Tross und vermieden den Umgang mit den Offizieren des Regiments. Nicht wenige der jungen Herren tollten
im Rausch durch das Gelände, johlten und belästigten die

Frauen im Tross, sodass der Feldweibel gezwungen war, sie anzuklagen. Die Umstände waren nicht hinnehmbar und die Moral der Truppe war auf dem Hund.

Nach zwei Tagen verließen die drei die unwirtliche Umgebung des Regiments von Bratislava und sie lenkten die Pferde nach Wien hinüber.

Im Marschallhaus, einem Gasthof an der Donaulende, erwartete sie ein ungarischer Gesandter von Ödön Gabor. Sein Herr lasse Frederik mitteilen, er würde in der letzten Septemberwoche nach Wien kommen und er bittet, dass Frederik auf ihn wartet. Der Reiter überreichte ihm eine kurze Nachricht, in der zu lesen stand, dass Frederik auf alle Kontakte zu den Hofschranzen verzichten solle, das wäre derzeit gefährlich, sagte ihm seine Kontaktleute und er sollte die Kurznachricht sofort nach Kenntnisnahme verbrennen. Der Wirt im *Marschall* hatte gewechselt. Er stand am Nachbartisch und wischte behäbig die Tischplatte.

Am nächsten Morgen wurden Frederik und seine Gefährten nach dem Frühstück von drei Offizieren am Ausgang der Gastwirtschaft erwartet. Sie möchten sich ausweisen, woher sie kämen, bat der junge Leutnant und Frederik verwies darauf, dass sie reisende Kaufleute seien, Kaufhäuser in Nürnberg, Karlsbad und Prag vertreten würden, dass sie Gewürze und Stoffe, Seide vor allem, landesweit anbieten und er könne ihnen gerne Kostproben vorlegen, die er im Gepäck hätte. Der Offizier fragte schließlich, welchen Kontakt zu einem ungarischen Reiter er gestern absolviert hätte und was es da zu debattieren gegeben habe. Das Gespräch schien sehr vertraulich gewesen zu sein.

»Das war ein Zufall, der Wirt kann das sicher bestätigen«, antwortete Frederik und er verwies zudem darauf, dass sein mitreisender junger Begleiter noch lernen müsse und solche langen und beschwerlichen Reisen und die notwendigen Gespräche zu seiner Ausbildung gehörten und in Wien könne er viel lernen. Zudem sei er selber schon in früheren Jahren immer wieder hier in Wien gewesen und im Gasthof *Marschall* abgestiegen. Im Übrigen können seine Angaben bei einigen der Offiziere bei Hofe nachgefragt werden, habe er doch viele der Herren Offiziere und deren Frauen schon bedient und er gäbe gerne die Adresse seiner Freunde an den Herrn Leutnant weiter.

»Immer wieder treffe ich Kunden, die mir gar nachreisen«, erwähnte Frederik gegenüber dem jungen Offizier noch, »weil ich sie daheim nicht angetroffen habe. Deswegen halte ich mich auch noch bis in die letzte Septemberwoche hinein hier in Wien auf und ich bin immer im *Marschall* zu erreichen.«

Der Leutnant wolle keine Ungelegenheiten machen, sagte er und verließ mit einem Salut diesen freundlichen Fremden und seine Begleitung. Den Wirt, der an der Theke stand, maß er mit einem strengen Blick.

Ödön Gabor stellte sich am Sonntagvormittag im Marschall ein. Frederik breitete dem Gast seine Stoffe auf einem der Tische aus, nicht bevor er den Wirt gebeten hatte, eine feines Tischtuch aufzuziehen, sollte doch der edle Stoff durch die raue hölzerne Tischplatte nicht beschädigt werden. Während des Verkaufsgesprächs vermochte Frederik dem Freund seine Order zu erklären. Der Generalissimus erbäte deutlichere Wacht, sehe er sich doch mehr und mehr zu äußerster Vorsicht gezwungen. Manche seiner eigenen Leute möchten ihm nach dem Leben trachten, versprächen sich gar Gewinn aus ihrem nichtsnutzigen und verwerflichen

116

Tun. Er wisse nicht mehr, wem er vorbehaltlos vertrauen könne und baue auf Mannsteins Leute. »Bis zum Frühjahr brauche ich deine Zusage, Ödön, wir dürfen den Generalissimus nicht im Stich lassen.«

Nachdem das Wesentliche besprochen war, der Gast zudem seinen Auftrag für den Kauf der Stoffe und einiger Gewürze abgegeben hatte, aßen sie gemeinsam zu Mittag, bevor Ödön wieder nach Gyor zurückritt, nicht ohne die Grüße seines Andres bestellt zu haben. »Gerne hätte ich deinen Sohn getroffen, er wird das Abbild des Vaters sein.«

Am nächsten Tag sattelten die drei Freunde gemächlich ihre Pferde, ritten noch einmal zum Stephansdom und suchten dann langsam und bedächtig ihren Weg hinaus aus der Stadt Richtung Passau. Zum Wirt hatte er beim Abschied gesagt, dass sie sich wieder sehen würden, hier im *Marschall*, da könne er sich darauf verlassen. Sie hofften, er wäre dann noch der Wirt des schönen *Marschall*, das ihnen schon oft genug als Bleibe gedient hätte.

Die Reise nach Passau würde sie bis in die späten Oktobertage hinein drei Wochen kosten, müsste er, Frederik doch noch in Linz Gespräche führen, dann erst könnten sie sich der alten Bischofsstadt an der Donau zuwenden. Dort würden sie letzte Station machen, bevor sie ins Böhmische zurückreiten würden.

Pilsen würden sie dann erreichen, bevor der Schnee den Böhmerwald einschneien würde, so hoffte er. Dann könne Rupert den Winter über in sein Dorf zurückkehren, könne seine Eltern und seine Schwester und die Lara wiedersehen. Sollte er dann im Frühjahr nach Pilsen kommen wollen, stünde der Aufnahme in die Schutzwache für den Herrn Generalissimus nichts im Wege, er habe sich bewährt.

Nach Passau hatte es Rupert schon immer gezogen und er hätte weiß Gott was dafür gegeben, einmal den mächtigen Strom unterhalb des großen böhmischen Waldes, die Donau, zu sehen, von der der Graf Haunstein immer geschwärmt hatte. »Die Donau muss man einmal im Leben befahren haben, sonst kennt man die Welt nicht«, pflegte er zu sagen, wenn er an lauen Sommerabenden im Burghof von seinen Reisen erzählte und das Gesinde zum Staunen brachte.

Rupert würde die Gelegenheit nutzen, die Stadt zu durchkämmen und er dachte an Lara. Sie würde sich wundern, dass er nach so vielen Monaten der Abwesenheit nicht von Prag und dem Haus am Hradschin erzählen würde, sondern von einer sonderbaren Reise nach Budapest und Wien.

52.

Von Andres Gabor hörte man nur Gutes. Andres war der Stolz des Vaters und der Mutter Liebling. Seine braunen Augen brachten ihr Herz zum Schmelzen. Sein oft seltsames Gebaren erinnerte an die Großmutter Viktória, die eine geborene Barabás aus einem Landgut nahe Nyíregyháza war und die ihr Leben mit Singsang und Trällern verbrachte, wie es ihr Ehemann Péter nannte. Andres trug das schwarze, handgroße Gebetbüchlein seiner geliebten Nagymama in einem ledernen Täschchen an einer ledernen Kordel um den Hals. Dieses mit Glasperlen bestickte Täschchen hatte sie ihm vererbt, konnte sie doch nicht mehr lesen, war in ihren alten Tagen dankbar für seinen kurzen Besuch, den er meist gemeinsam mit der Mama nach dem Mittagessen absolvierte. Die Nagymama sagte, er würde einmal ein Priester werden, einer von den Franziskanischen, sagte sie, könne er doch alle Lieder im kleinen Gebetbuch auswendig. Der trällerte sich durch die Tage, brachte abgestürzte Vögel, verletzte Wiesel und hinkende Kaninchen ins Haus, sprach den ungestümen Fohlen guten Mut zu und hielt sich stundenlang im Schweinekoben auf. Er fühlte sich zuständig für die Fütterung des Hühnervolkes und brachte die ewig schnatternde Gänseschar auf die Weide am Bach. Dabei machte er besondere Zeichen in die Luft und hatte immer wieder einen Blick zur Haustür der geliebten Nagymama. Der Hausverwalter, der dicke Attila, der seine Herkunft direkt vom großen Vorfahren, wie er sagte, vom Hunnenkönig persönlich ableitete, erzählte ihm von diesen sonderbaren, wilden Männern über dem großen Meer, die keine Haare auf dem Kopf hätten, dafür bunte Federn. Sie könnten reiten wie der große Waldstein persönlich, von dem Papa immer so spannend erzählte. Von mächtigen Schlangen, die ganze Rinder verschlingen, war die Rede und von fliegenden Drachen, die Feuer spien. Weit sei er herumgekommen in der feindlichen Welt, erzählte Attila, und er habe fremde Völker, böse Tyrannen und schöne Prinzessinnen getroffen.

Den Tag über und die Nacht wartete die Nagymama auf den Tod, wie sie sagte. Dieser Unbekannte würde einmal zur Tür hereintreten, sie an der Hand nehmen und in den Himmel führen. Andres hat ein Auge auf diese Tür, wollte er doch diesen seltsamen Unbekannten, von dem die Nagymama redete, beobachten. Wenn Andres die betagte Nagymama besuchte, legte er ihr seine kleinen warmen Hände auf die Arme, die Stirne, den faltigen Hals und sie sagte, er wäre auch ein Heiler. Mit dem Großvater Péter streifte er über die weiten Felder, suchte kleine Kröten, steckte sie in ein hölzernes Schächtelchen und setzte sie daheim wieder auf den Boden in ein grünes, weiches Graspolster. Sie sollten sich nicht verletzen, sich wohlfühlen. Diese kindliche Fürsorge entsprach seiner Mentalität. »Er wird einmal ein Arzt«, sagte der Nagyapa.

Andres schnitt trockene Ästchen von den Bäumen und fertigte daraus kleine Kunstwerke. Er wäre ein Künstler, sagte der Großvater, sein Nagyapa. Mit den Pferden redete er wie mit seinen Spielkameraden und der Vater Ödön meinte, er würde einmal ein guter Bauer, der die Tiere liebt und die Felder bestellt.

Andres wuchs heran und wurde ein kräftiger junger Mann, der das Feld mit dem Vater bestellte, die Pferde zuritt und die Ernte einbrachte. Er verbrachte seine freie Zeit mit den Kameraden aus den Nachbardörfern, schoss die Pfeile mit der Armbrust in jedes Ziel, wurde ein vortrefflicher Reiter und mit der Geige vertrieb er seine freie Zeit.

Was das damals mit der Schlacht auf dem Weißen Berg bei Prag auf sich hätte, fragte er seinen Vater Ödön das eine oder andere Mal und in seiner Phantasie sah er sich mitten durch Schlachtengetümmel am Weißen Berg reiten, das der Vater vor einem Dutzend Jahren glücklich überstanden hatte. Er kämpfte an der Seite des Generals Tilly, ritt mit der Fahne voraus durch die Reihen der Feinde.

Er möchte auch ein Kämpfer werden, ein Soldat und das Land befreien. Ungarn solle nicht unter der Knute der Osmanen leiden, sagte er immer wieder.

Ödön versprach dem ungestümen Sprössling, dass er Frederik Mannstein Andres' besondere Grüße bestellen würde, und er wäre traurig gewesen, ihn bei seinem Besuch nicht getroffen zu haben. Dann machte sich Ödön auf den Weg nach Buda.

53.

Einen Wimpernschlag entfernt vom Hof der Gabor stand eine kleine Kirche mit einem Friedhof, auf dem die Vorfahren ruhten. »Das ist der Gottesacker«, schärfte Ödön dem kleinen Andres ein, wenn sie sonntags zum Gottesdienst hinüberritten oder die Kutsche einspannten. »Da muss man sich ehrfurchtsvoll verhalten.«

Ehrfurchtsvoll, ehrerbietig waren Begriffe, die der Vater oft im Munde führte. Auf diesem Friedhof traf er regelmäßig die alte Franziska Bartók, deren Mann seit vielen Jahren im Armengrab ruhte, das der Pfarrer ganz an den Rand des Friedhofs, beschützt von einer knorrigen Fichte gelegt hatte. Es war hin geschmiegt an die brüchige Friedhofsmauer, abseits von all den anderen, die sich ihr eigenes Grab leisten konnten. »Victor Bartók«, stand da an der Mauer eingeritzt zu lesen, als er mit neun oder zehn Jahren nicht nur aus dem Gebetbüchlein der geliebten Nagymama lesen konnte. Der Victor war ein Kuhhirte gewesen und eines der Rinder hatte ihm unversehens ein Horn in den Leib gerannt. Da war die Franziska allein da gestanden auf dieser jämmerlichen Welt, wusch den Leuten die Wäsche, ließ sich von den Umständen nicht ums Leben bringen, lebte vom kargen Brot, das ihr die Bauern zusteckten und Ödön Gabor lud sie zu jedem der Festtage ins Haus.

»Sie hat oft geschwollene Augen«, sagte Mama, »weil sie viel weint. Aber die Leute sollen das nicht sehen.« Die Franziska hatte um ihre verkrüppelte rechte Hand einen Rosenkranz gewunden und betete sich so durch den Tag, bei der Arbeit, beim Nachhauseweg, auf dem Friedhof. Hinter der Kirche stand ein verfallenes Gemäuer, ein Raum schien bewohnbar, dort verbrachte sie die Zeit bei schlechtem Wetter.

An einem windigen Tag im Herbst klopfte die Franziska an die eicherne Tür der Gabor. Der betrunkene Knecht vom Borkai, der rüde Pál, habe ihr nun schon zum wiederholten Mal ein Leides getan und sie könne sich nicht wehren gegen den Elenden. »Helft mir, Herr Gabor, helft mir, der lässt mir keine Ruh, der nimmt mir mein Leben.« Ödön spürte einen heiligen Zorn aufsteigen. »Ich kümmere mich«, sagte er, »komm ins Haus und wärm dich auf.«

Er stellte den Unmensch beim Nachbarn Borkai zur Rede, aber Pál lachte ihm nur ins Gesicht. Sie wäre selber schuld, diese Hure habe ihn ja ständig eingeladen. Franziska wehrte sich gegen dieser Lüge und meinte, dass der liebe Gott das schon selber lösen würde und zu ihrem verstorbenen Victor habe sie auch gebetet.

Es geschahen noch Zeichen und Wunder, sagten die Bauern. An einem Sonntag, die Leute saßen in der kleinen Kirche und hörten dem Herrn Pfarrer zu, der vom göttlichen Gericht sprach, kam eben diese göttliche Gerechtigkeit zur Geltung. Nach dem Gottesdienst gingen die Bauern nach einem kurzen Tratsch in ihre Höfe und Hütten zurück.

Auch Ödön machte sich mit den Seinen wieder auf den Heimweg. Er sah die Angelrute am Weiher liegen, daneben eine halbe Flasche Branntwein. »Der säuft sich um Kopf und Kragen«, sagte er zu seiner Nóra. Er trat an das abfallende Ufer und fand den Pál kopfunter im Wasser des Weihers liegen. Ödön trat zurück. »Holt den Pfarrer und den Dorfpolizisten«, sagte er zu seinem Gesinde. Er beugte sich, nachdem die beiden Mägde und der Knecht sich auf den Weg gemacht hatten, nach unten und griff nach einem schwarzen Rosenkranz. Er steckte ihn in die Tasche, es war Franziskas Gebetsschnur. »Was immer auch geschehen ist«, sagte er sich, »das war Gottes Gericht.«

»Victor hat mir geholfen«, lachte Franziska, »er hat sich meiner erbarmt.« Sie vermisste ihren Rosenkranz, forschte im Haus, an Victors Grab, aber sie konnte ihn nirgends finden. Selbst am Weiher hatte sie keinen Erfolg, obwohl sie noch am Sonntagnachmittag jede Handbreit Boden am Weiherufer durchsucht hatte.

Ödön Gabor meinte, den Unfall seines Knechts müsse der Borkai in der Stadt melden, aber bis der Richter Zeit hätte, könnten wohl Tage vergehen und der Dorfschulze solle doch entscheiden. Der Pál wäre wohl unglücklich im Rausch in das Wasser gestürzt, er wäre selber daran schuld und das Elend hätte nun ein Ende. Der Dorfschulze, der den ganzen Sonntag geschlafen hatte, fand dann doch noch am Abend seinen Weg zum Weiher und schaute sich beim Licht der flackernden Fackeln den Unfallort an. Der Vorgang wäre eindeutig, meinte er. Der Pál hätte nicht so viel saufen sollen, sagte der Schulze, dann würde er noch leben, man solle ihn eingraben, aber nicht auf dem Friedhof. Er wird ja wohl nicht vor lauter Müdigkeit in den Weiher gestürzt sein. Die Leute lachten. Mit seinem betrunkenen Kopf hätte er nur noch weiteres Unheil angestellt, der Taugenichts, es geschähe ihm Recht, sagte andere. Er habe nur von Schnaps und Bier gelebt, das müsse schlecht ausgehen.

Droben im Wald hätte er Platz, sagte der Schulze. Aber alles habe eben so seine Bedeutung. Gut, dass er tot ist, der Pál, sagten einige Dörfler, vielleicht hätte er noch einen aus dem Dorf umgebracht. Zuzutrauen war dem ja alles gewesen. Er wäre ein Zugelaufener gewesen, mit dem keiner was zu tun haben wollte. Ein Habenichts und Strolch wäre er gewesen, dem habe man nicht trauen können, vielleicht gar ein entlaufener Kombattant. Dem wäre nichts heilig gewesen, in der Kirche wäre er nie zu sehen gewesen.

Die Leute nickten und gingen dem Licht ihrer Fackel nach. »Dem stimme ich zu«, sagte Ödön, »alles hat so seine Bedeutung.« Irgendwoher meinte er Geigenmusik zu hören, aber es mag der leise Wind gewesen sein, der von der Kirche seine Melodie herüberschickte.

Manchmal kommen die Keulenschläge aus Richtungen, die wir nicht ahnen.

Es musste später November werden. Der sture Borkai hatte sich in seinem Stall eingeigelt und ließ keine Nachbarn ins Haus hinein. Ödön hatte ihm einen Knecht geschickt. Borkai warf ihn hinaus, lag im Lehm seiner Stube, verdreckt von oben bis unten, wie der Knecht erzählte.

Dann sahen sie den Feuerschein. »Das ist der Borkai«, sagten die anderen Bauern und die Dorfbewohner, der Hof läge nach Osten zu und da stünde kein weiteres Gehöft. Die Leute liefen zusammen, brachten blecherne Eimer mit oder Holzkübeln, schöpften Wasser aus dem kleinen Teich, den jeder Bauer bei seinem Hof angelegt hatte. Der Hof brannte lichterloh. »Den Brand hat der Borkai selber gelegt«, sagten die Zuschauer. Die trockenen Balken, der Dachstuhl krachten zusammen, riesige Funkenhaufen stoben in die Höhe, den Leuten wurde warm. Der Pfarrer hob das eiserne Kruzifix, das er für solche Unglücksfälle aus der Kirche holte. »Da wird nicht viel zu beerdigen sein«, sagte der Dorfschulze, der mit dem Leiterwagen vorgefahren war.

Andres, der mit zuschaute, sagte zu seiner Mutter, dass der Tod nun bald auch durch die Tür zu seiner Nagymama kommen würde, und der Nagyapa würde im Himmel schon auf sie warten, und ob der Borkai auch in den Himmel käme oder in die Hölle, fragte er. Sie wisse das nicht, sagte die Mama, jeder würde nach seinen Sünden gerichtet und da müssten manche Menschen schon recht brennen und braten in der Hölle, und das eine lange Ewigkeit. Er würde ein guter Mensch werden wollen, und fleißig und ehrfurchtsvoll wolle er werden, weil er nicht in die Hölle möchte, und beten würde er aus dem Gebetsbüchlein, das ihm die Nagymama vererbt hätte.

54.

Es wurden einsame, lange Tage und jeden Abend war er rechtschaffen müde, bewunderte Frederik und den Harrschler, die mit stoischem Gleichmut ihre Pferde lenkten, sich nie beklagten, kaum ein Wort wechselten und Passau zusteuerten. Kalte Winde fegten immer stärker, je weiter es in die goldene Oktobermitte hineinging, über die schmalen Straßen, die zumeist entlang der Donau führten. Sie hieben fichtene Äste von den Bäumen, schufen sich ein warmes Nest und legten sich unter die Schutz bietenden Fichten zum Schlaf. Nie hatte er sich in seiner bequemen Behausung in der Haunstein'schen Burg vorstellen können, dass dergleichen Nachtlager bequem sein und ihn wärmen würden, dass er keine Ansprüche stellen und zufrieden sein würde mit einem Schluck Wasser aus einem frischen Bachlauf, dass er mit Geduld auf den Hecht im Bach, den Hasen auf der Lichtung warten würde.

Frederik hatte ihn schon einen Tagesritt hinter Brünn beauftragt, sich um das Abendessen zu kümmern, das erlegte Tier zu häuten und am Spieß zu braten. Es dürfte in den frühen Maitagen gewesen sein, erinnerte er sich, kurz vor der Ortschaft Břeclav. »Du darfst nie angewiesen sein auf die gute Gabe eines Bauern, denen geht es zumeist schlechter als dir. Du musst dich selbständig verköstigen können und denke daran, dass du stets eine Reserve in den Satteltaschen hast.« Harrschler hatte sich als perfekter Lehrmeister erwiesen.

Hinter Břeclav, wo es nach Hohenau an der March einen schmalen Streifen Weges hatte, lag dieser Alte am Wegrain. Er hob die Hand zum Gruß und Frederik fragte ihn, ob er hungrig sei oder trinken möchte. »Nichts von allem«, sagte der Mann. Es gefalle ihm nur, wenn Reisende aus aller Welt oder Soldaten des Weges kämen, die mit ihm reden würden über Gott und die Welt. Ob denn dieser Krieg schon zu Ende wäre, fragte er. Am Vormittag dieses Tages hatte es leicht geregnet, aber die Sonne, wenngleich noch nicht sommerlich heiß, trocknete den sandigen Landweg, an dem er saß.

Frederik reichte ihm ein Stück Fleisch, hatte doch jeder von ihnen vom Vortag noch einen deutlichen Rest von diesem gebratenen Karnickel in der Satteltasche.

Er lebe zumeist, und das seit Jahren schon, von Gewürm und allen möglichen kleinen Tierchen, die ihm so über den Weg kriechen, sagte der alte Mann. Dazu grabe er nach Wurzeln, pflücke Beeren, Kräuter zuhauf. Aus jedem Bach schlürfe er das nötige Wasser und nachts verkrieche er sich unter die tiefhängenden Äste eines Baumes, schaufle sich einen Berg warmer Blätter über den Leib und im Winter habe er sich hier in der Nähe ein warmes Erdloch gesucht, da ginge es ihm gut.

»Die Soldaten haben meine Frau mitgenommen und meine Töchter und die drei Kühe, sie haben jetzt zu essen. Sie haben mich leben lassen. Den Hof haben sie niedergebrannt. So lebe ich nun von den Früchten der Erde, die der Herr uns täglich neu schenkt. Mir fehlt es an nichts. Wenn meine Zeit zu Ende geht, wird mich der Schnitter Tod in seine Arme schließen.«

Frederik meinte, dass dieser Mensch den besseren Teil gewählt habe, nämlich die Zufriedenheit. »Der Krieg wird uns noch so Manches lehren«, setzte er hinzu. »Wenn wir ihn überstehen«, wandte Harrschler ein. Während die zwei älteren Freunde noch philosophierten und wesentliche Lebensfragen debattierten, dachte Rupert an die schöne Lara, die hoffentlich auf ihn warten würde und mit der er in das heilige Prag ziehen würde, um dort zu leben und zu arbeiten. »Handel und Wandel machen das Leben aus«, hatte der Graf Haunstein gesagt. Ja, ein Händler wollte er werden, ein reisender Kaufmann, wie Frederik es zu sein vorgab. Da würde er reich werden und alle Leute würden ihn achten und seine Kinder würden einmal stolz sein auf ihren Vater.

In den Abendstunden des gleichen Tages kam ihnen eine junge Frau entgegen, hatte einen Stoffbeutel über der Schulter hängen, strebte wohl nach Brünn hinein. Auch ihr bot Frederik ein Stück Fleisch an, das sie erstaunt, aber gern und dankbar annahm.

»Wo geht die junge Frau hin?«, fragte Rupert.

»Sie hat die Auswahl«, grinste Harrschler. »Entweder sie landet auf einem Bauernhof, schläft im Stall mit den Rindern, wirft den Kuhdreck am frühen Morgen auf den

Misthaufen und melkt die Kühe. Dann kommt der Bauer, schwängert sie und schmeißt sie danach vom Hof. Sie verhungert samt ihrem Kind im Leib irgendwo auf freier Wildbahn. Vielleicht wäscht sie aber auch einer begüterten Stadtfamilie in Brünn die Wäsche von früh morgens bis spät in die Nacht hinein, würgt jeden Tag einen Fetzen altes Brot und einen Becher kaltes, schlechtes Wasser hinunter und hält das Ganze fünf, sechs Jahre aus, bis sie sich in irgendeinem Weiher ertränkt. Oder sie trifft einen Prinzen und der heiratet sie von der Stelle weg und macht sie zur Mutter eines großen Geschlechts, wie es seinerzeit der gute Herzog Oldřich mit seiner Božena machte, die auch eine kleine, aber sehr schöne Bauerntochter gewesen ist. Sie hat also eine weite Zukunft vor sich.«

Frederik meinte, der Harrschler solle dem Rupert keine Schrecken einjagen. »In welche Sippe du hineingeboren bist, weißt du nicht. Ob du der Sohn eines Fürsten bist oder im Kuhstall zur Welt kommst wie der Herr Jesus Christ persönlich, kannst du nicht beeinflussen. Leb das Leben, das du bekommen hast, und frag nicht zu viel.«

55.

Der Harrschler sei wirklich kein Zyniker, wandte sich Frederik, nachdem Harrschler vorausgeritten war, an seinen jungen Begleiter. »Der hat schon viel hinter sich.«

Rupert konnte sich das Leben des Harrschler nicht vorstellen. Wo er denn her sei, ob er ein Bauerssohn sei oder aus der Stadt komme, gar aus Prag oder Pilsen, fragte er.

Seine Mutter hatte ihn eines Tages auf der Straße bei Prag vergessen. Ein Bauer, der seine Produkte auf einem Karren in die Stadt geschoben hatte, schaute sich den Findling, der am Straßenrand hockte, an. Der könne einmal ein guter Knecht werden, dachte er und wenn sechs Kinder zu essen haben, reicht es für ein siebtes auch noch. Er zog den Bub auf seine marode Kalesche, über die er ein hölzernes Dach gebaut hatte und nahm ihn mit auf seinen kleinen Hof außerhalb von Prag, fütterte ihn durch, schlug ihn, wie er Frau und Kinder eben zu schlagen gewohnt war und der Gustav wuchs heran. Der Kaplan im Dorf brachte den Buben und den Mädchen mit dem Rohrstock den heiligen Glauben bei. Der Gustl hatte einen hellen Kopf brachte sich selber das Lesen und Schreiben bei. Er arbeitete fleißig am Hof, war ein guter Knecht.

Der Vater schlug zu, wie es ihm beliebte, auch noch als der Gustl ihm schon über den Kopf gewachsen war. Er sei der Seine, gehöre ihm wie die Sau und der Hund am Hof, schrie ihn der Vater an und er könne mit ihm machen, was er wolle und schlug wieder zu.

Der Gustl ging noch in der gleichen Nacht vom Hof.

Rupert kam ins Nachdenken. Welch ein Glück, sagte er sich, dass er einen so guten Vater, eine liebe Mutter hatte. Vom Vater selber wusste er doch auch sehr wenig. Nicht allzu viel hat der vom Krieg erzählt, von der Schlacht am Weißen Berg wohl schon, das eine oder andere Mal, sonst schwieg er.

Frederik schaute ihn an: »Du hättest gerne gewusst, was es mit mir auf sich hat, kennst mich nur von meinen kurzen Besuchen auf der Burg, vom Dorf und da bin ich einer von außerhalb. Ich stamme direkt aus Prag, mein Vater war ein Kaufmann, sehr angesehen, ein Katholik und trotzdem bei den Böhmischen Ständen geachtet. Dann wurde er diffamiert, sein Geschäft wurde gemieden. Er wäre ein Kaiserlicher, hieß es, ein Verräter, und Vater sprang in die Moldau. Dann ging ich zum Kaiserlichen Heer, wurde dort Fähnrich, lernte den Harrschler, deinen Vater und den Haunstein kennen und wir wurden unzertrennlich. Dann zerschmetterte mir ein Schuss das Knie und Tilly nahm mich in seine engere Umgebung auf. Er gewährte mir eine knappe Leibrente auf Lebenszeit. Ich hätte ihm zu Diensten zu sein, wann immer er mich nötig habe, sagte der Feldherr. Mit dem Zehrgeld halte ich mich über Wasser. Ich musste mich jedoch verpflichten, dem General Tilly eine Truppe aufzustellen, die alles sieht und hört, die nur ihm bzw. Waldstein unterstellt wäre.

56.

Kurz vor Sankt Pölten nahm die Reise ein abruptes Ende. Harrschler kehrte nach einer halbtätigen Kundschaftertour zurück und meldete Soldaten in Bataillonsstärke, denen es auszuweichen gelte, die sich anscheinend auf den Weg nach Westen befänden. Ihnen zu begegnen, könne nur Unheil bedeuten, eventuell gar gewaltsame Rekrutierung. Die Sankt Pöltener Gegend war Frederik nicht unbekannt, wohnte doch nahe Pölten einer der früheren Fähnriche, Sebastian Muliar, der seinerzeit die linke Hand in der Schlacht am Weißen Berg verloren hatte, der trotz seiner Behinderung seit vielen Jahren den Bauernhof seines Vaters, ganz in der Nähe eines alten Franziskanerklosters, bewirtschaftete.

So galt es abzubiegen nach Herzogenburg, wo die Straße, seit seiner letzten Reise gut in Stand gesetzt, hinaufführte nach Krems. Eine halbe Reitstunde vor Herzogenburg lag rechterhand an der viel berittenen Landstraße der Hof des Freundes. Sie ließen das halb verfallene kleine Kloster seitlich liegen und bogen ab nach Kapelle, das eher einem Weiler als einem Dorf glich.

Muliar drückte Frederik und Harrschler ans Herz, stellte ihnen seine Frau und die beträchtliche Kinderschar vor. Frederik zog den alten Freund ins Vertrauen und schilderte ihm die Notlage und in der sie sich derzeit befänden. »Waldstein braucht uns, solltest du abkömmlich sein, wäre der zehnte Jänner unser Tag in Pilsen. Keiner der alten Freunde konnte sich bisher entscheiden, in den Dienst des Obristen Wallenstein zu treten, ich stehe mit leeren Händen da.« Frederik konnte jedoch die Situation des Freundes nachvollziehen. Muliar würde nie mehr ein Schwert führen können. Noch in den frühen Morgenstunden war Abschied angesagt.

Eine Stunde später, nach einer Unterredung mit dem Prior des Klosters, verließen drei kräftige Mönche, so schien es, in braune Kutten gehüllt, noch vor Mitternacht zu Fuß die klösterliche Behausung und traten den Weg nach Passau an. Es wären gute drei Wochen bis Passau, ohne Pferde würde sich der Weg hinziehen, sagte der junge Prior des Klosters, würden seine Mönche die Strecke doch das eine oder andre Mal zu Fuß zurücklegen und die Umstände der Reise kennen. Für sie wäre das nichts Neues.

In den kommenden Wochen würden nun Mönche und ein Knecht vom Muliarhof in ziviler Kleidung die wertvollen Pferde der Freunde auf abseitigen Wegen nach Passau führen, die kaiserlichen Lager umgehen und die Pferde bei den Franziskanern in der Bischofsstadt unterstellen. »Ihr müsst dann danach trachten, noch vor Mitte November über den

Böhmerwald zu gelangen, sonst schneit es euch mitten auf der Strecke ein«, sagte Muliar.

57.

In Linz verblieben sie nur einen Tag, hatten einen Raum im Franziskanerkloster gefunden. Für etliche Tage könnten sie hier in Frieden ausruhen, bevor sie ihr Weg weiter ins Bayerische führe.

Frederik war den halben Tag unauffindbar, hatte sich auf den Weg gemacht, um den alten Feldweibel Kaulenberg aufzusuchen. Aber er machte sich nichts vor. Nach so vielen Jahren wäre es ein unverhofftes Glück, dem Auftrag des Herzogs nachzukommen und treue Freunde für den Generalissimus zu rekrutieren. Er würde auf ihn zählen, hatte der Feldherr dem Frederik Mannstein vor dem Abschied gesagt und er würde sich nur auf ihn verlassen können, fühle er sich doch umgeben von Verrätern und Spionen.

Der Harrschler und Rupert Prack schliefen in den Tag hinein. Die mönchischen Kutten waren ihnen Schutz, verschafften Respekt und gaben Sicherheit. Am Markt stand der hölzerne Verschlag eines Fischhandlerers, der Bratfische und Fladenbrot anpries. »So was Guates haben die frommen Herren noch net gegessen«, rief er. Ein kleiner Bub, in einen viel zu langen braunen Mantel gehüllt, stand hungrig und mit offenem Mund vor der Bude. Der Fischhandlerer schimpfte das Kind, es solle verschwinden, verderbe ihm noch das Geschäft. Er hatte eine wollene Kappe über den massigen Schädel gezogen. Seinen grauen Bart hatte er unter die blaue Schürze geschoben. Er rieb die fettige rechte Hand daran und mit dem Zeigefinger seiner linken Hand drückte er das linke Nasenloch zu und blies die feuchte Aussonderung hinter den Tresen auf den Boden seiner Hütte.

Harrschler meinte, dass er aus der Hand einer solchen Drecksau keinen Fisch annehmen würde, lieber würde er verhungern. Eine alte Frau, über einen knorrigen Stecken gebeugt, murmelte im Vorbeigehen in sich hinein, was man als Gruß, Verwünschung oder Segensspruch auffassen konnte. Sie blieb vor dem Fischstand stehen, schlug mit dem Stecken auf eine der Kisten und schrie, er solle ihr heut einen tauglichen Fisch und keinen stinkenden geben. Sie würde beim Amtsvorsteher vorstellig werden und ihm sagen, dass er Fisch von gestern verkaufe und das bis in den Mittag hinein und dann erst den frischen Fang anbiete und er sei ein Lump, den die Pestilenzdämonen schon noch in die Grube brächten. Er selber stinke wie seine Fische und der Fisch fange vom Kopf zu ranzeln an. Der Handlerer warf ihr einen der gebratenen Fische in einen kleinen Kübel, den sie ihm gereicht hatte und sagte ihr, sie solle sich zum Teufel scheren. »Ana wia dir, wünscht ma de Pestilenz auf an Leib. Geh hoam und bad di in deim Letten, Bissgurn damische. Warst a Regimentsmatz, bleibst a oane.«

Vor der Martinskirche war es recht still, ein paar ausgemusterte Landsknechte lagen auf der kleinen Wiese vor der Kirche. Sie schrien ganz plötzlich, stritten aus wohl nichtigem Anlass, bis der Pfarrherr mit einem Mesner vorstellig wurde und die Vertreibung durch die Stadtknechte androhte. Dann standen die abgehalfterten Söldner auf und zogen grölend und streitend ihres Weges, trugen ihre Händel aus. Es war Mittagszeit.

Der Pfarrer wurde der beiden Mönche, die vor der Kirchentür standen, ansichtig und bat sie mit zu kommen, führte sie in einen braun gestrichenen Anbau. In einem abgedunkelten Saal standen mehrere Tische, an der Wand hingen zinnerne Becher und eine beträchtliche Anzahl hölzerner und zinnerner Teller stand in einem Regal. »Es kommen viele junge Leut, die der Krieg ausgschpeit hat, die füttern wir ab«, sagte der Pfarrherr. Sie sollten sich an den Tisch setzen und zulangen. Der Hunger würde schon kommen, sagte er, auch wenn sie schon kräftig zu Mittag gegessen hätten, aber eine Schmalznudel und a türkischer Kaffee ergänzt jeden Braten. Wo sie herkämen, wollte er wissen und wo sie der Weg hinführe? Ob sie gar aus dem Bayerischen wären oder aus Kladrau kämen? Da habe er einen guten Freund, den Pater Anselm und der wäre ein begnadeter Prediger.

Eine schwarzäugige junge Frau in einem langen, braunen, faltigen Kittel brachte einen Topf mit heißem Kaffee und einen Strudel, stellte zwei Trinkbecher dazu und lud zum Essen. »Könnts schmausen, was ihr wollt, hohe Herren«, sagte sie und lachte freundlich. »Es liegen auch noch Äpfel da und Birnen vom Baum im Garten.« Der Rupert langte gewaltig zu, denn einen solchen guten Apfelstrudel könnte, wie er meinte, nur noch die Mama daheim auf der Burg Haunstein aus dem Rohr ziehen. Frederik würde den Kaulenberg suchen, hatte er die Freunde am frühen Morgen beschieden.

58.

Am Abend gesellte sich in der Stube eine Gruppe Pilger zu ihnen, mussten recht respektable Leute sein. Beter aus dem Süden wären sie, wie ein junger Blondschopf lachte. Sie wären müde, aber zwei, drei Biere könnten sie gebrauchen, sie hätten den ganzen Tag nur gebetet, dass der Krieg ein Ende nähme, dass sie wieder gesund heim kämen, dass es der Familie gut ginge und dass der Schwarze Tod sie verschone. Von Liezen kämen sie rauf, wo die Felder gut und ertragreich wären, aber der Rote Fels immer wieder die Wege zuschütte und den einen oder anderen der Bewohner schon mitgenommen hätte.

Aus dem Welschen kämen die Kaufleute und käuflichen Landsknechte über Graz herein ins Liezer Tal und Villach und brächten die Pest ins Land, erzählte der Anführer der Gruppe. Die venezianischen Kaufleute brächten das Unglück aus den indischen und arabischen Ländern und wer weiß, ob nicht die welschen Geheimbündler dafür verantwortlich wären. Seltsamerweise habe man in Villach drei italienische Seeleute gefunden. Sie lagen am Sterben und wären blatternarbig am ganzen Körper gewesen und hätten auf ihren geschundenen Körpern die Pestmale gehabt. Im Grundlsee hätten spielende Kinder drei weitere Tote, dem Aussehen nach auch Welsche, gefunden. Die wären wohl vom Boot gefallen und ertrunken, als sie übersetzen wollten. Es käme so viel Unglück auf einmal, und da wollte die Pilgerschar hinüber zur Heiligen Agatha, die hätte den Bauern schon im Großen Aufstand vor zehn Jahren beigestanden.

Am Morgen danach, nasses Wetter schien sich anzukündigen, schlossen sich die drei Mönche der Pilgergruppe an, beteten zur Heiligen Mutter Gottes und zur Schutzheiligen der Liezer Gruppe und zogen hinauf nach Sankt Agatha, wollten tags drauf in Passau beim Wöller Heiner absteigen, wie Frederik kundtat.

»Orate Fratres«, betete Rupert vor, nachdem Frederik ihn aufgefordert hatte, den Pilgern voranzugehen und das

Paternoster vorzubeten, so wie es der Pfarrer im Dorf daheim in Haunstein betete.

»Paternoster, qui es in caelis«, betete Rupert. »sanctificetur nomen tuum. Adveniat regnum tuum. Fiat voluntas tua, sicut in caelo, et in terra. Panem nostrum cotidianum da nobis hodie. Et dimitte nobis debita nostra, sicut et nos dimittimus debitoribus nostris. Et ne nos inducas in temptationem, sed libera nos a malo. Quia tuum est regnum et potestas et Gloria in saecula. Amen.«

Rupert erinnerte sich an die Heilige Messe in der Burgkapelle, betete mit Inbrunst das Paternoster für alle Pilger aus Liezen und den Pilgern war geholfen und die drei als Mönche verkleideten Krieger-Kaufleute kamen ein wenig zur Ruhe. Die Pilgerschar trug das hölzerne Kreuz, einer nach dem anderen, die Frauen und Männer beteten feierlich, monoton, abwechselnd ihr Rosenkranzgebet, bedachten die Geheimnisse und das Leben, das Leiden und Heilswerk ihres Heilands, fielen zum Schluss eines jeden Gesätzchens ein in das »Ave Maria« und das »Ehre sei dem Vater«.

»Ave Maria, gratia plena. Dominus tecum. Benedicta tu in mulieribus«, fügten sie schließlich an, bevor sie wieder in die heilige, beruhigende Gleichförmigkeit des folgenden Gesätzchens einstimmten.

In Sankt Agatha traten die Liezer Pilgerschaft und die drei Franziskanischen Mönche nach langem und beschwerlichem Fußmarsch, müde und entkräftet von der bleiernen Schwüle in die Kirche der Heiligen Agatha ein. Ein Glänzen und Leuchten war das im hellen Kirchenraum und die Heilige Agatha hatte die Hand zum Gruß erhoben und schenkte den Pilgern ein mildes Lächeln und die Wallfahrer aus dem schönen Liezer Gau brachen in ein überraschtes und fas-

sungsloses *Ah* und *Oh* aus ob der Schönheit und Holdselig-
keit der Heiligen. Das einfallende Sonnenlicht brach sich in
den Butzenscheiben, spiegelte sich an den vergoldeten Fres-
ken, die wunderschönen Bilder und Figuren zeigten Heilige
und auch die armen Teufel, die ihre Not und ihre vielen
Anliegen vor die Heilige Agatha brachten. Rupert hatte
Ähnliches noch nicht gesehen, selbst die Stattlichkeit und
wundersame Schönheit der großen Stephanskirche schien
zu verblassen, war man doch der Harmonie und dem Reiz
und Anmut der geschätzten Heiligen hier in Sankt Agatha
so nahe.

Eine schwarz gekleidete Ordensfrau, deren Habit ihr weit
vom Leib hing, als gehörte es nicht dazu, hatte sie wort- und
gestenreich empfangen und ihnen Sitzplätze im hinteren
linken Gestühl zugewiesen, sodass der lang aufgeschossene
Rupert unter der Kanzel zu sitzen kam. Der Herr Pfarrer,
ein rotgesichtiger, emsig die Pilgerschar dirigierender Herr,
feierte nun mit vielen Wallfahrern aus nah und fern, aus
dem ganzen schönen Land den festlichen Gottesdienst. Aus
dem nördlichen Mühlkreis waren sie zudem über die Donau
gesetzt und nicht wenige Wallfahrer hatten der großen Heiligen zuliebe sich über Tage schon aus dem Passauer Land
aufgemacht.

Besondere Leute wären sie schon, die Sankt Agather und
großer Segen läge auf dem Dorf und dem ganzen Umland,
so redete man im ganzen Land. Zu den Aufständischen hätten sie gehört, seinerzeit, die Leute von Sankt Agatha, hätten sich aufgebäumt anfangs des großen Krieges und ihren
hohen Bauernstand gegen die Obrigkeit und die Boshaftig-
keiten des grundherrschaftlichen Systems verteidigt. Viele

hätten Leib und Leben eingebüßt, aber es hätte sich gerechnet, sagten die Agather selber.

Der Herr Pfarrer erzählte in seiner Predigt von der Heiligen Sankt Agatha, die vor weit über tausend Jahren eine schöne Maid gewesen wäre, drunten im heißen Sizilien, wo ein gefährlicher Berg heute noch Feuer speit. So was hätten sie noch nicht gesehen. Und sie sollten auch am Nachmittag ins Gotteshaus kommen, nachdem sie sich bei den Gastwirten gestärkt hätten. Nur im großen Lobpreis und im Bittgebet, in der Anrufung der Heiligen Agatha und der Heiligen Gottesmutter Maria läge Segen und Buße sollten sie tun, dass sie in den Himmel kämen und nicht, besonders wegen der Fleischeslust, in der Hölle schmoren müssten.

Weil die Maid Agatha sich dem Statthalter, der ein Heide war, nicht hingegeben hätte, war sie doch eine fromme Christin und keusche Jungfrau gewesen, hätte er sie grausam foltern lassen. Auf glühende Kohlen und auf heiße Scherben habe er sie geworfen, dass sie grausam brannte und schließlich verstorben wäre. Aber die Heilige Mutter des Herrn wäre mit ihr im Verbund gewesen und habe sie persönlich vor dem Himmelstor empfangen, sodass sie heute an ihrer Seite sitze und viel Einfluss habe und den Pilgern helfen würde in aller Not und Trübsal. Eine heilige Märtyrerin wäre sie, die heilige und keusche Agatha.

Schon damals habe sie die Bewohner von Catania vor dem gefährlichen feuerspeienden Berg, den sie dort Ätna nennen, gerettet und wer sich vor sie hinwirft, dem hilft die große Heilige allezeit. So müsse das Gnadenbild der Heiligen Agatha immer wieder neu hergerichtet und ausgebessert werden, dass es auch weiterhin für die vielen Wallfahrer in schönstem Glanz erstrahlen würde und das koste viel Geld.

Aber jeder silberne Kreuzer wäre eine Sprosse auf der Leiter zum ewigen Heil, das habe die Heilige Agatha noch auf dem Berg glühender Kohlen versprochen.

Der Herr Pfarrer warf dann viele weiße Wolken von feinem Weihrauch in das Gotteshaus und die blonde Fanny, Jungmagd aus einem Weiler bei Liezen, drückte sich eng an den jungen Mönch Rupert: »Nach da Kirch wär i aloan«, flüsterte sie, »wannst mi mechast, könnt ma hinta de Kirch naus geh, du gfallasst mir.«

Er wäre ein einfacher Mönch, sagte der etwas verstörte Rupert leise und es möchte nicht zu der Pilgerei passen, fügte er schnell an, dass sie zwei was miteinander hätten. »Dös macht goar nichts«, sagte sie, »des ghört einfach dazua.« Dann schob sich die Fanny unter der Kanzel in den Rupert hinein und er spürte, dass sie heiß brannte und er verlangte auch nach ihr. Aber der Frederik, dem die Avancen der Fanny, die sie dem Rupert machte, nicht verborgen geblieben waren, sagte, er solle schön sitzen bleiben, die Hitze würde wieder verfliegen wie der Weihrauch in der Kirche und die Fanny würde schon einen anderen finden, wären doch so viele junge Männer da und einer würde sie schon erhören.

Nun erzählte der Herr Pfarrer noch vom großen Krieg, der das ganze Land und die Menschen seit so vielen Jahren schon ins Unglück stürze. Von dem Herrn Kaiser redete er, dem man treu sein müsse und von dem abscheulichen protestantischen Schwedenkönig Gustav Adolph, dem sie im November des letzten Jahres, Gott sei es gedankt, den Garaus gemacht hätten, der das Heilige Reich und die große katholische Kirche und die ganze habsburgische Heimat habe zerstören wollen. Aber der Herr Waldstein würde im Auftrag des Kaisers das zu verhindern wissen.

»Bis Passau«, sagte der Frederik nach dem Kirchgang, »bist ein Mönch und da kannst du dir als heiliger Mann nichts zuschulden kommen lassen.« Dann nahmen sie ein heißes Bad im großen Baderaum ihrer Gastwirtschaft, der schweinerne Braten schmeckte ihnen danach vortrefflich und gab ihnen neue Kraft und endlich verabschiedeten sich die drei franziskanischen Mönche von der fröhlichen Pilgerschar und auch von der lieben, so beflissenen und entflammten Fanny und sie suchten ihren Weg hinüber nach Passau.

Sie sollten gut auf sich achtgeben, verabschiedete sich Frederik von den Betern. »Die Kaiserlichen können jeden jungen Mann zum Waffengang brauchen und die jungen Frauen landen auch schon einmal im Tross und da gibt es dann kein Entkommen.«

Der Rupert war recht unruhig geworden, dachte an die liebe Lara und dass es an der Zeit wäre, heimzukommen.

59.

Einen Steinwurf außerhalb von Sankt Agatha lag mehr als sie saß auf einer dicken, flach getretenen Fichtenwurzel eine bettelnde alte Frau am Straßenrand, lehnte mit einer Schulter an dem borkigen Baum, das linke Bein in den Weg hineingestreckt und hob die rechte Hand. Ihr wachsgelbes mit braunen Flecken übersätes Gesicht schob sie flehend den Reisenden entgegen. »Warum bleibt sie hier draußen sitzen, warum geht sie nicht ins Dorf, nach Sankt Agatha hinein?«, wandte Rupert sich an seine Begleiter. »Sie wird ihre schlechten Erfahrungen mit den Pilgern gemacht haben, mitten im Getümmel geht sie unter, nimmt sie keiner wahr, da hängen noch Dutzende alter, kranker, bettelnder Frauen, Männer, Kinder herum. Jedes bräuchte Hilfe.«

Frederik reichte der Frau einen Brotkanten. »Hast Durst«, fragte er sie. Sie lächelte. Drei, vier gelbe Zahnstümpfe ragten aus dem Oberkiefer, auf der unteren Zahnreihe lag die Zunge, Speichel troff aus der Mundhöhle. Sie lächelte. »Hab keinen Durst«, sagte sie, »hab aus dem Bach getrunken, aber essen sollt ich, hab Hunger, es war wohl schon Mittagszeit, hab die Glocken läuten hören, komm nimmer rein ins Dorf, bin zu schwach auf den Füßen.«

Sie versuchte, sich zu erheben, ein mühsames Unterfangen. Frederik griff ihr unter die Arme, zog sie hoch, stellte sie auf die Beine, eine gekrümmte, wohl von Schmerzen geplagte, am ganzen Leib zitternde, wie es den Anschein hatte vom Leben gebrochene Frau. Ihre Beine steckten ohne Strümpfe in schmutzigen, von Lehm überzogenen, braunschwarzen Soldatenstiefeln, die bis an die geschundenen Knie reichten. Ihren dürren Leib hatte sie in eine schüttere, dünne Decke gehüllt. Um den Hals baumelte eine matt silbrig glänzende Kette, woran ein kleines Kruzifix bei jeder Bewegung hin und her schaukelte.

»Es geht nimmer lang«, sagte sie, »hab keine Kraft, nach Sankt Agatha hineinzugehen. Zum Sterben geh ich dann heut Abend in den Wald hinüber, wie eine kranke Katze. Aber mein Kind.« Neben ihr saß ein kleines, schwarzhaariges, mit einem braunen Sackleinen bekleidetes Mädchen, das sich an ihre verhärmte Mutter drückte und mit großen, weit geöffneten Augen die Männer musterte. Es hatte eine Blume im zerzausten, schwarzen Haar stecken, in der rechten Hand hielt es eine schmutzige gelbe Rübe, von der es langsam, andächtig Stück um Stück abbiss. Harrschler öffnete seine Tasche, reichte dem Kind ein Stück Brot und einen Apfel.

Dann machte er kehrt, ging den knappen Weg zurück nach Sankt Agatha. »Ich werde den Pfarrer auf die Not dieser zwei aufmerksam machen«, rief er den Kameraden zu, »das Kind braucht etwas zum Essen, eine Unterkunft zudem.« Die Frau hob die Hände. »Seid gesegnet«, rief sie den drei Männern zu, »es wird schon wie weitergehn.«

Rupert schluckte, verdrückte die Tränen, das Wasser tropfte ihm aus der Nase, kalt war es heute, Schnee lag in der Luft.

Harrschler brauchte eine gute halbe Stunde, bis er mit einem älteren, untersetzten Mann wieder erschien. Der Mesner war es, so schien es Rupert. Er erinnerte sich, diese kurze, gedrungene Gestalt in der Kirche gesehen zu haben. Der Gedrungene zog einen zweirädrigen hölzernen Karren, auf den er gemeinsam mit Harrschler die erschöpfte Frau bettete.

Ein kleiner, schwarz-weiß gefleckter Hund war aus dem Gehölz gekrochen und schnüffelte im dürren Moos am Waldrand. Er leckte dem kleinen Mädchen die Hand, in der sie den rotbackigen Apfel gehalten hatte, stellte sich auf die Hinterbeine und koste das Gesicht des Kindes, vertraut, zur kleinen Gemeinschaft gehörig. Die Kleine hängte sich mit der linken Hand in die Sprossen des Karrens und ließ sich mitziehen. Der Hund lief den Weg voraus, als würde er die Verhältnisse kennen, blieb stehen, bellte, forderte die Nachfolgenden auf, nachzukommen, ging weiter, schaute wieder um und wartete immer wieder, bis das kleine Gefolge nachkam.

Die Freunde gingen ihres Weges. »Die arme Frau wird

den morgigen Tag nicht erleben«, sagte Harrschler, »heut Nacht wird es bitterkalt, da wird sie unter den Bäumen erfrieren, wenn der Pfarrer ihr nicht Unterkunft besorgt. Ein Elend weniger auf der Welt.« Er schlug das Kreuzzeichen über Stirn und Brust, hatte selber ein Hundsleben hinter sich, von der eigenen Mutter ausgesetzt. Aber er hatte ihr das lange schon nachgesehen, vergeben, nicht vergessen. Sah er sich doch noch mit seinen vier, fünf Jahren am Wegrand stehen, bemerkte den hohen Mistkarren, auf den ihn dann dieser fremde, große Mann gehoben hatte, der ihn oft genug schlug, der ihm aber zu essen gab und ein Zuhause.

60.

In Sankt Agatha war während des Gottesdienstes, der Pfarrer hatte sich nach seiner langen Predigt von der Kanzel wieder in den Altarraum begeben, eine dicke, gelbe Wachskerze umgestürzt. Ein ungeschickter kleiner Messdiener hatte sich mit dem rechten Fuß in seiner langen Kutte verfangen, griff hilfesuchend um sich und schlenzte die Kerze über die Altarstufen. Der Pfarrer fegte hinter dem mit Blumenstöcken geschmückten Altar hervor und zog dem kleinen Bub eine mächtige Maulschelle über. »Dass du es lernst«, schrie er während der heiligen Handlung, »pass das nächste Mal besser auf.« Die Leute schauten, reckten die Hälse, tuschelten, lachten und stimmten wieder in die Lieder ein, die ein älteres Frauenzimmer mit hohem, quengeligem Gesang anstimmte.

»Sankt Agatha, hilf«, betete Rupert in sich hinein, hatte ein Würgen im Hals, erinnerte sich doch an die Bettler, die vor der Kirchentür ihre Hand aufgehalten hatten, denen der Zutritt verwehrt wurde, als dreckiges, stinkendes Pack angeschrien und abgehalten worden waren. Dieser Krieg, der, wie man hörte, vor allem drüben bei den Deutschen, vor allem im Bayernland, wütete, kostete so vielen Frauen, Kindern und Männern auf grausame Weise das Leben. Die Kaiserlichen wie die Protestanten rekrutierten junge Leute von der Straße, vom Feld weg, rissen sie von Haus und Herd und Familie und zwangen sie in die Regimenter. »Nur in der Oberen Pfalz, da kriegen sie keinen mehr, die sind alle so entkräftet und schwach, dass sie keine Hellebarde, keinen Knüppel führen können, geschweige denn mit einer Armbrust oder Muskete umgehen können. Die jungen Männer sind so ausgemergelt, hungrig und so dürr, dass sie einem zwischen den Händen zerbrechen könnten.« Frederik, der die angespannte Lage von seinen Reisen kannte, wunderte sich nicht, dass die Familien verhungerten, fehlten doch die Männer für die schwere Arbeit. »Dazu reißt die Pest die Leute in die Grube«, sagte er, »auf den Wegen und Straßen, in den Dörfern und Städten siehst du nur noch Krüppel, Invalide, Ausgemergelte, halb Verhungerte. Es ist ein Elend auf der Welt. Wenn es einen Herrgott gibt, warum schlägt er da nicht drein.«

61.

Frederik und Rupert lagerten an einem quirligen Bach, das erquickende Wasser frischte und belebte sie. Nun verzehrten sie gebackene, gut gewürzte Weizenfladen, kauten an einem Brocken Kümmelbrot. Der Rupert hatte für jeden ein duftendes Stück Geräuchertes in Scheiben geschnitten.

Der Harrschler Gustl war unterwegs, erkundete voraus,

hätte lange schon wieder zurück sein müssen. Er wollte das Gelände erkunden. Genug grobe Versprengte, gefährliches Soldatenvolk, nicht zu bändigende Raubeine nach eigenen Gesetzen, ohne Regimentszugehörigkeit, Barbaren, die stahlen, was nicht niet- und nagelfest, das Land verwüsteten, waren unterwegs und zu jeder Schandtat bereit.

»Gustl ist in der Nähe«, meinte Frederik. Rupert hatte keinen Laut vernommen. Harrschler, wäre er denn in der Nähe, müsste wenigstens ein Geräusch gemacht haben.

»Da brennt ein Dorf, nicht weit vor uns«, Harrschler stand unvermutet vor ihnen. »Der Wind weht uns in den Rücken, deswegen konnten wir den Rauch nicht wahrnehmen.«

Sie schütteten mit ihren Blechnäpfen Wasser aufs Feuer, bündelten ihre Sachen und warfen sie über den Rücken, dann machten sie sich auf.

»Vor uns liegt ein Hohlweg, ich habe Stimmen gehört.« Als sie sich dem Hohlweg näherten, vernahmen sie lautes Weinen, auch beißenden Rauch verspürten sie in der Nase, sogen ihn ein. »Das ist etwas Größeres«, sagte Frederik, »wartet, ich gehe voraus.« Es dauerte nicht lange und Frederik stand wieder vor den Freunden. »Am Rand des Weges hängen vier Männer an Stricken an den Ästen, ihre Frauen knien unter den Gehängten und schreien, weinen sich ihren Kummer von der Seele. Das Dorf, zu dem sie gehören, brennt lichterloh, am Waldrand sitzen Erwachsene, Kinder, alte Leute.«

Die drei Reisenden näherten sich den weinenden Frauen. Das Lamento war groß. Versprengte Soldaten hätten das Dorf überfallen, hätten die Mädchen des Dorfes bei sich in den Hütten, sie wären betrunken und wer weiß, was sie anstellen. Einige Hütten im Dorf hätten die Räuber angezündet.

»Es sind keine Kaiserlichen, diese Strolche gehören zu einem marodierenden, freien Haufen.« Vier Pferde waren vor einer der Hütten an einen Balken angebunden. Eine der Frauen nahm Frederik, den sie für einen Priester hielt, bei der Hand. »Helft uns, heiliger Mann, helft uns. Unsere Kinder sind in der Hand dieser Unmenschen.

Rupert blieb bei den Frauen, während Frederik und Harrschler sich durch den Wald dem Dorf von der Rückseite näherten, die Situation erkundeten. Eine gute Stunde dürfte vergangen sein, in den Hütten war kaum mehr Lärm zu vernehmen, als die beiden Freunde durch eine der geöffneten Türen einer Hütte auf den Dorfplatz traten und die Mädchen und Frauen aus den anderen Hütten ins Freie liefen, lachend, weinend, ihre Eltern und Angehörigen suchten.

Die beiden Freunde hatten ganze Arbeit geleistet. Drei der Bluthunde, wie Harrschler sie nannte, hatten ihr Leben gelassen, zwei lagen schwer verletzt auf dem Dorfplatz.

»Die beiden verletzten Verbrecher bringt ihr den kaiserlichen Soldaten«, sagte Frederik zu den Dörflern, »dort werden sie abgeurteilt, kriegen ihre gerechte Strafe, die hängen gleich am Galgen. Die drei Toten begrabt irgendwo im Wald.« Frederik setzte sich zu den Leuten. Die Dorfbewohner dankten und lachten und freuten sich, dass drei Priester ihnen geholfen hatten. Dann schnitten sie die gehängten Männer des Dorfes von den Stricken und bestatteten sie auf einem kleinen Friedhof. Frederik deklamierte seine lateinischen Verse, sprach den weinenden Witwen und den paar Waisenkindern Trost zu. Der Dorfälteste aber dankte dem

Himmel, dass drei kräftige Priester sie von dieser Not befreit und die Toten mit Gottes Segen in geweihte Erde gebracht hätten.

Am nächsten Tag verließen die drei das Dorf und verdrückten sich im Wald, sie wollten mit den kaiserlichen Truppen nicht zusammen treffen. Ihre priesterliche Kleidung mochte bei einem Zusammentreffen nicht respektiert werden, schon gar nicht, dass drei franziskanische Priester ein Dorf von Kombattanten befreit hätten, was sich in Bälde auch hier auf dem Land von Dorf zu Dorf herumsprechen würde. Dem Dorfältesten schlug er den Tausch der drei Kutten gegen die übliche Männerkleidung vor. Aus den braunen Kutten könnten die Frauen den Dorfkindern Röcke und Hosen nähen.

Noch hatten sie eine gute Woche Marsch vor sich, bis sie in Passau eintreffen würden. Der Winter war nahe, die morgendliche Kälte biss sich in die Knochen, sodass sie froh waren, wenn sie immer wieder in einem der Dörfer an der Straße nächtigen konnten.

»Jetzt darf uns nichts mehr dazwischen kommen, keine Wallfahrt und kein brennendes Dorf. Ich möchte vor dem Weihnachtsfest noch drüben sein im Böhmischen, da ist man noch zwei Wochen unterwegs auf den Saumwegen, wenn es gut geht und der Schnee nicht alles zudeckt. Ich habe ein ungutes Gefühl und der Herr Waldstein wird schon warten.«

62.

In Passau standen sie dann in der ersten Dezemberwoche vor der Post und Rupert hatte noch nichts dergleichen gesehen.

Da war nicht nur ein Schmied am Werk, der eine zerbrochene Hellebarde zusammenschweißte, nicht nur ein Wagner, der die gebrochene Speiche eines hölzernen Rades zusammen flickte oder ersetzte. Viele Wagner fertigten Lastschlitten für den Holztransport durch die verschneiten Wälder, besserten die Handkarren für die Bauern, setzten neue Deichseln, Schmiede schmiedeten Eggen für die Frühjahrsarbeit, der wuchtige, schmetternde Klang ihrer Schmiedehämmer dröhnte in den Ohren. Vielerlei Statuen von kleinen, nackten Putten, andere mit luftigen Schürzchen bekleidet, wurden in hölzernen Buden zum Verkauf angepriesen. Handgroße Engel standen in Reih und Glied, ein halbes Dutzend andere auch mit weiten Flügeln hielten schützend ihre Hände über die Käufer, auch über die Gaffer, die durch die Straße streiften. Skulpturen der Heiligen Jungfrau Maria wie ihres Verlobten Josef wuchsen einem bärtigen Holzschnitzer, der in einen dicken Pelz gehüllt unterhalb der Treppen zum Dom seine offene Werkstatt betrieb, aus der Hand. Rupert wunderte sich, dass man in dieser eminenten Kälte mit so klammen Fingern seinem künstlerischen Handwerk in aller Öffentlichkeit nachgehen konnte.

Junge Frauen boten in ihren Stellagen Silberschmuck feil, allerlei Tand und Trödel dazu, Kaufleute lobten ihre festen Schuhe und Stiefel, winterlichen Röcke und wollenen Hemden an. Rupert gefielen ein schwarzes Wams, ein Paar lederne Reitstiefel vom Feinsten, ein schöner Degen hätte es ihm angetan und ein moderner rotbrauner Filzhut mit Krempe dazu. »Ich sollte mehr auf mein Äußeres schauen«, lachte er, »ich muss doch meiner Lara gefallen.«

Frederik störte Ruperts Kauflaune und er meinte spöttisch: »Da gibst du das Dreifache von dem aus, was es wert ist. Ich nehme dich mit zum Broslik nach Pilsen, da kannst du dich neu einkleiden, hast es tatsächlich nötig.«

In den Straßen hämmerten, sägten, nagelten und klopften die Handwerker, in den Schmiedeessen glühte das Eisen, Lehrbuben traten den Blasebalg. Die Säumer, die ins Böhmische wollten, aus dem Inntal herauf gezogen waren, sattelten vor der Poststation ihre Pferde, legten Salz, gläserne Kelche und Porzellan und auserlesene Stoffe auf die Rücken der Tragpferde. Von der Donaulände, wo sich der Inn in die wirbelige Donau hineinwälzt, bis hinauf zum Domberg und zur Hohen Feste, wo der Hochwürdigste Herr Fürstbischof residierte, waren fleißige Leute an der Arbeit.

Die ansehnlichen, gefederten Einspänner betuchter Bauersleute, hoch beladene Kutschen und gedeckte Wagen mit vier oder gar sechs Zugochsen vorgespannt, Reiter aus aller Herren Länder machten Halt vor dem Postgasthof. Die reisenden Kaufleute, eleganten Offiziere, feinen Damen palaverten tschechisch und ungarisch, man hörte welsche Töne oder gar das Französische war angesagt. Es schien, als hätten deutsche Reisende den geringeren Platz in der Bischofsmetropole. Die Posthalterin konnte den drei Freunden ihres Bruders keinen Platz zum Schlafen anbieten, die Räume in der Post wären überbelegt, sagte sie. Aber gute Kameraden ihres Bruders bringe sie doch bei den Franziskanern unter. Sie könnten jedoch auch im Spitalgasthof schlafen, drei, vier Tage ließe sich das sicher bewerkstelligen.

Die drei Reitpferde waren immer noch nicht in der quirligen Stadt eingetroffen. Die Bediensteten vom Muliarhof, vielleicht ein Mönch dazu, wollten die Tiere nach Passau nachführen. In diesen unruhigen Tagen mussten Reisende, Kaufleute, Wallfahrer mit Zwischenfällen rechnen und Frederik hoffte nur, dass die Knechte nicht in besondere Not oder Auseinandersetzungen geraten waren. Sie würden nun die ersten adventlichen Tage hier in Passau zuwarten und sollte der kleine Tross ausbleiben, müssten sie wohl oder übel Pferde zukaufen und sich auf die Reise nach Pilsen machen.

Auf den kalten steinernen Treppen unterhalb des Doms saßen Bettler und invalide, kranke ehemalige Kämpfer, die sich in den Schutz der Stadt zurückgezogen hatten, versprengte junge Burschen auch, weit weg von Haus und Hof, die auf ein Stück Brot oder eine heiße Suppe aus dem Bischofshaus hofften. Als sie durch das Stadttor von Passau eintreten wollten, versperrten Wachleute den Zutritt. Sie palaverten und die drei Freunde erzählten dem Wachpersonal, sie suchten Schutz vor herumziehenden Banden, kämen aus Sankt Agatha, wo sie mit einer Pilgergruppe aus dem Liezer Raum angekommen wären und dass sie gerne Arbeit hätten in der Stadt. Die Wächter lachten. »Vielleicht stellt der Herr Bischof euch als Domministranten an.« Worauf Rupert, der lateinischen Sprache recht gut mächtig, sein lateinisches »Pater noster, qui es in caelis«, betete, »sanctificetur nomen tuum«, setzte er fort und das Wachpersonal in Erstaunen. Na, dann sollten sie es doch beim Herrn Bischof probieren, für ein warmes Essen könnte es reichen. »Seltsame Zeitgenossen gibt es in diesen unruhigen Jahren«, lachte der alte Korporal, »die schauen nicht aus wie Vaganten.«

Den ersten Adventssonntag wollten sie mit der Posthalterin, der Schwester des alten Kameraden Silvester aus den Tagen der Schlacht am Weißen Berg in der Post begehen. Es gelte, wieder zu beten, sagte Frederik, um so Dämonen und böse Geister abzuwehren und ein Reiter des Herzog und Generalissimus Waldstein wäre auch auf die Treue zu Christus eingeschworen und das Rot, das er als Satteldecke dem Sitzleder untergelegt hätte, fungiere als Farbe des Blutes, das Jesus am Kreuz für die Menschheit vergossen hätte. So erklärte Frederik sein Tun dem jungen Rupert, der bei dem Krieger Frederik Mannstein nun ganz neue Sichtweisen entdeckte, die ihm bisher nicht aufgefallen waren.

Silvester Bellheim, den er hier in Passau zu finden hoffte, war ins Regensburgische hinüber verzogen, hatte eine Wirtstochter geehelicht, hielt eine Horde Kinder am Leben und zur Arbeit an und nannte in der Regensburger Altstadt ein gut gehendes Wirtshaus sein eigen. Silvester, so meinte seine Schwester, wäre ein gestandener Vater und Ehemann geworden und sicher nicht mehr für die alten Soldatenspielchen zu haben, die Reise nach Regensburg könne er sich sparen.

Die adventliche Stunde brachte Frederik dem Albertus Lengsfelder nahe, einem Säumer, Händler zwischen den bayerischen und böhmischen Ländern, einem Freund des Postwirts. Er würde nach Prachatitz reisen, sagte der Säumer, und noch vor den Weihnachtstagen mit einer Karawane dort eintreffen, er könnte den Brief einem Prachatitzer Freund, einem Kaufmann wie er selber, nach Pilsen mitgeben, das wäre eine Verpflichtung und Ehre für ihn. Frederik hatte ihm nämlich sein Anliegen vorgetragen, noch vor den heiligen Festtagen eine Nachricht ins Böhmische zu senden. Er selber warte hier in Passau auf seine Pferde, könne die

Reise nicht ohne die vertrauten Tiere antreten. Der Politzer, dem die Nachricht in Pilsen gelte, würde wissen, was zu tun sei. Weniger elegant, denn holzschnittartig, meißelte er seine Worte ins Papier, tat dem Gregor Politzer kund, was in den Tagen nach dem hochheiligen Christfest zu tun wäre, dass er, sobald es ihm möglich wäre, nach Pilsen komme und dass er dem Bekannten, der ihm den Brief aushändige, voll vertraue.

63.

Am Nachbartisch im Franziskanerbräu stritten sich einige Soldaten, forsche Leutnants, ein älterer Hauptmann, vor allem ein gewandter, noch recht junger Herr Obristlieutenant, wer denn im letzten Jahr bei Nürnberg die bessere Figur gemacht hätte. Legionen Toter wären auf dem Schlachtfeld bei Zirndorf liegen geblieben. Aber Waldstein hätte die Schweden davon gejagt, wie die Karnickel seien sie übers Feld. Die Kaiserlichen hätten den Schweden das Fürchten gelehrt und der September 1632 würde in die Annalen der Geschichte des elenden Kriegs eingehen, das wäre kein Ruhmesblatt.

»Der Generalissimus Waldstein wird sie alle zum Teufel jagen, die Schweden und diese ganze Brut«, schrie ein Obristlieutenant, ein noch junger und forscher Offizier, hob seinen Humpen Bier und salutierte vor dem Bild Seiner Majestät, des Kaisers, der in Wien das Schlachten dirigierte.

»Aber das Land ist öd und leer, die Leute sind verreckt, die Bauern hungern, eine Schande ist das«, tat sich ein junger Cornet, der das Gras wachsen hörte, hervor. »Wo er Recht hat, da hat er Recht«, sagte der Obristlieutenant, »aber er, der Herr Cornet von Werfelstein möge sein Maul halten, man muss nicht alles sagen, was einem das wenige Hirn vorgibt.«

Der Cornet von Werfelstein erschrak bis ins Mark und wurde klein auf seinem hölzernen Stuhl. Er habe Recht, der Herr Obristlieutenant, meinte der kleinlaute junge Bursche, salutierte vor seinem Vorgesetzten, schlürfte das wenige Bier aus dem zinnernen Becher und saß gerade. Noch andere Offiziere hätten gerne ihre Meinung zu dem unseligen Kriegstreiben gesagt, aber der Herr Obristlieutenant hatte seinen Standpunkt nun geäußert und es wäre unanständig, dagegen zu halten, fände man sich gar irgendwann an der Front und ließe sein bisserl Leben auf irgendeinem Acker ausbluten.

»Aber die Nürnberger sind Schwedenleute geworden, erst im Frühjahr, darüber gilt es noch zu reden, das werden wir denen nicht vergessen.« Der Hauptmann Frömmelt hatte sich erhoben, ebenfalls salutiert und dem Herrn Obristlieutenant gedankt für seine kernigen Worte, denen er sich selber nur anschließen könne und da würde er für alle Herren Offiziere sprechen.

Frederik, Gustl Harrschler und der junge Rupert saßen schweigend über ihrem Krenfleisch, bissen sich am deftigen Wurzelgemüse, das noch eine halbe Stunde gebraucht hätte, die Zähne aus, strichen den Meerrettich dick aufs Fleisch und tranken ihr Bier.

»Was sagen die Herren Reisenden zu diesem peinlichen Vorfall für die Herren Nürnberger?«, fragte der Herr Obristlieutenant und wandte sich an die schweigenden Esser am Nachbartisch.

»Wir lassen Nürnberg gerne links liegen«, sagte Frederik Mannstein, »wenn unsere Reisen uns nach Brügge führen oder hinauf nach Prag, wenn wir aus dem Westen einreiten ins fränkische Land, hinüber ins Böhmische. Sind oft genug unterwegs und hoffen wie der Herr Obristlieutenant, dass dem Schwedentreiben bald ein Ende gesetzt wird.«

Das lasse er sich eingehen, sagte der Herr Obristlieutenant, »eine redliche Antwort, der Herr, gediegen, wäre leicht eines Offiziers Wort«, und die Herren sollten sich nach dem Mahl gerne zu ihnen setzen. Man wäre für ein kultiviertes Gespräch dankbar.

Welches ehrenwerte Regiment denn der Herr Obristlieutenant führe, fragte Mannstein, und ob ein Einsatz gar in Reichweite wäre.

»Mein Regiment hat 1631 das schöne Magdeburg mit belagert, wurden jedoch zu spät eingebunden und das durch einen völlig vermeidbaren Fehler des Adjutanten des wohlgeborenen Herrn General Tilly. Ein fehl geleiteter junger Offizier, ein gewisser von Stepatzky, westfälischer Kleinadel, war in die falsche Richtung geritten und in ein Bauerndorf eingedrungen. Dort machte man ihn besoffen und er hatte versäumt, uns zu benachrichtigen. Aber wir waren dann doch noch die letzten Tage vor Ort und erlebten und überlebten vor allem den Kampf um die Verteidigungsanlagen. Heftig, heftig, schwere Gräuel, Attacken gegen die Zivilbevölkerung«, räsonierte der Offizier. »Wir liegen vor Passau, warten auf Einsatz«, setzte er hinzu. »Die Herren kennen sich aus?«

»Wenig«, antwortete Frederik, »wir haben die Anfangsjahre um Prag erlebt, den Weißen Berg kennen gelernt, da fängt man sich dann eine Kugel im Knie ein und muss zusehen, wo man bleibt.«

Der Herr Obristlieutenant bekundete seinen großen Respekt und lud die drei Reisenden zu sich ins Regiment, nicht ohne noch zu erwähnen – aber darauf wolle er am morgigen Abend zu besonderem Anlass ausdrücklich eingehen – dass General Tilly ihn im Frühjahr 1932 in Rain am Lech nach massivem Feuer des gegnerischen Heeres beauftragt hatte, dem Schweden eines unterzujubeln. So wäre es ihm und seinem Regiment eine große Ehre gewesen, den schwedischen Adolf hinzuhalten bis schließlich Maximilian I. den Rückzug nach Ingolstadt angeordnet hätte, aber der Schwede habe eines aufs Dach bekommen. Dieser schwedische Ungeist habe im Ingolstädter Umfeld Dörfer abgebrannt, und noch vor dem Abzug geplündert und ausgeraubt, ohne dass wir es verhindern konnten. Das sollte man für die Geschichtsschreibung niederschreiben. Dass schließlich Graf Tilly in dieser eminent wichtigen Schlacht einer schweren Schussverletzung erlegen sei und er an seiner Seite stand, würde er, der Obristlieutenant Heinrich von Truchwitz nicht vergessen können und tiefe Trauer umwölke heute noch sein Herz. »Der Todestag unseres verehrten Generals von Tilly, der 30. April 1632, wird mir unvergesslich bleiben. Wir waren alle höchst inkommodiert von dieser tragischen Entwicklung und sein Tod war für die gesamte große Auseinandersetzung fatal, einfach fatal.«

64.

Dieser liebenswürdigen Einladung würden sie gerne nachkommen, doch bliebe ihnen für die geschäftliche Reise nach Prag nur noch wenig Zeit, der Winter lasse allzu früh grüßen, mag heftig werden und dann könnten die Wege ins

Böhmische unpassierbar sein und er wolle seine Geschäfte in Prag noch in diesem Jahr ins Reine bringen.

Der Herr Obristlieutenant salutierte nun trotz eines erheblichen Quantums an Alkohol in den Adern vor Frederik und den Seinen. Es wäre ihm eine große Ehre, die Herren hier in Passau unter so delikaten Umständen getroffen zu haben, und Seine Majestät, der Herr Kaiser, möge hochleben und der Herr Herzog und Generalissimus von Waldstein, der den Kaiser mit seinen Mannen aber auch mit viel Geld zum Wohle des Vaterlandes unterstütze, ebenso und sie würden gemeinsam die Schweden in den kalten Norden jagen.

Der Herr Obristlieutenant erhob sich, seine Herren mit ihm. Er hob sein Glas Frederik Mannstein und den beiden Herren am Nebentisch mit ausgesprochener Schicklichkeit entgegen: »Meine Herren«, rezitierte er nachgerade, »den morgigen Tag, gegen sieben Uhr des Abends, wird mein Regiment einen Kommersabend zelebrieren. Seine Eminenz, der Hochwohlgeborene Herr Fürstbischof von Passau daselbst, Leopold Wilhelm von Österreich, zudem Bischof von Halberstadt, zudem Statthalter der Niederlande und unseres Hochlöblichsten Kaisers, Seiner Majestät Ferdinand II., Kaiser des Heiligen römischen Reiches Deutscher Nation Sohn, wird uns die Ehre seines Besuches geben. Ich erlaube mir, er wandte sich mit gediegener Courtoisie an die Reisenden, den Herren hic et nunc, als meine besonderen Gäste, zu diesem festum die persönliche invitatio auszusprechen.

Frederik Mannstein, Beauftragter des Hochwohlgeborenen Herzogs und Generalissimus Waldstein konnte dem nicht widersprechen und nahm in Ehrerbietung dankend diese gediegene und delikate Einladung an. Er erhob selbst sein Glas und seine Herren mit ihm, dankte, verbeugte sich mit angemessener Akkommodation: »Herr Obristlieutenant, er lebe hoch und ich danke in nobler reverentia.«

Dies gefiel dem Herrn Obristlieutenant sehr, er hob die Hand an seinen Hut, verneigte sich und die Herren Mannstein, Harrschler und Prack verneigten sich quomodo in modico, und verließen den verrauchten und urigen Speiseraum der Franziskanerbräu. Der Hauptmann, der sie aus dem Saal geleitete, erwähnte, dass der Erlös beim Commersabend den Witwen und Waisen der Gefallenen des Regiments bei der Schlacht von Rain 1632 zukäme, was Frederik als höchst achtbar und vornehm, ganz dem Ansehen des Regiments würdig, erachtete. »Das heurige Jahr war ja für das Regiment recht ruhig im Gegensatz zum Vorjahr 33«, sagte er und verabschiedete sich von den Herren.

»Jetzt brauch ich doch heut noch mein neues Wams«, sagte der Rupert Prack, Mitglied der Schutzwacht in spe des Hochwohlgeborenen Generalissimus Eusebius Albrecht Wenzel Eusebius von Waldstein, wie er sich's recht hochgestimmt wünschte.

»Mit dir kann man nirgends hingehen, mein lieber Frederik«, meinte Gustl Harrschler, »schon ist man bei Hofe oder bei einem Commersabend.«

»Wascht euch, dass man euch riechen kann und blamiert mich nicht.« Frederik legte den beiden die Hände auf die Schultern: »Da könnt ihr noch was lernen, Freunde.«

»Ist euch aufgefallen, dass er den Namen des Generalissimus Waldstein nie im Mund führte, immer nur Tilly, so sehr ich den schätze.« Frederik meinte, sie sollten sich am morgigen Abend beim Commers nicht auf politische Gespräche einlassen.

»Ob ich einmal ein Soldat werden möchte, das wird sich erst noch erweisen müssen. Diese gespreizten Gecken liegen mir gar nicht.« Rupert Prack schien sich in diesen neuen, ganz anderen Lebenswelten nicht wohl zu fühlen.

Er dachte an Lara und das noch unbekannte Haus am Hradschin, wollte Prag sehen, mit Lara über den breiten Rossmarkt in der Prager Neustadt stolzieren oder auch das eine oder andere Mal auf der Donau mit dem Schiff fahren. Da gäbe es viel zu sehen für ihn, er wollte abwarten, wie sich der Gang der Dinge denn so ergäbe.

Von dieser kaiserlichen Stadt hatte Vater schon oft erzählt, vom Altstädter Ring oft genug, auf dem im Sommer des Jahres 1621 viele bekannte Prager hingerichtet worden waren. Vor dem Altstädter Rathaus wollte er stehen und zum Orloj hinaufschauen, der Aposteluhr am Rathausturm. Der Graf Haunstein hatte von diesen seltsamen, allegorischen Figuren erzählt, die abwechselnd nach draußen treten, begleitet von wunderschönem Glockenspiel, auf die Leute würden sie mahnend hinunter schauen. Von der Eitelkeit und der Wollust, von den Engeln und dem Hahn war da die Rede und vor allem der Tod habe auf ihn einen großen Eindruck gemacht und die astronomische Uhr würde genaue Zeiten angeben. »Welch ein Wunderwerk«, dachte Rupert Prack.

65.

Das Geld würde für ein neues Wams nicht reichen, schon gar nicht für Hut mit Feder und lederne Handschuhe und er müsste den Commersabend in der Kluft des Reisenden fröhlich hinter sich bringen. Dass man das Bier nur in geziemendem Maße zu sich nähme, verstünde sich von selber. Er erwähne das nur, denn soldatische Sitten sind eher von der rauen Art, sagte Frederik und hatte den Harrschler Gustl im Blick.

»Wovon du auch sprichst, ich fühle mich natürlich nicht betroffen«, griente das Raubein.

Der Herr Obristlieutenant gab vornehmlich dem Herrn Fürstbischof die Ehre, begrüßte den Amtsvorsteher der Stadt und, er wandte sich mit Bedacht zu ihnen, erwies auch den drei Reisenden, »die der Zufall mir geschickt hat und es wird Gelegenheit sein, irgendwann einmal wieder eine Begegnung herbeizuführen« ebenso die Anerkennung hervorgehobener Begrüßung und die Herren sollten sich nur wohlfühlen. Die Genannten schlossen dann auch eine beträchtliche Vielfalt neuer Bekanntschaften, erzählten von ihren Reisen, die sie in viele Länder führen, dass sie, mit Ausnahme des Herrn Prack, zudem gehörig Kriegserfahrung hinter sich hätten.

Jedoch würden sie sich im neuen Aufgabenfeld sehr wohl fühlen, den Dienst der Soldaten würden sie hoch schätzen, fügten sie aus Überzeugung an und in aufgewühlten Zeiten brauche der Kaiser nicht nur Untertanen, fleißige Bauern auf dem Feld, beflissene Handwerker und bemühte Kaufleute. Vor allem seien tapfere, mutige, furchtlose Soldaten nötig und unverzichtbar für das Leben im Kaiserreich, wenn der Feind das Land angreife, besetze, Männer töte, Frauen Übles antue, Kinder verhungern lasse.

»Der Frederik Mannstein, wie eh und je ein Mann des Schwertes, ein Mann des Wortes.« Hinter Frederik hatte sich ein Hüne aufgebaut, in blaues Tuch gewickelt, mit einem deftigen Säbel an seiner Seite, den zwirbeligen Bart auf der Oberlippe, wie seinerzeit in der Schlacht auf dem Weißen Berg. Frederik schaute sich nicht um, hatte die Stimme des Korbinian von Schernberg.

»Setz dich zu mir, entspanne dich, du bist erkannt.« Dann erhob sich Frederik Mannstein. Selber von großer Gestalt, war er gezwungen leicht das Haupt zu heben, um dem Freund aus frühen Tagen, ins Gesicht zu blicken. »Du hast noch alle Gliedmaßen, schaust noch aus zwei Augen ins Leben, kaum ein Zahn wird dir fehlen, du bist der deutschen Sprache noch mächtig. Ich freue mich, dass du heute da bist.«

Major von Schernberg, seinerzeit Adjunkt bei Mannstein, der am Weißen Berg Lieutenant, Fähnleinführer gewesen war, gehörte damals zu den Verwegenen, die dem Fähnleinführer Mannstein auf Schritt und Tritt folgten und jede Gefahr missachtete. Ein harter Geselle, der die Hellebarde wie das Gewehr meisterhaft führte.

Als Obristwachtmeister, Stellvertreter des Obristlieutenant, fungiere er seit drei Jahren, vertraute er Frederik an. Der Herr Obristlieutenant würde heute vom Herrn Fürstbischof Leopold Wilhelm von Österreich selber zum Obrist ernannt. Das hätte für ihn gar die baldige Ernennung zum Obristlieutenant zur Folge, flüsterte er dem Freund beiläufig ins Ohr. »Die nächste Schlacht ist mir gewiss«, grinste er, »aber eher hinter den Linien als davor«, fügte er despektierlich an.

Er wäre bescheiden, warf der Herr Obristlieutenant ein, der Herr Mannstein, und hätte er im Franziskanerbräu gewusst, das ein edler Krieger vor ihm stünde, gar einer, der am Weißen Berg unter Tilly gekämpft habe, hätte er ihm noch mehr der ihm gebührenden Ehr' erwiesen.

66.

Am Morgen danach, der Commersabend des kaiserlichen Regiments in Anwesenheit des Hochgeachteten Herrn Leopold Wilhelm von Österreich, Sohn Seiner Majestät, des Kaisers, Erzbischof daselbst, hatte sich bis in die frühen Morgenstunden hingezogen, hunderterlei Gespräche wurden geführt, liefen an den dreien ab wie Regenwasser.

Da stand die Postwirtin, Silvesters Schwester vor dem Tor zum Franziskanerbräu und begehrte Frederik Mannstein zu sprechen. Über Nacht seien eilige Berichte eingetroffen aus der Hauzenberger Gegend, zeitgleich mit Nachrichten aus dem Berg Reichensteiner Distrikt. So sei der Übergang ins Böhmische auf dem Goldenen Steig und dem Winterberger Weg nicht mehr möglich, die Pfade und Wege seien durch starken Schneefall unpassierbar geworden.

Prachatitz und Krumau könnten vor den heiligen Weihnachtstagen nicht mehr erreicht werden und sogar die berittenen Kurierdienste des verehrlichen Herrn Fürstbischof wären zur Untätigkeit verurteilt, müssten in den Grenzdörfern warten oder sich zurück nach Passau durchschlagen.

Der Winter sei in diesem zweiunddreißiger Jahr arg wie schon lange nicht. Auch der Weg ins Böhmische über das Mühlviertel, über Leopoldschlag nach Budweis hinauf sei Linzer Agenten zufolge weder mit Fuhrwerken noch mit Pferden zu erreichen. Zudem lägen Berichte vor, dass Raubbanden den Säumern in der Eiseskälte das Leben schwer machen.

Ein Bergreichensteiner Advokat logiere in der Post, erzählte sie und wisse nicht, wie käme nicht heim zu seiner Familie. Der Mann wäre totunglücklich, würden die Seinen daheim sich doch sorgen ob des Verbleibs des Vaters und Ehemannes. Er habe zudem eine Heilige Jungfrau hier in Passau aus Holz fertigen lassen, die er in der wundersamen gotischen Kirche zur Heiligen Margarete daheim in Bergreichenstein aufstellen lassen wolle. Allein Sankt Margarete könne für die Bergreichensteiner Bewohner einstehen bei ihrem Herrn und Gott, dass die fürchterlichen Zeiten des Krieges bald vorüber gingen.

Frederiks Plan war durch eine höhere Macht durchkreuzt. Die auf der langen Reise in den vergangenen Monaten benachrichtigten Kameraden würden im Januar in Pilsen auf ihn warten, wüssten ohne ihn nicht ein noch aus, er ließe sie sozusagen in Stich. Der Generalissimus würde auf ihn warten, sich ebenfalls kümmern und wäre auf sich und ein übel wollendes Umfeld angewiesen. Er schien in Gefahr zu sein. Piccolomini war wohl ein Vertrauter des Kaisers, aber wem kann man in solch aufgeheizter Situation noch trauen. Er hatte sich in den letzten Monaten in der Suche nach den Kameraden vom Weißen Berg, in den stillen Stunden des einsamen Ritts, der mühevollen Wanderung herauf von Buda bis nach Passau immer wieder Gedanken gemacht, ahnte Ränke, fürchtete auch Intrigen, die schließlich dann auch zu seinen Lasten gehen könnten und er fürchtete weniger um sich als um den jungen Rupert, den er in diese Kabalen mit hineingezogen hatte.

Zudem kannte er die Einzelheiten der Intrigen nicht, hier wurden in Wien und Prag diplomatische Manöver gespielt, rücksichtslos und von Machtgier getrieben. Schließlich würde auf ihn selber, auf Frederik Mannstein niemand Rücksicht nehmen, er war gar eine simple, unbedeutende Figur im Schachspiel. Nun hatte er Zeit, viel Zeit, die ganze

Angelegenheit, auf die er sich eingelassen hatte, zu bedenken. Er nahm das Ganze als einen Fingerzeig von oben.

»Ein einfacher Schneefall, die Wolken laden ihre Massen ja nun schon den dritten Tag ohne Unterlass über die Täler und Berge ab, wirft nun alle meine Pläne über den Haufen«, sagte er zu den Freunden. Die drei waren zur Untätigkeit verurteilt. Harrschler war noch der Unabhängigste, aber Rupert Prack wollte heim auf die Burg Haunstein, heim zu den Eltern, der lieben Schwester und zu seiner Lara. Sie alle würden warten, sich sorgen und mussten sich nun wohl gedulden, bis die Straßen und Wege wieder begehbar wären, und das konnte noch lange dauern. Ein trübes, trauriges Weihnachtsfest stand vor der Tür. »Wir wollen hoffen, dass das neue Jahr 1934, das uns ins Haus steht, besser beginnt, als das alte endet.«

67.

Die drei Freunde logierten bei den Franziskanern, fühlten sich gut aufgenommen, waren gut verköstigt. »Hier lässt sich's gut sein«, sagte der Harrschler, »aber wer bezahlt, schafft an«, fügte er hinzu und Frederik meinte, dass er leicht zu halten sei, wie ein Hase im Stall, esse er, der Gustl, doch am liebsten das Kraut und die Rüben vom Feld.

Der Schernberg ließ sich im Franziskanerbräu melden. »Ich wusste, dass ich euch beim Mittagessen antreffe und dachte, da lade ich mich ein, der Frederik wird schon bezahlen.«

»Solange der Taler reicht und noch etwas Silber drinnen steckt, bist du mein Gast«, und alle freuten sich, dass der Major sich eingefunden hatte.

Von seinem militärischen Alltag, wo er seit Jahren eher der Famulus des Obristlieutenant sei, redete er sich in Rage, dass er recht unzufrieden sei. Weder könnte er sich in einer Schlacht beweisen, das 32er Jahr wäre da schon mustergültig gewesen, noch könne er heim zu seiner Familie, wollte doch die Frau nicht ins Passauer Land, was er versteht: Lauter Pfaffen, einer nach dem anderen, die Straßen sind schwarz vor lauter Pfaffen, keine unebenen Leute, aber eine verschworene Bande. Sonntags wie werktags stehen zehn und auch zwölf von ihnen an noch so kleinen Seitenaltären und beten für Geld um das Heil der in den Bänken Knienden, die nichts anderes zu tun hätten, als sich um ihr Seelenheil zu kümmern, und draußen am Domplatz verrecken die Invaliden und die Bettler, weil sie nichts zu fressen haben.

Er wäre selber ein Prediger, wäre er schon am Weißen Berg gewesen, habe die Welt verändern wollen. Der Harrschler hob seinen mit braunem Bier gefüllten Humpen und stieß mit Schernberg auf das Wohl seiner fernen Ehegattin und seiner Kinder, dann auf das Wohl des Regiments, auf das Wohl derer, die in der Schlacht am Weißen Berg am Leben geblieben wären und auf den Herrn Kaiser und, und … an. Er solle dankbar sein, dass er leben dürfe, dass ihm der Herr Kaiser, wenn er einmal in reifem Alter als Obrist erfolgreich abtrete, eine gefällige Apanage hinlange …

»Ihr begleitet mich während der heiligen Weihnachtsfeiertage hinunter in mein Gemach, das Inntal ist schneefrei, in zwei Tagen sind wir mit der Kutsche vor Ort«, sagte von Schernberg.

Das wäre zu bedenken, sagte Mannstein, brauchte aber nicht lange zu überlegen, schaute nur in die sich aufhellenden Mienen seiner zwei Begleiter. »Wenn die Herren sich mit anschließen, alleine fürchte ich mich.« Drei Wochen in Passau wäre eine Zumutung, nicht wegen der netten Leute hier, nicht wegen dem guten Essen bei den Franziskanern, eher wegen der überwältigenden Langeweile, die ihn das letzte Haar am Kopf kosten würde, sagte Harrschler.

»Meine Familie kennst du noch nicht, Frederik. Ich habe zudem eine überschüssige Schwester, runde dreißig Jahre alt, in bestem Heiratsalter, nimm sie mit nach Böhmen.«

»Bist ein Filou, der du schon in jungen Jahren warst, wie es deine Frau nur bei dir aushält.«

Die Herren führten auch ernsthafte Gespräche über Gott und die Welt, die vielen Schlachten während des unseligen Krieges, über die Pest und den Hunger, das Leid und über den Herrn Kaiser redeten sie nur Gutes. »Dieser Krieg wirft unser Land, unsere Kultur um Jahrhunderte zurück.«

Sie unterhielten sich über den schrecklichen Schneewinter, der sie von ihren Verpflichtungen abhalte und wünschten schließlich dem Feind ordentlich Pech und Schwefel aufs Haupt. Dann trennten sie sich. Schernberg wollte noch seinen Papierkram erledigen, hatte ein Gespräch des Herrn Obristlieutenant mit einem General vom Stab vorzubereiten, der für den nächsten Tag seine Ankunft avisiert hatte. Es gäbe viel zu tun, er könne nicht über Langeweile klagen, aber die Reise nach Hause mit lieben Freunden käme ihm sozusagen sehr gelegen. »Un piacere«, sagte er, ihre Begleitung würde ihm gut, sehr gut sogar, ins Konzept passen.

68.

»Auf die eiligen Berichte der Fürstbischöflichen Kuriere gebe ich gar nichts. Jedes weiß, dass sie faule Reiter seien, denen der Weg ins Böhmische nur zu mühselig ist, gar im Winter. Im Frühjahr sollten sie in Pilsen die Lage erkunden, sind aber schon in Prachatitz hängen geblieben, haben sich dem Bier hingegeben, die Prachatitzerinnen belästigt und haben gefälschte Berichte aus dritter Hand an den Herrn Fürstbischof weitergegeben.« Der Schernberg war auf die Bediensteten des Fürstbischofs gar nicht gut zu sprechen. »Ich bin überzeugt, dass ihr, sagen wir nach Weihnachten, wenn ihr wieder in Passau im Franziskaner seid, den Heimritt nach Haunstein ohne Probleme aufnehmen könnt.«

»Das sagst du uns jetzt erst?«, knurrte Frederik.

»Ihr braucht Erholung«, lachte der Schernberg, »ein paar Tage Unterbrechung der Mühen, die Reisende so auf sich laden müssen, wird euch neue, frische Kräfte zuführen.«

Rupert war auch verärgert, er ließ sich das jedoch nicht anmerken, wollte er doch weder die friedliche Weiterreise in Frage stellen, noch den Freunden die verdienten ruhigen Tage vergällen.

69.

Der Ordnung halber gelte es schon noch zu fragen, ob das besagte Fräulein Schwester nicht doch einen Freier hätte, gar einen von Adel. Es sollte eben gewährleistet sein, dass er, Frederik Mannstein, dem eventuellen existierenden Herrn nicht in die Quere kommt.

Dem sei nicht so, meinte Schernberg, er, Frederik, solle sein Möglichstes tun und würde niemand kompromittieren.

»Ein alter Krieger mit einem lädierten Bein kann wohl kaum darauf hoffen, das Herz einer Edlen brechen zu dürfen«, entgegnete Frederik süffisant.

»Rede weniger, handle.« Der gute Schernberg war von schneidendem Wirklichkeitssinn.

Frederik zog die wollene Decke über die Beine und erbat sich Stille, wolle er doch ausgeruht auf dem gräflichen Schloss derer von Schernberg eintreffen.

»Sic fiat«, stöhnte Schernberg, langte sich einen deftigen, höchst löblich gewürzten Schinken, den er wohlverwahrt in einem Kästchen in der edlen Kutsche mit sich führte, schnitt von demselben mit eleganten, gekonnten Schnitten die geschmackvollen Scheiben fürs Brot zurecht, öffnete den metallenen Hahn des hölzernen Bierfässchens, das er fürsorglich ebenso mitgenommen hatte, servierte den kostbaren Saft mit äußerster Vorsicht, inquirierte zudem seine lederne Tasche, suchte darinnen nach weiteren Messerchen und bot den Freunden besorgt wie ein Hausvater schließlich die Vesper auf soliden Holzbrettchen.

»Welch eine Verschwendung«, ätzte Harrschler. »Wer kann dieses reiche Mahl schon übertreffen, jene von Schernberg gar, das Fräulein aus dem Italien des 16. Jahrhundert, die edle, hoch wohl geborene Schwester? Wie heißt sie denn, die Schönste des Inntales, sag er es.«

»Sie ist eine Julia, genannt nach der Heiligen Julia, ehedem adeliges korsisches Blut«, entgegnete Schernberg. »Auch eine jener Jungfrauen, die zunächst der Folter unterzogen wurden, bevor sie ein schrecklicher syrischer Heide entleibte. Ihre reine Seele sei wie ein Täubchen dem geschundenen Leib entflohen, erzählt man sich. Vielleicht ist sie auch grauenhaften Muselmanen zum Opfer gefallen. Als heilige Bekennerin und Blutzeugin war sie unseren lieben Eltern gut genug, ihre einzige Tochter nach ihr zu benennen.«

»Welch eine wundersame Geschichte«, sagte Harrschler, »große Freude liegt über dem christlichen Abendland.«

Er solle nicht gar so zynisch sein, sagte Rupert.

Die Freunde verzehrten mit Hochgenuss den kredenzten Schinken, das frische Brot und labten sich an dem guten Bier.

70.

Sein Vater, Hugo von Schernberg, mittlerweile ein immer noch recht heftiger Sechziger, habe die Mutter, erzählte der junge Schernberg, in jungen Jahren übrigens der Inbegriff italienischer Schönheit, auf einer Reise ins Meraner Land kennen gelernt. Das Töchterlein des hochgeschätzten, landesfürstlichen Landrichters, der eigentlich ein Innsbrucker war, habe er zum ersten Male unter ganz convenablen Umständen gesehen.

»Il l'a rencontrée«, wechselte er ins Französische, »auf einem Maskenball war es und die übermütige, junge Dame tanzte fortan nur noch mit dem schneidigen Herrn aus dem Bayerischen.

Sie erzählte uns immer wieder, sie hätte drei an einem Finger gehabt, wollte damit den Vater jedoch provozieren, animieren, er sollte schnell zulangen, weil sie es nicht mehr ohne ihn ausgehalten hätte. Ein Meraner Patriziersohn hatte sich Avancen gemacht, hatte uns bei unseren Besuchen in Meran der Großvater erzählt, der genannte Herr Landrichter also.

Aber seine geliebte Francesca war nicht für eine ordinäre Poussage zu haben und selbiger Grünschnabel beendete die Geschichte, die gar noch nicht angefangen hatte, indem er vom Pferd stürzte und sich mit einem wilden Eber anlegte und das auch nicht in Meran, wie sich's geziemt hätte für einen Meraner Kaufmannssohn.«

Seine Zuhörerschaft wurde immer aufmerksamer, konnte der Schernberg doch die Situation ausmalen wie ein orientalischer Märchenerzähler.

Er hatte sich einer Fraktion Gleicher angeschlossen, fuhr Schernberg fort, die allesamt den lieben Gott einen guten Mann sein ließen, jeglicher Betätigung aus dem Weg gingen und sich daselbst leidenschaftlich mit allerhand unnötigem Schnickschnack umgaben. Der Meraner hatte *en outre* eine schreckliche Passion für den schwarzen Eber entwickelt. Ein solcher, von ihnen bejagt, aufgeschreckt von einer Horde Treiber, nahm unvermutet die Gesellschaft dieser jungen Mutterschnösel aufs Korn, attackierte die jungen Herren, deren keiner auch nur den Anschein erweckte, einen Schuss auf den Wildling abgeben zu wollen.

Der Eber riss ihrer Vier aus den Sätteln, legte sich mit dem scheuenden Pferd des jungen Alessandro Torricelli an, holte auch diesen mit Verve von den Beinen und schlug dem vor ihm liegenden Alessandro seine Hauer unter die Kinnlade, setzte sie ihm in den Leib, verbiss sich in seine Arme und Schenkel, wütete wie ein Berserker. Der Arme soll recht lange geschrien haben, bis er ausgeblutet war und ein gnädiger Tod ihn erlöste. Schrecklich, mitleiderregend, terriblement.«

Im Bozener Tal, im frühen Mai, hatte sich diese Geschichte zugetragen, erzählte Schernberg, wo Weinreben und viele Obstgärten auf sonnigen Anhöhen wachsen. Die Burschen dürften wohl zu nahe der Nester einer Wildschweinherde getobt haben und der Eber fühlte sich berufen, die Ferkel und die Sauen zu verteidigen.

»Man könnte vermuten, du wärst dabei gewesen«, sagte Mannstein.

»Er hatte wohl eine nur mittelmäßige Beerdigung«, ergänzte er seine Einlassungen, »war er doch in Meran und im Umland als Tunichtgut verschrien, sein Ansehen war der Familienehre abhold, so nahm er auch seinen werten Eltern die Kraft für ein langes Leben.«Übrigens ist das Land um das Eisacktal herrlich anzuschauen, die berühmten Dolomitenspitzen, der Aferer Geisler, ganz nah.«

Die Schernberg'sche Kutsche war gut abgefedert, ruckte, zockelte, rumpelte nur langsam über den steinigen Weg. »Erzähl weiter, wir kommen bald ins Schernberger Domizil.« Frederik war ob der sonoren Stimme des Freundes dem Einschlafen nahe.

Sternberg wiederum war dankbar für die gefällige Duldung seiner Hommage an die Eltern.

»Sie nahm mich in Beschlag, sie nahm mich hops«, lachte der Herr Papa immer. »Was Francesca sich in den schwarzen Kopf gesetzt hatte, das bekam sie. Sie habe schön gesungen, erzählte Vater, wenn die Rede auf die musikalische Begabung seiner Francesca kam. Meisterlich habe sie die Laute gespielt, wäre zu allen Scherzen aufgelegt, zu Leuten freundlich, aber auch recht resolut, zupackend gewesen.

»Sie schenkte dem Herrn Papa drei brave Kinder, der Jüngste ist übrigens so eine Art Domherr, un dignitario im Vatikan, lässt sich nur alle paar Jahre sehen, dürfte ein wirklich ehrenwertes Haus führen, degno, unser Herr Bruder. Elena nennt sie sich, die Gute, Lebenslustige, ihre schönen Kleider zieren sie. Diese Elena stammt sozusagen direkt von der großen Mutter des hehren Konstantin ab, die wiederum war eine Suchende und fand auch das Heilige Kreuz zu Jerusalem. Rispettabile. Si. Die herrliche, glorreiche Verblichene, lebenslang den schönen Dingen und Herren zugetan, liegt anteilig in der französischen Abtei Hautevillers.«

»Erzähle von der herrlichen Lucrezia«, fuhr Harrschler dazwischen. Die Freunde brauchten ihn nicht zu betteln. »Die Franzosen sind zu beneiden«, meinte er, »denn im Gegensatz zu der hoch verehrten Heiligen, die noch auf gerade Wege berufen wurde, geriert sich die liebe Elena aus Rom, Stütze unseres Herrn Bruders wohl in jeder Hinsicht, per tutto als neue Lucrezia Borgia. Ihr Onkel, der Herr Kardinal Borghese, legte dem Baron von Schernberg also nahe, ihre Erfahrungen im Haushalt zu entdecken. Bald darauf führte sie ihn am Nasenring, wie einen jungen Stier. Er hatte nun zu bedenken: Schickt er sie in ihr Dorf zurück in den Abruzzen, nach San Benedetto, ist sie für die Welt verloren und er, unser Herr Bruder, verliert ganz sicher seine gut dotierte Stelle beim einflussreichen Herrn Kardinal. Also wird er weiter mit ihr sein Leben verbringen, eventuellen Nachwuchs werden sie gemeinsam erziehen.

Er wird die geliebte Nichte Elena zu den Nonnen geben, sagte der Herr Kardinal, wenn sie sich ihre erhitzten Hörnchen nicht abstößt, und sollte sie nicht weniger despektierlich werden im Umgang mit den geistlichen Herren, die bei ihr ein und aus gingen, geschähe das unverzüglich. Aber was soll's denn, überall ziehen die Pfaffen mit ihrem Anhang durch die Straßen. Heuchler, Defraudanten lechzen hinter jedem her, der ein gutes Leben führt.«

Irgendwie schien dem Graf Sternberg die fröhliche Liaison des Herrn Bruder nicht allzu despektierlich. »Die zwei guten Leute wohnen derzeit noch immer nahe der Kirche Santa Maria del Popolo an der Piazza del Popolo direkt an der Porta del Popolo. Klingt doch vielversprechend, lachte er. Letzteres ist ein monumentales Tor aus dem sechzehnten Jahrhundert, welches die Stadtgrenze markierte. Ende der Zwanziger nahm ich die beschwerliche Reise zusammen mit Schwesterchen Francesca auf mich, nur ihr zuliebe, sie wollte Rom sehen und den lieben Bruder und dann sterben und wegen Mama naturalmente, die Näheres über Rudolf und seine Umstände wissen wollte, unvoreingenommen sozusagen, hätte sie sonst doch nicht mehr schlafen können. Ein mühevolles Wagnis, stand uns bevor. Ich bin mit einer neuen Kutsche weggefahren und verlor schon bis Verona alle vier Räder, brauchte immer wieder einige Tage Geduld, bis neue Speichen eingesetzt waren oder gar ein ganzes Rad ausgewechselt.

Ich kam schließlich mit einer italienischen Kutsche zurück, denn ein Sturm, der uns nach Florenz von der Straße fegte, zerschmetterte den gesamten Kutschenaufbau. Von Francesca habe ich nie eine Klage gehört, während ich wetterte und die ganze vermaledeite Welt verfluchte. Eines unserer kräftigen Kutschpferde habe ich außerdem verloren und dafür einen italienische Wallach eingetauscht, breitbeinig, langsam, behäbig. Der Gute hielt uns gewaltig auf, blieb stehen, wenn er ein wenig Gras am Wegrand sah.«

71.

In der weit angelegten Baronie, ein bäuerlicher Gutshof, hatte auch eine große Kapelle ihren festen Platz, in der die Familie jeden Tag mit dem Herrn Pater Gotthilf von Bauscherling den feierlichen Gottesdienst zelebrierte. In den Tagen vor Weihnachten war ein weißes Tuch über den rechten Seitenaltar gespannt, worauf die Hausherrin, die genannte Francesca, gelbe und weiße Kerzen drapiert hatte, umgeben von einer beträchtlichen Anzahl von silbernen und emaillierten Vasen, unterschiedlichen Gefäßen, worin sie winterharte kleinwüchsige Pflanzen und Stauden gebettete hatte.

Den ebenso reich geschmückten Altar, der Altarraum war erst im Frühjahr des vergangenen Jahres neu in dezentem Gelb eingefärbt worden, auf dem Herr Pater den aus Messing gefertigten Kelch und das rote, lederne Messbuch abgestellt hatte, zierte ein eisernes, mit roter und blauer Emaille verziertes Kreuz, an dem der Herr und Heiland hing. Am rechten Seitenaltar hatte sie einen hölzernen Trog aufgestellt, darin war auf Stroh gebettet der kleine Jesusknabe zu sehen.

Rupert erinnerte sich sofort an die ebenso reichhaltig geschmückte Kapelle auf Haunstein. Er dachte an die Eltern und an seine Lara, wie er sie nannte, sah die geliebte Schwester vor sich, die Freunde aus dem Dorf, die Burgherrin und den Graf Haunstein, der ihm wie ein zweiter Vater war. Er saß zwischen Frederik und dem Gustl auf einer harten Bank, schob die Hände unter die Schenkel, um sich zu wärmen. In der Kapelle war es kalt, Julia hatte sich in warmes Tuch gewickelt. Er hoffte, dass der Pfarrer an diesem letzten Sonntag vor dem hochheiligen Christfest keine allzu lange Predigt halten würde.

Der Herr Pfarrer, in Begleitung eines Messbuben, schob sich aus der kleinen Sakristei. Der Priester kniete, machte seine Verbeugung vor dem Altar und Rupert dachte nur an daheim. Mit allen anderen klopfte er an die Brust und betete sein mea culpa und hörte die Frohe Botschaft. Dann sang der Herr Pfarrer sein Kyrie und gleich darauf das feierliche Gloria und Rupert wurde müde. »Dominus vobiscum«, betete der Herr Pater und alle antworteten mit einem lauten »et cum spiritu tuo«.

Als der Herr Pater die Präfation anstimmte, war er wieder hellwach. »Vere dignum et iustum est, aequum et salutare, nos tibi, sancte Pater, semper et ubique gratias agere per Filium dilectionis tuae Jesum Christum«, betete der Herr Pater und Rupert stimmte laut mit ein in die ihm wohlvertrauten lateinischen Worte, wurde der erstaunten Blicke nicht gewahr. Frederik ließ ihn ungeschoren, war er doch der Meinung, dass so ein schönes Gebet alle, nicht nur den Herrn Pater, angehe.

Woher er die Präfation in der lateinischen Sprache beherrsche, fragte der Herr Pater und Rupert sagte ihm, dass er auf der Burg Haunstein daheim sei, im Böhmischen oben, nahe Kladruby. Und der Herr Pater meinte, dass er das schöne Kladruby kenne, was die deutschen Böhmen ja Kladrau nennen würden.

Es solle sich, so habe er gehört, zu einem Wallfahrtsmittelpunkt entwickeln, das wäre schön für ganz Böhmen, und in so schrecklicher Zeit sollten die Menschen das Beten nicht vergessen und dafür danken, dass sie gesund und am Leben seien.

Da wurde es dem Rupert etwas warm ums Herz. Er bekam heimatliche Gefühle und sagte dem Frederik, dass er wieder heim möchte, dass er die Lara gern sehen würde und er sicher nicht der Richtige wäre für den Herrn Generalissimus.

»Das ist freiwillig, mein Lieber. Kommt Zeit, kommt

Rat, und wenn dir deine Lara so am Herzen liegt, na ja, mir soll's recht sein.« Lange waren sie nun schon weg von den heimatlichen Gefilden und er bewunderte den jungen Rupert, der sich bisher ohne Murren so tapfer geschlagen hatte, die vielen Unbilden ohne Klage in Kauf genommen, obwohl er zweifellos das angestrebte Ziel, das Haus am Hradschin, ständig im Kopf hatte, sollte es doch einmal Heimat für Lara und ihn selber werden.

Beim ersten gemeinsamen Mittagessen erzählte Francesca, dass ihr lieber Gatte plötzlich einen roten Kopf bekommen hätte und dann wäre er umgefallen, mitten im Hof, vor dem Eingang zum Haus und da hätten sie lange zu tun gehabt, bis er wieder stand.

»Gerade im Sommer ist es gewesen und er ist dann für die Ernte ausgefallen. Aber seit dieser Zeit zieht er das rechte Bein nach, wie der Herr Pater und der Herr Mannstein«, lachte sie, »und das ist ein rechter und sehr seltener Spaß, wenn drei Hinkende aufeinandertreffen.«

Der Herr Pater meinte, er habe sich vor ein paar Jahren, da war er noch nicht im kirchlichen Priesterdienst, zu weit vorgewagt und man hätte ihm das rechte Knie ruiniert. Aber er habe den Übeltäter aufgespießt und ihn entleibt. Das hätte er davon, der ungestüme Herr Soldat, und das alles wäre 1625 gewesen »und man sollte es einfach vergessen«, setzte er hinzu.

Er solle erzählen, ermunterte Frederik den Herrn Pater.

»Der Herr Kaiser Ferdinand II. hatte den Herrn Herzog Waldstein gerade zum kaiserlichen Oberbefehlshaber ernannt und die Spanier hatten einen Monat vorher die Oranier in Breda fast massakriert und ich war ein draufgängerischer Fähnrich auf Seiten der spanischen Armee«, berichtete er. »Ein heftiges Scharmützel jagte das andere und schließlich kam es zu diesem peinlichen Zwischenfall mit einem wild gewordenen Feldweibel der Oranier, der meinte, er müsse den Krieg selbständig entscheiden und einen Ausfall gewagt hatte. Dabei kam ich ihm eben in die Quere.

Danach schickte mich der Herr Vater, Obrist bei den Spanischen, ins Kloster und bald darauf erhielt ich die feierliche Weihe. Und sie, verehrtester Herr Mannstein, woher das stramme Beinchen?«

»Schlicht und einfach gesagt: Ein Schuss ins Knie droben am Weißen Berg, kurz vor Prag, 1622, unter Tilly.«

So entwickelten sich die schönsten und angeregtesten Tischgespräche, sie kamen vom hundertsten ins tausendste und am Abend dieses Tages kannte jeder jede Lebensgeschichte, selbst Rupert kam zu Wort und meinte, dass er da ja gar nicht mitreden könne, er wäre jung und unbedarft, nur Latein könne er gut, und er hatte die Lacher auf seiner Seite. »Ich halte mich in aller Bescheidenheit an die Seligpreisungen, von denen der Herr Pater viele rezitieren könnte.« Dann zitierte er aus der Vulgata, aus der der Herr Pfarrer auf der Burg Haunstein allen kundgetan hat: »Beati pauperes spiritu. Selig die Armen im Geiste.« Oder anders: »Cave quicquam dicas, nisi quod scieris optime.«

Der Pater staunte und legte dem jungen Freund feixend die Hand auf den Arm und meinte: »Für die anwesenden Nichtlateiner erlaube ich mir meine bescheidene Übersetzung anzumelden: ›Rede nicht über etwas, was du nicht genau kennst.‹«

Die schöne Francesca war von der Bescheidenheit des jungen Böhmen sehr angetan und sie sagte ihm, dass sie wenige solcher sittsamen jungen Menschen kenne, die noch dazu des Lateinischen mächtig sind und die schelmische Julia verzog ihr Gesicht, weil der Blick ihrer Mutter auch sie liebevoll streifte und der Herr Vater meinte das Glas erheben zu sollen auf diese kultivierten Menschen und er lachte schelmisch.

Der Abend war fortgeschritten und es wurde Roter Wein kredenzt. Der Herr Pater kam auf die Pestilenz zu sprechen und er habe vor Jahren im Sächsischen einen Geistheiler getroffen, der der felsenfesten Meinung war, dass diese schreckliche Pest durch Dämonen verursacht würde.

»Wenn ein spitzgesichtiger Mensch ins Dorf kommt oder durch die Straßen einer Stadt geht«, erzählte der Sachse, »dann hat er meistens den Pestdämon am Leib und dieser Pestdämon schüttet dann im ganzen Dorf seine Unterdämonen aus.« Man solle dem Knöchernen unbedingt aus dem Weg gehen. Oft seien es ausländische Kriegsknechte, erzählte er, Söldner, die im Geheimen im Verbund mit dem Spitzgesichtigen stünden. Häufig seien es auch Leute, denen eine schwere Kränkung beigefügt worden wäre, die seien anfällig für den Pestdämon. Oft verwandelten sie sich in schreckliche Würgengel, kämen des Nachts in die Häuser und brächten den schwarzen Tod. Man solle den an der Pest Dahingerafften nicht die Stiefel, nicht den Rock ausziehen, um sie selber in Besitz zu nehmen, auch den ledernen Beutel mit den Münzen drinnen, sollte man den Verstorbenen belassen, denn überall hätten sich die Unterdämonen fest gesaugt. Was der Tote einst in Händen gehalten habe, solle man nicht mit eigener Hand berühren. Der Tote behalte seinen Anspruch auf seinen Besitz, wer sich den zu Eigen mache, käme mit den Unterdämonen in Berührung.«

Das wären die reinsten Schauermärchen, sagte Julia,

nicht glaubhaft, Gedanken aus einer alten Zeit. Es werde eine Zeit kommen, das wüssten die Herren Doktoren, wie man mit der Pest umgeht. Das wäre doch eine Erkrankung wie jede andere auch, nur eben noch nicht besiegbar und habe nichts mit dem Teufel oder irgendwelchen Dämonen zu tun.

»Den Menschen muss man Buße und Gebet empfehlen. Ohne die Hilfe Gottes werden wir dem Tod nicht von der Schaufel springen.« Pater Meinhard lehnte sich in seinem bequemen Sessel zurück und trank einen kräftigen Schluck.

Julia fixierte ihn unverhohlen kritisch. »Kurz nachdem wir Rom besuchten«, sagte sie, »grassierte auch dort eine schreckliche Pest und wir haben keinen sogenannten Unterdämon mitgebracht ins Bayernland, der durch ein frommes Gebet gütig gestimmt würde. Der italienische Mathematiker Galileo Galilei hat schon vor vielen Jahren phantastische Erfindungen gemacht. Aber die dummen Leute nehmen davon keine Kenntnis, na ja, wenn sie nicht einmal lesen und schreiben lernen.«

»Ich möchte deine Gedanken mit meinen unbedarften Einlassungen nicht inkommodieren, meine Julia«, warf der Vater aufgeräumt ein, »der Italiener entdeckte schon vor dreißig Jahren, in meinen jungen Jahren, vier neue Monde mit seinem Fernrohr, weit weg von der Erde. Das muss man sich einmal vorstellen.«

Sie fügte wiederum hinzu, dass dieser helle Geist zudem viele weltbewegende Dinge entdeckt hat. »Genauso wird es den Gelehrten gelingen, eine Arznei gegen die Pest zu finden. Da braucht es keine dümmlichen Würgeengel. Wascht euch die Hände, sag ich, das hilft sicher besser und trinkt nicht aus dem gleichen Topf die Milch. Von einem bedächtigen Alten im Schwäbischen habe ich zudem gehört. Der hat sich zur Pestzeit in den Wald zurückgezogen und hat dort nur von Pilzen, Beeren und Kräutern gelebt und er hat die Pest gesund überstanden. Vielleicht ist die Lösung ganz einfach, wer weiß. Kopernikus hat schon vor Jahrzehnten modernste Ansichten vertreten und immer noch glaubt die Welt, dass die Erde eine Scheibe ist.« Mannstein war fasziniert von dieser jungen Frau.

»Das gilt auch für den großen Keppler«, warf er ein, »der in unserem böhmischen Prag zunächst Assistent von Tycho Brahe war. Mein Vater hat viel von ihm erzählt und wenn der General Waldstein einen astrologischen Berater brauchte, zog er ihn heran. Waldstein hat diesen großen Geist gefördert, wo er nur konnte und dass Johannes Keppler in Regensburg gestorben ist, nicht weit von hier, ist den allermeisten Menschen auch unbekannt. Das sollte man wissen.«

»Interessant anzumerken ist auch«, ergänzte Julia, »dass besagter Keppler als Nachfolger von Brahe kaiserlicher Hofmathematiker in eurem schönen Prag wurde und die Leute glauben immer noch an Pestdämonen. Welch eine dumme, verkehrte Welt, in der wir leben. Nach Prag müsste ich übrigens auch noch fahren, Rom war schon eine Reise wert, aber Prag darf ich nicht auslassen, Herr Vater.« Francesca hatte in ihrer Tochter Julia einen frischen Geist herangezogen, mit weiten Ansichten und Denkweisen, die eine Frau in diesen verwirrten Zeiten nur in diesem kleinen Kreis äußern durfte.

Frederik, jeder neuen Sicht der Dinge zugeneigt, war erstaunt, dass eine so junge Person so moderne Standpunkte hatte. »Deine Auffassungen teile ich voll«, gab er ihr Recht, »darüber müssen wir uns unterhalten.«

72.

»Er ist ein Böhm, der Herr Frederik, ein revoltierender urbaner Freigeist, möchte ich sagen. Manch anderer Gast hätte mich ob meiner weibischen Ansichten wohl der Hexerei bezichtigt, ich wäre mit dem Teufel im Bund, verlöre meine Unschuld an ihn, ginge gar meiner Seel verlustig. Der Herr Pater Meinhard ist auch so ein Aufständischer. Nun ihm hat man eben schon im Krieg die Wirklichkeit um die Ohren geschlagen, und er selber hat gar den einen oder anderen der gegnerischen Krieger mit der Kraft der Hexerei entleibt, ihn zu seinem Herrn und Meister in die ewige Verdammnis geschickt.« Sie lachte das überquellende, perlende Lachen ihrer Mutter, die ihr umgehend anempfahl, nicht gar so exaltiert ihre Meinungen preiszugeben.

»Aber ich muss das natürlich bestätigen, was Julia angedacht hat und selbst unsere katholische Kirche hat den Hexenhammer zur abartigen Stütze und Bescheinigung der Hexenverfolgung gebracht, *una grande vergogna, drammatico.*«

Es war still geworden in der Runde. Gespannt hörte man den Frauen zu. »Es war doch diesem verbohrten Dominikanermönch Henricus Institoris, auch einfach Heinrich Kramer genannt, vorbehalten, mit dem *Hexenhammer* ein Werk zur Legitimation der Hexenverfolgung zu verfassen, und das sogar im frommen Speyer vor zweihundert Jahren. Da stand Cristobal Colon, den ihr einfach Columbus nennt, kurz vor der großen Reise nach Westen über das große Meer und er entdeckte, wie wir wissen, ein ganz neues, viel größeres Land, als wir uns ausdenken können, und unser Marco Polo hat weitere zweihundert Jahre vorher China besucht, lernte das Land kennen, erhielt höchste Positionen im Reich der Mitte. Die Macht der Dämonen, um auf die Übertragung der Pest anzuknüpfen, liege in den Lenden der Menschen, schreibt der Verblendete in dieser literarischen Schande.

In diesem Buch, ich habe es vor vielen Jahren schon in der Bibliothek unseres Pfarrers in Meran entdeckt, ist die Rede von Hexen, die sich den Dämonen untertan machen, und der fanatische Mensch macht sich Gedanken, ob für die Hexerei quasi die Zulassung des allmächtigen Gottes nötig sei, und viele solcher Dinge mehr, die von guten Christen gänzlich abzulehnen sind, und auch wenn dieser Hexenhammer schon an die zweihundert Jahre alt ist, so wirken seine Gedanken bis heute. Wie gesagt: *una grande vergogna*.

Dieses Buch ist in großen Teilen ein äußerst zweifelhaftes Werk, womit er sich auch den weltlichen Scharfrichtern anbot, und die Frage bleibt bestehen, warum weltliche und kirchliche Richter sich nicht umgehend von diesem Pamphlet distanziert haben.«

Es war mäuschenstill geworden, niemand hatte erwartet, dass Francesca sich so deutlich mit der Materie auskennen würde.

»Du überraschst mich, meine Liebe«, sagte Hubert von Schernberg und war beträchtlich stolz auf seine Frau.

Julia war nicht aufzuhalten. »Unser Böhmischer Gast«, sagte sie, »kennt ja auch die Historie seines Landes, die hussitischen Aufstände ganz sicherlich, wohl auch die Verfolgung der böhmischen Brüder erst vor ein paar Jahren als Folge des hussitischen Glaubensverständnisses. Jeder soll doch glauben können, was er will. Sogar in den Anfangsjahren des schrecklichen Krieges, der noch immer nicht sein Ende gefunden hat, wurden die Brüder in Böhmen fast vollständig vernichtet. Aus dem Land gejagt. Sie konnten sich nur noch heimlich versammeln. Ihr Bischof Johann Amos Comenius musste 1628 seine Heimat verlassen. Das ist ein paar Jahre erst her, hat aber die Runde gemacht und ist eine Schmach für den Kaiser, das muss man sagen. Wahrheit muss Wahrheit bleiben.« Sie echauffierte sich deutlich.

»Und wann«, fragte sie an Frederik gewandt, »haben die Böhmen die letzte Hexe verbrannt?«

Das wisse er nicht, aber die Zeiten sind so bös, dass er sich vorstellen könne, dass der Wahn wieder ausbricht und das wäre auch in Böhmen möglich.«

»Jetzt darfst du dich mäßigen, geliebte Tochter«, sagte Hugo von Sternberg und im Übrigen wohnst du nicht in Böhmen.«

Er sei ein Realist, der Herr Frederik, sagte Julia und blinzelte ihn aus großen Augen an. Hoffentlich trifft seine Befürchtung dann nicht sie mit beißendem Qualm, sie die aufmüpfige Hexe aus dem bayerischen Oberland. »Was nicht ist, kann jedoch noch kommen«, erwiderte sie kess und forderte zugleich auf, endlich weg zu kommen von diesen traurigen geschichtlichen Begebenheiten und sich etwas an die Weihnachtsbotschaft zu halten.

»Recht hat sie, die Julia«, sagte der Herr Pater und alle anderen nickten beifällig.

»Wenn weiter so wenig Schnee aus den Wolken fällt, im Gegensatz zu den böhmischen Wäldern, dann lade ich die Herren zu einer Fahrt nach Burghausen ein. Dann können wir mit der Kutsche fahren und brauchen nicht den Schlitten einzuspannen. Dort können Sie unsere Salzstadel besichtigen«, fügte sie an, »und vielleicht möchten die Herren Reisenden Kaufleute künftig den Beruf wechseln und

Säumer werden. Dann kämen sie beschützt nach Böhmen zurück.« Sie war in Fahrt und nicht mehr aufzuhalten und Frederik wusste von einem Augenblick auf den anderen, dass er diese Madame zur Frau möchte oder keine. Aber das wolle er gründlich erwägen und dann zu gegebener Zeit die Dame mit seiner Entscheidung konfrontieren. Zudem war ihm unbekannt, dass die von Schernberg auch im Salzhandel tätig waren.

Juli erhob sich, wie es schien, recht spontan, nahm die Weinkaraffe in die Rechte, ging von einem zu anderen, schenkte Wein nach, wo es beliebte. »Gibt es in Böhmen Wein?«, fragte sie und streifte, wie es schien, ganz unabsichtlich mit der linken Hand über die Schulter, ganz nahe am Hals, des böhmischen Reisenden und Vertrauten des Generalissimus Waldstein. Er wäre auch hier überfragt, meinte er und hatte das Bedürfnis, sie zu umarmen. Dann atmete er tief durch, besann sich und meinte nur noch, dass schon die Přemysliden Wein angebaut hätten, und sie hätten auf Cecemina bei Dřísy einen einzelnen dem Heiligen Wenzel gewidmeten Weinberg, den geliebten und wohl gepflegten *Svatováclavská vinice* angelegt.

»Karl IV. war ein großer Weinliebhaber und hat sich während dieser Zeit um den Weinanbau in Prag verdient gemacht«, ergänzte Harrschler, der bisher eisern geschwiegen hatte. Dass er schon 1619 die Kadettenschule in Prag besucht hatte, wusste nur Frederik, der ihn nun aufforderte mehr davon zu erzählen.

Er sei kein wandelndes Lexikon, sagte der Vertraute, aber er liebe den roten Wein und mit gutem Fleisch auch den weißen. Dieses von Frederik genannte Dřísy sei ein Flecken, eine Gemeinde nördlich von Stará Boleslav, nahe der

Elbe, wo seinerzeit der wilde Boleslav seinen Bruder Wenzel umgebracht habe. Dort liege eine Anhöhe, die die Tschechen Cecemina nennen. Er kenne die Gegend aus seiner Jugendzeit, nicht weit davon sei er auf einem Bauernhof aufgewachsen. Niemand hatte den Gustl zugetraut, dass er das Wort ergreife, schon gar nicht mehr in der ihm eigenen gestandenen und abgewogenen Souveränität.

»Wir haben am Weißen Berg miteinander gekämpft, der Schernberg, der Mannstein, der Harrschler und Ruperts Vater, der Prack und der junge Haunstein, ein recht eingespieltes Quintett. Nur einer hat das Dreinschlagen mit einer Verletzung büßen müssen, Gott sei es gedankt. Aber es ist immer gut, wenn der Anführer Federn lassen muss. Das ist ein Nachwies, das er im Getümmel steckte und nicht auf einem Abort im Hinterland.«

Frederiks nüchterne, knappe Offenheit erstaunte nun doch allgemein und zumindest Julia waren anscheinend alle diese beiläufig erwähnten Tatsachen bisher unbekannt. Mit großen Augen schaute sie diesem böhmischen Frederik ins Gesicht. Korbinian von Schernberg, geliebter Bruder Ihrer Hochgeboren Freifrau Julia von Schernberg, grinste übers ganze Gesicht.

»Das sind also meine Geheimnisse, geliebtes Schwesterherz. Ein Mann schweigt, tut sich nicht hervor mit echten Heldentaten, zudem habe ich Frederik, der seinerzeit mein Herr und Meister gewesen war, nicht um Erlaubnis bitten können. Ich habe also praktisch seinerzeit ein Schweigegelübde abgelegt.

Wenn Vater und Mutter dir nichts erzählt haben? Ich war ja ständig in Kriegsdiensten, sozusagen immer im Gefecht und schwerem Unwetter ausgesetzt, und wir haben uns

184

seinerzeit geschworen, von den Geschehnissen am Weißen Berg nicht mehr zu reden. Oder habe ich mich getäuscht, Frederik?«

Frederik strich sich nur über den Bart.

»Quis novit«, sagte der Pater, »Quid est veritas?«

»Stoßen wir also auf die Wahrheit an, speziell auf die von Schernberg'sche Definition von Wahrheit.«

73.

Der Abend dehnte sich, die Damen und Herren wurden müde. Julia brachte die Herren vor ihr Zimmer. »Also dann in Burghausen oder in Böhmen«, sagte sie und lachte schelmisch. Frederik konnte nicht schlafen. Er musste sich mit einigen Dämonen herumschlagen, weniger mit denen der Pestilenz.

»Was wird mir das neue Jahr bringen?«, dachte Rupert, brachte die Lara nicht aus dem Kopf, träumte von Generalissimus Waldstein, von diesem vertrackten Burghausen, dessen Burganlage wohl größer als jene der Haunstein'schen zu sein schien. Aber das würde sich erweisen. Er hatte einen verdrehten Kopf, war den Wein nicht gewohnt, hundert wirre Gedanken schäumten auf.

Der Harrschler Gustl war ein Krieger, das war er schon als Kind, als Heranwachsender. Er schlief den Schlaf der Gerechten und träumte von diesen vertrackten Tagen, als ihn der Bauersmann auf den Karren gehoben hatte.

Korbinian von Schernberg dachte an seine Frau, die auf dem Schloss der Eltern wohnte. Die Weihnachtstage verbrachte sie mit den Kindern dort, nicht ahnend, dass Korbinian auf Schernberg eintreffen würde, wartete sein Regiment

185

doch in Ruhestellung vor Passau auf die nächste Verwendung. Er würde also nach den Feiertagen eine zweite Kutsche einspannen und nicht nach Burghausen fuhrwerken, sondern nach Wels ins Österreichische abbiegen. Der Vater seiner geliebten Frau war ein betuchter Landjunker gewesen, hatte einen weit verzweigten Rinderhandel von Salzburg bis Linz aufgebaut und hinauf ins böhmische Český Krumlov. Er dachte nur an sie und die Kinder.

Julia wiederum hatte den Frederik im Kopf und er machte ihr gehörig zu schaffen. Wie sich das alles entwickeln würde, war der Zukunft überlassen und sie betete zu der Heiligen Jungfrau der Schmerzen, der gebenedeiten Jungfrau Maria Advocata aus den römischen Caracallathermen, deren Abbild in einem Rahmen im elterlichen Schlafgemach hing, vor dem sie schon in Jugendjahren in ihr ausweglosen Situationen gekniet und gebetet hatte.

Pater Meinhard von Gemmingen, der aus dem Kraichgau zugezogen war, Spross einer uralten Adelsfamilie überdies, hatte noch eine Flasche vom Gut Heroldstein in sein Gemach mitgenommen. Auch er hatte gegen einige virulente Dämonen anzukämpfen, wie er aus Erfahrung wusste. Er würde die Flasche austrinken und morgen früh wieder auf dem Posten sein, er war abgehärtet. Der Maßlosigkeit, der Völlerei und der überbordenden Trunksucht, der Wollust hatte er von jeher abgeschworen, übermäßige Ausschweifung waren nicht das Seine. Aber auch einer harten Kasteiung stand er ablehnend gegenüber, die Normalität in allem hatte ihn überzeugt. Sein Lehrmeister war sein Obrist Rodrigo Luis de León, altes spanisches Adelsgeschlecht. »Wer nicht Maß halten kann, verliert die Balance und fällt.« Jeder Mensch solle lernen, seine Grenzen zu kennen, aber er solle vor Schwierigkeiten nie davonlaufen: »Jedes Hindernis hat auch sein Gutes«, gab er den ihm Anvertrauten mit auf dem Weg. »Ein zerstörtes Bein mag im Laufen hinderlich sein, aber wenn du langsam gehst, kommen dir die besten Gedanken.«

Meinhard zog den Brief des Vaters hervor. Der Vater hatte dem Kriegsdienst lange schon Ade gesagt und wollte seine alten Tage auf dem alten Burgkastell in der Rheinischen Pfalz zubringen. Er solle kommen, schrieb der Vater. Die Mutter könne ohne ihn nicht mehr leben und von seiner seelischen Verfasstheit wolle er nicht reden.

In der Pfalz würden zwei Äbte gesucht, sie sollten in diesen schweren Zeiten genügend Erfahrung mitbringen und mit den Herren im Kloster Tacheles zu reden verstehen. Im Bayerischen als Pfarrersassistenz und Prediger zu leben, wäre in diesen Tagen für die Katze, könne an Zwecklosigkeit nicht übertroffen werden. Er solle gescheit werden und doch kommen. Meinhard vermochte den Hilfeschrei des Vaters wohl zu erkennen, aber zunächst würde er sich der Flasche Rotwein widmen.

74.

Von Schernberg war vor Mühldorf schon in Richtung Ampfing abgebogen, und freute sich, bald Frau und Kinder in die Arme zu schließen.

Die Reisenden fuhren durch vergessene Nester und lange über freies Feld. Der Kutscher rief, dass vorne im Wald drei Gestalten auf Pferden warten würden.

Frederik meinte, dass die sich den für sie unangenehmsten Platz für einen Überfall ausgesucht hätten. Dann ging alles schnell, zu schnell für die Schurken. »Fahr langsam im Schritt bis zum Wald, dann lässt du die Zügel frei und verschärfst kurz das Tempo. Dann hältst du an, genau am Waldbeginn.« Der Knecht verstand. Das geschah alles nach zweimal Augenschließen.

Gustl Harrschler und Frederik verließen durch die geöffnete Seitentür auf der linken, geschützten Seite die Kutsche. »Das machen wir mit dem kleinen Besteck«, rief Frederik dem Gustl zu. Die Gauner preschten aus dem Waldweg, stellten ihre Rösser vor das sich aufbäumende Pferdegespann, griffen unter das Halfter und forderten den Fahrer auf, vom Bock zu springen. Der sprang auf die rechte, der den Gaunern zugewandten Seite vom Bock, stellte sich dabei bewusst so jämmerlich an, dass er den Dreien direkt vor die Pferde stürzte. Die Rösser der Gauner stoben auseinander, gingen in die Höhe, drehten sich und die Spitzbuben hatten allerhand zu tun, um die erregten Tiere wieder ins Gleichgewicht zu bekommen.

»Gebt euer Geld heraus«, rief der Erste. Im selben Augenblick schon dürfte er Frederiks Messer im Hals verspürt haben. Er kam nicht zum Schreien, stürzte vom Pferd und kämpfte den wohl kürzesten Kampf seines dreckigen Lebens. Die beiden anderen Schurken schossen ihre Radschlosspistolen auf die Kutsche ab, sprangen von den Pferden und wollten den am Wegrand knienden Fuhrknecht niederhauen.

Der zweite der Vermummten erlebte auch noch einige Augenblicke sein armseliges Dasein. Harrschlers Türkenmesser steckte ihm im rechten Schultergelenk und er stürzte ebenfalls in den Schnee, wälzte sich, brüllte und schrie um Gnade. Harrschler konnte dem nicht entsprechend und rannte ihm das aus der Schulter gerissene Messer in die Brust.

Der dritte Spitzbube sprang auf seinen Braunen, riss ihn herum, gedachte sein Heil in der Flucht zu suchen. Harrschlers Schuss durchschlug von hinten den Rücken des Flüchtenden, durchdrang seine Blase und bohrte sich in den Nacken des Pferdes. Das bäumte sich vor Schmerz hoch auf, sein Reiter fiel in den Schnee und dürfte dann die Hufschläge nicht mehr lange verspürt haben. Rupert meinte, dass das alles zu schnell gegangen sei, er habe gar nicht eingreifen können. »Du hast dafür die schöne Julia beschützt«, sagte Frederik in soldatischem Ton. Die Julia hatte etwas Farbe im Gesicht verloren und meinte, man müsse die drei eingraben. »Die nehmen wir mit in das nächste Dorf, übergeben sie dem Dorfschulzen. Alles muss seine Ordnung haben. Die drei verdienen zumindest ein Grab vor der Friedhofsmauer. Das sind keine harmlosen Menschenfreunde, das sind gewalttätige Menschenjäger. Solchen Leuten geht es um Geld, schließlich leben sie von Raub und Mord.«

Ob das nicht weniger endgültig hätte abgehen können, fragte Julia beiläufig. »Für die schon«, antwortete Frederik, »nur, dann lägen wir jetzt im Schnee und wenn sie mit dir fertig gewesen wären, hätten sie dich aufgeschlitzt oder dir den Schädel eingeschlagen. Mit dir hätten sie sich nicht sehen lassen können.«

»Ich möchte heim zu meinen Eltern, nach diesem Überfall fehlt mir jegliche Freude an der Weiterfahrt, gar an einem Besuch in Burghausen.« An diesem für sie recht traumatischen Ereignis hätte sie noch lange zu kauen, meinte sie, als sie sich in der Kutsche an Frederik drückte und seine Wärme, Sicherheit bei ihm suchte.

Dem pflichteten die drei Freunde bei. Der Dorfschulze im nächsten Dorf meinte, die drei hätten schon die eine oder andere Kutsche ausgeraubt und wären immer wieder unbehelligt zu weiteren Raubzügen unterwegs gewesen. Ihre Spur zöge sich schon seit vielen Monaten durchs Land, aber man sei der Verbrecher nicht habhaft geworden. Diese Exsoldaten seien die Gefährlichsten, wie Tiere, die man nur durch Gewalt aufhalten könne.

Harrschler meinte, dass die Herren nun in der tiefsten Hölle schmoren und so manche ihrer alten Bekannte treffen würden beim Herrn der Unterwelt. Dieser Krieg vergrößere den Freundeskreis der Bocksfüßigen und Geschwänzten in der Hölle recht beträchtlich.

Der Bezirksrichter hatte alle Dorfschulzen verständigt, dass drei Vigilanten unterwegs wären, die immer wieder Schutz suchten bei unterschiedlichen Regimentstrossen und dann von dort ihre Raubzüge starteten.

Tags drauf machte die Kutsche retour und bahnte sich mühsam den Weg durch neu gefallenen Schnee

75.

Julia hing am Frederiks Arm, als sie vor dem elterlichen Hof die Kutsche verließen. Francesca und Hugo hatten die Kinder, wie sie den erwachsenen Nachwuchs noch immer gerne nannten, noch nicht wieder erwartet und Julia ging zunächst auf ihr Zimmer um sich vom Schweiß zu reinigen, auch um einen Moment für sich selber zu sein.

»Wir haben viel zu erzählen«, sagte sie ihrer Mutter, die ihr aufs Zimmer gefolgt war. »Ich war dem Tod nahe wie noch nicht«, erzählte sie, »aber lass mich zuerst zum Ende kommen, und wenn ich gewaschen bin, reden wir bei Tisch.«

Diesen Abend würde Francesca und Hugo von Schernberg nie mehr vergessen. Was Julia und Mannstein zu berichten hatten, ging über alle Erfahrungen hinaus, die sie schon in ihrem Leben durchzustehen gehabt hatten.

Am Tisch saßen auch heute wieder, diesmal erschreckt und nahezu erstarrt vor Schreck diese beiden jungen Mädchen, die ihn beim ersten Zusammentreffen am Weihnachtsfest imponiert hatten. Gustl Harrschler war mit den beiden an keinem der festlichen Tage ins Gespräch gekommen, immer wieder waren sie kichernd hinausgeflogen, hatten sich in ihr Zimmer eingeschlossen und lachten, wie junge Mädchen dies zu tun pflegen. Die pausbackige, schwarzhaarige Valentina aus dem Friaul, aus dem schönen Venetien, nahe der österreichischen Provinz Kärnten, eine Verwandte von Julia, die den Onkel in Meran sommers immer besucht hatte und die stille, ebenso schwarzgelockte Josephine, Kaufmannstöchterlein aus Saint Germain im mächtigen und unermesslichen Paris. Ihr Vater, das hatte er während der Kutschenfahrt von Julia erfahren, wäre in jungen Jahren auch ein verwegener Abenteurer und Draufgänger gewesen, bevor ihn der Vater in die Pflicht nahm. Aber die beiden hatten von ihm, dem Gustl Harrschler, Wachsoldat des Generalissimus Waldstein, Prager aus Liebhaberei, kaum Kenntnis genommen. Wer würde eine Episode oder gar mehr mit ihm, dem böhmischen Krieger schon näher ins Kalkül ziehen wollen.

So würde der Gustl Harrschler wieder allein hinaufziehen nach Pilsen, seine Pflicht als Hauptmann an der Seite von Major Mannstein tun, dem Herrn Herzog und obersten Be-

191

fehlshaber der Kaiserlichen Armee, Albrecht Wenzel Eusebius von Waldstein nahe sein dürfen und dann, irgendwann, würde er sich aufmachen nach Stara Boleslav, das nicht weit weg war von seinem Bauernhof, auf dem er aufgewachsen war und das Leben lernen und schätzen durfte.

Die Valentina war zu jung für ihn, parlierte jedoch deutsch und italienisch und französisch wie Josephine, die beide wohl aus unerfindlichen Gründen hier im Ostbayerischen gelandet waren. »Mama hat sie hergebracht, sie kennt ja die halbe Welt. Die beiden sollten neue Eindrücke kennen lernen und ihre Sprachkenntnisse würden allen Mitgliedern des Hauses von Schernberg Freude machen, zudem war ihre Arbeitskraft geschätzt.

Als sich die drei Freunde verabschiedeten und in die Kutsche stiegen, um nach Passau aufzubrechen, trat Josephine auf ihn zu und reichte ihm ein mit Herzen bestücktes Tüchlein. Er solle ihr doch einmal schreiben, sagte sie und gab ihm die schmale Hand. Für Gustl Harrschler schien eine neue Welt aufzubrechen.

76.

Mitte Februar solle er sich nochmals sehen lassen beim Generalissimus, beschied ihm der Heiner von Jursitzka, wenn denn das Ganze überhaupt noch taugen würde. Es könne sein, dass von heute auf morgen die Verhältnisse ins Gegenteil verkehrt würden. Jursitzka erzählte, dass der Herzog mehrere Tage außer Haus gewesen wäre und er habe sich überraschend und unversehens gestern Abend mit einer geheimen Abordnung nach Pilsen begeben. Er, Jursitzka, von dem Vorgang erst bei der unvermuteten Abreise erfahren und stünde jetzt überrascht und fassungslos da und wisse nicht, wem er überhaupt Rechenschaft schulde.

Frederik stand an diesem denkwürdigen Tag vor dem Zelteingang des Generalissimus. »Es ist etwas im Gang droben in Prag«, sagte Jursitzka.

Mannstein hatte nach einem guten halben Jahr eine zwar bejammernswert kleine, aber sicher schlagkräftige Wachtruppe zusammengestellt, alles Kameraden aus der alten Zeit. Er war jedoch in hohem Maße unzufrieden und hatte in den letzten Tagen mit der Absicht gespielt, dem Generalissimus den Auftrag zurückzugeben.

»Das Ganze ist derzeit recht obsolet«, sagte der Generalissimus seinerzeit, als Mannstein sich auf den Weg machte. »Keiner kann in die Zukunft schauen.« Aber Mannstein solle seine Mannschaft bilden, dass sie schlagkräftige Recken würden und ihm immer wieder Bericht erstatten. Zugang würde ihm, wann immer auch, jederzeit gewährt. Das waren die Worte des Herzogs, als er vor langen Monaten aufgebrochen war, um die Vertrauten aus alter Zeit aufzusuchen.

Die Linke des Heiner von Jursitzka hing straff in einer Ledergamasche, den schwarzen Mantel hatte er hoch geschlossen an diesem eiskalten, späten Wintertag. Ein roter Federbusch zierte den breitkrempigen Hut und der saß verwegen auf dem Schädel. Unter dem Hut hing das lange, grau melierte Haar über den Rücken.

Frostige Temperaturen hätten sie hier in Pilsen schon seit der Vorweihnachtszeit, sagte der Heiner, Fähnrich seines Zeichens auf dem Weißen Berg und dass er, Frederik und der gute Harrschler sich bei ihm einfinden würden, hätte er gefühlt. Die Zeit erfordere das wohl, der Generalissimus sei von Banditen umgeben, ausländische Landsknechte und

Strolche machten sich breit. »Welch eine Schand«, zischte er durch die fast geschlossenen Lippen. »49 Generäle und Obristen des kaiserlichen Heeres haben dem Herrn Waldstein die Treue versichert. Darauf kann er aber nicht bauen«, erzählte Jursitzka. »Man spricht aber auch davon, dass der Kaiser Ferdinand II. den umtriebigen Gallas schon mit der Nachfolge als Oberbefehlshaber betraut hätte. Aber sicher ist das nicht, da fließt wohl noch viel Wasser die Moldau hinunter. Genaueres wissen nur die vertrauenswürdigsten Generäle und Hofschranzen in Wien und in Prag und die Geheimen. Hier in Pilsen wird wild spekuliert. Da entwickelt sich eine Tragödie. Octavio Piccolomini soll eine fatale Rolle spielen und ich gehe davon aus, dass der Kaiser sein Heer bald mit der neuen Entwicklung vertraut machen wird.«

77.

»Kannst nicht über den Domplatz gehen, ohne dass dir einer der Vandalen von Piccolomini seinen Degen unters Kinn hält, bist rechtlos«, fügte er an, »hier im schönen Pilsen und die Kaiserlichen flanieren über die Straßen und wollen als Schutz gegen die Sachsen auftreten. Durch die Nächte ziehen sie lärmend und schreiend und hetzen ihre Rösser durch die Straßen. Handel und Wandel sind ruiniert, der Magistrat hat kein Geld mehr, die Edelleute und die Patrizier, scheint es, haben die Einnahme der Stadt seinerzeit 1618 bis heute nicht verdaut. Der Mansfeld wäre allein schuld, dass es ihnen heute, 1634 noch so schlecht ginge.«

Manfred meinte, dass man in solchen schlechten und unüberschaubaren Zeiten immer wieder einen Sündenbock brauche.

»Immer wieder brennt es lichterloh und die Vorstadt wurde vor Tagen abgefackelt, sehr zum Gaudium der englischen Söldner.« Der Jursitzka ließ all seine frühere Kraft missen, war bedrückt und bekümmert. Den Vater habe er begraben. »Ohne Gut und Geld geboren, armer Junker Kind. Aber reich gestorben ist er, mein guter Vater, durch Anstrengung und Fleiß hat er sich hochgearbeitet. Zeitlebens war er gut zu den Menschen, hat sich nichts nachsagen lassen. Wenn bei ihm einer klopfte, dem das Wasser bis zum Hals stand, ging er getröstet von dannen und hatte in der Tasche sein Brot.«

Seine Frau sei bald darauf verstorben und die kleine Bozena dazu. Beim Generalissimus sei er für besondere Aufgaben immer noch geschätzt. Aber jetzt sitze er allein in seinem Haus, würde ein wenig mit dem Salz handeln, hätte einen Vertrag mit den Nürnberger Pfeffersäcken, der ihn über Wasser halte, drei Fuhrwerk nenne er sein Eigen. »Es reicht zum Überleben.«

Der Herzog, der Generalissimus, hätte sich ja schon Ende des Jahres dreiunddreißig eingeigelt, fürchtete scheinbar um sein Leben. Was ihn, Jursitzka, nicht verwundere. Die Engländer im Generalstab und die Egerer machten ihm das Leben schwer, respektlos, flegelhaft seien sie zudem drüben im Pilsener Lager. »Aber ich will mit denen nichts zu tun haben, geht mir doch keiner zur Leichenfeier.«

78.

»Jetzt haben sie den Herrn Waldstein, den Herrn Generalissimus, doch noch umgebracht.« Die Pfarrer in der Kirche redeten von dem ungeheuren Verrat in der Predigt, besonders der Dechant der Bartholomäuskirche polterte auf der Kanzel, was das Zeug hielt. Eine geldgierige Mörderbande stecke dahinter, schrie er seinen Zuhörern entgegen und es würde sich bald herausstellen, wer die Mordbuben wären, die würde man dann befördern. Aber der Herr lasse seiner nicht spotten und er würde die Bluthunde über kurz oder lang zur Rechenschaft ziehen und die Leute meinten, der Herrgott hätte halt ein wenig besser auf den Generalissimus aufpassen sollen.

Es wäre nicht von Belang, was der Herr Stadtdechant meine und der General Piccolomini würde darüber zu befinden haben, wer denn die Betreiber und die Hintermänner der unverhältnismäßigen Exekution gewesen wären und er würde alle, die sich hier falsch verhalten hätten, zur Rechenschaft ziehen und der Herr Stadtdechant solle sich zurückhalten. Der Abgesandte des Regimentskommandeurs drückte sich deutlich aus, wies den Herrn Dechant in die Schranken und verbat sich aufwieglerische Predigten. In so schwieriger Zeit wären auch die Pfaffen zu bedächtigem Reden angehalten, meinte der Herr Major von Denwitz und wenn der Herr Stadtdechant das nicht nachvollziehen könne, so würde er sich auch gerne in einem böhmischen Dorf wiederfinden. Dem Herrn Dechant war das Hemd näher als die Hose. Er riss sein Pamphlet in Stücke und richtete sich auf weniger Unbotmäßiges aus. Mit Aufruhr käme man nicht weiter, sagte er den Sonntag drauf und das Volk solle abwarten, denn mitten im Krieg könne man nicht noch weiter Revolutionäres anzetteln.

In den Kneipen und Wirtshäusern war der Mord an dem Herrn Generalissimus der Tenor und daheim beim Mittagessen von Belang und auf der Straße standen die Städter und

196

versuchten hinter die Rätsel zu lösen. »Nur der Piccolomini hat einen Vorteil«, sagten die Pilsener und auf den Dörfern und in den Weilern lästerten Hinz und Kunz: »Das habe ich gleich gesagt, den bringen die noch um, den Wallensteiner. Ist ja auch ein Lump, der gleiche wie der Piccolomini, einer schlechter als der andere, jedem geht es um Geld und Gewinn und Einfluss.«

Vom irischen Oberst Walter Butler reden sie in der Stadt und vom schottischen Stadtkommandanten von Eger, Butlers Freund Johann Gordon. Der Gefährlichste von allen, würden die Leute sagen, wäre der irische Hauptmann Walter Deveroux gewesen. Der habe böses Blut in den Adern und er habe dem Herzog die Hellebarde in den Leib gehauen. Der Hinterhältigste unter den Meuchelmördern wäre der eigenartige Schotte Walter Leslie, meinten andere. Der ließe die anderen die Drecksarbeit machen und genieße selber Geld und Adelsstand.

So brodelte die Gerüchteküche und bald darauf erzählte man sich von Brünn bis Reichenberg und von Prag bis Eger, dass die Wiener gejubelt hätten und die Meuchler könnten mit einer anständigen Apanage rechnen. Es wäre ja auch gefährlich gewesen und es hätte allzu leicht einem der Herren Schaden zugefügt werden können. Die Herren Leslie und Gordon und die anderen Beteiligten an diesem wichtigen Unterfangen hätten sich heldenhaft verhalten und das ganze Volk könne glücklich sein, dass der alte Rebell und aufwieglerische Insurgent nicht mehr unter den Lebenden weile, hätte er sich doch mit Verrat und Lug und Trug beschäftigt, was gegen den Herrn Kaiser persönlich gerichtet gewesen wäre. Was die einen als unverhältnismäßige Hinrichtung bezeichneten, könne sehr wohl als Heldentat und auch als gewagter Handstreich gefeiert werden, wäre doch Unbill von Leib und Leben des Kaisers fern gehalten worden und das Volk stünde hinter Seiner Majestät, unserem Kaiser.

Den Ränkeschmied Octavio Piccolomini, der den Herzog bei jeder Gelegenheit in Verlegenheit brachte, machte sich rar, war in Wien beim Herrn Kaiser persönlich zu Gast. Um viel Geld soll es in Wien gehen, hätte doch der Generalissimus ganze Schatztruhen hinterlassen. Es hieß, man habe in Wien den Wallenstein schon vor seiner Ermordung abgesetzt, man habe in Prag schon seine Güter unter sich verteilt.

»Wie einen Hund wollte der Piccolomini unseren Generalissimus eingraben«, erzählten die Leute im heißen Dampfbad, »und der Gordon und der Butler haben sich in Wien vor dem Kaiser ihrer Schandtat gebrüstet.«

Mit dieser Schande müsse der Kaiser leben und die Mörder wollten Geld und Anerkennung, was ihnen der Kaiser reichlich gewährte.

79.

Dass dem Walter Butler nur noch wenig Lebenszeit blieb, konnte er nicht ahnen. Wie der Herr Dechant richtig angemerkt hatte, lasse Gott seiner nicht spotten und er nahm diesen Meister des Todes bald zu sich. »Den Butler hat die Pestilenz gepackt.« Die Nachricht erreichte auch das Böhmische, bald nachdem sich die Schweden und die Kaiserlichen bei Nördlingen 1934 gegenseitig umgebracht hatten.

Dann erzählten sie noch die Geschichte vom Johann Aldringen, einem derer, die sich an dem Wallenstein genüsslich getan hätten. Den hätten seine eigenen Leute von hinten erschossen. Recht sei ihm geschehen. Einer habe mit einer

Radschlosspistole nur so nebenbei den Aldringen getroffen, hieß es und die Waffe würde ganz schöne Löcher hinterlassen, sodass der Herr General nicht lange gebraucht hätte für seinen endgültigen Abschied. Er wäre ein großer gräflicher Räuber und Plünderer gewesen, sagten andere. Nicht jede Verschwörung lohne sich für die Teilnehmer, sagte der Frederik, der vom Tod des Generalissimus zutiefst überrascht worden war und auf der Welt ginge es eben ungerecht zu.

Und der Gustl Harrschler, der mittlerweile in Stara Boleslav sein Haus in Stand setzte, meinte, dass es zweitrangig sei, ob der eine erschossen worden sei und der andere an der Pest verreckt wäre. Wichtig wäre, dass diese Gauner jetzt alle dem Obersatan die Hufe putzten und dass eine Horde Bocksbeiniger diese ehemaligen Menschenverächter den einen Tag hinten und vorne aufschlitzten und ihnen tags darauf die Zunge herausrissen.

Das sei in der ewigen göttlichen Gerechtigkeit schon richtig eingerichtet und die Menschen wären eben zu klein in Gottes Plan und würden sich ja doch hinten und vorn nicht auskennen und alles sei sowieso vorher bestimmt. Er wäre ein Drecksbub gewesen, den seine eigene Mutter ausgesetzt hätte und dann hätte er den Krieg ohne Schrammen hinter sich gebracht und jetzt kriege er einen Brief um den anderen von einer wunderschönen französischen Gräfin, die heiße noch dazu Josephine und stamme aus dem feinen Paris, wo alle Leute schöne Kleider trügen und wo sich die Tische vor reichlichem Essen krümmen und er könne sich schon vorstellen, sein weiteres Leben nicht in Stara Boleslav zu verbringen.

Allerdings stünde er da unter dem besonderen Segen des Heiligen Wenzel und er wisse nicht, ob dieser Segen auch in

Paris anerkannt würde, schrieb er der schönen Josephine. Er kaufte ihr einen dicken, silbernen Armring

80.

»Nicht nur, dass sie den Herzog Waldstein, unseren obersten Generalissimus umgebracht haben«, sagte der Harrschler und es zog ihm das Herz zusammen. »Bei uns droben haben sie, wo es ins Schlesische rübergeht, am Jizera, oberhalb von Reichenberg, in einem Dorf ein Stallmädel wegen Hexerei angeklagt und sie auch noch mit vielen Zeugenaussagen überführt.«

Der Gustl verstand die Welt nicht mehr. In einer aufgeklärten Zeit, meinte er und mitten im Krieg, wo der Schnitter mit seiner Sense die Leute reihenweise ummäht, wo sie noch an Auszehrung sterben, bringen sie die Frauen auch noch auf diese vermaledeite Weis zu Tode. Der Mannstein meinte, dass sich das schon noch ändern würde und Schuld hätten meistens die Männer, die wären im Übrigen auch die Ankläger und die Richter.

»Eine vierzigjährige Bauersfrau haben sie auch angeklagt, die Hütte voller Kinder«, berichtete der Harrschler Gustl weiter, »und Ehebruch mit einem anderen haben sie ihr vorgehalten und ein Häusler hat bestätigt, dass er die zwei gesehen hätte. Der andere könnte gar der Teufel gewesen sein. Er habe nachts, als er vom Wirtshaus heimgegangen ist, in die Stube reingeschaut und die zwei gesehen, und das junge Stallmädel habe alle Viecher im Stall verhext und die Milch sei sauer geworden und sie habe es mit vielen Männern gehabt.

Zudem habe auch sie nachgewiesenermaßen eine Buhlerei mit dem höchsten Satan persönlich unterhalten und sie hätte sich zudem mit anderen verhexten Personen im Wald getroffen und sie hätten allerlei getrieben, auch sei sie auf einer Heugabel durch die Luft geritten.«

»Das erfindest jetzt, Gustl«, sagte der Frederik, »so was gibt es doch im Böhmischen nicht.«

»Sie haben den höchsten gefallenen Engel mit dem Mädel leibhaftig gesehen, den Luzifer, haben die ledigen Männer geschworen.«

Der Mannstein schüttelte den Kopf, das Essen, das ihm der Wirt im *Jehněčí* auf den Tisch gestellt hatte, schmeckte ihm nicht mehr. »Kannst deine Schauergeschichten nicht ein andermal zum Besten geben«, grollte er, »mir ist der Appetit vergangen.«

»Ich lüg nicht«, sagte der Gust, »heute Vormittag habe ich drüben am Kirchplatz den Solitzer Hans getroffen, den ich schon seit zehn Jahren nicht gesehen habe, er war droben am Weißen Berg in der Kavallerie und der hat es erzählt. Der Richter habe dem Mädel und der Bäuerin fünfzehn akkurate Fragen gestellt. Genau so habe er die geladenen Zeugen befragt. Aber die zwei Frauen wiesen zunächst alle Vorwürfe von sich. Schließlich haben sie alle Anklagen zugegeben, um eine milde Strafe zu bekommen. Da hatten sie sich jedoch getäuscht.« Der Gustl redete sich in Rage.

»Der Richter erklärte im Gerichtssaal vor allen Zuhörern, sie hätten bei einer gründlichen Visitation der Wohnung der Bäuerin wie der Kammer des Mädels viele Dinge gefunden, die darauf hinweisen, dass sie alle zwei eine Buhlschaft des Teufels gewesen wären. In einer hölzernen Kiste hätten die Helfer des Richters, der übrigens Lorenz Weikenauer heißt, allerlei Salben gefunden und gelbes Salz, vielerlei Samen, trockene Blätter dazu und die Häute von Hasen und Maulwürfen und silbrige und weißglänzende und schwarze Steine ebenda, und alle glatt geschliffen.

Die Bäuerin sagte, sie würde damit Abschürfungen heilen, kleinere Wunden von der Stallarbeit oder der Arbeit im Wald bei den Knechten und Mägden und das habe immer geholfen. Das wurde ihr dann zum Verhängnis, weil sie ja keine ausgewiesene Heilerin sei, hielt ihr der Richter entgegen.«

Sie hatten das Gasthaus verlassen und machten sich auf den Weg ins Hauptquartier.

»Da hört man aber in Pilsen weiter nichts davon, von dieser Geschichte, meine ich«, sagte der Mannstein, »hast das erfunden?«

»Das ist wahr, bei meiner Ehre, und einer, es war ein Hüterbub, noch keine zehn Jahre alt, hat erzählt, er habe das Mädel erwischt, wie sie auf einer Wiese am Jizera gesungen und auch getanzt und Blumen in die Luft geworfen hätte, und dann sei auf einmal der Teufel gekommen und sie war verschwunden. Ein alter Knecht vom Hof, der im Dorf ein Ansehen hatte, meinte, dass seine junge Bäuerin die Kuheuter nur ein- oder zweimal gestreichelt habe mit ihren Salben, und dann wären die Euter gesund geworden und alle am Hof sagten, dass das nicht mit rechten Dingen zugehen würde, und sie sagten, erst würde die Bäuerin die Viecher verhexen und dann mit Hilfe des Satans wieder gesund machen.«

»Ja sind wir nun im Böhmischen oder drüben in den deutschen Ländern, dort passiert so was immer wieder.« Der Mannstein schwor sich, diesen Vorgang im Hauptquartier anzusprechen, und dass die Generalität dem Einhalt gebiete. Das müsse doch möglich sein, dass man die Leute von ihrem Teufelsglauben abspenstig mache. »Das ist doch eine Schande für das ganze böhmische Land.«

»Der Richter Weikenauer, ein sehr frommer Mann, wie es heißt, hat dann die beiden Frauen wegen Zauberei und Buhlerei mit dem Luzifer an den Strang geliefert und danach haben sie die Leichname der beiden auf einen Haufen trockenes Holz gelegt und verbrannt.«

»In so einem Land halt ich es nicht lange aus, ich glaube, ich geh ins Bayerische zu meiner Julia. Hier hält mich nichts mehr.« Der Mannstein richtete seinen Degen im Gurt und trat ins Zelt des Adjutanten.

Der Obrist, dem er das Gehörte und seine Bedenken mitteilte, lachte Mannstein aus. »Drüben im Fränkischen haben sie noch vor Jahren junge Frauen umgebracht. Ein gewisser Fuchs von Dornheim, seines Zeichens Fürstbischof von Bamberg hat im dortigen Hochstift sogar die Gattin eines Patriziers, eines Ratsherrn der Stadt auf den Scheiterhaufen geschickt. Sie hat in der unseligen Haft ihr Kind zur Welt gebracht. Da gab es viele Denunzianten, viel Eifersucht und Neid war da im Spiel, zudem regierte das Geld in die Prozesse hinein, wurden doch Hab und Gut der Verurteilten dem Hochstift zugeschlagen.

Welch ein Elend, kann ich nur sagen. Und das Ganze, diese Exzesse sind sicher noch nicht zu Ende. Sei er vorsichtig, der Herr Mannstein, dass man ihm nicht auch die Gurgel zudrückt.« Der Obrist lachte und bedankte sich bei dem aufgewühlten Frederik Mannstein, aber das da oben in Reichenberg sei ja nun auch schon vorbei und wenn es eine göttliche Gerechtigkeit gibt, sagte der Obrist, werden die Richter und Denunzianten irgendwann ihren Lohn erhalten.

Frederik dachte an seine Julia, die ja ab und an ein recht lockeres, keckes Mundwerk hatte, das Wort unbedacht, wahrhaftig und recht freimütig in die Welt hinein redete.

81.

Die Olm gehörte zum Dorf wie die alte, hölzerne Kapelle oder wie der kleine Dorfweiher am unteren Ende der Häuserreihe. Sie war schon immer da. Sie redete wenig, lachte jedermann ins Gesicht und zeigte ihren zahnlosen Mund. Sie schob ihren buckligen Körper durchs Dorf, holte sich ihre Kanne Milch beim Roderer, der vier Kühe im Stall stehen hatte und die Olm mitkommen ließ, hatte die sich doch schon, solange er denken konnte, um die Rodererfamilie gesorgt, die Rodererkinder eines um das andere mit hochgezogen und als die Barbara nach der achten Geburt aus dem Kindbett nicht mehr hoch gekommen war, hatte sie die junge Frau gewaschen, sie auf das Totenbrett gelegt, ihr die Hände gefaltet und auf den Friedhof gebracht.

Sie hatte vier Kinder vorzeitig unter die Erde gebracht, beim ersten und zweiten, die der Hunger und die Kopfhitze geholt hatten, weinte sie noch, dann gewöhnte sie sich dran. Für jedes verstorbene Kind, sagte sie zur alten Olm, würde sie ein neues Engerl in die Welt bringen und hielt ihr Wort.

Das Kannerl Milch hielt die Olm aufrecht. Einen kleinen Teller Haferbrei verzehrte sie am Morgen und legte ein paar gedünstete Schwarzwurzeln daneben. Zu Mittag kochte sie einen halben Krautkopf, schnitt einen Apfel klein und streute getrocknete Himbeeren oder Schwarzbeeren dazu.

Selten genug steckte ihr der Roderer ein Stückerl Fleisch zu, das sie ins Kraut warf. Hinter ihrer Hütte streckte sich ein schmaler Streifen Ackerstreifen, wo sie ihr Kraut anbaute.

Am Abend verdünnte sie den Haferrest vom Morgen, goss einen letzten Tropfen Milch über den Brei und wärmte den blechernen Hafen über die Feuerstelle. So kam die Olm gut durchs Jahr. Ihr größtes Gut wurde von den jungen Frauen ungeduldig erwartet, sammelte sie doch während der Birkenblüte im Frühjahr die grünen Blätter der Birken, trocknete sie in ihrer Küche, legte sie in einen trockenen, hölzernen Behälter. Ihr Haar würde glänzen, erzählte sie den Mädchen und Frauen, sie müssten den Birkensud nur regelmäßig in die Kopfhaut einreiben.

Der kleine Raum in der Hütte war Schlafplatz und Küche für die Olm. Von der Fensterseite, die auf den Dorfplatz hinauswies, zur gegenüberliegenden Wand hinüber hatte sie ein dünnes Seil gespannt, daran ihre getrockneten Heilkräuter hingen. Den Baldrian und das gelbe Johanneskraut verteilte sie an die aufgewühlten und weinenden jungen Mütter.

Die eine oder andere der Frauen steckte ihr einen trockenen Weizenfladen zu, wenn sie einen Kräutersud von der Schafgarbe den quengelnden oder hustenden Kindern auf den Bauch oder auf die Brust legte und wer seinen kranken Magen auskurieren musste, griff auf den Kamillentee, den die Olm zubereitete, zurück. Sie besuchte die jungen Mütter, die gerade ein Kind in die Welt gebracht hatten und tröstete die alten, die mit dem Leben abgeschlossen hatten.

Lara war ihre beste Schülerin. Wenn das Mädchen vom Rupert erzählte, der nun in die weite Welt hinaus geritten wäre, nach Prag sogar, wo ein Haus auf einem Berg warten würde, dann horchte die Olm zu , tröstete und meinte, dass der Rupert ein guter Bub wäre und sie sollte ihn sich warm halten. Der Rupert wäre ein schöner und kräftiger junger Mann und er würde sicher einmal ein guter Mann und Vater vieler Kinder werden.

Die jungen Burschen im Dorf schauten alle hungrig aus und wären spindeldürr, weil sie zu wenig zu essen hätten und weil der Krieg ein Hungerkrieg wäre, der bald auch bis ins kleinste Dorf hineinlangen würde. Die Regimentskommandeure würden ihre Soldaten zum Rekrutieren gar nicht mehr auf die Dörfer schicken, weil die Männer keine Kraft hätten und sie könnten weder eine Hellebarde heben noch hätten ihre Hände Kraft, mit einem Säbel zu hantieren.

Da lachte die Lara und fühlte sich verstanden. Sie ging mit der Olm in den Wald und lernte die Kräuter und Beeren kennen. »Wir brauchen weniger von allem im Leben«, vertraute sie der Lara an, »ein wenig mehr Leere ist wichtiger als das Sattsein und die Fülle. Schau dir die Wächter des Waldes an, Kind, die mächtigen Bäume. Sie füllen ihren kleinen Platz voll aus, diese Fichten und Tannen, und unten im Buchtal die ausladenden Buchen und Eichen.

Sie haben ihre besondere, ihre einmalige Aufgabe, sie brauchen nicht viel zum Leben. Sie stehen im Winter wie zur Sommerzeit am gleichen Ort, spenden dem Wanderer Schatten, geben den Vögeln Schutz und Platz zum Wohnen und unter den Rinden und überall im Geäst bewegt sich eine Vielfalt an kleinen Lebewesen.«

Dann wieder erzählte sie von den Tieren des Waldes. »Wie du mit den Tieren umgehst, denen im Wald wie im Haus, so gehst du auch mit den Menschen um.«

Von ihrer Großmutter erzählte die Olm, die ihr die Geheimnisse der Natur nähergebracht hätte und die wäre sehr alt geworden und zeitlebens sei sie gesund geblieben.

Die Lara hatte großes Vertrauen zur Olm, erzählte ihr aus ihrem noch jungen Leben, vertraute ihr die kleinen Geheimnisse an, ihre Schwächen offenbarte sie der Olm eher als den Eltern. Sie solle sich nur der Zeit anvertrauen, sagte die Olm dann, sie habe gute und liebe Menschen um sich, an denen sie sich ein Beispiel nehmen könne, »und wenn dir immer wieder der gleiche Fehler unterläuft«, sagte sie, »versuche, der Sache auf den Grund zu gehen, bemühe dich die Ursache zu ergründen und hab Geduld.«

82.

Im späten Herbst begann die Olm zu jammern, ihr Bauch würde weh tun und es ginge ihr wohl bald so wie der Seifert Susanne, die einen dicken Knoten im Bauch gehabt hätte und die Susanne hätte in ihren letzten Tagen immerfort nur geschrien. »Das sollte mir erspart bleiben. Aber auch das vergeht und dann kräht kein Hahn mehr nach der alten Olm. Das war es und vorbei ist es, werden die Leute sagen und wieder ihrem Tagwerk nachgehen.« Die Lara machte große Augen und meinte, die Olm müsse nicht sterben, da würden schon noch ganz andere vor ihr gehen müssen. Der Dorfschulze habe so ein rotes Gesicht, sagte sie und er schnaufe wie ein Ross und die alte Meinhof liege schon seit Monaten huste und speie die ganze Nacht und es wäre ein Elend, dem der gute Gott doch schon abhelfen könne. Daheim weinte die Lara um die Olm und dachte an den Rupert und wenn er vor dem Winter nicht zurückkäme, würde sie ihn suchen.

»Es fühlt sich schon alles recht jenseitig an«, hat die Olm gesagt. »Jeder Mensch ist jeden Tag anders, jeden Tag neu geschaffen und ich werde auch bald neu geschaffen sein«, hat die Olm gesagt. Fremd fühle sie sich im eigenen Haus

Dann zog die Lara ein kleines, auf hellem Lärchenholz gemaltes Muttergottesbild unter der Schürze hervor, zeigte es der Mutter. »Häng es auf unter dem Giebel von eurem Haus, wennst einmal verheiratet bist mit dem Prack Buben, na is a Segen drauf«, sagte die Olm.

Lara trug das Bild in die Stube und verwahrte es. Wenn es an der Zeit wäre, würde sie es hervorholen.

Aber dann kam der kalte Winter mit unerbittlicher Wucht und der Rupert fehlte ihr und sie sagte zum Prack Stefan, dass sie jetzt den Rupert suchen würde und sie hätte es im Gespür, dass er ihr ganz nahe sei. Den Tag darauf kam die Nachricht vom Säumer Albertus Lengsfelder in Haunstein an und sie machte sich mit Stefan Prack unverzüglich auf nach Passau. »In drei Tagen seid ihr im Bayerischen«, lachte der Lengsfelder und er wies ihnen Weg und Logis auf der Strecke zu. Sie sollten sich auf ihn berufen.

Das Jahr ging unerbittlich seinem Ende zu. So ging es mit der Olm recht schnell dem Ende zu und der Pfarrer, der sie jeden Tag besuchte, gab ihr die Heiligen Sterbesakramente und sagte ihr, er wüsste keine, deren Seele frisch wie am Tag der Geburt das lange Leben geblieben wäre und der liebe Gott hätte für sie sicher einen ganz besonderen Platz.

Das tat ihr schon gut und sie meinte, dass es schlechter nicht werden wird und es hätte hinten und vorn gereicht und das Elend und das Glück hätten sich die Waage gehalten. Geschrien hat sie auch, weil der Bauch arg schmerzte, und der Pfarrer brachte ihr ein Traummittel, wie er sagte, und da könne sie besser schlafen.

Die letzten Stunden hat sie noch ein wenig um sich geschlagen und viele gelbe Engel kämen auf sie zu, hat sie gerufen, und die Vereni Gardian, Laras Mutter, hat ihr den Schweiß von der Stirn getrocknet, so wie sie die letzten Tage der Olm beigestanden, den ausgezehrten Körper gewaschen und getrocknet hat.

Sie hatte das hochheilige Christfest ja noch erlebt und der Herr Pfarrer hatte ein weiße Kerze angezündet und auf den Tisch gestellt. Die Olm sagte dem Herrn Pfarrer, dass es nun genug sei und sie wolle nicht mehr. Sie war dann auch am nächsten Morgen nicht mehr unter den Lebenden und noch bevor die ganz frostigen Tage um den Jahreswechsel anstanden, war sie unter der Erde.

Der Dorfschulze, der mit dem roten Gesicht, dem die Lara sein Sterben recht bald vorausgesagt hatte, hatte ein paar schöne Sätze am Grab gesprochen und der Pfarrer warf den Staub auf die Holzkiste, in die man die Olm gebettet hatte. Er betete sein Proficiscere, anima christiana, das er ihr schon am Abend vor ihrem Sterben mit auf den Weg gegeben hatte.

»Redemptorem tuum facie ad faciem videas et contemplatione Dei potiaris in saecula saeculorum. Amen.« – »Mögest du deinen Erlöser schauen von Angesicht zu Angesicht und dich der Erkenntnis Gottes erfreuen in Ewigkeit. Amen.«

Es war bitterkalt und die Leute waren froh, dass alles vorüber war und flüchteten in ihre Hütten und der Dorfschulze war nach der Beerdigung zunächst in beträchtliche Luftnot gekommen, fand sich jedoch wieder, bis er in sein Haus trat.

Ein paar Tage später, der Herr Pfarrer hatte in der Frühmesse noch des Heiligen Gregor von Nazianz gedacht und der hätte auch in so wilder und kriegerischer Zeit gelebt, stand die Welfin, die Dorfschulzin, weinend an der Tür des Pfarrhofs. Der Welf, ihr Mann, der Dorfschulze, sei grad verstorben, er weile nicht mehr unter den Lebenden. Nach seiner kräftigen Morgenspeise habe er die Hasen noch gefüttert. Danach habe er sich auf einmal nicht wohl gefühlt, wie er sagte.

Er habe sich auf sein hölzernes Kanapee hingelegt, wäre eingeschlafen und habe wohl gegen die Mittagsstunde seine Seele ausgehaucht. Ganz still wäre er gegangen, aber er habe nicht viel leiden müssen, sagte sie. Sie habe noch mit der Bayer Gret in der Stube über dies und das geredet und wie sie ihn gerufen hat, habe er nicht mehr geantwortet.

Der Graf Haunstein dankte ihm am offenen Grab für seinen unverzichtbaren Dienst als Schulze und er hätte mit ihm keinen Ärger gehabt und das würde ihm im Himmel hoch angerechnet werden und der Herr sei seiner Seele gnädig, fügte er hinzu und des Lateinischen mächtig sprach er sein »*Requiem aeternam dona ei, Domine, et lux perpetua luceat ei. Requiescat in pace. Amen*« und lud das Dorf auf seine Kosten zu einem Umtrunk ein.

83.

Die Olm stammte aus einem Bauernhof, war die Dritte in einer achtköpfigen Kinderschar. Sie sei furchtlos, sagte der Dorfpfarrer, aber für eine Frau sei das keine wünschenswerte Haltung. Sie solle sich unterordnen, wenn sie denn überhaupt einen Mann bekäme. Sie solle nicht immer mit ihrem

Verstand daherkommen, in der Familie hätte der Mann das Sagen und Widerreden würden nur Hexen.

Von da an hatte sie einen schweren Stand im Dorf. Die jungen Burschen wollten mit einer Hex nichts zu tun haben. Dann drehte sie den Spieß um und sagte, sie wisse schon, wo die Hexen ein-und ausgingen im Dorf.

Eines Tages plärrte die Mutter vergebens nach der Olm. Das Mädel war in den Wald gegangen und sie solle nicht kommen, bevor der Korb nicht voll sei mit Beeren und Pilzen, schrie ihr die Mutter noch nach. Der Korb stand dann am Waldrand, halb gefüllt mit Beeren und Reisig, obenauf lagen einige verreckte Forellen, die sie aus dem Bach geholt hatte und unterschiedliche Pilze zuhauf.

Zwischen die beiden Zahnleisten der größten Forelle hatte sie einen Wacholderzweig gezwängt. Einigen der Fische hatte sie die Köpfe abgeschnitten, andere hatte sie aufgeschlitzt, sodass der tranige riechende Saft und das Blut aus den Eingeweiden auf die Pilze und Beeren liefen. Das war ein deftiger Abschied, war sie doch der Anfeindungen und Gemeinheiten, der Grobheiten überdrüssig geworden.

Die Olm war dann verschwunden. Die einen sagten, sie wäre jetzt eine Buhlschaft, hätte was mit dem höchsten Teufel persönlich. Die anderen sagten, es hätte ihr gereicht, zu viel wär auf sie eingedrungen und man hätte sich gewundert, dass sie die dörflichen Gemeinheiten so weggesteckt hätte.

Die Jahre gingen ins Land. Das heimatliche Dorf wurde niedergebrannt. Schwedische, Legionäre, hieß es, sollten die Brandschatzer gewesen sein, sie hätten sich ein Gaudium daraus gemacht. Aber woher die Krieger gekommen waren, wusste niemand. Die Schlacht bei Prag war der Beginn einer unglaublichen Verrohung der Sitten.

Wer schon verdorben war, steigerte seine Rohheiten und Gemeinheiten, selbst der ehedem Gutmeinende steigerte sich in Derbheit, nicht gekannte Boshaftigkeit und Verlogenheiten. Dem Volk fehlten Moral und anständiges Handeln und die Eliten und Politiker begünstigten die ihren, ihnen fehlte jede Richtschnur. Die Pfarrer in der Kirche wetterten gegen den Verfall des Glaubens und der Moral. Das wäre ein Schaden für alle und der Verfall der Sitten würde das Volk in den Abgrund drängen.

Die jungen Männer des Dorfes wurden zur Armee gezwungen, einem Regiment unterstellt und die Mädchen an eine gewissenlose Marketenderin verkauft, die sie den Hurenwägen im Regimentstross zuteilte. Die Alten verschwanden irgendwo in den Wäldern. Wer nicht starb, verdingte sich für ein Stück Brot bei einem Bauern oder ging in eine Stadt.

An der Stelle, an der das Dorf gestanden hatte, fand man in den späteren Jahren mitten auf dem Dorfplatz eine Buche. Ein Stück Natur hat überlebt, ist groß geworden. Eines kommt immer durch und wer nicht krepiert, wird stark.

Die Olm lebte ihr Leben, arbeitete bei Bauern, ging zu Lichtmess davon, wenn der Bauer seine Rechte überschritt, seine Pflicht ihr gegenüber verletzt hatte. Der Lara erzählte sie von Streit und Händeln in jedem Dorf, von erschlagenen Bauern, erhängten Bäuerinnen und den verjagten Erben. Einer allein, sagte sie, kann ja nicht streiten, da braucht es immer einen zweiten und in jedem dieser Bauernhäuser werde eine Tragödie aufgeführt.

Der letzte Bauer, bei dem sie arbeitete, wünschte mehr

Nähe als ihr lieb war und sie wär gar eine Hexe, sagte er, weil sie ihn nicht erhörte, und sie treibe es lieber mit dem Beelzebub. Da ging sie und die Bäuerin sagte ihr, sie wäre gern an ihrer Stelle und bliebe nur im Haus wegen der Herde Kinder.

Im sogenannten Buchtal, nicht weit weg vom Haunstein'schen Besitz, hauste dermalen ein einschichtiger Waldarbeiter, dem die Frau davongelaufen war und ihm die drei kleinen Kinder in der Hütte zurückgelassen hatte. Da zog sie ein, brachte die Kinder hoch, gab dem Mann seine Rechte. Er träumte von Kuhherden und redete von großen Wiesen und Feldern, dass er jedes Jahr ein Schwein und eine Kuh schlachten würde, dass sie dann genug zu essen hätten und der Hunger nicht Dauergast wäre beim Freymann.

Auf der Wiese und auf dem Hof würden Hühner gackern und jeden Morgen hätte er dann ein frisches Ei auf dem Brett und ein Stück Fleisch dazu und die Leute würden den Hut vor ihm ziehen. Das Brot würde er selber backen und zwei Ochsen hätte er im Stall.

Sein Vater hätte einen Hof gehabt, den ihm die Kriegsknechte angezündet hätten. Brandstifter und Mörder wären das gewesen, Räuber, in der Linken eine Muskete, in der Rechten ein Messer, und er habe sich im Wald aufgehalten, wäre so mit dem Leben davongekommen.

Den Mann erschlug dann eines Tages der Baum, zwei der Kinder starben bald darauf und der Älteste sagte eines Tages, dass er zu den Kaiserlichen wolle, rüber nach Prag, da wäre er am rechten Platz. Hier im Wald könne er nichts gewinnen und krepieren könne er auch in der Stadt oder auf dem Schlachtfeld, da hätte sich's wenigstens rentiert. »Die Raben hätten sicher ihre Freud' an mir«, lachte er.

Sie solle ins Haunstein'sche Dorf hinüberziehen, dort wäre auch das halbe Dorf am Verrecken und sie bekäme da sicher eine kleine Hütte.

»Nur der Tod ist umsonst«, sagte sie sich, »und der kostet das Leben.« Sie schnürte ihren Beutel und fand im Haunstein'schen eine Zuflucht. Alles habe seinen Preis, erfuhr sie ihr Leben lang.

84.

Vor dem Franziskanerbräu machte eine lärmende und gestikulierende Menschenmenge einen gehörigen Radau und auch in der Stadt ging es hoch her. Die Franziskaner hielten das schwere Tor verriegelt. »Es geht jeden Samstag so zu. Die Fremden und die Einheimischen verbrüdern sich da sozusagen und einer will den anderen an Dummheit und tierischer Einfalt übertreffen.

Die Säumer aus dem Rosenheimer Viertel liegen schon seit zwei Tagen in den Wirtshäusern an der Kette, möchten ins Böhmische aufbrechen, wollten aber noch die Wetterentwicklung abwarten, obwohl Reisende aus dem Böhmischen von guten Wegverhältnissen sprechen.«

Der Pater hob den Torbalken und öffnete die mächtigen Torflügel. Im Hof lagen mächtige Holzbohlen und warteten auf die Verarbeitungen. Hinter dem Bräu war beständiges Sägen und Hämmern zu hören. Dort wurden die Bohlen zu festen Kanthölzern und Keilen verarbeitet, andere zu Schnittholz und Bohlenbrettern gesägt.

Die Fratres hatten eine eigene Säge installiert und würden den ganzen Winter über Hölzer für die Gruben in der Umgebung und für den Gerüstaufbau für die städtischen

Häuser sägen. Rupert dachte an die Haunstein'sche Burg, an die mühselige Arbeit mit der schweren Zweimannsäge, die er schon in jungen Jahren gemeinsam mit dem Vater durch die kürzeren Holzstücke gezogen hatte. Unterhalb der Burg hatte der alte Graf nicht nur eine Mühle betrieben mit einem Müllermeister, sondern im Verbund damit eine Sägeanlage hingestellt, die immer mit zwei mächtigen Wasserrädern angetrieben wurde.

Der Achbach lenkte das ganze Jahr über seinen schnellen Lauf in die Räder und trieb sie zu beständigem Umlauf. Rupert konnte sich nicht trennen. Er unterschied das rötlichweiße Holz der Moorbirke, die in den Donauauen wachsen dürfte und stand vor einem mächtigen Stapel feiner Rotbuche, die der Graf in seiner Bibliothek an der Wand hochgezogen hatte.

Seine Hand glitt über die schon zugeschnittenen, schuppigen Kiefernbretter und er erinnerte sich an den heftigen Brand nahe dem Buchtal, dem ein großer Kiefernbestand zum Opfer gefallen war. Mit Mühe trennte er sich von den Hölzern, behielt den Duft in der Nase

Frederik und Gustl führten ihre Rösser in den Stall, nahmen die Sättel vom Rücken ihrer treuen Gäule, schulterten ihr Reisegepäck, gingen über den beinhart gefrorenen, jedoch von den Franziskanern schneefrei gefegten Innenhof und traten durch die breite Tür in den Gasthof. Rupert schlenderte hinterher, hatte seine Gedanken in der Heimat, wo nicht weit von hier, nur über die böhmischen Berge müsste man gehen, die Lara auf ihn wartete.

Am Tisch im Halbdunkel der Gaststube des Franziskanerbräu, Rupert hatte noch den regen Disput mit dem

Herrn Obristlieutenant von den Kaiserlichen im Kopf, saßen zwei Gäste.

Lara starrte auf die Tür. Am Fenster, das in den Hinterhof hinaus schaute, gleich neben dem Tisch, stand der Vater und schaute den Holzarbeitern in der Säge hinter dem Bräu zu. Rupert erkannte beide augenblicklich. Lara trug ein graues Gewand, das gut zu ihrem schmalen, hellen Gesicht passte. Über den Schultern lag ein dicker, wärmender, pelziger Überwurf, der einstmals einen Fuchs geziert hatte. Ihre Füße steckten in festen Filzstiefeln. Mit großen Augen blickte sie ihn an. Sie hatte ihren schwarzgelockten Kopf in die linke Hand gestützt.

Der Rupert traute seinen Augen nicht, stürzte auf die Lara hinzu und riss sie in seine Arme. Da hat es dann keiner Worte gebraucht. Lara lachte und schrie und weinte und wühlte sich in ihren Rupert hinein. »Amor vincit omnia«, hätte der alte Pfarrer gesagt, der sie beide auf der Burg mit den Grafenkindern das Lateinische lehrte, »Liebe überwindet alles.« Jetzt hatte sie die böhmischen Berge überwunden und da würden sie auch gemeinsam die Zukunft, die vor ihnen liegt, im Ungewissen natürlich, bezwingen.

Heute war er ein König und sie seine Königin. Der Pfarrer auf der Burg hatte immer gesagt, dass man nur wenig brauche, um ein glückliches Leben zu führen und hat sich auf einen gewissen Marc Aurel berufen, der den Römern als Kaiser vorgestanden habe.

Heute genügte ihm die Lara und Lara meinte, dass das der schönste und glücklichste Tag in ihrem Leben wäre und dass sie ihr ganzes Leben lang daran dächte, wie er da so vor ihr stand, der Rupert und sie ließe ihn jetzt nicht mehr aus den Augen und wenn er nach Prag müsste, dann würde sie ihre sieben Sachen packen und nicht mehr von seiner Seite weichen.

Der Stefan Prack nahm seinen Sohn in die Arme. Der Frederik Mannstein dachte an die Julia von Schernberg, die er vielleicht bald als Braut durch Prag führen würde und daran ließe sich nichts, aber auch gar nichts mehr ändern. Gustl Harrschler spürte das bestickte Tüchlein, das in seiner Brusttasche lag, und er fühlte ganz eigen, und ob die schöne Französin ihn nun in Böhmen zum Manne nehmen würde oder weiß Gott wo, das lasse er auf sich zukommen.

Aber das Leben scheint es mit ihm doch noch recht gut zu meinen und wenn er das Wächteramt beim Generalissimus bedachte, der sich zumeist auf Reisen befinde und keine Rücksicht nähme auf seine, Gustls Befindlichkeiten, dann sollten sich, und das müsste er mit dem Frederik Mannstein besprechen, auch noch andere Wege durchs Leben finden lassen.

85.

»Drüben im Oberzeller Land, wo der mühselige Weg hinaufführt in die Haidmühle, liegt rechter Hand nach einer halben Stunde Fußweg das Gehöft des Aloisius Strigling.« Der beleibte Frater Georg mit diesem glatten, faltenlosen Gesicht hatte sich zu später Stunde noch Zeit genommen und er verbürge mit seiner ganzen Person die Wahrheit, erzählte er, als er sich zu den Gästen an den klobigen Holztisch setzte.

»Der Strigling hätte, so wird es erzählt, einen wild gehörnten Ziegenbock und der, das sei beglaubigt, sei ein mächtiger Spießgeselle des Teufels persönlich, ein Teufelsbraten. In der Osterzeit im Frühjahr wäre der Bock Jahr für Jahr verschwunden, von einem Tag auf den anderen, weil er in den heiligen Kartagen an der wilden Jagd durchs Oberland bis hinein ins Böhmische teilhat. In Oberplan drüben hätten ihn oberbayerische Säumer gesehen und weiter oben im Böhmischen nahe Volary wäre er eines Nachts in einem Heustadel entdeckt worden, sei aber durch schnelle Flucht entkommen.

Seinen Verfolgern habe er das Hinterteil hingehalten und er habe nicht gemeckert, wie einer von seiner Art. Nein, er habe Hui und Hui geschrien und sei schließlich im Wald verschwunden. Wenn ein Säumer nicht aufpasse, käme ihm der Ziegenbock urplötzlich in die Quere und man könne sicher sein, dass das eine oder andere der Rösser sich ein Bein bricht oder im Moor versinkt, und so mancher der Säumerknechte sei mir nichts dir nichts verschwunden und ward nie mehr gesehen.

Man könne den Hexenbock schon auf weite Strecken riechen, wenn er den Säumerweg vorausgelaufen ist. Er stinkt wie der Luzifer persönlich und könnte auch mit dem Pestdämon im Bunde sein.«

Der Frater hatte sich einen Humpen voll mit braunem Bier eingeschenkt und auf den Tresen gestellt, nahm immer wieder einen kräftigen Schluck daraus, wischte sich den weißen Schaum von den Lippen und prostete seinen Zuhörern zu. »So ist es, so wahr ich der Frater Georg und meinen Gästen redlich zu Diensten bin.«

Frederik streckte die Beine unter den Tisch und Gustl wischte sich seinen gerollten Schnurrbart.

»So mancher Bauersfrau, die sich am Abend verspätet vom Feld auf den Heimweg gemacht hätte, wäre der Geißbock aufgehuckt«, fuhr er fort, »und ihr Schreien wäre noch lange im Dorf gehört worden und sie hätte ihre Sinne nicht mehr beisammengehabt.«

Den Gästen hatte er das Bier in tiefen Krügen gebracht und die Speisen auf den Tisch gestellt. Er wandte sich zu Lara und Rupert, die an dem offenen Kamin saßen, den der Frater Josef vor einer guten Stunde angeheizt hatte. »Dem Frater Josef darfst auch nicht über den Weg trauen«, raunzte er, »der kommt aus der Obernzeller Gegend und er kennt den Strigling. Wer weiß, was für einen Geist wir uns da ins Kloster geholt haben. Aber sein Onkel ist nun einmal der Schwestersohn meiner Mutter und einer muss sich doch um diesen elenden Bub kümmern.«

Der Frater Josef hatte plötzlich die Tür, die in den hinteren Hof führte, aufgerissen, schob sich mit einem breiten Korb gehacktem Holz in den Händen durch den Raum, pfefferte es vor die breite Schüre im gemauerten Ofen und warf die Scheite ins lodernde Feuer. Das Feuer stob auf, krachte und prasselte.

»Die Tür blieb weit offen, kalter Wind drängte in den warmen Raum und der Georg schrie: »Lasst den Striglinger Bock auch noch rein, in dieser Kälte sucht der auch ein warmes Platzerl, dieser böse Gast.«

Der Josef nahm den leeren Korb wieder auf, schritt zur Tür, wandte sich wieder den Gästen zu, verzog das Gesicht zu einem freundlichen Gesicht, verneigte sich wie ein galanter Troubadour: »Dem Georg dürft ihr nicht über den Weg traun, er selber hat im Stall im hinteren Bräugehöft zwei ranzige Böcke, Verwandte vom Hexenbock vom Oberzeller Land. Passt auf, der meint es nicht gut. Der ist mit dem

Hexenbock im unheiligen Bund.« Dann drehte er sich mit ernstem Gesicht und schloss die Tür still und leise.

Sie möchte jetzt nichts mehr hören, sagte die Lara und drückte sich an den Rupert und den Stefan Prack und in dem kalten Raum im oberen Geschoss würde sie heute nicht alleine schlafen. »Da fürcht ich mich zu Tode.«

Der Frater Georg fuhr mit seiner dicken Hand über die glänzende, haarlose Kopfhaut. »Heiß ist es da herinnen. As Wetter schlagt um«, sagte er, »es geht auf den Frühling zu.«

»Die Olm würde sich vor deinem teuflischen Ziegenbock nicht fürchten. Wenn der in Haunstein auftaucht, jagt sie ihn noch vom Krankenbett aus in die Hölle.«

Sie neigte sich ihrem Rupert zu: »Ihr geht's nicht gut, sie wird nicht mehr lange leben. Aber das Christfest hat sie noch miterlebt, ich hab sie jeden Tag besucht. Aber die letzten Stunden muss man halt allein mit sich abmachen. Wenn wir heimkommen, setz ich mich ans Bett der lieben Olm, bis sie geht, und dann drück ich ihr die Augen zu. Sind viele gestorben im letzten Jahr in Haunstein und der Gottesacker muss vergrößert werden, sagt der Herr Pfarrer.«

86.

An der steinernen Treppe vor dem Dom lungerten in der bissigen, eisigen Kälte dieses Sonntags die Invaliden, die sich nach Passau durchgeschlagen hatten, auf eine Unterkunft hoffend. Nur mehr die jungen aus dem Bund der vom Krieg Ruinierten hoben die Hand, verlangten nach einer Münze, einem Stück Brot. Rupert zerrte seinen mageren Beutel hervor, kriegte einen abgegriffenen Kreuzer zu fassen und überließ ihn dem ersten, der die Hand aufhielt.

Neben diesem saß ein abgemagerter Graubärtiger, der dem jungen Einäugigen seine Decke über den Rücken gelegt hatte. »Der kann es brauchen«, sagte er zu Rupert gewandt, »eine Woche gebe ich dem Bub noch, der hat den Brand im Bein und hitzt schon deutlich.«

Dieser langhaarige, hagere Soldat steckte in einem grauen Leinenrock, darunter schien er eine wollene, lange Unterhose zu tragen, die ihn wohl recht passabel gegen die zunehmende Kälte schützte. Auf dem Kopf lag eine birettartige Kopfbedeckung, die ehedem grau eingefärbt gewesen sein mag. Es war nicht auszumachen, welchen Dienstgrad er geführt hatte. Ein Schlapphut dürfte ihm ehedem gut gestanden haben. Über den Schultern hing ihm der Rest eines blauen Mantels, die Füße steckten in braunen Stulpenstiefeln, die eher zu einem Stutzer oder einem Offizier gepasst hätten, die er vielleicht von einem Toten hatte.

»In der Kirche ist es noch kälter als hier draußen«, lachte dieser so freundlich und kultiviert wirkende Soldat. Ein schwarzbrauner Hütehund lag ihm über den Oberschenkeln, beide spendeten einander ihre Wärme. Er erhob sich, stand drahtig und hoch gewachsen vor dem Paar und stellte sich vor, was unter Invaliden und maroden ehemaligen Kämpfern kaum üblich gewesen sein dürfte. »Ich bin nur auf der Durchreise«, lachte er, »wenn der Winter vorbei ist und ich lebe noch, will ich zu Ostern daheim sein in Reichenberg.

Man weiß nie, wo der Krieg noch zuschlägt, aber ich möchte in meine Heimat zurück. Hab dem Friedländer gedient, vielleicht hat der noch eine Arbeit für mich.« Er lachte und setzte sich wieder auf einen hölzernen Untersatz, den das junge Paar noch nicht bemerkt hatte. Sie gingen mit dem Fremden und seinem Hund die Treppe hoch, nickten ihm zu und traten in die Kirche ein.

Nach dem feierlichen Gottesdienst, dem ein hoher Domgeistlicher vorgestanden hatte, traten sie wieder auf den Domvorplatz, gingen durch das traurige Spalier der Hoffnungslosen. »So viele Krüppel auf einmal habe ich noch nicht gesehen«, sagte er zu seiner Lara, »in Passau scheinen sie sich zu sammeln, aber wohin wollen die denn alle?«

Lara war sehr bedrückt und wusste nicht, wie man diesen geschlagenen Menschen helfen könnte. »Der Krieg macht diese schutzlosen Menschen zu Rechtlosen und Ausgestoßenen. Da bist dann schnell vogelfrei und dein Leben zählt nicht mehr, bist allen anderen, vor allem aber dem Hunger und dann dem Tod wehrlos ausgeliefert.«

Lara und Rupert traten wieder in die Gaststube beim Franziskanerbräu: »An der Domtreppe sitzt ein besonderer Frontsoldat, einer, der sich auf Waldstein bezogen hat, dem er gedient hat, wie er sagte.« Frederik meinte, er würde sich dieses Prachtexemplar anschauen.

87.

In einem Winkel in der Stube, nahe der Tür, brütete an einem Tisch ein stiernackiger, rundlicher Mann, der in seinen Humpen glotzte. Die grau-roten Fransen seines zotteligen Bartes hingen in das gewaltige Behältnis. Er saß mit dem breiten Rücken an der Wand, eine Handbreit neben seinen Schultern hängten links wie rechts starkgliedrige, geschmiedete Ketten bis kurz oberhalb der wuchtigen, hölzernen Stuhllehne. Sie mögen an gefährliche Zeiten erinnern, in denen der Franziskanerbräu ein Folterkeller gewesen war, mochten aber auch nur an einem schwer bepackten Wagen zum Festzurren der Ladung gedient oder die Mönche mögen ihre geschnittenen Holzbohlen und Bretterladungen auf den Wägen damit befestigt haben.

Im Winkel zu seiner Rechten schaute ein Gekreuzigter auf den Tisch. »Es ist vollbracht«, schien er auch dem Menschen, der da am Tisch unter ihm seine Selbstgespräche führte, zu sagen. Neben dem schwarzen, wuchtigen Holzkreuz hing ein ausgestopfter Hirschkopf, eine Trophäe, die der Hochwürdigste Herr Abt, welcher der Jagd nur zu oft und allzu gerne frönte, an der Wand hatte anbringen lassen.

Das offene Feuer, dessen Flammen in der eisernen Schüre prasselte, spendete einer Katze, die sich nach nächtlicher Jagd an ihrem Platz zur Ruhe gelegt hatte, wohlige Wärme.

Der Bärtige bewegte sich nicht, stierte nur in einem fort in den mattgrauen, zinnernen Krug. Mühselig wand er nun den wuchtigen Schädel aus den breiten Schultern zu den anderen Gästen, blähte sich auf, grölte, ächzte und schlug unversehens mit der linken Faust auf die hölzerne Tischplatte. Mit verzerrtem Mund, einem Fischmaul gleich, und starren Augen glotzte er unter den schlaffen Augenlidern hervor. Dann wischte er mit einem Mal grölend das noch gut gefüllte Gefäß vom Tisch. Das Bier schlug aus dem Behälter und klatschte auf den Holzboden, der leere Humpen rollte unter einen Tisch. Die Katze flüchtete zwischen den Beinen der Gäste unter einen der massiven Tische.

Er brauche nicht bei den windigen Franziskanern sitzen, könne gern auch zum Postwirt hinunter, wo die Feinen sitzen, schrie er geifernd. Dünner, traniger Schleim rann aus den Mundwinkeln über die wulstigen, breiten Lippen. Er sei schließlich ein freier Bauer und niemandem Rechenschaft schuldig und wer sich mit ihm anlege, dem würde er es heimzahlen, auf der Stelle. Dabei fasste er Frederiks Tischgemeinschaft ins Auge und fixierte Lara. »Und Weibsleute haben in einem Wirtshaus schon gar nichts zu suchen.«

Frater Georg und Frater Josef, die für die Gäste schon die Suppe kredenzt hatten, traten an den Ecktisch und wollten den renitenten Kerl zur Räson bringen. Da sprang der wilde Geselle mit einem gewaltigen Satz auf, griff sich mit seinen beiden Armen, zwei Dreschflegeln gleich, die überraschten Franziskanerbrüder und schleuderte sie gegen den Tisch, an dem Frederik Mannstein und seine Leute Platz genommen hatten. Leicht nach vorne gebeugt, einem Luchs auf der Lauer gleich, schien er zum Sprung anzusetzen. Die massigen Arme hingen an seinem dicken Körper herunter wie zwei lange Schmiedehämmer.

Der freie Bauer, wie er sich vorgestellt hatte, wurde urplötzlich mit einer außergewöhnlichen Wucht konfrontiert, mit der er nicht gerechnet hatte. Der Schlag vom Gustl Harrschler traf ihn wie ein Schmiedehammer im Genick. Der Freibauer sank in sich zusammen, schlug der Länge nach auf den Boden. Er lag nun mit dem Gesicht in der verschütteten Suppe und alles war so schnell gegangen, dass die anderen Gäste kaum den ersten Löffel der heißen Brühe geschlürft hatten.

Die Franziskanerbrüder packten den Randalierer an seiner Jacke hinter dem feisten Stiernacken, zogen ihn durch den Raum, öffneten die Tür, schleiften ihn durch den verschneiten Innenhof des Franziskanerbräu und warfen ihn zum Tor hinaus auf die vereiste Straße. Sie holten seine Blesse, die er vor dem Stall an einem hölzernen Balken gebunden hatte, und stellten das Tier neben seinen Besitzer.

Auf der Straßenseite gegenüber öffnete sich eine Tür und zwei Buben traten auf die Straße. Sie begannen sich mit ihren Holzschwertern zu messen. Sie überquerten die Straße, beäugten den vor ihnen Liegenden, stießen mit ihren hölzernen Waffen in den Wanst des Besinnungslosen und setzten recht vernehmbar neben dem Ross ihren Kampf fort.

Im Stockwerk oberhalb der Tür, aus der die beiden Kinder auf die Straße gelaufen waren, öffnete sich ein Fenster. Eine jüngere Frau, das lange, blonde Haar hing ihr über die Schulter auf die Brust, wohl die Mutter der Kinder, schrie lauthals, die beiden sollten sich nicht um den besoffenen Vagabunden kümmern, der würde ihnen nur ein Leid antun. »Zu Staub sollst du sein«, verkürzte der eine der jungen Kämpfer die liturgischen Worte des Pfarrers bei den vielen Beerdigungen, die der Bub schon erlebt haben dürfte. Er blickte auf den am Boden Liegenden und hielt sein hölzernes Schwert über seinen aufgedunsenen Leib. Der andere Bengel schob mit beiden Händen seine Waffe in den Schnee, der an der Mauer neben dem Tor zum Franziskanerbräu angehäuft war, und streute eine Spitze voll davon über den Herrn Freibauern.

Es dauerte noch geraume Zeit, bis der zügellose Mensch sich erholt hatte. Dann kroch er auf allen vieren zu seinem Ross, rappelte sich am rechten Steigbügel zum ledernen Sattel hoch, stieg mühselig auf sein Tier, hatte noch genug Kraft, um den Franziskanern die Faust entgegenzuschleudern und eine Verwünschung auszurufen. Dann schlug er auf sein Ross mit einer kurzen Reitpeitsche ein und galoppierte auf dem harten, von Frost überzogenen Straßenpflaster hinein in die Stadt, als wäre der Leibhaftige hinter ihm.

88.

Nach dem Essen ging Frederik mit Rupert zur Domtreppe hinüber. Dort lagerte noch immer eine Gruppe dieser Mitleid erregenden Lazarusse. Einige von ihnen aßen von gebratenen Fischen, die ein Bediensteter des Erzbischofs an sie ausgeteilt hatte, schoben ein Stück Brot in den Mund und schöpften mit einer Kelle heißen Tee aus einem Kessel. Der angenehme Duft der gebratenen Fische ließ für einen Augenblick den Anblick der bedauernswerten Gestalten vergessen.

Der von Rupert beschriebene Alte stand neben dem jungen Einäugigen gebeugt, der auf der untersten Treppe lag. Der Hund an seiner Seite hechelte und ein schwarz gekleideter Priester versuchte gemeinsam mit dem Alten den Burschen auf die Beine zu bringen.

»Das wird nichts«, sagte der Priester, »der hat keine Kraft mehr, lang packt es der nimmer. Den tragen wir ins Domspital, da kann er wenigstens in Ruhe sterben.« Rupert fragte den Priester, ob er mit anpacken dürfe, und dann schleppten sie den bejammernswerten Menschen in ein grau gestrichenes Haus, wo die Mörtelbrocken an der Außenwand schon aus dem Putz gefallen waren und auf der Straße lagen.

Frederik lud den Soldaten ein, ihn in den Franziskanerbräu zu begleiten. Der hatte die linke Hand in ein schmutziges Tuch eingebunden. Er zog seine schmutzige Hose zurecht, schob den Säbel, der ihm vor dem Leib baumelte, an die linke Seite. Dann zog er den wärmenden Umhang sorgfältig über die Schultern.

Er meinte, er würde sich noch um den Jungen kümmern müssen und käme dann gerne nach. Auch Rupert blieb noch im Spital, das aus zwei Räumen bestand und in jedem standen nahe beieinander acht Holzpritschen und da drauf lagerten ausgemergelte Gestalten, dürftig mit braunen Decken eingehüllt.

Der junge Einäugige fand seine letzte Lagerstatt in einem schimmligen, dreckigen Winkel nahe dem Fenster. Er sah mit dem einen Auge noch ein wenig Tageslicht und meinte zum Alten, dass er schon verstanden hätte und dass es jetzt dahin ginge. Zu der Mutter müsste er und die würde schon warten, das hätte sie ihm seinerzeit versprochen, als ihn die Kaiserlichen eingefangen hätten.

Der junge Balsam dürfte heut noch sterben, sagte der Alte im Franziskanerbräu zu Frederik, der ihn an seinen Tisch gebeten hatte. Er stellte sich als Ulrich Bertramer vor, ausrangierter Hauptmann bei den kaiserlichen Kürassieren, verletzt bei Eichstätt, als der stramme Herzog Bernhard von Sachsen-Weimar seinem Obristen Johann Graf von Werth das Fürchten gelehrt hatte. Daselbst von einem aufrührerischen Soldaten, der sich mit anderen um den Sold stritt, mit einem Degen niedergestreckt und liegen gelassen. »Ich habe schwer verletzt überlebt, die Bauern der umliegenden Dörfer haben dann die Toten auf dem Acker begraben und mich, noch lebend, auf einen Karren geworfen, in einem Dorf bei Eichstätt in einen Stall gelegt und mit wenig Milch am Leben erhalten. Seitdem bin ich unterwegs und versuche mich nach Reichenberg durchzuschlagen.«

89.

Der Frater Georg kam am Sonntagnachmittag sehr aufgeregt in die Gaststube. Frederik und Gustl saßen bei einem

Topf Kaffee und der Josef hatte ihnen einen Zopfkuchen hingestellt. »Der Raufbold ist ersoffen«, schrie er, »in der Donau, in seinem Rausch ersoffen ist er.«

Kohler habe er geheißen und in der unteren Stadt habe er einen Bruder, der als Tischler sein Auskommen fände. Der Bruder habe ihm die Tür gewiesen, weil der Herr Freibauer nach seinem Besuch beim Franziskanerbräu wie ein Berserker durch die Stadt geritten sei, vor dem Anwesen des Bruders vom Pferd gefallen wäre und ihm dann noch in die gute Stube sein Bier hineingespien hätte. Er solle heim reiten, habe der Bruder geschrien, das Elend sei wegen seinem ausschweifenden Leben schon groß genug und irgendwann würde er sich den Hals brechen.

»Da ist der Kohler wieder auf sein Pferd gestiegen, hat noch herumgepöbelt und da, wo der Inn auf die Donau trifft, hat er die Kontrolle über sein Ross verloren und stürzte kopfüber in den Fluss. An der Stelle kracht der Inn auf die Donau und kalt ist es und ganze Eisplatten hat es über ihn drüber geschoben.« Es wäre so schnell gegangen, dass keiner helfen konnte und vorüber und vorbei war es und der Bruder ist gleich rauf geritten nach Aicha, wo der Kohler seinen Hof bewirtschaftete.

»Die Leute sagen, dass er sicher eine frohe Botschaft überbracht hätte, weil der Bruder die Frau und die Kinder geschlagen und nichts anderes im Kopf gehabt hätte als die ewige Sauferei und dass manchmal doch etwas noch ein gutes Ende nehmen würde, hätten die Leute gesagt.«

Der Frederik und der Gustl haben dann den heißen Kaffee getrunken und den Zopfkuchen probiert und dann warteten sie auf den Stefan und die Lara und den Rupert und sie müssten sich Gedanken machen, ob sie morgen früh auf die Rösser steigen und den Goldenen Steig entlang allein oder mit den Säumern ins Böhmische hinüberziehen würden.

Der Ulrich Bertramer kam am Abend in die Gaststube und meinte, er würde gerne mit ihnen über den Wald rüber reiten, der Bub sei grad gestorben und da könne er nichts mehr machen. Aber er habe kein Geld und kein Pferd und würde in ihrer Schuld stecken.

Als es hell wurde, sattelten sie die Rösser und machten sich auf den Weg. Der Generalissimus würde warten, sagte Frederik zum Gustl und auf der Haunstein'schen Burg wären sie auch gespannt, ob die Reise ins Bayerische gut abgelaufen wäre.

Was morgen sei, könne man heute noch gar nicht ahnen, sagte der Stefan Prack und er dachte an seine liebe Frau und freute sich auf sein Mädel, die Marie, die ins Buchtal runter geheiratet hatte und schon wieder einer Geburt entgegensehen würde.

Der Rupert half seiner Lara auf das Ross. Sie lachte ihn an und sagte, sie sei froh, dass sie ihn gefunden hätte und wenn sie wieder daheim wären im Dorf, würde alles seinen Gleichklang haben. Der Streit mit dem Betrunkenen in der Gaststube hätte sie sehr aufgeregt und dass er in der Donau gleich darauf ertrunken wäre, »Gott sei seiner armen Seele gnädig«, setzte sie hinzu, gehe ihr noch im Kopf herum.

»Wenn ihr den stinkenden Teufelsbock auf dem Goldenen Steig seht, dann bleibt stehen, steigt ab von den Rössern und macht ein Kreuzeichen. Da wird er sich fürchten und in die Hölle fahren«, schrie der Frater Georg, feixte recht schäbig und faltete die Hände über seinem feisten Bauch.

Vom Postwirt herauf drang das rhythmische Klappern

der Pferdehufe. Eine Ordnung steckte da drinnen, dachte sich der Gustl, das wär ein Geschäft für ihn, brächte ihn im Frühjahr gar wieder zu seiner schönen Französin.

Die Säumer wollten früh schon die Stadt hinter sich lassen, hinaufreiten in die böhmischen Berge, den Goldenen Steig entlang. Straßkirchen wollte man links liegen lassen, hätte dann drei, vier Tage nach Leopoldsreuth und am Ende zweier mühseliger Wochen, wenn das Wetter mitspielte, Prachatitz erreicht.

Stefan Prack hatte mit Lara diesen Weg gewählt. Sie waren mit den Rössern gut vorangekommen, fanden Kost und Logis in den Herbergen und Passau lag dann zu ihren Füßen. In Wallern hatten sie das Packpferd gewechselt, hatten tags drauf die Säumerbrücke gequert.

»Wenn du von den Säumerkarawanen unabhängig bist, bist du vier Tage auf der Strecke. Der glatte Steig gebietet Vorsicht.«

90.

Von der großen Pestilenz erzählte der Ulrich Bertramer, während sie in Straßkirchen beim Mahl saßen und die beißende Kälte mit einem heißen Trunk vertrieben. Dem großen Sterben sei er durch seine Verwundung davongelaufen, erzählte er. Aber um die Dreißiger zog das Unheil durchs ganze Land und die Waldstein'schen wurden gerade durch die Pestilenz arg dezimiert.

Die Leute, die den Pestilenzdämonen schon in sich trugen, gingen nicht in die Dörfer, blieben eher in den Städten. Aber auch in dem einen oder anderem Dorf zog der schwarze Tod durch die Häuser. »Ich selber wurde vom Durchlauf heimgesucht und meinte, ich müsse krepieren und im Neunundzwanziger Jahr brachten die Soldaten selber die Pestilenz in die Städte.

Im Norden, bei den Schwedischen in der Alten Mark gesellte sich der Bruder des Pestilenzdämons dazu, der Hungerdämon und riss den Leuten die Eingeweide aus dem Bauch. Im Rostocker Gebiet starben sie im August wie die Fliegen und wer nicht von der Pestilenz dahin gerafft wurde, krepierte am Hunger. Die Not war herzzerreißend und die Leute fraßen Gras und Wurzeln und den Dreck vom Boden.

Dazu kamen die hemmungslosen Krieger, die die Menschen über den Haufen schossen, ihre Häuser anzündeten und ihnen das letzte Geld raubten.«

Erst im Winter hätten die Schrecken nachgelassen und die Menschen einige Ruhe gefunden. »Die Kirchen waren voll von Leuten, die sonst mit ihrem Glauben wenig am Hut hatten«, erzählte der Bertramer. »Daheim schrien die Kinder und die Väter und Mütter kümmerten sich nicht um sie, weil sie Angst hatten, von der Pestilenz der Kinder überfallen zu werden und Tag und Nacht starben die Leute wie die Fliegen.« Er könne die Not nicht vergessen, habe den Kummer immer noch im Herzen. Aber er müsse von den schrecklichen und düsteren Ereignissen erzählen, wolle ihnen aber nicht den Tag vergraulen.

Die Lara sagte, dass sie rausgehen wolle, weil sie frische Luft bräuchte. Aber der Rupert wollte, dass der Bertramer weiterredet, weil er wissen wollte, ob die Krankheit besiegt werden könne und ob die Ärzte keine Mittel hätten, und die Olm daheim hätte gute Rezepte, da sei er sicher. Der Vater legte ihm die Hand auf den Arm und meinte, dass die Pestilenz nicht nach Haunstein käme.

»Es gibt so viel Schlechtes auf der Welt und der Krieg wird uns noch viel kosten, da will ich nicht auch noch eure Gedanken auf die Krankheiten richten.« Aber im ganzen Land von dem großen Meer im Norden bis hinein in die Berge, hinunter auch bis zum Heiligen Vater nach Rom, würde der Dämon die Leute niederstrecken.

Keiner helfe mehr dem anderen, weil jeder Angst habe um sein bisschen Leben. »Die Klöster schickten ihre Angehörigen zu den Kranken, viele starben aber selber daran. Aber wo soll es mit den Menschen hinkommen, wenn sie einander in ihrem Leid nicht beistehen?«, fragte er. Es wäre schon eine schlimme Heimsuchung. Aber die Sünden der Menschen seien eben zu groß und jetzt jage der Tod durchs Land und schlage sie alle nieder, die Guten und die Bösen. »Die Rache ist mein, ich will vergelten«, spricht der Herr. »Der Herr wird sein Volk richten.«

Bertramer wurde still, bedauerte, dass er ihnen den Tag verdorben hätte und dass die Lara nach seinen Reden so bedrückt sei und er würde sich schämen, gerade weil sie alle ihm in seiner schlechten Situation hilfreich beistünden, aber er könne diese Zeit nicht vergessen.

Der Gustl sagte, man müsse die Vergangenheit vergangen sein lassen, und ob er selber morgen in Pilsen diene oder in Stara Boleslav, im schönen Altbunzlau ein Bauer, ein Handwerker oder ein Kaufmann wäre, wisse er heute noch nicht. Vielleicht werde er ein französischer Edelmann oder zumindest ein Pariser Kaufmann, und ob er gar mit den Nürnberger Pfeffersäcken ins Arabische ziehe oder hinauf nach Brügge an den Nordseestrand, das stünde auch in den Sternen und Bertramer solle sich keine großen Gedanken machen.

Der Bertramer schob den Weizenfladen mit dem gekochten Fleisch beiseite und folgte Lara, die vor dem Haus stand und an die Mutter dachte und hoffte, dass die Pest die böhmische Heimat verschonen möge.

Die zahnlose alte Wirtin fragte, ob sie noch was essen wollten und ob sie in der Kammer oben den Strohsack schütteln sollte, und der Bub vom Hausherrn, dem das Auge triefte, lachte bös und meinte, dass sie schlimme Böhmen wären und sie sollten schauen, dass sie rüberkämen über die Berge und sie hätten nichts bei uns zu suchen, sage der Vater. Ein schwarz gekleideter Säumer, der Anführer einer Gruppe bayerischer Kaufleute, trug dem frechen Bub einen Backenstreich an und er solle dem Vater sagen, dass der ja nur von den böhmischen Kaufleuten und den Säumern lebe und er wäre ein rechter Sakrischer.

Und die Großmutter sagte dann, dass der Bub kein Schlechter wäre, er wär nur ohne Freud, weil ihm ein böhmischer Reiter im Sommer die Mutter gestohlen hätte. Der Bub wäre hinterher gelaufen und hätte geschrien, dass die Mama dableiben solle. Aber der böhmische Reiter hätte ihm die Peitsche ins Gesicht geschlagen und jetzt hätte der Bub ein tropfendes Auge. Der böhmische Reiter wäre aber ein Mensch von der Donau drunten aus dem Kremser Land, ein Kaufmann vielleicht, der schon das zweite Jahr durchgeritten wäre und im Haus geschlafen hätte. Und der schwarz gekleidete Säumer drückte dem Bub eine Münze in die Hand.

»Zugehört habe ich«, wandte sich der Säumer, der im Gesicht von der linken Stirnseite bis unter den linken Unterkiefer eine wulstige Narbe trug, an die böhmische Tischgemeinschaft, »und die Pestilenz wird uns noch alle packen«, sagte er und ob sie jemand kennen, der sich ein gutes Geld verdienen möchte, wäre doch einer seiner Leute krank geworden und derjenige könne auf eigene Rechnung arbeiten und die Säumerei bringe ein zuverlässiges Geld in den Säckel.

Aus sicherer Quelle wisse er zudem, flocht er ein, und der Nikolaus Haberzelter, aus Tölz, der ganz vorne im Säumerzug stehe, bürge dafür und der sei viel in der Welt herumgekommen, dass es die Muselmanen seien, die uns ins christliche Abendland die Pestilenz geschickt hätten. Sie würden da drüben einen gewissen Scheitan anbeten und der sei der oberste Dämon, der für Pestilenz und den Durchlauf zuständig sei und diese Dämonen, deren Oberster ein gewisser Iblis sei, stünden in enger, satanischer Verbindung mit den sarazenischen Ärzten, die durch allerlei Gifte in den Arzeneien und boshafte und irreführende Verhaltensregeln vor allem die Gesunden unter die Erde brächten.

»Es geht denen nur darum, die Christenmenschen auszurotten. Der Pfarrherr von Sankt Nikola in Landshut, der sich auch in der Welt auskennt wie kein zweiter, hat darüber am hochheiligen Osterfest des Jahres eine zündende Predigt gehalten. Aber wer sich dem Heiligen Nikolaus, der ein Helfer der Christenheit gewesen sei, anvertraut und der Heiligen Maria mit dem Kinde, der kann ganz gewiss sein, dass der Scheitan machtlos ist, hat er gesagt.« Dieser Scheitan lebt an feuchten und geheimen Orten und dort brüte er die Pestilenz aus, schloss er seine Suade.

Diese überzeugenden Worte des schwarz gekleideten Säumers fanden ihrer aller Zustimmung. Diese Ansichten hätte er schon einmal gehört, sagte Frederik, aber das ließe sich nicht beweisen. Aber dass die muselmanischen Weibsleute sich ganz zudecken und ihr Gesicht verbergen müssen, wie man auch aus zuverlässiger Quelle erfahren hat, könne ein Beweis dafür sei, dass sich diese Muselmaninen vor dem Scheitan zu schützen wissen und so der Gefahr trotzen. Nicht umsonst sagte der Tilly, wenn sie zum Mahl an den Tisch traten, dass sich keiner mit dreckigen Händen zu ihm setzen dürfe und wer die Knochen vom Federvieh unter den Tisch werfe, der könne gleich hinterher kriechen.

Den Ulrich Bertramer trieb es die ganze Nacht um, könnte er doch das Elend und die ungeordneten Umstände hinter sich lassen und einem geregelten Verdienst als Säumer nachgehen. Andererseits wollte er heim, nur heim, und bevor das Frühjahr käme, wolle er droben sein in Reichenberg. Aber was morgen ist, kann man heute noch nicht ahnen. Er hatte die Worte vom Stefan Prack noch im Ohr. Dann zog er sich das mit Heu gefüllte Bett über die Ohren und schlief ein.

91.

Wenn Frederik ein Resümee seiner Reise ziehen sollte, wäre das eher kläglich ausgefallen.

Daheim in Pilsen würde der Gregor Gartner in seinen Stiefeln warten und in Kladrau stünde Valentin Balzak Gewehr bei Fuß. Jedoch waren die Besuche in Györ bei Ödön Gabor so wenig erfolgreich wie Gustl Harrschlers Ritt nach Esztergom hinein. Dort hatte sich der seinerzeit so umtriebige Tibor, aus dem Grafengeschlecht derer von Batthyány niedergelassen und sich auf seinem Lager vor Schmerz gekrümmt. »Hab dem Wein über die Maßen zugesprochen. Mich schüttelt die Gicht wie den Herzog Waldstein persönlich. Ich eifere ihm nach, aber der Pferderücken ist mir so fremd geworden wie die Erinnerung an den Weißen Berg Anno 22.« Er drückte dem Gustl einen fein geschliffenen Dolch in die Hand. wie auch dem Frederik und es wäre ein Geschenk im Gedenken an alte Zeiten.

Die Herren waren verheiratet, hatten Kinder und wollten weder Existenz noch Leben für einen Herrn Waldstein, Generalissimus Seiner Majestät aufs Spiel setzen. »Die geben Dir nichts und wenn du diesen Leuten die Hand reichst, werden Sie dir den Arm aus dem Schultergelenk drehen.«

Lajos Barcsay, der das Bauernmädel aus Veszprém geheiratet hatte, hatte ihm gute Logis geboten, schließlich aber hatte bei ihm die Vernunft gesagt: »Ich hab Weib und Kind, der Wallensteiner hat weder das eine noch das andere. Der sucht Ruhm auf dem Schlachtfeld und Macht im Land. Im Ernstfall geht er dem Kaiser an den Kragen. Lass die Finger von diesem Auftrag, Frederik. Bei uns sitzen die Türken und beuten uns aus, da heißt es still halten. Ich muss arbeiten und meine Leute über Wasser halten«, meinte er.

Der Sebastian Muliar, Fähnrich am Weißen Berg, wollte niemals mehr eine Hellebarde oder ein Gewehr in die Hand nehmen. Ein verlorener Arm würde ihm genügen und er wäre dankbar, dass er seinen Hof mit dem übrig gebliebenen bewirtschaften könne. Der Friedrich Serzerlich aus einem Dorf bei Linz war in die weite Welt hinausgegangen und niemand wusste wohin ihn sein Weg geführt hatte.

Er war schon immer ein unruhiger Geist gewesen, eher den großen Angelegenheiten im Geiste zugewandt als dem mühseligen Alltag. Seine Mutter war eine verhärmte Frau geworden: »Wird ihn der Krieg umgebracht haben oder die Pestilenz, da hört man doch so viel«, und sie weinte.

So bliebe der Gustl übrig, aber der hatte seine französi-

sche Dame im Kopf oder auch eine Zukunft in Stara Boleslav oder in Paris, wie er ihm anvertraut hatte.

Und er selber? Würde er dem Herzog dienen wollen oder
lieber die Julia von Schernberg nach Prag führen? Wer weiß,
was sein wird, wenn er in Pilsen ankommt. Der gute Rupert
Prack würde in sein Haus am Prager Hradschin ziehen und
mit seiner Lara eine gemeinsame Zukunft ins Auge fassen.
Deren junges Leben wollte er nicht beeinträchtigen.

Der Lichtmesstag stand vor der Tür und er hatte dem
Generalissimus versprochen, bis zu jenem Tag im Feber die
Wache zusammengestellt zu haben. »Vielleicht hat der Her-
zog den Auftrag schon vergessen.« Er dachte an den blonden
Freiherrn Rudolf von Seckler, einen Mähren aus dem Brün-
ner Raum, alter Kleinadel mit großem Grundbesitz.

Der Rudolf hat nicht viel geredet, aber er war einer der
einflussreichsten Hauptleute seinerzeit am Weißen Berg vor
Prag, war dem General Tilly aufgefallen und von dem an
den Herzog Waldstein weitergereicht worden. Der Rudolf,
sein Gewährsmann, saß nun im Zelt Seit an Seit mit dem
Generalissimus, war sein Intimus geworden, kenntnisreich
und mit respektablem Einfluss.

92.

Sie waren schon wieder unterwegs, ritten bereits einen halben Tag jenseits der Grenze auf böhmischem Gebiet, bräuchten noch einen Tag, gar zwei Tage nach Prachatitz. An den
mächtig aufstrebenden Fichten klebten harte, rissige, graue
Rindenhäute. Dick verschneite Moose rankten sich um das
Borkenkleid der Bäume und lange, haarwuchernde Flechten hingen starr wie die widerstrebenden Bärte alter uriger

Männer von den breit ausladenden Ästen und auf den gefrorenen, moorigen Hochebenen standen bucklige und seltsam verrenkte Zwerge, Gnomen, mit dicker Schneelast beladen und summten ihr Lied über die böhmischen Höhen.

»Hier haust der Luchs und der Wolf und im Sommer laufen dir der Bergmolch und die goldig glänzende Eidechse über die ausgestreckte Hand und vielerlei Schlangengetier wärmt sich auf dem von der Sonne erhitzten Gestein.« Stefan Prack war nach der großen Schlacht ein Waldbauer gewesen, einer, der schon große Areale sumpfiger Hochmoore und weite Feuchtwiesen trocken gelegt hatte, der den tiefen Wald kannte von Plöckenstein bis hinauf nach Prachatitz.

»Vater findet sich zu jeder Jahreszeit im großen Wald zurecht«, sagte Rupert, zu Lara gewandt, »er findet nach dem Sonnenstand seinen Weg wie nach der grünen Bemoosung der Rinden, winters wie sommers. Er kann sogar die Sprache der Wölfe verstehen, kann mit ihnen reden und bevor er sich fest an den Graf Haunstein verpflichtet hat, lernte er in Pisek in der Wottawa nach Gold zu suchen. Einem gewissen Graf Sternberg hat er auf Schloss Český Šternberk den Marstall geleitet und die Grafen Sternberg gehören schon von alters her zu den reichsten im mährischen und böhmischen Land. Das Geschlecht reicht hinein bis in die Zeit der Přemysliden, zurück bis zu unseres heiligen Herzogs Wenzel Zeiten, den der eigene Bruder das Leben genommen hat. Auf den Stufen der Kirche, erzählt man sich, wäre dieser Frevel geschehen.«

Lara und Rupert wähnten sich in einem geheimnisvollen Märchenwald, wo es vor Feen, Elfen und guten Geistern wimmle, die sich im Wald versteckten und es nur gut mit ihnen meinten. Vor den Pestdämonen wären sie im Wald geschützt und der stinkige Hexenbock würde sie nicht ängstigen.

»Da möchte ich leben«, lachte Rupert.

»Und deine Bediensteten würden dir jeden Tag gebratene Hühner servieren und die beste Grütze im ganzen Land.« Lara lachte, schaute den Rupert mit großen Augen an. Mit ihm würde sie es aushalten können und er würde ihren Kindern viele spannende Geschichten erzählen, wenn die Abende lang und dunkel wurden.

Der Bertramer brauchte Frederiks Rat. Ob er denn schnurstracks nach Reichenberg ziehen oder sich ein paar Jahre als Säumer verdingen solle.

Der Frederik hatte viel zu viele eigene Gedanken, als dass er sich noch ernsthaft mit Bertramers Welt befassen konnte. Er meinte, der neu gewonnene Freund solle sich's überlegen und bis Prachatitz kämen ihm sicher neue Gedanken und schließlich könne er bis in die Frühjahrszeit hinein auch in Haunstein eine Hütte finden und in den Mai hinein abwarten.

93.

Es hatte sich viel geändert in Haunstein, auch auf der Burg. Laras Vater sollte das Amt des Dorfschulzen übernehmen. Der Graf könne sich keinen besseren vorstellen. Ihn zeichne aus, was andere ein Leben lang auch nicht in Ansätzen sich erarbeiten. Er wäre einer, der nicht aufgibt, seiner Ansichten gewiss, die einer dann auch durchstehe. Er wisse, dass es in Haunstein, gerade nach dem Schlachtengetümmel und den vielen drängenden Aufgaben nach dem Krieg, dass große Aufgaben zu bewältigen wären. Aber alles brauche eben Weil und da brauche es seinen Bedacht.

»Dein Vater, Lara, hat sich um dich gesorgt. Er lief mir seinerzeit das Haupttor ein, dass ich dich unterrichten lasse. Solche Leute brauchen wir in Amt und Würden.« Vaters zupackende Art hat immer schon die Familie zusammengehalten, Mutter war eher die begütigende Ehefrau, ein Bauernmädel aus der Umgebung. Vater stammte von irgendwo her, einer, der sich für seine Familie hätte martern lassen. Eine Kugel hatte ihm, auch er war am Weißen Berg, die Schulter durchbohrt und lange brauchte er, um zu genesen.

Die Olm war nun schon Wochen unter der Erde, wie auch der Schulze, und das Dorf war führungslos und die Zeiten schlecht. Der Herr Graf benötigte Unterstützung, viel wäre anzupacken, das Dorf vorwärts zu bringen, und das alles wäre keine Narretei, ginge es doch um das Wohl und Wehe seiner Leute.

Er freue sich, dass der Herr Bertramer Rast und Einhalt suche, und er wäre willkommen in Haunstein und es käme sicher die Zeit, wo auch Frederik Mannstein Degen und Mantel beiseite lege und sich hier oder weiß Gott wo niederlasse. Aber er wäre ein Städter und es zöge ihn ins heimatliche Prag und der Gustl müsse sich unbedingt unter den Schutz des französischen Landesheiligen stellen.

»Ich weiß nicht einmal, welcher Landesheilige Paris regiert«, lachte er. Das gelte es noch zu festzustellen. Seine Zuhörer konnten sich daraus keinen Reim machen. Nur der Frederik glaubte zu wissen, in welche Richtung der Gefährte sinnierte.

Bertramer hatte die Hütte der guten Olm bezogen, hatte mit den neu gewonnenen Freunden in ein paar Tagen eine

Anzahl Bäume aus dem Wald gezogen, geschnitten und aus den Bohlen einen stabilen Anbau an Olms Hütte hingestellt.

94.

Ein Fremder war durchs Dorf gezogen, redete mit der einen und dem anderen. Wurde nach seinem Begehr gefragt und summte eine Melodie. Ein Bauer wäre er, fremd im Land und aus dem Italienischen zugewandert, tat er allen kund. Er könne Steine bearbeiten und Häuser abreißen und aufbauen und er habe einen Abstecher nach Linz gemacht und der Weg hier her ins Böhmische habe seine Seele betört. Dergleichen habe man im Tessin nicht. Wald, so weit das Auge reicht, nichts als Wald und Frieden, großen Frieden, sagte er. Er käme aus der Gegend von Sondrio, aber dort hungern sie in der Stadt und in den Tälern und er wollte seinen Eltern nicht zur Last fallen und nun sei er hier in diesem Waldland untergekommen.

»Una grande città«, rief er aus, lachte, drehte sich tanzend um die eigene Achse. »Una grande città, una bella città.« Und die Haunsteiner Dorfkinder riefen: »Una grande città«, und sie lachten, fassten sich an den Händen, drehten sich singend im Kreise und sangen« Una bella città, una grande città.«

Die jungen und alten Frauen in ihren Hütten, auf der Dorfstraße, auf den Weiden und Äckern sangen. »Una grande città, una bella città.«

Neues Leben war eingekehrt in das stille, verträumte und arme Dörfchen Haunstein und die Vögel zwitscherten ihr »Una grande città, una bella città«, und die Ziegen meckerten ihr Lied, die Forellen trugen es bachabwärts, wechselten vor Lebensfreude ohne Unterlass die Färbung ihres Körpers, und die Glocke in der kleinen, hölzernen Dorfkirche ließ das »Grande città« erschallen, ungewohnt freudvoll, wie es schien.

Der Herr Pfarrer war dankbar, dass es den Leuten im Dorf plötzlich so gut ging, hielt es seiner martialischen Predigt am Sonntag zugute, in der er von Tod und Teufel gepredigt und das Höllenfeuer wieder einmal detailliert ausgemalt hatte, und dass sie sich wenden sollten in ihren Gedanken und Taten.

Sie sollten nicht so ausgelassen sein, verdeutlichte er am folgenden Sonntag darauf seine Gedanken nochmals lautstark. Singen während der Arbeitstage, das ginge nicht, das wäre vom Teufel. Aber die Leute scherten sich nicht um den Pfarrer. Es könnte auch ein Pestilenzer sein, sagte der Pfarrer. »Die kommen auch im Rock der fahrenden Sänger und dann lassen sie ihre kleinen Pestilenzdämonen in die Häuser.«

Neben der verwitweten Schulzin, deren Mann vor ein paar Monaten das Zeitliche gesegnet hatte, stand eine Hütte leer und dort machte er sich daran, sein Leben in Haunstein einzurichten. Die Leute im Dorf sagten, er hätte es nicht besser treffen können und der Welsche sei ein guter Geist. Luciano heiße er, Luciano Giorgione, und er sei, wie er schon sagte, ein Mann aus Sondrio, weit gereist und weltbekannt. So machte er seine alltäglichen Späßchen und das Leben in Haunstein änderte sich.

Der uralte Vater Simmerdell, der in Haunstein schon viel gesehen hatte, saß auf seiner Bank vor seiner Hütte, still, viel älter geworden, seit ihn seine Greta verlassen hatte. Nach langen, stürmischen Jahren war sie um Lichtmess hinübergegangen, wo schon der Josef und die Magdalena warteten, wie sie sagte, ihre Kinder, die lange vor ihr gestorben waren.

Bleich saß er da auf seiner Bank, die wieder eines Anstrichs bedurfte, zum Abschied bereit, es bedurfte wohl nur eines lauen Windstoßes. Sein alter Hund schnüffelte um ihn herum, ihm war der Hunger anzusehen. Schließlich ließ er sich zu Füßen des Alten nieder, legte die Schnauze zwischen die Vorderpfoten, schloss die Augen, träumte sich in seine Welt.

»Wo liegt dein Sondrio?«, fragte Simmerdell den Luciano, der sich Abend für Abend zu ihm setzte, ihm die Zeit vertrieb, die spärlichen Neuigkeiten aus dem Dorf mit ihm beredete.

»Ein Graubündner Untertan bin ich«, erzählte Luciano, »und ich habe die Alpen mehrmals auf den spärlichen und gefährlichen Passstraßen überquert wie seinerzeit der wilde Hannibal, der alte Heide.« Er lachte, gestikulierte mit beiden Händen und freute sich seines jungen Lebens.

Simmerdell musterte diesen neuen Dorfbewohner genau, besah ihn mit Neugier und Wohlwollen. Diesen jungen Mann, der lachte und mit den Händen ständig die Wolken vom Himmel zu holen schien, der redete, Sätze fabrizierte, italienische Worte mit dem Deutschen vermengte, scheinbar ohne Luft zu benötigen. »Die Welt ist verrückt geworden, völlig verrückt«, dachte Simmerdell, »nun kommen die Welschen schon zu uns nach Böhmen und die Türken sind in Ungarn eingefallen und haben das Habsburgische besetzt.«

Ob der Luciano nicht doch so ein Engel sein könnte, fragte der Simmerdell sich insgeheim. So einer eben, der seinerzeit den gottesnahen Tobias begleitet hatte. Einen, der jenen Gerechten und Barmherzigen von Ninive auf seiner Wanderschaft über den heiligen hebräischen Boden geführt hatte. Mag er gar vom großen Raphael ins Dorf geschickt sein?

»Dieser junge Mensch bringt doch nur Fröhlichkeit ins verschlafene Haunstein und grüßt die Leute, schmettert laut und freudig sein *Buon giorno* heraus, lüftet den Hut und wünscht den Dorfleuten einen schönen Morgen.«

Simmerdell, der gute Geist von Haunstein, dachte weiter in die Zukunft und tiefer in die Seele der Menschen als seine Haunsteinischen Mitbewohner, deren jeder auch sein Bündel zu schultern hatte.

»Meine Augen werden schwächer, von Tag zu Tag«, sagte der Simmerdell, »dagegen haben sie noch nichts gefunden, die Herren Doktores«, und er trank den guten Tee, den ihm die junge, verwitwete Schulzin mit etwas Rum vermischt auf den Tisch gestellt hatte. »Eine gute Frau«, dachte er, »die hat der Schulze selig gar nicht verdient.«

»Ja, es wird der Erzengel Raphael sein, der neben ihm da sitzt«, dachte der Simmerdell und schaute sich den Luciano genau an. »Das könnte hinkommen. Die weinrote Hose würde zu einem Erzengel passen und das blaue Hemd, nicht zu vornehm, aber gut in Schuss und immer das freundliche Lachen im Gesicht und die lockigen Haare, die ihm über die Schultern hingen. Dergleichen sieht man wenige bei uns«, dachte er. »Auffallend ist, dass alle Hunde des Dorfes das Bellen einstellen, wenn der Luciano vorbeikommt, auf ihn zugehen, mit dem Schwanz wedeln. Gar mit ihm reden?«

»Tiere und Engel dürften sich wohl verstehen«, sinnierte er. »Wie die alte Olm gestorben ist, haben alle Hunde im Dorf geheult«, überlegte er. Und habe es nicht schon viele

Wunder gegeben im Dorf? Man müsse nur ein offenes Herz haben, dann könne man solche Mirakel erkennen.

Er lag weit über Mitternacht hinaus wach und unruhig auf seinem Strohsack und bekräftigte sich selber, dass die Engel, besonders die Erzengel, meinte er, schon seit Urzeiten zu den Weggefährten der Menschen gehörten. Waren sie nicht schon im Paradies mit einer Menge Arbeit beauftragt worden vom Herrn persönlich?

Und wenn einmal abgerechnet wird am Ende der Tage, wird es ein Erzengel sein oder gar ein Cherubim oder ein Seraphim, der an der Seite des allwissenden Gottes das Gute und das Schlechte bei jedem Menschen vergleicht. Dann hatte der Simmerdell Mitleid mit dem erleuchteten Satan persönlich, wisse man doch gar nicht so genau, ob der Anführer der höllischen Mächte nicht schließlich und endlich doch noch nach dem Eintritt in die himmlischen Gefilde verlangt.

95.

Der schwüle Tag sank der Nacht langsam in die Arme. Das Glöcklein, das sie alle zum abendlichen Gebet geladen hatte, war verklungen. Ein paar Kinder trieben sich noch auf der Dorfstraße herum. Feiner Rauch wirbelte aus den engen Schloten in den abendlichen Himmel.

Die Mütter freuten sich auf die Nacht, hatten sie doch wieder den erschöpfenden Alltag abgestreift. Sie freuten sich auf eine ruhige Stunde, derer es so wenige gab, tollten die Kinder doch, bis sie auf die schütteren Strohsäcke fielen, durch die Stube.

»Der Pestilenzdämon wird dich holen«, schrie die eine

oder andere der Mütter, wenn die Toberei nicht endlich zu Ende wäre. Nur folgsame Kinder verschone er. Die Heilige Mutter Maria musste sich dann noch die jammervollen Klagelieder anhören, die vielstimmig durch die schütteren Hausdächer in den Himmel stiegen.

Würde das Korn über den Winter reichen, das wenige Fleisch, das Kraut im Keller? Hatten die Alten recht, die einen strengen Winter vorausgesagt hatten?

Der letzte Winter kam mit aller Macht, biss sich im Dorf bis über die heiligen Christtage hinein fest, schüttete die Straße mit viel Schnee zu und im Jänner war er verschwunden, machte der Frühjahrssonne Platz.

Der Herr Pfarrer meinte, dass dieser gute Jahresbeginn das Verdienst von der Olm und natürlich auch vom Dorfschulzen wäre, die im Himmel nahe bei ihrem Schöpfer und Erlöser säßen. Sie würden auch jetzt fürbittend an die Menschen im Dorf denken und die Mitchristen in Haunstein und in den anderen Dörfern und in den Weilern und Einöden sollten dafür dankbar sein und zur Heiligen Messe kommen und ihr Schärflein in den Säckel werfen.

»Wer gibt, dem wird gegeben«, sagte er und das sollten sie sich merken und er erzählte ihnen diese Geschichte vom König Salomon und jener Frau, die mehrere Kinder hatte, ihr Brot jedoch mit jedem, der noch ärmer war, teilte. Und der König hätte das gehört und ihr für ihre Liebe und Güte eine ganze Kiste mit Gold geschenkt. Von nun an hatten diese gütige Frau und ihre Kinder keinen Hunger mehr und die Frau teilte ihr Vermögen. »Und so hatten die Bedürftigen, die Hungrigen und die Kranken in der Nachbarschaft auch fortan Grund genug, sie zu rühmen und ihr zu danken«, sagte der Herr Pfarrer und die Leute hatten eine schöne

Geschichte gehört und dachten einen halben Tag lang und immer wieder darüber nach und sie wünschten sich, dass sie auch eine Kiste mit Gold im Keller hätten und vielleicht habe irgendwann einmal ein reicher Mann eine Schatztruhe vergraben und sie würden sie finden und ausgraben.

Der Luciano aber erzählte vom Gemetzel von Sondrio, es wäre um 1620 gewesen, also noch nicht lange hinter der Zeit. Da hätten die Papistischen die Evangelischen im Ort und in der Umgebung umgebracht, Männer und Frauen, alle wären sie heilige Märtyrer geworden, erschlagen und erdolcht und erschossen hätte man sie. »Sie haben ihnen Nase und Ohren abschnitten, rissen ihnen die Därme aus dem Leib, viele haben sie verbrannt.«

Der Simmerdell wusste gar nicht, dass die Papistischen so schlechte Menschen waren und das im heiligen Italien, sagte er.

»Da steckt eben auch der Luzifer dahinter, der Herr Generalissimus unter den Teufeln.«

Luciano erzählte von der heiligen Frau, die den Mördern sogar ihr Kind übergeben habe und ihnen sagte, sie können nur seinen Leib töten, aber nicht die Seele. Weil aber das Kind so schön war, haben sie es vor dem Tod bewahrt und die Mutter getötet. Das Kind aber hätten sie einer katholischen Amme übergeben.

»Jeder soll nach seinem Gusto selig, gar heilig werden«, beschied der Simmerdell und er wäre jetzt ein alter Mann geworden, solches aber habe er noch nie gehört.

Aber der Heilige Johannes der Täufer, der in Campodolcino, im schönen Sankt-Jakobs-Tal verehrt würde, wäre auch auf schändliche Weise umgebracht worden, erzählte Luciano. Dieses hässliche Frauenzimmer Salome, Tochter der Königin selber, habe zur Belohnung für einen ehrlosen Tanz seinen Kopf verlangt.

In Otranto, im Süden unseres Landes, erzählte er weiter, hätten die Osmanen gleich achthundert Menschen hingerichtet, weil sie nicht zum islamischen Glauben übertreten wollten und das ist nun schon über einhundertundfünfzig Jahre her.

»Jetzt will ich schlafen, mein Strohsack wartet«, sagte der alte Simmerdell, versuchte ein Lächeln, zog die Oberlippe hoch und wünschte diesem aufgeweckten welschen Jüngling eine gute Nacht und auch dem Bertramer Ulrich, der gerade an seiner Hütte vorbei ging, der bei der jungen Witwe des verstorbenen Dorfschulzen klopfte.

Der Frederik hatte dem Ulrich Bertramer geraten, der verwitweten Dorfschulzin, wenn sie ihm schon gefalle, den Hof zu machen, um sie zu werben. Das würde den Frauen gefallen, sagte er und er, der Ulrich, sei ja nun ein Mann mit geraden Gliedern und die Juliana sei noch in den besten Jahren und da sollte man nicht hinwarten. Dem Pfarrer sei das lieber, als wenn er ihr nachsteige, und er solle dem Pfarrer sagen, dass es ihm schon ernst sei.

So kam die Juliana auf andere Gedanken und musste sich über ihre Versorgung keine Gedanken machen, denn der Bertramer, wenn er denn bald in Reichenberg wäre, könne schon für zwei sorgen.

Am Dorfende hatten ein paar jungen Burschen und Mädchen ein Feuer angezündet, das sich aus unerfindlichen Gründen heftig entwickelte und der Luciano rief, sie sollten aufpassen, die Hütten wären gleich abgefackelt. Der Ulrich Bertramer trat aus der Hütte und die Juliana auch und auf der gegenüberliegenden Seite kam der Forst Georg, ein ungestümer und großer Mensch aus dem Hoftor und schrie, sie könnten doch nicht das Dorf anzünden und sie sollten das Feuer löschen und man sollte diesem unvernünftigen jungen Leuten die Leviten lesen.

Das Feuer sprang urplötzlich auf das Strohdach vom Schalmer Josef, der die Hütte voller Kinder hatte und im Nu brannte die Behausung lichterloh und dann war ein Schreien im Dorf und die Leute kamen mit Wasserkübeln, liefen zum Dorfweiher und begannen, das wenige Wasser in die Flammen zu schütten. Aber die Hütte vom Schalmer war gleich abgebrannt und die Leute sagten, dass es an der Zeit wäre, dass man steinerne Häuser baue.

Die Kinder vom Schalmer wurden in die anderen Häuser gebracht und die Dörfler hatten alle Hände voll zu tun, um neue Brände zu verhindern, und kamen erst in aller Früh auf ihre Strohsäcke. Der Georg Forst, der mit seiner unguten Brut neben dem Schalmer hauste, brüllte wie ein Berserker. Er habe es schon immer gesagt, schrie er und daran wäre bloß der Welsche schuld, der brächte Unglück und Tod übers Dorf und den müsste man erschlagen, sonst gäb es keine Ruh und die jungen Leute verführe er zum Singen und zum Tanzen. Wo gäbe es denn so was.

Der Gardian, der neue Dorfschulze, bei dem der Luciano im Stall und auf dem Feld mitarbeitete, legte sich mit ihm an und fuhr dem Forst in die Parade. »Wenn einer das Maul so aufreißt wie du, dann hat er selber Dreck am Stecken. Lass den Welschen, der ist schon recht, und wenn alle so wären im Dorf wie du, dann möcht ich wegziehen.«

Die meisten der Dörfler gaben ihm recht und verzogen sich in ihre Häuser. Einer der Forstbuben war unter den jungen Leuten, die fahrlässig mit den brennenden Ästen hantiert hatten, und er traute sich nicht heim, weil er die Schläge vom Vater fürchtete.

Der Bertramer hat seine Juliana sein lassen und hat mit angepackt. Aber der Forst hat auch noch geschrien, dass derselbe Bertramer auch einer von den Schlechten ist, der da herein geschneit ist nach Haunstein. Ein Teufel wäre er wohl, als Engel verkleidet und ein Heimtückischer, der die Juliana und die Mädchen im Dorf verwirren wolle.

»Schön warm ist's draußen«, nuschelte der Simmerdell, »aber es stinkt auch recht schön. Aber mit dem Forst sollte man nichts zu tun haben, das ist ein Gieriger, der kriegt den Schlund nicht voll.«

96.

»Kommt Zeit, kommt Rat«, meinte der Graf, als Bertramer ihn ins Vertrauen zog. Er wolle die Juliana glücklich machen, sagte ihm der Ulrich Bertramer und, wenn sie denn will, möchte er sie mit nach Reichenberg nehmen.

»Bleib den Winter über im Dorf und geh gebührlich mit der jungen Witwe um, sie sollte ihren guten Ruf behalten dürfen. Sie ist die Tochter vom Dorfschulz vom Nachbardorf und ist des Schreibens und des Lesens kundig, was selten genug bei einem Weibsleut ist und wenn du mit mir zum Fischen gehen möchtest, würd es mich freuen. Der Prack ist auch dabei.« Wer lässt sich von einem echten Graf schon zweimal einladen.

Der Welsche, wie sie den Luciano Giorgione nannten, so wie sie den Mannstein den Buckler hießen, war derweil nicht untätig. Wo immer er auch im Wald oder auf einer Wiese eines granitenen Steines habhaft werden konnte, hievte er ihn auf seinen Karren und begann den Reitweg zur Burg Haunstein dort zu befestigen, wo er ausgetreten oder durch Wind und Wetter zerbröckelt, gebrochen worden war.

Dann machte er sich über die Dorfstraße, setzte Randsteine und Rinnen, die aus dem Haus in die seitlichen Straßengräben führten, wie er es in Sondrio getan hatte. Der Schulze, bei dem er in Diensten stand, prüfte seine Pläne, verwarf das eine oder andere, lobte die neuartigen Vorstellungen und das handwerkliche Geschick dieses umgänglichen Mannes.

»Im Buchtal lagern Vagabunden«, sagte Luciano eines Tages, »ihr Gehabe verheißt nichts Gutes. Man sollte den Graf in Kenntnis setzen.«

Dann waren sie eines Tages im Dorf. Es war ein recht schwüler und lauschiger Tag im Juli und sie wurden erwartet. Einige junge Frauen und ein paar alte Männer kümmerten sich um die Kinder in den Hütten. Die Dorfstraße war menschenleer und die pralle Sonne brütete über dem Dorf. Die Gesunden schienen auf dem Feld oder im Wald ihrer Arbeit nachzugehen.

Der alte Simmerdell saß auf seiner Bank vor der Hütte. Ein Haufen Gesindel ritt ins Dorf. An der Spitze, auf einem Braunen, der Anführer, in verlotterter, ausgebleichter Uniform, schnauzbärtig, mit recht wachem Blick, wohl ein alter Soldat. Im Gefolge ritten drei junge, milchbärtige Buben, denen eher die Angst aus dem Gesicht schaute, wussten sie doch nicht, was sie erwarten würde. Dann folgten noch drei verwilderte Gestalten. Der eine hing gebogen über dem Pferdesattel, der zweite hielt eine Flasche in der Hand und schließlich der letzte, der sich an den Hals seines Rosses klammerte. Vermutlich hatte er dem Schnaps zugesprochen.

Der bärtige, kahlschädelige Anführer hatte seinen Hut vom Kopf gerissen und verlangte laut brüllend und ungehalten Wasser und Brot. Sie würden dafür zahlen, wenn es denn gut sei, das Brot, grölte er und trieb sein Ross durch die Dorfstraße. »Wir können das Nest auch anstecken«, wieherte einer der Vagabunden und preschte mit seinem Ross über die Straße.

Der alte Simmerdell zeigte, als der Anführer vor ihm sein Ross vor seiner Bank anhielt, zum Himmel und meinte, dass es heute schon recht schwül sei, aber man könne damit rechnen, dass noch ein deftiges Gewitter käme.

»Bring uns Wasser und tränk unsere Rösser«, schnarrte der Anführer.

»Der Mann ist zu alt«, sagte Bertramer, der hinter dem Haus des Dorfschulzen auf seinem Ross gewartet hatte und jetzt auf die Straßenmitte zuritt. »Tränkt eure Tiere selber, trinkt so viel ihr wollt und dann dürft ihr weiterreiten.«

Auf der gegenüberliegenden Seite der Dorfstraße riss der Forst einen Flügel seines Hoftores auf, trat mit einer alten Hellebarde in beiden Händen vor den Anführer und meinte, dass er doch grad eben gehört habe, was von ihm verlangt werde. Er wolle selber trinken und dann die Rösser an die Tränke führen. Er würde sich nicht scheuen, ihm die Hellebarde in den Wanst zu stecken.

Der Pfaffe trat aus der Tür seines Anwesens und wollte die Meute überzeugen, dass es sicher nicht Gottes Wille sei, wenn sie dem Dorf Ungemach brächten. Die Bande lachte, riss die Rosse zur Seite an den Brunnen und die drei Jungen sprangen auf die Straße. Einer von ihnen rannte auf den Forst zu, wollte ihm die Hellebarde entreißen und spürte sie zur gleichen Sekunde in der Leiste. Er heulte auf, fiel in den

Sand und verfluchte diesen entsetzlichen Bauern. Dann ritten aus einer Seitengasse drei Knechte des Grafen Haunstein auf die Bande zu, kesselten sie ein und verlangten, dass sie die Waffen streckten.

»Trinkt, lasst eure Rösser saufen und verschwindet«, rief Stefan Prack, »oder wollt ihr hier krepieren?«

Der Dorfschulze kam auf seinem Pferd gemächlich die Straße heraufgeritten und fragte die Landsknechte nach ihrem Begehr. Der Anführer der Rotte ließ Vernunft walten, sagte, sie würden trinken und dann von dannen ziehen.

»Lasst euch nie wieder sehen, wir verfolgen jeden eurer Schritte«, sagte Bertramer, »Leute von eurem Kaliber sind uns nicht willkommen.«

Zwei der Reiter hoben den schreienden Verletzten aufs Pferd und verließen in Windeseile das Dorf und der Simmerdell sagte, dass das Gewitter doch ausbleiben würde. Aber was nicht ist, könne noch werden.

Den Forst lobten sie alle und der Pfaff meinte, dass in jedem ein guter Kern stecke, auch im Forst. Der Ulrich Bertramer stellte sein Ross vor das Haus der Juliana und trat ein.

Aber vom Lob des Pfaffen hielt der Forst gar nichts. Der wäre noch nie in seinem Haus gewesen, auch nicht, als sie das Unglück mit den Säuen im Stall gehabt hatten, und deswegen gehe er ihm auch nicht in sein Haus. Er wüsste nicht, mit wem er weniger zu tun haben möchte, mit dem Pfaff oder mit dem Teufel persönlich, da wäre einer wie der andere.

Rupert Prack, der sich auch bereitgehalten hatte einzugreifen, ritt zu seiner Lara und gelobte, gut auf sie aufzupassen. »Dieser Krieg wird uns nicht zerstören, wir werden uns dagegen auflehnen und von der Boshaftigkeit der Menschen lassen wir unser Leben nicht zerrütten. Das Haus in Prag am Hradschin wartet auf uns, aber alles braucht seine Zeit, sagt Mutter immer.«

97.

Immer mehr Fremde nahmen ihren Weg durch Haunstein und die einen wollten hinauf nach Prag, andere suchten Arbeit im Umland und der Graf verkündete im Dorf, dass die Tauser den Wald kultivieren und Siedlungen bauen möchten und er hätte seinem Neffen versprochen, dass er ein paar Haunsteiner abstellen würde. »Ich habe an dich gedacht, Bertramer«, sagte der Graf Haunstein, »da hättest ein sicheres Geld und könntest die Juliana heiraten. Wer weiß, was sich in Reichenberg tut?«

Ein Kaufmann, der mit einem Wagen voller Spezereien Halt machte, der seine Knechte anhalten ließ, erzählte von den Schlachten und Kriegen drüben im teutschen Land und von der Pestilenz berichtete er und dass viele Tausende armer Leute sterben würden und es wäre kein Ende abzusehen. »Aber Handel und Wandel müssen doch weitergehen«, sagte der Kaufmann.

Der Bertramer erkundigte sich nach seinem Weg und der Handelsmann frage zurück, ob er ihn begleiten möchte. Es ginge hinauf ins Riesengebirge, nach Reichenberg und dann möchte er den Schwenk machen nach Zittau und Dresden. Da wurde dem Bertramer schwer ums Herz und er redete mit seiner Juliana, dass er wiederkehren und dass er sie holen würde und sie hätte in Reichenberg ein besseres Leben. »Aber es dauert«, sagte er ihr und die Juliana meinte, er solle tun, was er für richtig halte und sie würde ein Jahr oder auch zwei auf ihn warten.

Am Samstagabend feierten sie ein großes Fest im Dorf und es gab Kraut und Fleisch und Bier und alle lobten ihren Herrgott, weil er sie vor der Feuersbrunst und vor den Landsknechten bewahrt hatte und es wurde früh am Morgen. Aber um neune am darauf folgenden Sonntag schepperte die Glocke im Kirchturm und der Herr Pfarrer zog zum Altar und sie saßen in ihren Betstühlen in der Kirche und der Pfarrer hatte die ganze Nacht den Schlaf versäumt und er redete viel von der Völlerei.

Die Leute würden auch in diesen schlechten Zeiten nur fressen und saufen wollen, sagte er und ein christ-katholischer Mensch dürfe sich weder der Völlerei noch der Unzucht hingeben, das führe gradewegs in die Hölle und vergeben würde so etwas nicht. Viele seiner Zuhörer schliefen ein. Ihnen lag die schwere und ungewohnte Kost noch im Magen und so haben sie die gute Christenlehre versäumt. Gefräßigkeit und dann noch die Unmäßigkeit sei der Anfang vom Ende, resümierte der Geistliche, selber schlaftrunken und noch voll des guten Weines, den der Graf in einem Fässchen beigesteuert hatte.

Es wäre eben eine der ganz besonders schweren Todsünden, mahnte der Herr Pfarrer seine müden Zuhörer und über die Wollust habe er schon geredet und über den Zorn auch und er schaute zum Forst hinunter und schlug mit seinem dicken Gebetbuch auf das unschuldige Holz seiner Kanzel.

Der Neid und die Maßlosigkeit in allen Dingen und die Habgier vor allem würden den Christenmenschen bis zur

Fratze verzerren und seien der Grund allen Übels, das die Welt heute heimsuchen würde.

»Den Geizigen aber führt der Beelzebub direkt vorbei an seinem Herrn, dem Luzifer und wirft ihn in die tiefste Hölle«, endete er seine Predigt.

Der Graf sagte nach dem Gottesdienst dem Pfaff, er solle nicht übertreiben. Sein Vorgänger habe es auch zu bunt getrieben und den habe er vom Hof jagen müssen. Die Leute müssten doch auch in schweren Zeiten einmal feiern, hänge ihnen doch sonst die Zunge zum Hals heraus und wenn sie keinen Opferpfennig in den Klingelbeutel werfen würden, hätte er zur Mittagszeit auch nichts in der Pfanne und er streifte den gewölbten Bauch des Predigers mit einem erzürnten Blick. Ob er nicht mehr von den Engeln erzählen könnte und von der Schönheit im Himmel, wo sie alle gleich wären, wo es keinen Unterschied gäbe und wo alle Drangsal ein Ende hätte. Aber er, der Graf, habe auch nicht vergessen, dass der Pfaff der Olm so brav beigestanden hätte.

98.

Der Simmerdell sagte der Vereni Gardian, dass er so einen Kram in der Hütte hätte, so viel, was er nicht bräuchte. »Ein dritter Topf ist einer zu viel«, sagte er, »wenn man keine Gäste hat. Man müsste schon als Graf auf die Welt kommen, dann bräuchte man eine hölzerne Lagerstatt mit brokatenen Kissen und zinnerne Becher für den Wein und viele Teller für das Fleisch. Einen großen Ofen müsste man heizen, aber meine kleine Schüre langt mir hinten und vorn und fürs Kochen tut es der kleine Kessel. Da drinnen mache ich mir die Suppe am Morgen und am Mittag und bevor ich ins Bett falle.«

Die Vereni erzählte der Lara von der Einstellung dieses bedürfnislosen und bescheidenen Menschen und die Lara sagte nach einer Weile, dass sie nicht nach Prag möchte, zu den fremden Leuten, in die fremde, große Stadt.« Ich fühle mich in Haunstein bei euch geborgen und wenn ich in Prag wäre, wüsste ich nicht, wie es euch geht. Ich würde ständig unter Heimweh leiden und krank werden. Ich muss mit dem Rupert reden.«

»Wenn du krank wärst, könnte ich mich um dich kümmern, Lara. Bleib daheim. Ein einfaches Leben, wie es unsere Eltern gelebt haben, ist nicht zu unterschätzen und die Zeit ist so schlecht. Da weiß man nicht, wie sich die Situation in Prag entwickelt. Wenn die Kaiserlichen und die Lutherischen aufeinander schießen, dann tun sie das meistens in der Stadt, das leere Land bringt ihnen nicht viel. Wer die Stadt besitzt, dem gehört das Land, sagt der Vater immer.«

99.

Der Herbst kam ins Land und der Bertramer war eines Tages auf und davon. Er hatte sich von den Dörflern verabschiedet und er käme wieder, die Juliana abzuholen. Denn ohne sie könnte er auch in Reichenberg nicht glücklich werden.

Der Graf sagte dem Rupert, dass einer von seinen Buben nach Prag ginge zum Studieren und der würde das Haus am Hradschin beziehen und der Rupert könnte in Haunstein Äcker und Wiesen pachten und mit seiner Lara im Dorf eine Existenz aufbauen und aus ihm würde nochmals was werden. Kein Zweiter im Dorf, auch nicht im ganzen

Umland, hätte jemals eine so große Reise durch die halbe Welt gemacht. Solche Leute wie ihn bräuchte man im ganzen Land.

Der Luciano wurde ein Haunsteiner und die Mädchen des Dorfes zogen ihr zweites Kleid an, wenn sie am Sonntag in die Kirche gingen, und suchten ihm zu gefallen und er baute Straßen und Kanäle und der Graf meinte, er wäre der richtige Mann für die Tauser, die das Land urbar machten. »Es ist ja kein Durchkommen durch den großen Wald«, sagte er, »wir brauchen Wege und Straßen.«

Der Frederik Mannstein wurde wieder ein Prager und würde die Julia heiraten. Und der Gustl? Der Gustl Harrschler ging nach Paris. Dort handelte er im Kontor des Schwiegervaters und er zog mit seinen Handelskarawanen durch Frankreich und in den Osten, querte das von der Pestilenz heimgesuchte teutsche Land und kam bis Böhmen, erreichte Buda und Esztergom. Er wurde Vater einiger kleiner Franzosen und Französinnen. Sie riefen ihn ›père‹ oder auch ›Vater‹. Das ekelhafte und regnerische Wetter, der grauenhafte und tagaus, tagein knöcheltiefe Dreck auf den breiten Straßen von Paris ärgerten den böhmischen Gustl maßlos: »Tout ce qui brille n'est pas d'or«, schrie er. »Es ist eben doch nicht alles Gold, was scheinbar glänzt«, lernte er aufs Neue.

Und der Generalissimus Wallenstein? Ein Herzog war er und ein guter oberster Kriegsherr, wie Frederik Mannstein immer sagte und wenn sie ihn nicht in Eger abgestochen hätten, wäre er an der Gicht oder an der Syphilis gestorben, setzte er hinzu. Ein Unverwundbarer, wie sich's die Leute erzählten, war er nicht, ein Unbeirrter und vom Schmerz Verzerrter allemal.

So hatte der Generalissimus einen ehrenvollen Tod durch die Hand des Feindes und seine Gegner in den eigenen Reihen haben ihn schließlich ordnungsgemäß beigesetzt und man hat ihn noch nicht vergessen. Im Schlosspark in Münchengrätz schrieben sie ihm viel später einen schönen lateinischen Spruch auf die marmorne Grabplatte: *Quid lucidius sole? Et hic deficiet.* – »Was leuchtet heller als die Sonne? Und auch sie weicht der Finsternis.«

Jeder wollte im Leben ankommen, auch der Piccolomini und der Deveroux und der Herr Kaiser Ferdinand und wie sie alle hießen, und sie wurden durch ihren Verrat noch viel reicher. »Die Welt ist ungerecht«, sagte der Simmerdell und er meinte, die Leute wären alle froh und traurig, glücklich und unglücklich, alles zusammen, alles in einem. Und viel hätten sie angesammelt in ihren kurzen Erdentagen, obwohl sie wussten, dass das Leben zwischen den Fingern zerrinnt.

Sie müssten allerdings auch sterben, die Kaiser und die Herzöge, die Grafen und die schönen Baronessen, die lustigen Witwen und die Olm von Haunstein und der Dorfschulze.

Der bejahrte Simmerdell von Haunstein wird wohl recht gehabt haben, wenn er feststellte, dass man nichts mitnehmen könne und das gelte auch für so einen alten Böhmen wie ihn.

Jeder Mensch, ob jung oder alt, arm oder reich, vom adeligem Geblüt oder ein Bettelmann, erstreitet sich Stück um Stück sein Leben. »Jedes von uns will seinen ihm gemäßen Platz im Leben. Und Widerstände sind dazu da, bewältigt zu werden.« Das waren so seine Worte, weil er im Alter schon recht weit oben angekommen war und einen guten Überblick hatte. Ein rätselhafter Mensch ist er, der Simmerdell, schwingt in doch schon recht nebeligen Dunst der alten Zeiten.

100.

Der aus Tabor haust in der Hütte gleich am Dorfeingang, wo der Weg zur Burg abbiegt. Unter der großen Eiche hat er sich seinen hölzernen Bau hingestellt. Noch zu Friedenszeiten war es gewesen, bevor die Kaiserlichen in Prag die Habsburger aus dem Burgfenster geworfen hatten, noch bevor dann der große Krieg übers Land hereinbrach. Er war einfach da, hat niemand gegrüßt, kaufte die eingefallene Hütte des Blotterbauern für einen kleinen Beckel, riss das Gerümpel weg bis auf die Grundmauern, zog neue hölzerne Wände hoch, setzte einen Dachstuhl, zurrte Fenster und Türen fest. Er lebte dann still und in sich gekehrt in seinen vier Wänden.

»Wenn der Taborer durch das Dorf hinkt, am späten Abend noch, wenn die Leute schon ans Schlafengehen denken, wenn die Sonne längst hinter den böhmischen Bergen versunken ist, wenn er aus seinem Misthaufen kriecht, dann führt er was im Schild«, lästerte der Prasseck, selber ein Unguter, der den Teufel immer im Mund führte.

»Er soll sich schämen, kennt er ihn doch nicht, den Taborer«, sagten die Vernünftigen. »Hinter den Prassek aber schaut keiner, seine Absichten kennt niemand. Er ist ein Verdruckter, der es mit der Wahrheit nicht hat.«

Er war auch einer, der noch nicht lange im Dorf wohnte. Eines Tages drückte er sich ins Dorf, kam aus der Budweiser

Gegend, suchte nach dem Haus des Dorfschulzen. Dann fand er Unterschlupf am Dorfrand in einer alten Bleibe, einer, der gern das große Wort führte, war er, der Prassek.

»Nachts brennt die Fackel lange in der Hütte des Taborischen, wenn das Dorf schon tief schläft«, erzählte er aufdringlich, »hab es gesehen. Bücher liest er, wo es gar nur um Teufel und Dämonen geht«, sagte er. Der Schirmatz Heiner und der Vaclav Voitil, die oft genug bis zur Mitternacht hin im Wirtshaus ihr Geld hinlegten, fügten dann an, sie hätten dem Taborischen durchs Fenster zugeschaut, wie er seltsame Tinkturen braute und Knochen würde er auch werfen. Er glitzere dann wie der Beelzebub selber, der Herr der Fliegen, von dem der Pfarrer ja oft genug in der Predigt rede. Wer dem Taborischen vertraue, habe die Lüge zum Freund. »Er ist kein Lichtbringer«, hat der Pfarrer gesagt.

»Der Taborische stand doch urplötzlich im Dorf, ein Reingeschneiter ist er, ein Dämon, der mit dem Teufel den Beelzebub austreibt. Wer mit ihm redet, verfällt dem Bösen.« Der Prassek steigerte sich in seinen Teufelswahn und sein Geifern fand kein Ende.

So zogen die Unguten über den stillen Mann her, der da in der Hütte wohnte, ohne mit ihm je ein Wort gewechselt zu haben. Nur der Blotterbauer schien mehr zu wissen, hatte er mit dem Fremden doch geredet. Sie haben einander die Hände gereicht, seinerzeit, als der Taborer plötzlich vor der Hoftüre des Blotter gestanden hatte, ihn fragte, ob die verfallene Hütte zum Verkauf stünde, und er würde gleich bar zahlen.

»Jürg heißt er«, meinte der Blotterbauer, »und ein Unglück hat ihn troffen.« Der Dorfschulze sagte, dass es jetzt Zeit wär, sich in die Schlafstatt zu legen, da könnte dann jeder drüber nachdenken, was er alles über einen guten Menschen geredet habe.

»Dieser Jürg ist ein Abgeirrter«, polterte wiederum der Prassek, »er ist einer, dem man nicht über den Weg trauen darf.« Ungeachtet der Mahnung des Schulzen setzte der Prassek seine niederträchtigen Reden fort. Der Verrat stehe dem Taborischen ja ins Gesicht geschrieben und wen er nachts durchs Dorf ziehe, lasse er sich schwarze Teufelsflügel wachsen und über den Wald fliegen. Er würde in seiner Heimtücke noch ein großes Elend übers Dorf bringen. Ein aufgeblähter Galgenstrick, ein widerlicher Schurke wäre er.

Der Graf ließ den Prassek eines Tages auf die Burg kommen und mahnte ihn, nicht so schlecht über diesen armen Kerl, den sie den Taborer nennen, zu reden, einem, dem das Schicksal so übel mitgespielt habe, und er wisse, was er sage.

»Mit den Flagellanten arbeitet der Hand in Hand«, schrie der Prassek den Graf Haunstein an, »und er verköstigt die Hinkenden, Flüchtigen und Einäugigen, die weiß Gott woher kommen, schlägt sich an manchen Tagen gar mit der Geißel über den Rücken, dass das Blut spritzt. Der Pfarrer sagt, er wäre der Böse selber.«

Der Pfaffe solle sein Maul halten, schrie der Graf und wenn er, der Prassek, wieder übles Gerede aus seinem dreckigen Maul spritze, schmeiße er ihn eigenhändig aus dem Dorf. Er wäre ein Nichtsnutz, der nur über andere schlecht reden könne und er solle auf sich schauen und vor seiner eigenen Haustür kehren. »Der Taborer kann wenigstens grüßen, wenn ich ihn auf der Straße treffe, was man von dir nicht sagen kann.«

Gift und Galle spritzte der Prassek, sein bleiches Gesicht wirkte verfallen.

»Der Jörg geht in den Laden der Hollerin und zahlt immer, was er schuldig ist«, sagte der Graf. »Was man von dir wohl kaum behaupten kann.« Er ließ seinen Freund, den Burgmarschall Stefan Prack rufen und sagte ihm, er solle diesen Galgenstrick aus der Burg schmeißen, sonst würde er sich noch an ihm vergreifen.

Der junge Prack kam hinzu und bot sich an, den Prassek ins Dorf zu treiben.

»Deinen Vater hat er gegrüßt«, sagte der Graf danach zum Rupert, »was bedeutet denn das?«

»Der Vater hat dem Prassek angedroht, er würde ihm das Genick brechen, sollte er weiterhin Unfrieden ins Dorf bringen«, lachte der Rupert. »Da hat der Prassek gekuscht.«

101.

Aber dieser elende Prassek war nicht zu bremsen. »Ein Taborischer ist er, hilft nichts, ein böhmischer Bruder ist er. Was kann das Gescheites sein«, so räsonierte der Prassek im Dorf weiter und der Pfaff, den der Herr Graf nur zu gern aus dem Dorf gejagt hätte, schrie, er hätte vor diesem Ungläubigen schon lange gewarnt. »Die Brudersippe hat die Pest ins Böhmische gebracht«, blähte der Pfarrer sich und er hätte sich kein Blatt vor den Mund genommen. »Und diese Leute haben den falschen Glauben und stecken die anderen im böhmischen Volk damit an, was ein großes Unrecht ist. »Wenn die Kaiserlichen die Taborischen malträtiert haben, dann ist ihnen Recht geschehen.«

Da rief der Graf die Dorfbewohner eines Abends unter der Linde zusammen und er würde ihnen jetzt einiges zu sagen haben und sie sollten das nicht vergessen. Nur der Jürg war nicht dabei. »Hic et nunc«, müsse geurteilt werden, sagte der Graf, der Prassek sei ein Unruhestifter und es müsse ihm über sein Schandmaul gefahren werden. »Hic et nunc«, sagte er nochmals, »hier und jetzt« und das ganze Dorf stünde hinter dem Urteil, das er über den Übeltäter verhänge. Und im Übrigen sollten sie wissen, dass er, der Graf und ihr Herr, in den Dörfern seiner Grafschaft Recht spreche.

»Er ist ein rechtschaffener Bauer gewesen, in seiner Heimat, der Jürg«, sagte dann der Herr Graf und der Jürg wäre lange schon ein angesehenes Mitglied der böhmischen Brüdergemeinde gewesen und habe nahe Tabor Haus und Hof besessen, ein Freier wäre er gewesen.

Geholfen habe er, wo es nur ging und selbst der große Amos Komenský war bei ihm eingekehrt, bevor der Herr Bischof Amos mit anderen Glaubensgeschwistern aus dem Land getrieben wurde wie ein räudiger Hund und die Kaiserlichen sich deren Hab und Gut genommen hätten und des Jürg erste Frau wäre samt der zwei Kinder von der Pest dahin gerafft worden und auch die zweite Frau wäre umgekommen, hätten sie doch die Kaiserlichen gequält und misshandelt und dann hätten sie die Arme in ihrem Blut liegen lassen, bis sie gestorben wäre. »Der Jürg ist nach seinem Elend zu uns ins Dorf gekommen und hatte sich geschworen, nie wieder ein Wort zu reden. Und glauben darf jeder, was er will.« Die Haunsteiner Gemeinde war wie vom Donner gerührt und viele leisteten dem Taborer Jürg Abbitte.

So ein Unglück habe keiner von ihnen durchzumachen gehabt und er wünsche, dass sie zeitlebens davor bewahrt blieben, durch Gottes Hilfe und die Güte der Menschen.

Der Graf verschob die Urteilsverkündung auf den kommenden Samstagnachmittag. »Da habt ihr euch alle einzufinden«, sagte er, »denn mein Urteil ist ein Urteil auch des ganzen Volkes.« Und sie nickten alle, debattierten den Sachverhalt noch lange und waren mit dem vorläufigen Schiedsspruch des Herrn Graf zufrieden.

Dann verschwand der Prassek. Er hatte am Abend nach dem Spruch des Herrn Graf unter der Linde beim Umtrunk mit seinen Gefolgsleuten aus dem Dorf den Jürg noch einen genannte, der halb Fisch und halb Fleisch sei, einen der einen Bocksfuß habe und in einem solchen Dorf, in dem einer im Menschengewand rumläuft, der eigentlich ein Dämonischer sei, wolle er nicht leben. Sie sollten das Moor meiden, wo es hinübergeht ins Buchtal, rief er, nachdem er schon über die Maßen getrunken hatte, von daher sei der Bocksfüßige, das wisse er genau.

102.

Wenn einer geht, dann kommt einer nach. Das wäre eine Gewissheit, sagten die Leute und wenn einer stirbt, kommt ein neuer Mensch auf die Welt.

In diesem Fall war es so, dass der Prassek aus dem Dorf verschwand und am gleichen Abend kehrte der Bertramer Ulrich aus Reichenberg mit einer bedeckten Kutsche zurück und hielt vor dem Haus der Schulzenwitwe. »Jetzt wird er sie mitnehmen, hinauf ins Riesengebirge«, sagten die Nachbarn. Dass er ein Kaufmann gewesen sei in seinem früheren Leben, wussten sie und dass er gar bis hinauf an das große Meer, das viele die Ostsee nannten, seinen Handel treibe, setzte sie in Erstaunen. Er würde noch dazu bis hinunter nach Pressburg tätig sein und einen Batzen Geld verdienen und die Schulzin würde als seine Frau das Vermögen zusammenhalten.

Am Tag darauf ritten zwei müde Reiter ins Dorf, hielten an der hölzernen Klause des Buckler, wie die Haunsteiner den Mannstein Frederik nannten. Sie würden Nachricht bringen vom Elend des Waldstein, seines Herzogs, dem er gedient hatte, bis die kaiserlichen Schergen ihn umgebracht hätten.

Tags darauf hielt eine prächtige Kutsche, die aus dem Süden ins Dorf hineinfuhr. Der Mannstein und der Harrschler empfingen sie mit Holla und Freude und brachten die beiden Damen, die aufs saubere Haunsteiner Pflaster stiegen, in die Bucklersche Hütte und der Frederik sagte den Dorfleuten am nächsten Tag, dass die Damen aus dem Bayerischen und dem Französischen wären, dass man ihnen mit Respekt zu begegnen habe und dass sie bald ihre Angetrauten sein würden. Der Graf Haunstein und seine Frau Gemahlin luden Julia und Josephine auf die Burg, dankten für die Ehre des vornehmen Besuchs und die Damen verbrachten derer zwei Wochen dort, um sich auszuruhen und den schönen böhmischen Wald zu erkunden.

103.

»Was hat mir diese Reise gebracht?«, fragte Rupert seine Mutter.

»Das wird sich vielleicht später zeigen, denn die gewonnenen Erfahrungen lassen sich nur anwenden, wenn die Umstände danach sind.« Sie lachte. Er solle sich im Moment keine großen Gedanken darüber machen und sich um die Lara kümmern.

»Wir sind wie Holzscheite im Feuer, sagte der Simmerdell gestern. Was meinte er damit. Ist das wieder so ein weiser Spruch des großen Alten oder kann man da etwas lernen?«

»Was du vom Simmerdell lernen kannst, ist Geduld. Die fehlt den jungen Menschen, uns ging es genauso. Erst wenn das Leben, das wie ein Uhrwerk abläuft, einmal unterbrochen wird durch ein besonderes Ereignis, kann man die Weisheiten lebenserfahrener Menschen recht einordnen. Vielleicht. Aber jetzt wäre der Hammel fällig, der wartet schon lange auf seine Bestimmung. Das gehört auch zum Lebenskreis. Wenn du den Hammel, der draußen wartet, nicht schlachtest, fehlt den Menschen das Essen.

»Wie schön wäre es jetzt in meinem Haus in Prag zur österlichen Zeit. Da bräuchte ich keinen Hammel schlachten.«

»Da würdest du dich bedienen lassen können von deinen Bediensteten. Die würden das Lamm oder auch nur einen zähen Hammel schlachten. Sollte es denn Bedienstete und Hammel geben.«

»Aber wenn ich keine Bediensteten hätte, Mama. Dann müsste ich also den Hammel selber schlachten. Grauenhaft.«

»Vergiss das Haus am Hradschin. Schuster bleib bei deinen Leisten, haben schon die Alten gesagt. Bleib in Haunstein, bau dein Haus, bestelle deine Felder, pfleg dein Vieh und vor allem: Heirate endlich deine Lara, das muss man tun, solange man jung und gesund ist.«

»Der Simmerdell meinte, dass die kleinen Schläge hintereinander oder auch gleich nebeneinander reinhauen würden im Leben und das gehöre zum Alltag. Hat er Recht?«

»Der neue Herr Pfarrer sagte und da gebe ich ihm wirklich Recht, dass man das Kleine und Gewöhnliche im Leben bewältigen sollte. Das, was hier und jetzt auf dich zukomme, sollte man anpacken. Man bräuchte die Welt nicht verändern und den Krieg nicht beenden. Das sollen die anderen tun, die dazu berufen sind.«

Der Rupert nickte: »Das sagte der Frederik auch immer, und der Harrschler ist dann nach Sankt Agatha hineingegangen und hat dem Pfarrer gesagt, dass draußen vor dem Dorf eine Frau sterben würde und ihr Kind übrig bleibe.«

»Stell dich unter den Schutz unserer Lieben Frau, Rupert. Gleich am Tag nach deiner Geburt haben wir dich runter getragen ins untere Dorf. Dort hat dich der Pfaffe getauft.

»Die Lara hat daheim ein Bild von der Muttergottes an der Wand, grad selig schaut sie auf die Menschen.«

»Jeder baut sich das Leben, wie er kann, mein weit gereister Rupert. Du bist auf dem richtigen Weg. Dein Vater schafft auch das jeden Tag, was ihm aufgegeben ist, und es ist genauso wichtig, das hölzerne Tor außen mit Eisen zu beschlagen, als dem Wallenstein eine kriegerische Wache zur Seite zu geben.«

»»Nicht jeder ist als Haunstein oder als Kinsky geboren, die ihre Güter verwalten müssen, und nicht jedes von uns muss eine Schlacht führen‹, sagte der Frederik, als wir durchs Ungarische geritten sind letzten Sommer, hinein nach Buda, wo die Türken hausen«, warf Rupert ein.

»Es genügt schon, ein Kind oder gar drei oder viere auf die Welt zu bringen und sie zu anständigen Menschen zu erziehen. Auch der Simmerdell hatte seine Kreuze zu tragen, muss heute noch Leid und Kummer Tag für Tag durchstehen, ist noch immer einer, der sich durchschleppt, ein Pilger. Er hat Frau und Kinder verloren wie der Taborerer Jürg, wie der Kohlschütz von der Anhöhe drüben und in jedem Haus im Dorf sterben die Kinder weg wie die Fliegen, wenn es am Essen fehlt, wenn sie sich zu Tode husten müssen oder den roten Kopf kriegen. Wir, dein Vater und ich, haben euch Kinder Gottseidank hochgebracht, hatten auch genug zu essen. Das ist dem Haunstein geschuldet, wird noch abzugelten sein. Der Simmerdell weiß, wovon er redet, wenn er sagt, dass wir wie Holz im Feuer verbrennen müssten. Jedem von uns ist dazu sein eigener Weg vorgezeichnet und der Simmerdell ist für uns alle ein Vorbild. Ein Demütiger ist er halt und er redet nicht schlecht über die anderen.«

»Der Harrschler wird jetzt gar seine Französin heiraten und der Frederik mit der Julia in Prag oder draußen im Bayerischen durchs Leben gehen. Vielleicht besuchen wir sie dort einmal, die Lara und ich.«

»Bist ja schon ein Weltreisender wie der große Cristobal Columbus, der, so sagt man ja, vor hundert Jahren, ein neues Land hinter dem Meer entdeckt hätte, von dem sie Schauergeschichten erzählen. Aber ob das alles so stimmt, was geredet und geschrieben wird, wird sich zeigen.« Sie lachte. »Jetzt ist aber der Hammel dran, mein Lieber.«

104.

Die Zeit verging und die Dörfler sagten, sie wäre noch nie so schnell vergangen. Der Graf Haunstein sagte, dass er stolz sei auf seine Haunsteiner, denn eine gepflasterte Straße habe kein anderes Dorf weit und breit und sie hätten das dem Luciano zu verdanken, den ein guter Geist aus Sondrio heraufgeschickt hatte.

Der Luciano Giorgione hatte mit der Hilfe vieler junger Leute, auch solcher aus den Weilern und Einödhöfen, den Granit aus dem Steinbruch geschlagen, hatte die Steine auf ein handliches Maß zugehauen, die Oberfläche geschliffen und auf den trockenen Weg, der die zwei Straßenteile von Haunstein verband, gelegt.

Der Graf lud die Haunsteiner zu einem Fest unter der Dorflinde und meinte, dass ihn alle Gutsherren ob dieser Straße beneiden würden, und einen derart geschickten Straßenbaumeister könnten sie brauchen und er hätte die nächsten Jahre genug zu tun und ausgesorgt.

Dann hielt die überfällige Postkutsche auf dem Platz und die junge Schulzin, die dem Bertramer seinerzeit nach Reichenberg gefolgt war, stieg aus und rannte weinend in ihr Haus.

Auf den Ulrich Bertramer hätte schon eine andere gewartet und er hätte gemeint, dass ihm nun die Entscheidung schwer gemacht würde von den beiden Frauen.

»Wenn ich dich nehme, treibt die andere ihr Unwesen in meinem Herzen. Nehme ich die Anna, denke ich nur noch an dich.« Da stieg die junge Schulzin an einem der nächsten Tage in die Kutsche nach Pilsen. Sie verließ den Bertramer und verzichtete auf ihr Leben als vermögende Gemahlin eines wohl bestallten Kaufmannes. Der Luciano Giorgione dachte sich, dass sich sein Schicksal nun doch noch zum Guten wenden könnte.

Sie hätten das schon lange gewusst, dass die junge Schulzin nur den Luciano nehmen würde und dass der Bertramer eben ein nordböhmischer Nichtsnutz sei. Dem hätten sie alle miteinander nicht vertraut. Im September feierte das Dorf eine große Hochzeit. Die Schulzin hieß nun

Frau Giorgione, war stolz auf ihren italienischen Namen, den die nachfolgenden Generationen nun in Ehren weitertragen würden. Ihr Angetrauter baute Straßen von Kladrau bis nach Bischofteinitz und von Krumau bis hinüber nach Brünn und er wurde ein angesehener Mann.

105.

Das schöne Dornheim hatte einer an der dem Berg zugewandten Seite angezündet und noch bevor die ersten Wasserkübel vom Dorfweiher her gereicht werden konnten, stand der halbe Flecken in Flammen. Das Feuer fraß sich zur Kirche und der hölzerne Bau brannte bald lichterloh. Die Leute schrien und versuchten, ihre wenigen Habseligkeiten zu retten und das Vieh aus den Ställen zu treiben. Das Federvieh gackerte, rannte wild durchs Dorf und die eine oder andere Henne stürzte sich in die Glut.

Einer, der sich bei den vergeblichen Löscharbeiten besonders hervortat, war der Prassek, der sich seit Tagen schon am Dorfrand herumtrieb und in den Wäldern um Dornheim nächtigte. Mit einem Holzhauer, der seine Wege im Wald oberhalb der kleinen Ortschaft kreuzte, hatte er deftige Händel gehabt und versucht, ihm eine Flasche Schnaps abspenstig zu machen. Aber der Georg Fladerer brauchte das Gesöff selber, langte dem Prassek eine, ohne lange zu fackeln, und zog ihm mit dem Hackenstiel noch dazu eine blutige Spur über den Schädel und riet ihm zu verschwinden. »Das nächste Mal erschlag ich dich«, rief er dem Prassek nach. Der Prassek hob die Faust wie zum Schwur, grölte noch einige Male und verschwand.

»Dich hab ich gesehen«, schrie plötzlich einer der jungen

Dörfler, der vor Mitternacht von seinem Mädel heim durchs Dorf geeilt war, »dich hab ich gesehen, du warst es, du hast unser Dorf angezündet. Greifts euch den Lumpen«, schrie er.

Im Nu war der schiele Prassek umringt. »Aufhängen ist zu wenig für dich, wir haun dir erst deine Arme ab und dann hängen wir dich an den Füßen auf und lassen dich hängen, den Krähen zum Fraß.«

Da gab es keinen Einspruch und der Prassek bettelte und schrie ums sein Leben. Er hätte sich nur eine Pfeife angezündet, schrie er und der Wind hätte die Funken in den Stadel getrieben. Aber heute Abend wäre es windstill gewesen und der Schulze ließ den Einspruch des Prassek nicht gelten. Sie malträtierten den Verbrecher bis er keinen Laut mehr von sich gab, hackten ihm dann die beiden Arme ab und warfen ihn unterhalb des Falkenweges ins Moor. »Sollst verrecken«, schrien die Männer und die Frauen und die Kinder, »und der Teufel soll dich holen.«

Die Haunsteiner waren mit ihren Kübeln nach Dornheim hinübergelaufen, hatten sie doch das Feuer am Himmel gesehen. Aber da waren die Ställe und die Scheunen, die Häuser und Hütten schon zusammengesunken. Dass es dieser Prassek gewesen wäre, schrien die Dornheimer und dass sie ihn schon erschlagen hätten und jetzt läge er tief im Moor, sagten sie zufrieden und es schien, als würde ihr Herz dabei keinen Schaden erleiden.

Graf Leopold ließ die Dorfgemeinschaft zusammenkommen und las ihnen die Leviten. Man könnte einen Menschen, auch wenn er nachgewiesener Maßen ein Lump war, nicht so ohne Urteil des Landesherrn zu Tode bringen. Er leitete eine umfassende Untersuchung des Vorfalls ein, aber keiner konnte sich erinnern, einen anderen bei der Tat beobachtet zu haben.

Der Graf schickte ein paar Tage darauf dem Herrn Landesrichter eine Botschaft, in der er die Vorfälle um den Prassek notiert hatte. Aber auch der kam nach Wochen des Verhörs der Dornheimer Gemeinschaft zu keinem gerichtsverwertbaren Ergebnis. Über die Tat wurde im ganzen Land ausgiebig disputiert und das Für und Wider erwogen. Viele Leute meinten, dass das schon alles seine Richtigkeit hätte, aber es hätte einem solchen, wie diesem Prassek nicht geschadet, wenn er zeitlebens im Kerker vor sich hin verreckt wäre.

Es gab aber auch die Frommen, die nicht nur um das eigene Seelenheil bangten. Man hätte den Galgenhansl schon noch beichten lassen sollen, weil der sitzt jetzt sicher mitten in der Hölle unter den Teufeln, die auch alle unzufrieden sind und auf ewig in der Hölle braten müssten. Aber da würden auch schon lange so viele Bekannte drinnen sitzen und alles wäre einfach schlimm, richtig höllisch ja schon hier auf der irdischen Welt. Und wie das weitergeht, wisse man nicht, höchstens dass der gute Gott wirklich barmherzig und gnädig sei, wie der Herr Luther damals schon geschrieben hatte. So war landesweit ein gewisses Nachdenken über die letzten Dinge fast greifbar zu spüren, aber der Alltag holte die Menschen wieder ein. Und die Herren Pfaffen hatten die Hände voll zu tun.

In den Wochen nach dem Elend standen die Haunsteiner und die Dornheimer zusammen, schlugen die schlagbaren Stämme im Wald und zogen sie mit ihren Pferden auf den Dorfplatz. Als die ersten nassen Novembertage ins Land zogen, saßen die Dornheimer wenigstens im Trockenen, aber die schlimme Nacht würde keines von ihnen vergessen.

»Auf die Weise haben wir wenigstens ein neues Dorf hingestellt und wenn es bei den Haunsteinern brennen sollte, helfen wir denen aus.«

Der Graf Haunstein hoffte, dass es nicht so weit kommen würde, aber er ordnete an, dass der Brandschutz in den Häusern verbessert würde. Die Feuerstellen im Haus mussten neu mit gebrannter Erde' ummantelt werden und in Stall und Scheune durften keine Fackeln des Nachts brennen und alle offenen, freistehenden Lichter hatte er stante pede verboten. Auf der Burg schaute er nach dem Rechten und er meinte, als er mit dem Stefan Prack darüber redete, dass es nichts Schlechtes gäbe, aus dem man nicht auch seine guten Folgerungen ziehen könnte.

106.

Aber in den Dörfern war ein unguter Geist eingezogen. Viele Nachbarn waren aufgehetzt und heillos zerstritten. Der Krieg hatte seine langjährige Wirkung auch in den böhmischen Dörfern nicht verfehlt. Von einer siebenschwänzigen Katze war da auf einmal die Rede, die der Forst über seinen Gartenzaun hat springen sehen, aber er meinte auch, »dass er des g'fährliche Viech net fürchten tat.«

Es hatte im Hof des Forst gebrannt und der Schulze meinte, dass der Forst das Stroh und das Heu und die Zweigerl, die beim Hacken übrig geblieben waren, zusammenkehren sollte. Es wäre kein Wunder, wenn es bei ihm brennt und wenn er seine Pfeife achtlos ausklopfen würde. »Die siebenschwänzige schwarze Katze hat den Teufel in sich«, schrie der Pfaff, »und das ist nur eurer Fleischeslust zu verdanken.«

Die jungen Männer und die jungen Mädchen warfen sich recht eindeutige Blicke zu. Nach der Kirche reizten die Jungen und die Mädchen die größeren Burschen und meinten, dass das mit der siebenschwänzigen Katze nur ein Gerede wäre und die Mädchen nahmen sich vor, die Burschen verrückt und hitzig zu machen. Am Abend fragten sie dann die Mutter, was das denn wirklich auf sich habe, das mit der siebenschwänzigen Katze. »Schieb den Balken vor die Tür, dann kommt keine rein ins Haus«, sagten die Mütter.

Eine Magd vom Forst erzählte, als sie bis spät abends unter der Linde ratschten, dass sie vor einem Jahr vom Rocken heimgegangen sei, »bloß de paar Schritt' vo da Barbara bis zu insan Hof her«. Da stand dann der Leibhaftige vor ihr und sie hat des gespürt, dass er des persönlich woar, weil er so hitzig woar und hoaß wia as Feier und Augn hot er ghabt wia a Wolf. Und da sei er ihr aufgschprunga wia a Goaßbock und sie hot koa Luft mehra kriagt und ganz seltsam und zwoaraloi is ihra gwen.

Trotz allem war die Verunsicherung groß in diesen Tagen. Der eine sah eine Hexe über dem Wald fliegen, der andere hatte vom Teufel zu erzählen, der hinter ihm her war, als er von Dornheim heim nach Haunstein ging.

Der Schulze und der Graf schimpften, weil die Madln nachts nicht allein heimgehen sollten. »Krieg ist«, sagte der Graf, »und die Sünd' und die Schand' gehen durchs Dorf und eine jede Gottesgeißel schlägt auf die Menschen ein.« Aber bald, so hoffe er, würde der Krieg ein Ende haben und sie sollten beten, dass das Unheil am Dorf und seinen Menschen vorübergehe.

107.

Der gute Simmerdell ging dann eines Tages zum Bach, just an den Fleck, wo sie damals sein liebstes Mariechen, sein Mäderl aus dem Wasser gezogen hatten, musste sie doch dringend den Wald und das Bächlein erkunden. Der Bach war gerade an dieser Stelle von mitreißender Lebhaftigkeit, wird dem Kind gefallen haben, als er so lockend vorbeisprudelte, an die Ufer schäumte und schmeichelte, einlud ins Frische zu steigen. Mit dem Schuh war sie an einer Wurzel hängen geblieben und kopfüber ins Wasser gestürzt. Die Eltern haben sich die Augen ausgeweint und als das Jahr drauf der Florian am ganzen Körper hitzte und nach drei Tagen nichts mehr sagte, ging sie auf und davon. Niemand hat die Simmerdellsche je wieder gesehen und die Leute sagten, dass sie nun umgehen würde im Wald und drunten am Bach und wer aufmerksam die Wege entlang geht, besonders im Mai, dem das Mariechen geschuldet war, der könnte sie hören, wie sie leise weint und klagt.

Es hätte schon gereicht, sagten die Leute. Aber nun hätte der Simmerdell auch noch seine gute Frau verloren, die noch so jung gewesen war und man könnte sich schon fragen, ob das hat sein müssen, und bei den einen geht alles gut und die anderen drückt der Herrgott ganz runter.

Aber dann ist der Schwarze Tod durch das Land gezogen und hat seine Dämonen ausgeschickt und im Dorf haben sie wieder das Dahinsterben lieber Menschen beklagen müssen. Aber die Pestilenz hat sich seltsamerweise nicht lange aufgehalten. Die Leute sagten, der Simmerdell hätte mit dem Dämon geredet und der habe vor seinem Leid kapituliert und darauf verzichtet, das ganze Dorf auszulöschen, hätte er dem Simmerdell seinerzeit doch so viel Leid zugefügt und das zusammen würde für alle ausreichen.

Der Simmerdell nun hatte sich an den Strauch gelegt, der in den Jahren herangewachsen war und die Holzener Fanny hat ihn, sie war auf dem Weg ins Buchtal, gefunden. Da hat er zwischen den Fingern sein hölzernes Kruzifix gehalten und wird betender Weise in die Ewigkeit gegangen sein, unverzagt und sie werden ihn drüben empfangen haben wie einen König, der er ja auch im Leben wirklich gewesen war, wenn man das denn so sagen will.

Der Totengräber von Haunstein, der Birner Luis, ein Mann mit zwei mächtigen Pranken, wo andere Männer Hände haben, sagte, dass er bei jedem Stich mit der Schaufel ins Erdreich an den Simmerdell denkt, weil der ein Guter war. »Für mi er a Seliger, oana wia a Cherub auf dera Wölt, die wo so schlecht is, dass ma speia kannt.« Der Luis hat mit dem linken Bein gelahmt, war aber verheiratet und hat vier anständige Kinder aufgezogen, aber zum Holzhaun im Wald war er nicht zu gebrauchen. So freute er sich über jeden aus dem Dorf, der gestorben ist, weil er ja seine Familie ernähren musste. Nebenher arbeitete er beim Gardian im Stall und half bei der Mahd und hat alles gemacht, wozu der Bauer sonst zwei andere kräftige Knechte gebraucht hätte.

Dass der Simmerdell gar ein Heiliger schon im Leben gewesen war, sagte auch der Pfarrer am Grab und der Graf Haunstein und seine Frau Gemahlin weinten mit den anderen Leuten um den Simmerdell. »Er ist ein Heiliger gewesen«, sagte der Graf, und sie sollten nun alle nachher auf den Simmerdell trinken und der Stefan Prack und seine gute Frau meinten auf dem Nachhauseweg, dass sie es nicht glauben könnten, dass sie bisher vom Schicksal so verschont gewesen wären und irgendwann wird es halt gewaltig zuschlagen. »Hauptsache, den Kindern geht es gut«, sagte sie und drückte seine Hand.

»Der Bub wird das Haus am Hradschin vergessen, es ist doch nur ein Hirngespinst.«

108.

Vom Buchtal tobte ein scharfer, kalter Wind herauf, lärmte ins Dorf hinein, verbiss sich in die rissigen Steine an der alten Friedhofsmauer, wehte gehörig Staub und Äste über die Dorfstraße, stieb über die Dächer der Hütten und Häuser hinauf, rieb sich an den Mauern, umtanzte die schmalen Schlote. Er zischte und fauchte um das Gehöft des Julius Winzig, der noch rechtzeitig das Hoftor verriegelt hatte, griff sich die locker in den Angeln hängende Gartentür bei der Schulzin. Er heulte wie eine Bande räudiger Hunde, winselte und jaulte gleich einer Clique wilden, streunenden Katzengesindels.

Er dröhnte, brüllte und klagte mit blecherner Fanfare durch die Gassen und fegte die übrig gebliebenen Blätter von den Buchen und Ahornen, die die Dorfstraße säumten. Die Dörfler verrammelten die Türen und Fenster und stellten die schwarze Kerze auf, wollten zur Heiligen Maria beten, der Fürsprecherin in allen Nöten.

»Des sand de Hoimannda«, versuchten die müden, jungen Mütter ihre lärmenden Kinder zur Ruhe zu bringen, »de wohnan im Woid hinterm Buchtal und holn sa de Kinder, de net folgen.«

»Kumma de a zu uns?«, fragte der Seibert Wastl. »Etzat

betn mia erst amol zu der Heiligen Jungfrau, de kann de Hoimannda vajogn.«

Der Luciano zog seine frisch Angetraute aufs Bett und versprach ihr den Himmel und sie fürchtete sich vor den Hoimannda und flüchtete sich in seine Arme. Der Jürg und der Rupert hatten sich im Wald untergestellt, warteten den Sturm ab und schoben einen Karren Brennholz vor sich her zur Burg hinauf.

»Die Pest ist ein Elend, aber die Kaiserlichen sind auch eine Drangsal und die Heiligen lassen uns in Stich. Was hilft denn unser Flehen und Beten«, fragte der Jürg. »Der Heilige Georg, der Drachentöter, den ich immer anrufe, hält sich auch bedeckt, traut sich nicht aus seiner Deckung, fürchtet sich vor den Landsknechten wie vor der kaiserlichen Brut.«

»Ich halte mich an den Heiligen Rupert, der hilft mir immer, in jeder Not. Auf unserem Ritt durchs Ungarische und durch Österreich habe ich ihn angefleht, dass er auf mich aufpasst, weil ja sonst die Lara sich die Augen ausgeweint hätte. Ihre Großmutter war eine Ukrainische und da hießen sie alle Larissa. Aber getauft wurde sie auf den Namen Laura Anna, so steht es im Taufbuch, das der Herr Pfarrer in der Schublade liegen hat.«

»Meine Mutter war auf den Namen der Heiligen Bozena Ludmilla getauft, sie war eine Tschechin aus Tabor, und die Heilige Ludmilla hat den Tschechen das Christentum gebracht, sonst wären sie heute noch Heidenkinder und kämen nicht in den Himmel.«

»Mein Vater sagt, dass alle Menschen in den Himmel kämen. Manche müssten im Fegefeuer noch büßen, aber schlussendlich wäre die göttliche Barmherzigkeit größer als die Sünde der Menschen. Die Premysliden, sagt mein Vater, hätten ihren Herzog Wenzel besser schützen sollen, dann hätte ihn sein Bruder nicht erdolcht. Schließlich haben sie die Heilige Ludmilla auch noch erdrosseln lassen und heute wird sie überall im Land verehrt.«

So kamen sie schließlich auf dem Burgberg an, schichteten das Holz im Burghof an einer Mauer neben dem Eingang zur Küche auf. Die Milena, die im Sommer ihren Mann, der ein Soldat auf der Burg gewesen war, aber zugleich in der Wagnerei gearbeitet hatte, durch eine schnelle Krankheit verloren hatte, sagte zum Jürg, dass er zu ihr in die Küche kommen dürfte, weil sie ein Brot aufgestrichen hätte, und einen Becher Wein würde sie ihm auch hinstellen.

Da wurde es dem Jürg von einem auf das andere Mal recht sonnig im Kopf und sein Herz schlug einen Takt mehr als sonst. Er aß das Brot und trank den Wein und glaubte, dass seine verstorbene Frau da wäre und er sagte zu der Milena, dass er drunten im Dorf wohnen würde, was sie schon lange gewusst hatte, und dass er drei Kühe hätte und zwei Äcker und eine Wiese und dass er in der Hütte zwei Räume hätte, und er redete so viel wie in den vergangenen zehn Jahren zusammen nicht. Nachts konnte er nicht schlafen und die Milena auch nicht, weil sie gesagt hatte, dass sie sich freuen würde, sollte er wieder einmal einen Karren Holz auf die Burg bringen, was sie dringend brauchen würden da heroben.

Der Jürg meinte am nächsten Tag, als er wiederum mit dem Rupert im Wald die Äste von den gefällten Bäumen schlug, dass der Heilige Georg ihm gestern ganz schön geholfen hätte und sollte er einen Buben bekommen mit der Milena, dann würde der Georg heißen.

So reihte sich Tag an Tag, Monat an Monat und der Jürg

schaufelte im Winter den Weg vom Dorf zur Burg frei und mit dem Luciano setzte er Treppe für Treppe hinauf auf den Haunstein'schen Besitz. Im Sommer dauerte es der Milena zu lange, der Jürg hatte wieder den faulen Mund, wie sie sagte. Er trank, wenn er auf der Burg einer Verrichtung nachging, den Becher Wein und ein aß Stück Brot in der Küche und dann machte er sich wieder auf den Heimweg.

Die Milena sagte ihm am Burgtor, dass um Pfingsten die schönste Zeit zum Heiraten wäre und sie könnte das Brautkleid von der Urschi haben, das läge im Schrank und die Urschi habe es von einer Tante.

Dann müssten sie eben zum Herrn Pfarrer gehen, sagte der Jürg und war überglücklich. An Pfingsten waren sie dann gemeinsam im Gotteshaus, als der Herr Pfarrer verlesen hatte, dass sie nach den Heiligen Tagen in den Stand der Ehe treten würden und die Leute lachten und viele gönnten es ihnen von Herzen. Der Prassek hatte ja nun schon auf unrühmliche Weise das Zeitliche gesegnet, sodass von ihm kein Fluch ausgehen könnte, dem sie nicht entgegnen konnten.

109.

Den Holzer Sebastian hat der Bischof »wegen andauernder Renitenz« vom Bischöfliche Seminar gejagt.

Die Leidenschaft des verstorbenen Vaters für die Wildnis, das Jagen und das Bauen der Korbreusen am Buchtalbach hatte er wieder entdeckt, war er doch beim Vater die Jahre seiner Kinderzeit in die Lehre gegangen.

Die schwarzen, schulterlangen Haare fielen ihm auf den Rücken, er schmatzte an einer gelben Kürbisscheibe, wischte sich die schmierigen Hände an den Hosenbeinen trocken und trat in die Kirche.

Die Hände zusammengekrallt, kniete er dann im Betstuhl, wimmerte vor der »*Heiligen Maria von Lehm gebrannt*« über sein sinnloses Leben. Der dickliche Pfarrer war aus der Sakristei getreten, schaute sich den seltsamen Beter an und klopfte ihm schließlich auf die Schulter.

Er meinte, die unflätige Beterei helfe hier gar nichts mehr, der Holzer habe eben gewaltige Sündenschuld auf sich geladen und jetzt habe er eben dafür zu büßen. »Aber«, sagte er gönnerhaft mit maliziösem Grinsen, »in dubio pro reo«, und der Herr Seminarist wisse doch, was das bedeute, habe er doch das Lateinische in Pilsen oben gelernt.

Darauf würde er scheißen, sagte der Holzer Sebastian, stand vom hölzernen Kniestuhl auf, wackelte durch das kurze Kirchenschiff und torkelte durch die Tür. Er schaute zurück und schrie: »Leck er mich am Arsch«, und der Pfarrer schickte ihm den Teufelssegen nach, wünschte ihm alle Qualen der Hölle und endete mit seinen beliebten lateinischen Sprüchen: »Finis cantici«. Er habe es ihm schon von jeher gesagt, aus ihm werde nur ein Vagabund, ganz der Herr Vater, »Tam similis est quam ovo ovum«. Das Lateinische zu reden, stünde nur den Geweihten zu, rief er noch und schlug mit der Faust gegen die eichene Kirchentür.

»Meinen Herrgott such ich mir künftig im Wald, da stört mich wenigstens dein Gelaber nicht, Pfaffe, ekeliger, der du nur hinter den Röcken her bist.«

Der Sebastian, Schulfreund des Rupert Prack, Sohn des Kirchendieners und Häuslers Severin Holzner, der sich seinerzeit mit dem Vorgänger des derzeitigen Pfarrers überworfen und ihm den Büttel vor die Füße geworfen hatte, gehörte zu den gescheiten Buben im Dorf. »Der Bub geht in das Bischöfliche Seminar nach Brünn«, stellte der Graf fest, »haben wir doch keinen, der das kirchliche Latein und die Rechenkunst wie das Schreiben der Buchstaben schon in jungen Jahren besser beherrscht wie seine Lehrer.«

Der Graf schickte die jungen Leute nicht nach beliebigem Gutdünken nach Brünn hinüber, da musste schon einer zu denen gehören, die eine gehörige Portion Hirnschmalz ihr Eigen nennten. Der Severin steckte die Kinder des Grafen in den Sack, auch der Prack konnte ihm nicht das Wasser reichen. Die Lara allein verstand die Rechenkunst und das Lateinische so gut wie der Holzer Sebastian, aber sie war nur ein Mädchen.

110.

»Der Mensch ist ein Spielball der Götter«, hatte der weitsichtige Simmerdell immer gesagt und wer jetzt und hier eitel schreite, würde die Beschwerlichkeiten des Lebens nicht bestehen. »Der Wallenstein und der Wiener Kaiser Ferdinand sind jetzt nur mehr Staub und Bein. Groß sind sie aufgetreten, gleich einem Wurm wurden sie von den Schlägen des Schicksals an ihre Vergänglichkeit erinnert. Was sind sie jetzt? Ihre Taten sind vergangen, dahingewelkt ist ihr Ruhm. Das Leben ist ein eitler Wahn, des sollt ihr eingedenk sein.«

»Wie ein Pfaffe redest daher, Simmerdell«, lachte der bärenstarke Wastl Gleichauf, ein Holzarbeiter, einer von der Gilde der Haderlumpen dazu.

»Auch deine Tag sind gezählt, Gleichauf«, mahnte der Simmerdell. »Heut bist stark und unverwüstlich, morgen plagt dich der Krampf im Bauch und der Bader lässt dich zur Ader und übermorgen kommt der Pfaff und salbt dich ein, damit du tags drauf vor Gottes Angesicht erscheinen kannst.«

»Du verdirbst einem jeden von uns den Feierabend mit deinen frommen Sprüchen und stehst selber auf der Kippe, dreht dir der Gevatter Tod bald den Kragen um. Wirst uns fehlen gescheiter Simmerdell, wer wird uns dann in den Schlaf singen, uns an die Vergänglichkeit erinnern.«

Der Pfarrer hatte sich dazu gesellt, dem Simmerdell zugehört und hat den Gleichauf gemahnt: »Solltest bedachter werden, der Teufel holt sich gar deine Seele, wenn du frevelst, ist er doch ein Gerechter, der Simmerdell. Lob eher deinen Gott, Gleichauf, und komm am Sonntag in die Messe, stünde dir gut zu Gesicht, könntest beichten und deine Sünden büßen, tät dir gut.«

Der Gleichauf Wastl stand auf von seiner hölzernen Bank, hob seinen Becher, lachte dröhnend und despektierlich und trank auf das Wohl des »hoch geachteten Herrn Pfarrers und des allseits verehrten Herrn Hexenmeisters Simmerdell, der ihn an den Johannes den Täufer erinnere«, wie er schnarrte. »Aber der wurde vom Herrn Herodes einen Kopf kürzer gemacht«, schrie er schon im Rausch. Das Bier war ihm in den offenen Kragen gelaufen. »Sollst leben, ewig leben, Hellseher«, lästerte er.

Der Valentin Sailer und der Petrus Hurtzig fassten nun den Gleichauf unter den Armen und sie zogen ihn vor seine Hütte am oberen Dorfende. Der wüste Geselle grölte obszöne Lieder, heulte, bellte wie ein Hund, krakeelte und machte sein Spektakel.

Der Schultheiß hatte sich dann zum Simmerdell gesetzt. Der lachte nur und meinte, der Gleichauf wäre jung und unerfahren, er bräuchte erst ein paar deftige Schläge ins Genick, aber die würden nicht auf sich warten lassen. »Aus einem Ross machst du kein Karnickel«, schmunzelte er. »Es wird der Tag kommen und er kommt zur Besinnung, warte es ab Gardian. Geh heim zu deiner Vereni, sie wartet schon und sag ihr, der Simmerdell hätte in jungen Jahren ihre Mutter verehrt, aber es hat nicht sollen sein.«

Der Graf Haunstein, mit dem der Gardian die nächsten Tage ins Gespräch gekommen war, schüttelte den Kopf: »Der Gleichauf war schon immer daneben, noch zu Lebzeiten des Vaters waren ihm Zucht und Ordnung nicht beizubringen und die christliche Religion hat er auch angegriffen und das auf rotzige Art. Er braucht eine Strenge und es wäre löblich, würde ihm einer beibringen, dass es nicht ausreicht, den eigenen Baumbestand zu fällen und zu verkaufen. Über kurz oder lang hat das ein End und er steht als Bettler vor den Haustüren, ein Armenhaus haben wir keines in Haunstein.« Den Soldaten wäre er ausgekommen, fügte der Graf hinzu, weil er den Fehlsichtigen markiert habe und der Regimentshauptmann meinte, so einer würde dann gar eher die eigenen Leute erschießen als den Feind treffen. Dann hätten sie ihn in den Küchendienst rekrutiert und er habe dort den Blöden gemacht und alles was er anlangte, habe nichts getaugt. Dann hätten sie ihn entlassen und er wäre zurückgekommen nach Haunstein.

Der Gardian meinte, dass sie froh sein müssten, dass es ihnen im Böhmischen herüben noch so gut ginge. Die Menschen in der Oberen Pfalz im Bayerischen drüben wären schlechter dran, die jungen Männer seien vor Hunger so ausgemergelt, dass die Regimenter nicht auf sie zurückgreifen könnten, sie seien zu kraftlos zum Kämpfen.

»Die haben eine Not auf den Feldern die Oberpfälzer, das Vieh ist im Stall verreckt und die Kinder sterben wie die Fliegen weg, jeden Tag hebt der Totengräber ein neues Grab auf dem Friedhof aus.«

»Da sollte man den Gleichauf rüber schicken, vielleicht käme er auf andere Gedanken.«

»Dem fehlt die Einsicht«, sagte der Graf, »der denkt nicht weiter als vom Aufstehen bis zum Glockenläuten um sechse in der Früh. Sein Vater war auch ein recht renitenter Mann, der ist als Junger, noch vor der Schlacht am Weißen Berg, gestorben. Die Mutter war vom Ganshüter das Mädel, haben nur die eine gehabt, und sie ist wohl auf den Gleichauf seinerzeit reingefallen, ist bald nach ihm weggestorben, hat die Blattern gehabt, die Gute. Er sollte sich ein Beispiel am Boderer Schorsch nehmen, der so ein schweres Leben hat und der sich nicht unterkriegen lässt.«

»Ich werd' ein Aug' auf den Gleichauf haben.« Der Gardian verabschiedete sich.

»Deine Lara hat einen guten Mann bekommen, den Rupert vom Prack«, rief der Graf dem Gardian nach. »Die bestellen jetzt gemeinsam das Land. Der Rupert ist einer der wenigen, die des Lesens und des Schreibens mächtig sind, auch das Lateinische kann er, hat es mit meinen Kindern gelernt. In ein paar Jahren ist das Amt des Bezirksamtmannes in Kladrau, übrigens ein recht passabler Mann, soweit ich ihn kenne, neu zu besetzen, liegt in der Grafschaft meines Oheims. Das wär doch was, käme er gar in eine hohe Stellung. Er ist ein kluger Kopf, ist schon in der Welt herumgekommen, seinerzeit mit dem Waldstein und dem Harrschler. Ich würde mich für ihn einsetzen, red mit den zweien.«

»Er hat noch immer das Haus am Hradschin im Kopf,

aber die Lara möchte nicht in die große Stadt Prag ziehen. Dort kennt sie keinen Menschen und sie braucht gute Leute um sich. Kladrau, das wäre wohl was, sie müssten aber dann die Landwirtschaft aufgeben.«

»Eine Aufgabe als Bezirksamtmann fliegt einem nicht von heut auf morgen zu, da muss der Kopf hell sein. Es würde noch vier, gar fünf Jahr dauern, bis der alte Kollitz resignieren würd, ist auch schon ein guter Sechziger.«

Der Graf hob die Hand zum endgültigen Abschied.

»Ich werd vorfühlen«, sagte der Gardian. »Wer weiß, was in fünf Jahren ist. Der Simmerdell sagte immer, man solle zwar über den Tag hinaus denken, aber die Zeit sei schließlich in Gottes Händen allein.«

111.

»Der Herr Bezirksamtmann ist ein Schwätzer. Einer ohne Courage. Die Gerüche in seiner Kammer waren schrecklich. Das sagt etwas aus über die Person. Er will alle beherrschen, von seinem hölzernen Thron aus …«, sagte der Schulze daheim zu seiner Frau. »Es wird Zeit, dass der seinen Abschied nimmt, der Graf scheint ihn jedoch falsch einzuschätzen. Der Rupert ist meines Erachtens nicht der Richtige für einen Bezirksamtmann, er ist ein trefflicher Kopf, ein getreuer Verwalter, ein Bauersmann. Er tut gut daran, sich vom Graf Haunstein keine Flausen in den Kopf setzen zu lassen.«

Die Vereni erinnerte sich an den dienstlichen Besuch, den ihr Mann im Kladrau vor geraumer Zeit abzustatten hatte, dachte an den damaligen Eindruck, den der Bezirksamtmann hinterlassen hatte.

Der Bezirksamtmann war hinter seinem mächtigen

Schreibtisch gesessen, der mehr einem Mittagstisch zu ähneln schien, wie Gardian seinerzeit erzählte. »Setz Er sich zu mir, lang Er zu«, sagte der Amtmann. Dann habe er sich durch seinen frisch kredenzten Saubraten durchgewühlt wie eine Sau im Trog. Er habe mit einem mächtigen Messer in der Rechten den Braten tranchiert, ein Stück auf einen weiten Teller geknallt und habe geschmatzt, mit den Zähnen das Fleisch zermalmt, mit der Linken ein mächtiges Glas roten Wein an das fettverschmierte Maul geführt.

Er solle mit zulangen, grunzte der feiste Amtmann, es wäre genug da. Aber der Gardian blieb ihm gegenüber auf seinem Stuhl sitzen, wartete bis die herbei gerufene Dienstmagd schließlich die wenigen Reste des Bratens wegtrug. Während der ganzen Essensprozedur schwätzte der Amtmann über Politik, über den hässlichen Krieg, über die Pest und über den Herrn Stadtdekan, über die Mönche vor Ort und die Weiber der Stadt, die er alle kenne, von denen er jede haben könnte, lachte er. Dann wischte er sich die fettigen Finger am Wams trocken, fuhr sich mit einer Hand durch das schüttere Haar und zeigte mit der anderen auf den Gardian.

Was ihn, den Schulze, hierher führe, so weit weg von diesem Haunstein, dem dreckigen Loch im tiefsten böhmischen Wald, feixte er, wo der gute Haunstein auf seiner Burg, in seiner Fürstenloge thront.

Er solle die Straßen in Haunstein bauen, wie es der Graf anschaffe, und das Dorf dazu solle er der Zeit entsprechend aufbauen, vor allem die Poststation vergrößern. Die habe er als kleine Hütte in Erinnerung und wenn einer der reicheren Bürger noch eine zweite Brauerei hinstellen will neben die Haunstein'sche, so sei es denn. Konkurrenz belebe das

Geschäft, grölte er und wischte sich die feuchten Augen. Er stehe voll zu den Entscheidungen seines gräflichen Freundes Haunstein und der Schulze solle ihn grüßen. Auf ihn warte nun sein Lager, der Tag habe ihn schon gefordert und abends sei er bei Baron von Waghuber, einem beflissenen Komödianten und tüchtigen Eisenproduzenten, eingeladen. Viel würde heute verlangt in diesen kriegerischen Zeiten, für einen Bezirksamtmann, fügte er sich selber lobend hinzu. Er solle den Graf grüßen.

Schnaubend und röchelnd wand er sich dann aus seinem Stuhl hoch und schleppte seine Leibesfülle ins Schlafgemach, glücklich über seinen Humor, war es doch nur eine dumme Narretei. »Ich wünsche meinem Freund, dem wohlgebornen Herrn Graf, die Pest und die Cholera an den Hals«, legte er noch prustend los und drückte dem Schulze gönnerhaft die schlüpfrige Hand auf die linke Schulter, »aber die anderen Auswüchse der Hölle mögen an ihm vorüber gehen.« Dann entließ er den Schulze Kornelius Gardian in Gnaden.

Der Graf schüttelte den Kopf, nachdem Gardian ihm die seltsame Situation im Kabinett des Bezirksamtmannes geschildert hatte und meinte, man solle sich nicht mehr allzu lange Zeit lassen, um den Kollitz loszuwerden, er würde mit seinem Oheim in Kladrau zu reden haben.

112.

Auf dem Weg von der Burg zurück ins Dorf kam der Gardian am oberen Wald vorbei, am Säumereck, wie die Bauern das Stück Fichtenwald nannten. Von weitem schon sah er eine Gestalt aus dem Wald treten. Der bärtige, langhaarige Mann, der da aus dem Gehölz stapfte, auf die sommertrockene, fast ausgebrannte Wiese hintrat, war dreckverschmiert und verschwitzt. Den braunen Mantel, in den er gehüllt war, hatte er mit einem festen Strick zusammengehalten. Ein Kälberstrick war es, wie es schien, mit dem man die Kälber zum Schlachter zieht. An den beiden Enden des ehedem weißgelben hanfenen Strickes, waren zwei lederne Schlaufen befestigt. An diesem Gürtel hing auf der rechten Seite eine Radschlosspistole, daneben pendelten der Ladestock in einer ledernen Hülle und der Pulverbeutel. Unter dem Mantel lugte ein kräftiger Degen hervor, der einem schon beim bloßen Anblick das Fürchten lehrte. Er war an einem ledernen Gürtel befestigt, den er um die Hüften gebunden hatte. Daneben hatte er in einer weiten Seitentasche ein paar lederne Handschuhe mit langen Ärmelstulpen verstaut. Ein Krieger, wie es schien, der dem Schlachten Adieu gesagt hatte und sich auf die Heimreise begeben hatte.

Er zog einen grob gewebten Sack, mehr als er ihn trug, hinter sich her. Den Sack drückte er an den leicht erhabenen Rain, den er überschritten hatte, als er auf die Wiese getreten war. Gardian beobachtete den Fremden, der auch ihn sicher längst bemerkt hatte.

Nun setzte der Mann sich in gebührendem Abstand zu den trockenen Fichten auf die Wiese, griff kleine Rindenstücke, kurze Ästchen, trockene Zweige vom Rand des Waldes, schichtete sie sorgsam übereinander, steckte verdorrtes Gras in eine Höhlung zwischen den kleinen, aufgetürmten Ästen, zog seinen Feuerstein aus der linken äußeren Tasche seiner alten, verdreckten, braunen, mit ledernen Flecken ausgebesserten Jacke.

Er schlug den Feuerstein über ein kleines Wölkchen

Zunder, aus dem Funken wuchsen kleine Flämmchen, lichter Rauch streckte sich empor. Der Mann blies vorsichtig in die glimmende Glut des trockenen Grases. Dann fing das dünne, dürre Holz das Feuer ein. Die immer noch kleinen Flammen umschmeichelten das Holz und der Alte schichtete weiteres Holz hinzu.

Wo er denn herkomme, fragte der Schulze, als er vor ihm stand, und ob er nicht ins Dorf mit hineingehen möchte, er könne in seinem Stadel nächtigen und warm wäre es dort auch. Der Mann hob bedächtig den Kopf, verzog die Lippen zu einem feinen Lächeln und sagte, er vertrage die Stadtluft nicht. Aber er heiße Paulig und sei auf dem Weg in die Heimat. Da schien es dem Gardian, als würde von diesem Fremden die Jahre abfallen. Ein recht junger Mensch saß da vor ihm auf dem Boden.

»Hinten im Wald habe ich den Borkwinder Gustl eingegraben«, sagte er und hielt die klammen Finger über die Hitze des Feuers. »Seine Kräfte haben nicht mehr gereicht. Ich müsst es seiner Mutter sagen. Ein Bischofteinitzer war er, der Gustl, aber die Verwundungen und die Schwäche ließen ihn nicht mehr gesund werden.«

Der Gardian war still und ließ den Jungen reden. »Er war sechs Jahre mit mir im Regiment, das war unsere Heimat und die daheim meinen gewiss, wir sind schon abgestorben, liegen irgendwo auf einem Feld unter einer dicken Schicht.«

Nach Krumau wolle er und wenn es recht sei, würde er sich nur noch etwas Malzkaffee über dem Feuer wärmen, dann die Glut fein löschen und dann käme er gerne in den Stadel und wenn er noch dazu gar etwas zum Essen bekäme, würde er den Tag darauf gerne Hand anlegen und seine Schuld abarbeiten. Gardian wusste nicht, dass er seinen künftigen Schwiegersohn vor sich hatte.

Um den abgemagerten Hals baumelte eine schmale Fuchsdecke, wer weiß, wie er dazu gekommen ist. Auch einer, der keinen Träumen mehr nachhing im Leben, einer, der nichts Unnützes redete und sich den Tag um die Ohren schlug.

Der Paulig Karl blieb noch einen Tag und es gefalle ihm auf dem Hof, sagte er und besonders das Töchterlein vom Gardian stach ihm schon beim Abendessen ins Auge und er bliebe noch eine Woche und arbeitete, wie einer, der etwas von der Bauernarbeit versteht. Dem Gardian kam so ein anständiger und fleißiger Knecht grad recht.

»Ein Zimmerer bin ich nur«, sagte der fleißige Bursch, »kein Bauer und den Krieg hab ich überstanden und alles hat jetzt ein End und die Schweden haben wir wieder übers Nordmeer getrieben.«

Die Pest habe ihn verschont und der Hunger habe ihm nichts anhaben können und müde wäre er jetzt schon von der langen Heimkehr herein ins Böhmische, »und jetzt wartet die Mama auf mich und die hat sicher einen großen Kummer.« In Tuttlingen dreiundvierzig wäre er dabei gewesen, erzählte er noch, ganz vorn eben wäre er gestanden und da hätte man ihn ins rechte Bein geschossen und er wäre zwei Jahre im Lager rumgehangen und hätte in der Feldküche gearbeitet bis sie ihn für Zusmarshausen im Mai 48 und bald drauf in Dachau anno 48 im Spätherbst wieder gebraucht hätten. Da wäre er dann nicht vom Gaul gefallen und hätte das große Gemetzel ohne einen Hieb überstanden, was er der Heiligen Maria zuschreiben würde, deren Bild er immer in der Tasche mit getragen habe.

»Aber einen guten Gott habe ich nie getroffen. Ich habe ihn doch so oft angerufen, dass er das Übel der lange dauernden Verwundung wegnimmt und dass er die Pestilenz von uns weghält. Erst in Dachau hat er dem Elend Einhalt geboten, hat uns nicht alle vernichtet. Das gebe ich zu. Aber meine Kameraden hat er einen um den anderen in den Tod gerissen.« Zunächst müsse er aber nach Krumau hinunter. Wenn es recht wäre, würde er zurückkehren und er hatte das zweite Mädel, die Lena vom Gardian im Kopf und sie ihn.

»Vielleicht triffst ihn wieder, deinen Herrgott, gar hier bei uns in Haunstein. Aber jetzt gehst erst einmal heim nach Krumau und wenn sich's anlässt, dann kommst halt wieder. Nicht nur ich würd mich freuen, das weißt.«

So änderte sich eins um das andere in Haunstein. Das Dorf wuchs und auch Fremde kehrten in die zwei Wirtshäuser ein und manche blieben und suchten sich ein Auskommen bei den Bauern. Viele Unterschiede gab es da nicht zwischen den Einheimischen und den Neuankömmlingen, die Vorzüge glichen ihre Fehler aus, »und der Herr Pfarrer wird sie schon alle richten«, sagte der Graf Haunstein zum Prack.

Ein recht Lebhafter aus der Bergreichensteiner Gegend war in Haunstein geblieben. Er brauchte auch nicht viel zum Leben, hatte bei einem der größeren Bauern im Stall eine Unterkunft. Ein Becher Milch und ein Ranken Brot am Morgen, eine dicke, fette Brennsuppe am Mittag oder ein kräftigere Haferbrei und die gestöckelte Milch am Abend hielten ihn am Leben. Er lachte viel und faltete beim abendlichen Rosenkranz mit dem Bauern und der Bäuerin und dem Gesinde die Hände zum Gebet und danach wäre ihm eine Maß von dem guten Haunsteiner Bier schon auch recht, lachte er. Das müsse er sich aber redlich verdienen, lachte die Bäuerin, erfreut über den guten Geist, den der Andreas in die Stube brachte.

Der Andreas arbeitete von früh bis spät auf dem Hof des Süßkind. Übers Jahr hatte der Knecht Andreas Milowitsch ein Mädchen aus Haunstein geheiratet, hatte ihr eine Hütte mit zwei kleinen Räumen gebaut, ging jeden Tag in der Früh beim Süßkind in den Stall und kam seinen knechtischen Verpflichtungen gewissenhaft nach.

Dann handelte er von einem Tag auf den anderen mit Schweinen und mit Rössern, war im Land unterwegs und als das erste Kind zur Welt kam, ein kräftiger, schwarzkopferter Bub, sagte er dem Bauern, dass er das nur alles ihm zu verdanken habe. Der Andreas war nicht aufzuhalten und sein Bauer fürchtete schon, dass der ungestüme Rosshandlerer ihn verlassen würde.

In der Brauerei hatte ein junger Kornett um Arbeit angehalten. Er käme auch aus der Dachauer Schlacht, erzählte er und habe dort zur Attacke geblasen. Die Kaiserlichen hätten die Franzosen und die Schweden überrannt, erzählte er. Da habe er sich dann aus dem Staub gemacht und seine Trompete in die Büsche geworfen und von einem Gefallenen habe er sich den Wams geholt und ihm dafür seine Uniform drüber gezogen. Er sei jetzt schon ein halbes Jahr unterwegs und wisse nicht, wann er ins Erzgebirge heimkäme und er wollte halt um Arbeit bitten, dass er nicht verhungern müsse. Der Mollenhaus Peter ließ sich gut an, war fleißig und rechtschaffen und die Pfeilschrieberin hatte einen kräftigen Helfer mehr in der Mälzerei.

Beim Bauern Süßkind, bei dem der Stadel im Herbst abgebrannt war, fand ein gewisser Ignaz Beutler Wohnstatt und Arbeit. Er half noch im Winter, der Schnee aus den böhmischen Bergen hatte sich in Grenzen gehalten, beim Hochziehen des hölzernen Baus und blieb dann beim Gesinde hängen. Er hätte es mit den Füßen und die langen Ritte mit den Säumerkarawanen von Passau herüber ins Böhmische könnte er nicht mehr mitmachen, aber zulangen und mit den Pferden und den Ochsen umgehen, könne er wie kein zweiter, sagte er.

Er hatte einen großen Ring im rechten Ohr und er würde die Geige spielen wie ein echter Ungar, sagte er. Da war auch beim Süßkind eine fröhliche Hatz und das Gesinde, das gerade bei ihm Jahr für Jahr um Lichtmess gerne die Stelle wechselte, weil der Bauer oft unleidlich war, blieb das folgende Jahr auf dem Hof.

Dann wäre noch vom Folger Heiner zu reden, der aus der Nachbarschaft im Bayerischen kam. Er würde Arbeit suchen, weil sie daheim nur noch hungern und er habe gehört, dass man in Böhmen über die Runden käme. Der Luciano bot ihm an, im Steinbruch den Granit zu brechen und die Steine zu schleifen. Der Folger hatte sich nur ausgebeten, dass er im Wald in der Hütte, die dem ehemaligen Dorfschulzen gehört hatte, leben dürfe und er sei jeden Tag pünktlich drunten im Steinbruch im Buchtal sommers wie winters und der Luciano hatte es nicht bereut. Er wäre ja auch ein Zugereister, sagte der Luciano dem Folger und er solle schauen, dass er sich etwas spart, dann könne er sicher bald einmal ein Mädel aus dem Dorf heiraten und davon gäbe es viele.

Wie es um die Eigentumsrechte auf der Hütte im Wald bestellt sei, fragte dann der Folger den Luciano und zwei, drei Tagwerk würde er nebenbei bewirtschaften und er könne dann auch Steuergeld bezahlen. »Für mich hänge davon viel ab, ob ich ein Taglöhner bleibe oder einmal ein Häusler mit etwas eigenem Grund und Boden besitze.«

Der Luciano erinnerte sich an seine Ankunft in Haunstein und er versprach dem Folger, seine Anfrage zu klären. »Wir müssen froh und dankbar sein«, sagte der Luciano zu seiner Frau, nachdem er ihr vom Gespräch mit dem Heiner Folger erzählt hatte, »dass wir unser Auskommen haben und vielleicht geht es unseren Nachkommen in diesen schweren Zeiten einmal besser als ihren Eltern und wir sollten andere auch mitkommen lassen. Wer weiß, wie sich alles entwickelt.«

Der Folger holte nun Stein um Stein aus der granitenen Wand, schlug Pflastersteine, die der Luciano für den Straßenbau benötigte, schnitt feine und grobe Blöcke, schliff die Steine, schichtete sie im Lager zum Abholen, hob sie auf die Fuhrwerke und machte sich unentbehrlich.

So kam es schließlich, dass der Luciano noch etliche andere Häusler und kleine Bauern anstellen konnte und sie verhielten sich fleißig und rücksichtsvoll und am Samstag trugen sie ihr Entgelt heim. Die Arbeit war anstrengend und das Spalten der Steine wie auch der Steinstaub machte ihnen allen zu schaffen, aber sie verdienten mehr als mit der ebenso mühseligen Betätigung auf den Bauernhöfen.

Im Winter mussten die Steinhauer ihre harte Arbeit unterbrechen. So stapelte sich hinter den Hütten der Häusler der vom Steinbruch her gebrachte Stein und wartete auf die Bearbeitung in den Hütten. Der Granit wäre schwieriger zu bearbeiten, räsonierte der Luciano. »Mit dem italienischen Kalkstein hatten wir es leichter.« Der Graf, der ein menschenfreundlicher Mann war, bot ihm an, nahe der Mühle eine Steinschleiferei zu bauen. »Die könnten wir dann ja gemeinsam errichten.« Der Graf brachte das Geld und so wurden sie gleich berechtigte Teilhaber an der Steinmühle und der Luciano war zufrieden.

In Haunstein lässt sich's leben, sagte der Haunsteiner Neubürger Luciano Giorgione aus Sondrio. »Man muss nicht nach Pilsen oder Prag gehen, um zu überleben.« Dann standen bald mehrere Fuhrwerke und Pferde im neu gebauten Stall des Luciano und der Folger hatte seinen Grund und Boden, auf dem die Hütte stand, die er schließlich vergrößerte, weil ein hübsches Dorfmädchen wartete, die Folgerin zu werden. Es war die Lena vom Schafhirten, der im Winter im Wald arbeitete und sie würde ihn auch nehmen, wenn er nichts hätte.

113.

Dann kamen zwei gräfliche Holzknechte ins Dorf gelaufen und schrien. »Den Gleichauf hat der Baum erschlagen, der Baum hat geschnalzt und hat den Gleichauf meterhoch in die Luft geschleudert.« Er würde jetzt unterm Baum liegen und sich nimmer rühren.

Die Leute waren schon von den Feldern und Äckern von der Arbeit zurückgekehrt und es war ein großes Geschrei und Lamentieren im Dorf und die Kinder liefen auf die Straße: »Hast es g'hört, den Gleichauf hot da Bam daschlogn.«

Ein Gerechter wäre er nicht gewesen, der Gleichauf, sagte der Pfarrer, aber auch ein Kind Gottes und jetzt würde er seinem Vater begegnen, den er im Leben nicht getroffen hat, wär der doch schon droben am Weißen Berg gefallen und hätte seinerzeit die junge Frau mit dem Buben allein gelassen. Die hat ihm gut zugeredet, aber beim Gleichauf wäre alles umsonst gewesen. Den guten Simmerdell würde er auch treffen, sagten die Leute, bevor er ins Fegefeuer müsste, und der Simmerdell würde im Schoß Abrahams auf den Gleichauf warten und ihn herrichten, bevor er vor Gottes Angesicht erscheinen müsste.

Der Pfarrer rief alle zum Sterberosenkranz für den Gleichauf und hängte sich noch selber ans Glockenseil, auf dass die Sterbeglocke allen ihre Untaten und ihre letzte Stunde ins Gedächtnis rücken würde.

Der Pfarrer sprach dann bei der Beerdigung davon, dass man stirbt wie man lebt und viele nickten mit dem Kopf. »Der hot leicht redn«, sagte die alte Wegscheiderin, »der Pfarrer«, deren Mann viele Jahre dahinsiechte, bis er endlich hat sterben dürfen. »Der Pfarrer halt seine Mess in da Fruah und nachat geht er in sein Kuahstall und melkt sei Kuah und nachat geht er hinte zu seine Bienastöck und abends trinkt er se an Rausch o, der hot leicht in Himmel z'kemma.« Die Wolkin stimmte ihr zu und meinte: »Man derf de Pfaffn a net alles glaubn«, und es gäb »zwischen Himmel und Erdn so viel, wos ma heit nu net wissat«.

Der Herr Pfarrer Freimuth hat sich dann auf sein ledernes Kanapee hingesetzt und hat der Sybille gesagt, sie sollt eahm aufwarten, weil er etzat einen Fetzn Hunger hätt und der Gleichauf brauchat etzat nix mehr, der hätt ausg'sorgt. Die Sybille stellte ihm dann einen Krug Rotwein, den er aus der Leitmeritzer Gegend einfahren hat lassen und ein hölzernes Brett auf den Tisch und der Pfarrer tat sich gütlich am saftigen Geselchten und an einem deftigen Stück Brot.

Sie sollte am Abend pünktlich sein, sagte er und versetzte

ihr einen Schlag auf ihr Hinterteil und die Sybille dachte sich, er wäre eben eine Wildsau, aber der Arbeitsplatz wär ihr des wert. Sie schnitt sich draußen in der Speisekammer noch ein kräftiges Stück vom Schinken ab und versteckte es unter der Schürze. »De Mama braucht a wos zum Essen«, dachte sie sich und schob noch zwei Eier in die Tasche. Dann rief sie durch die angelehnte Tür, dass sie Abends pünktlich sei und er sich drauf verlassen könnte und nahm sich dann noch einen Hühnerflügel, der von Mittag übrig geblieben war. Jeder muss in den schlechten Zeiten schaun, wo er bleibt, sagte sich die Sybille und wünschte dem Herrn Pfarrer die Pest an den Hals. Auf dem Weg heim zu der Mutter betete sie zu der Heiligen Jungfrau Maria, dass die ihr einen jungen Bauern schicken sollte, der sie vom Satan erlösen würde.

114.

Die Kutsche des Herrn bischöflichen Visitators hielt vor dem angelehnten Tor des Pfarrhofs. Er suche den Herrn Pfarrer Egid Freimuth und er sei der Visitator seiner Exzellenz, des Hochwürdigsten Herrn Bischofs von Prag. Die Frau Sybille, die dem Herrn Pfarrer aufkochte, ihm die Wäsche wusch und den Haushalt in einen einigermaßen würdigen Zustand brachte, führte den Herrn Visitator in den Garten, wo der Pfarrer gerade dabei war, den Flug der Bienenvölker zu studieren. Er habe wenig Zeit, sagte er so beiläufig, als die Sybille den Herrn Visitator meldete, und sie solle den Herrn in sein Kabinett führen. Er wolle sich waschen und dann stünde er dem Herrn Visitator gerne zur Verfügung.

Der Herr von Pauliger betrachtete die Sybille mit einem

sehr freundlichen Blick. Sie solle sich nicht zieren, sagte er und einen Schluck vom Roten mittrinken. In Prag stünden die Weiber Schlange bei ihm und er sei kein Kostverächter, sagte er und lachte breit und maliziös.

Das glaube sie schon, lachte die Sybille, er sei ja ein feiner Herr und ein Herr Geistlicher noch dazu, aber sie sei eben nur ein Bauerntrampel und könne von den feinen Damen in Prag nur was lernen.

Sie hätten da einen Querulanten im Dorf, einen ehemaligen Studiosus der Theologie, einen Aufrührer und Umstürzler, einen Freigeist, und er bitte den Herrn Visitator, ihm zu sagen, wie er den wieder auf den rechten Weg bringen könne. Der Pfarrer wies der Sybille den Weg nach draußen mit den Augen, Blicke, die sie zu deuten wusste.

Sie solle sich morgen bei ihm melden, gab ihr der Herr Visitator mit auf den Weg warf ihr ein paar begehrliche Blicke hinterher.

»Das müssen Sie mir erklären, lieber Mitbruder, dann mache ich dem Herrn Bischof schon einen Rapport zu diesen Vorgängen hier in diesem abgeschiedenen Dorf im großen Wald, es geht hier ja zu wie in einem Sündenpfuhl, wie in Sodom seinerzeit.« Er hatte seine Gedanken bei der Sybille.

»Diese Magd, diese Sybille, die mich herein gelassen hat, ist sie des Lesens und des Schreibens mächtig oder eine der ungebildeten Bauerndirnen, sag er es mir.«

»Die kann putzen und waschen, schneller und zuverlässiger als jede andere und kochen kann sie wie die Frau Gräfin selber.«

»Ich werd sie mitnehmen, diese Sybille, nach Prag. Vermerke das in meinem Rapport an den Herrn Bischof, dass er mir diese Sybille zur weiteren Bildung ans Herz legt. Das dürfte dem Herrn Bischof nur recht sein, auch die Weiber bedürfen der Bildung an Leib und Seele, da mir ihr Seelenheil zuvörderst am Herzen liegt und diesen Umstürzler übergebe er dem Herrn Graf, der wird wissen, was zu tun ist. Belaste er sich nicht damit.«

»Hat er es schon gehört? Der Herr Kaiser Ferdinand ist gestorben. So eine Malaise, hat den Habsburgern so viel Segen gebracht, ich mein' Land und Leut hat er erbeutet. Es ist nicht mehr zu überblicken, hat dem dritten Ferdinand, seinem braven Bub, die Wallenstein'sche Nachfolge aufgebürdet, was man halt so unter aufbürden versteht. Er wird auch seinen Reibach machen, der Gute. Soll spendabel sein, sagen die Leute und rührig dazu, das ist recht. Unsereins wird auch nicht gefragt, ob es denn beliebt, etwas zu arbeiten.

Und je höher man steigt in der Gunst des Herrn Erzbischof, desto ärger stürzt einen die Tagespflicht ins unvermeidbare Ungemach, bist jeden Abend reif für den Weinkeller. Eine schöne Spanierin hat er geehelicht, ist schon eine Weile her. Sie wird sich am Hof in Wien recht gut eingelebt haben, na der Madam fehlt es an nix. Nur wenn die Pest zuschlägt, macht sie auch vor den Großen nicht halt. Der schwarze Tod ist eine Geißel Gottes, neben dem Hunger und dem Krieg, der uns schon so viele Jahre in Atem hält.«

»In Haunstein hungern wir nicht und der Krieg ist, Gott sei es gedankt, an uns vorüber gezogen und von der Pestilenz hören wir auch wenig. Das eine oder andere Mal erzählt ein Reisender Schauermärchen, aber ob es wahr ist, kann man nicht beweisen.«

»Im Kreuz hat er es, heißt es, der Herr Kaiser Ferdinand.

Es ist ihm die Hex reingeschossen, kenn mich da aus. Wird mich die Sybille pflegen müssen, kann oft nicht aufstehen im der Früh und der Arnika hilft auch nicht gegen alles. Die Fahrerei mit der Kutsche tut ein Übriges. Brauch ein warmes Bad, lass es die Sybille einlaufen. Er hat doch einen Zuber oder badet er gar im Bach mit der Sybille?« Der Herr Visitator krümmte sich vor Lachen.

»Unser Herr Erzbischof ist ein Bacchant, wie man neuartig sagt. Er reibt sich sein verdrehtes Kreuz mit einem Batzen Honig ein. Des mach ich auch, dann darf die Sybille ihn ablecken.« Er wieherte wie sein Schwarzer, der draußen im Hof noch aufs Abschirren wartete und schlug sich die Schenkel.

»Der Herr Erzbischof ist ein Adeliger«, setzte er hinzu, »der Herr Graf von Harrach und die wissen, was sie tun, um einer Kalamität abzuhelfen. Hat dem Herrn Generalvikar mit dem Honig seine malade Haut kuriert. Seine Eminenz ist ein wohltätiger Mann, kümmert sich sehr um die armen Leute, geht gar zu den Armen ins Haus. So was.«

»Wir streichen hier im böhmischen Wald den Honig aufs Brot. Ich gebe dem Herrn Visitator gern ein paar Gläser davon mit nach Prag, hält lange her, der Haunsteiner Honig.«

»Na, das ist mir recht und ein paar Laib Brot steck er mir auch dazu und ein oder zwei fette Schinken, soll sein Schaden nicht sein.«

115.

Der Sebastian Holzner, sei ein Falott, sagte der Pfarrer lauthals in der Kirche, und ein Spalter, einer, der dem Dorf Schaden zugefügt hätte drüben in Brünn, den der Herr Bischof Mores gelehrt hat und sie sollten ihn davon schicken. »Er ist doch darauf angewiesen, in den Häusern der anderen Dörfler zu schlafen. Er nutzt euch aus und schon sein Vater war ein Ärger.«

Da erhob sich der Graf aus seiner Kirchenbank und sagte laut und vernehmlich, dass der junge Holzner unter seinem Schutz stehe und wer sich an ihm vergreife und wenn es auch nur ein unflätiges Reden sei und wenn es auch ein Pfaffe sei, der übel sich erklärt, der müsse mit seiner, des Grafen Antwort rechnen. Jetzt sei es Schluss mit dem Geschwätz und er solle sich bald einen anderen Platz suchen, habe keinen mehr in seinem Bezirk.

Der Pfarrer wurde fahl im Gesicht und hantelte sich von der Kanzel, fiel dem Graf vor dessen Bank auf die Knie und versprach Einkehr und Besserung. Er würde sich selber darum mühen, dass der Sebastian, der ja ein geschätztes Mitglied der Gemeinde sei, eine eigene Hütte aufgestellt bekäme, hinter dem Grundstück des Pfarrhofes läge die Alte Brache, die ja dem Pfarrer zustünde, da ließe sich gut wohnen.

»Der Prack wird sich mit ihm in Verbindung setzen«, knurrte der Graf, »stelle er die Hüttn auf. Gleich heute fang er an damit.«

Dem Herrn Visitator, der dem Gottesdienst beiwohnte, war diese Tatsache Bredouille, in die der Pfarrer durch eigene Schuld geraten war, in die auch er, der Visitator nunmehr eingebunden war, ganz offenbar unbekannt. »Das alles ist sehr delikat«, herrschte er den Herrn Pfarrer an, »weiß er sich nicht zu benehmen im Gottesdienst. Da ist kein Segen drauf. Potztausend, dass er mir das antun muss.«

Da müsse der Herr Pfarrer der Sibylle nunmehr gut zureden, mit ihm in die Stadt zu ziehen, polterte er ganz unverblümt, allenfalls könne er für nichts seine Hand ins Feuer legen. Es gereiche der Maid nur zum Vorteil. Der Pfarrer war sich der offenkundigen Erpressung durch den Visitator wohl bewusst und versprach ihm hoch und heilig, alles zu tun, um die Sibylle von ihrer besseren Zukunft in der Stadt zu überzeugen.

»Er weiß, und die Heilige Schrift ist ihm doch bewusst, hat er sie doch gelesen, dass die Frau dem Mann untertan zu sein hat.«

Der Pfarrer verschränkte demütig seine Hände und nickte ergeben.

»Na denn, dann hör er genau hin. Dem Paulus war es ein Herzensanliegen«, dozierte der Herr Visitator, »hat er es doch den Ephesern seinerzeit schon ins Stammbuch geschrieben, auf dass kein unguter Geist aufkomme. Die Weiber seien also untertan ihren Männern als dem HERRN, heißt es richtig und der Mann ist des Weibes Haupt, gleichwie auch Christus das Haupt ist der Gemeinde. Und das in allen Dingen, füge ich dem hin zu, also wird sich auch die Sibylle in ein angenehmeres Los zu schicken wissen.«

116.

Der Sebastian lag wieder mehr als er saß in der Kirchenbank, hatte die Hände ineinander verkrallt, murmelte seine lateinischen Gebete. Neben ihm saß breitbeinig die Sybille und kaute an einer langen gelben Rübe. Beide fixierten den rot gestrichenen, hölzernen Engel, der am Seitenaltar den Heiligen Wolfgang, der in goldenem Gewand segnend seine rechte Hand erhob, zu beschützen schien, hatte er doch einen Speer in der einen und ein Flammenschwert in der anderen Hand. So gut ausgerüstet schien er der Beschützer der Armen und Verzweifelten und Sebastian war arm und verzweifelt.

Die Sibylle wandte sich an den Holzner Sebastian und sagte ihm, sie sei eben noch so jung und in der großen Stadt würde man sie ausnutzen, das könne sie schon spüren, weil der Herr Visitator ein Schlechter sei, das habe sie ihm an den Augen abgeschaut. Der Sebastian fasste mit der rechten Hand die linke der Sibylle und drückte sie.

Er klopfte dann beim Pfarrer und verlangte nach dem Visitator und dem sagte er, dass es nichts werde mit der Sibylle, weil, wenn sie in der Stadt dann ein Kind bekäme, keiner dafür aufkommen wolle und sie als eine Hexe hingestellt würde. Dann müsste sie mit ihrer Schande wieder nach Haunstein zurück und keiner würde mit ihr etwas zu tun haben wollen oder sie würden sie in der Stadt gleich verbrennen.

Der Visitator sah nun alle Felle davonschwimmen und hatte Sorge, dass der Holzner renitent würde und gar die hiesigen Zustände bei seiner Eminenz in Prag vorbringen würde. Er schwitzte und sagte dem Holzner, dass er für die junge Frau grad stünde und sie nur dann sich auf die Reise machen solle, wenn sie das auch gerne mache.

»Die Sibylle bleibt in Haunstein und der Herr Visitator nimmt am besten den Pfarrer mit und ich werde mit dem Herrn Graf alles bereden, aber vielleicht ist der Herr Visitator morgen schon nicht mehr da im Pfarrhof, hat sich lange in aller Früh mit seiner Kutsche auf die Fahrt in die nächste Pfarre gemacht und kommt auch nie mehr nach Haunstein.«

117.

Die Haunsteiner schliefen noch und kein Hahn hatte sich
so früh gemeldet, als der Herr Visitator in die Kutsche stieg
und das Dorf verließ, und der Herr Pfarrer schlug mit aller
Macht den Segen über den Herrn Visitator. Er bekreuzigte
sich zudem eins um das andere Mal und rief nach der Sibylle, dass sie ihm einen Tee aufbrühe. Aber die Sibylle war
nicht mehr im Haus.

Von der Eminenz angefangen bis zum Herrn Visitator
könnten sie ihn alle gern haben, sagte er sich nun, er bleibe
Pfarrer in Haunstein und er nahm sich ernsthaft vor, nicht
mehr so viel vom Teufel zu reden, sondern vom Erzengel
Gabriel und auch vom Erzengel Uriel, weil Letzterer doch
der maßgebliche Fürsprecher sei, eben der *lux vel ignis Die,*
was man gemeinhin mit Licht oder Feuer Gottes beschrei-
be. Der Erzengel Uriel würde auch mit dem Schwert drein
hauen, nicht nur auf die vielen Dämonen, sondern auch im
Krieg auf den schwedischen Feind. Sie sollten sich alle an
ihn halten, würde er der Gemeinde eintrichtern und schon
im 4. Buch Esra stünde der große Uriel den Menschen bei.
Aber auch vom Erzengel Raphael würde er reden, der den
Tobias auf seinen Reisen beigestanden sei und er würde auch
die Haunsteiner bei all ihrem Tagwerk begleiten.

Der Gabriel und der Uriel, der Raphael und der Michael
stünden ganz nahe bei Gott und beim letzten Gericht zudem an seiner Seite, wenn die Guten auferstehen und die
Bösen verdammt würden, endgültig wäre das dann. Wer in
den Himmel kommt und wer die ewige Verdammnis erleiden müsse, sei noch nicht genau bekannt. Aber die Treuen,
die Guten und die Gläubigen dürfen sich auf den Tag des

endgültigen Gerichts freuen, weil sie durch das Kreuz Jesu Christi erlöst seien. Ja, davon würde er predigen und der Herr Graf würde ihn loben und alles wäre wieder gut und recht.

118.

Vor der Zugbrücke oben vor der Burg lehnte an der alten Eiche der Hieronymus Pfeilschrieb, der im Dorf in einer dürftigen Bleibe hauste, sich mit Betteln durchs Leben brachte und wohl aus dem Buchtal gekommen war. Er müsse zum Herrn Graf, rief er durchs offene Tor. Er trug in der Linken einen Wassereimer, in dem zwei, drei Fische schnalzten und mit der rechten Hand hob er eine Flasche Fusel an den Mund. An einem ledernen Gurt, den er um den Nacken geschlungen hatte, baumelte ein ellenlanges Kruzifix, über den Schultern pendelte linksseitig ein mächtiger Büschel Heublumen auf die behaarte Brust, auf der rechten Seite hing ein toter Hase am Leder, den er vermutlich aus einer Schlinge geholt hatte, den wollte er dem Herrn Graf anbieten.

Ein Burgknecht ließ ihn ein und der Pfeilschrieb blieb vor dem Hühnerstall stehen. »Gibst du mir eine Henne, geb ich dir einen Fisch«, sagte er zu der Viehmagd.

»Behalte deine Fische, die Knechte gehen zur Reuse und bringen etliche.« Der Pfeilschrieb trottete zum Burgeingang.

Der Pfeilschrieb schob sich seine Pelzmütze zurecht, war es doch noch früher Morgen, frisch war die Luft und er war schon seit dem Morgengrauen auf den Beinen. Dann betrat er durch den breiten Eingang die Burg.

Bald darauf kam der Pfeilschrieb mit dem leeren Eimer auf den Burghof heraus getreten. Den Hasen hatte er dem

Graf dagelassen, in der linken Hosentasche klimperte eine Münze und er hatte mit der rechten Hand eine Flasche Branntwein umfasst. »Diese Bezahlung lasse ich mir eingehen«, tönte er, verließ über die heruntergelassene hölzerne Brücke den Burghof und machte sich auf den Weg ins Dorf. Dort würde er in seiner Hütte der Flasche den Kopf abdrehen und bis in den nächsten Tag hinein schlafen.

Über dem Eingang seiner Hütte hatte er den ausgebleichten Schädel eines Pferdes aufgehängt, quer darüber schwebte eine rostige Lanze aus dem Krieg, von zwei langen, hölzernen Nägeln gehalten, die er in einer der Schluchten nahe dem Buchtal gefunden hatte, an den beiden Türpfosten übereinander platziert baumelten eine Unzahl verschiedenster kleiner Tonpfeifen, die er selber gefertigt hatte.

Zur Rechten der Tür auf einem alten Holzbock stand ein kleines irdenes Gefäß, in das er großblättrige blaue und gelbe Veilchen gepflanzt hatte, in dem alten, granitenen Pflanztrog daneben hatte sich eine seichte Pfütze abgestandenen Regenwassers gesammelt, das den Vögeln als Tränke gedient haben mag.

Zunächst setzte er sich auf die alte Holzbank an der anderen Seite neben der Tür unter einem schmalen Fenster, darunter hing ein Blumenkasten mit buschigen roten Geranien, streckte die müden Beine aus, griff sich die Flasche mit dem Branntwein und nahm einen tiefen Zug. Der Graf hatte ihm eine Münze zugesteckt, die drehte er zwischen den Fingern. Davon konnte er ein Stück Schweinernes kaufen oder den einen oder anderen Krug Bier aus der gräflichen Brauerei.

Der Prack Stefan war ihm nachgeritten und legte ihm einen kleinen mit Hafer gefüllten, leinenen Sack neben die

Bank. »Wenn du wieder einen Hasen findest«, lachte er, »bring ihn dem Graf, du bist ja in seinem Wald daheim.« Dann schwang er sich wieder auf den Braunen und ritt ins Dorf hinunter, wollte in der Brauerei nach dem Rechten sehen. Der Pfeilschrieb ging die Wälder ab, suchte die Fallen auf und brachte die toten Hasen in die Burg. Immer wieder hatten Wilderer ihre Tellereisen nahe der Fallen, die dem Grafen gehörten, aufgestellt.

Mit dem Schmied von Keimling, der den Wilderern die Tellereisen fertigte, hatte der Prack schon des Öfteren ein deutliches Wort gesprochen, aber gutes Zureden war umsonst, sodass über kurz oder lang der Bezirksrichter ein Machtwort würde reden müssen.

Aus dem Hohlweg, der vom Buchtal ins Dorf herauf führte, hörte man eine Kutsche herauf fahren. Es war der Kutscher Dennerlein, der am Bock saß, die vier Braunen am Zügel hielt, der die Strecke nach Krumau hinunter fuhr und jede Woche einmal in Haunstein das eine oder andere Stück auslud oder in die Kutsche schob.

Ein Weib in einem dunkelgrauen, langen Gewand, in mittlerem Alter, stieg vor dem Haus des Pfeilschrieb aus der Kutsche, fasste einen Korb am Griff und stellte ihn vor die Bank. »Bin wieder da«, sagte sie. Er schwieg lange. »Guat is es«, sagte der Pfeilschrieb.

Dann sammelte sich recht schnell eine Gruppe von Dörf-lern, als hätte die Nachricht von der Rückkehr der Pfeil-schrieberin der Pfarrer persönlich von der Kanzel verlesen. Hochwürden erschien dann auch bald, eilig herbei gerufen. Er schob sich durch die Leute, trat vor die beiden auf der Bank sitzenden Häusler und legte bedächtig seine Hände über den leicht vorgewölbten Bauch. »Umbra transit, opera manent«, sagte er betulich und der Prack, der an seinem Ross lehnte, meinte, er sollte das schöne Wort doch allen kundtun. »Die Schatten vergehen, die Werke bleiben«, lächelte der Herr Pfarrer, der heute nicht von Blitz und Donner redete und den Teufel und alle Dämonen auf die beiden herunterschrie.

Der Prack sagte den Leuten, sie sollten wieder in ihre Häuser gehen und sie würden die Pfeilschrieberin ja jeden Morgen am Brunnen treffen und sie würde ihnen viel erzählen, sei sie doch in der Welt herumgekommen. »Der Graf freut sich«, sagte er laut und vernehmlich, »dass die Pfeilschrieberin wieder im Dorf ist und sie wird ihm persönlich berichten, ob der Dom in Pilsen noch steht.« Dann schwang er sich auf sein Ross und ritt zur Burg hinauf.

119.

Vor den Hauseingang am Prack'schen Anwesen hatten die Kinder eine ausgestopfte Puppe, in weißes, verschmutztes Linnen gekleidet, auf einen Spieß platziert. Der gelbe, schotige Kürbiskopf fletschte das Gebiss, zwischen den Zähnen hing eine alte, zerbrochene Pfeife. Auf dem Fenstersims saßen aus Holzstückchen gefertigte gelbe und rote Püppchen, Hunde und andere phantasievolle Figuren, in einer blechernen, verrosteten, schief gesetzten Schüssel steckte in sandigem Grund ein hölzernes Kreuz, darauf ein Korpus Christi gemalt war.

Neben der Schüssel saß der Kleinste, der Benedikt und malte mit einem kleinen Ästchen Figuren in den Sand des Hofes, von der Rückseite des Hofes hörte man das fröhliche Schreien und Lachen mehrerer spielender Kinder und

Gebell eines Hundes. Eine Hühnerschar gackerte auf der anderen Seite des Hofes, während aus dem Schweinekoben das Grunzen und Schmatzen zufriedener Schweine zu vernehmen war, die sich aus einem Trog ihr Futter holten.

Zwei Rösser waren vor einem ausladenden Stadel angeschirrt und warteten, dass sie in den Leiterwagen eingespannt würden. Sebastian Holzner stand vor der leicht geöffneten Tür und klopfte mit seinem Stecken dagegen.

»Ist einer daheim?«, fragte er.

»Freilich ist einer daheim und der hat auf dich gewartet«, lachte der Rupert Prack und trat durch die angelehnte Stadeltür in den Hof, »ich brauch dich zum Arbeiten, spann an, kommst grad recht.«

Der Holzner hatte die Sibylle an der Hand gefasst. »Der Pfarrer vermisst sie, meine Sibylle, aber dem Herrn Visitator habe ich sie nicht gelassen, der ist heut am frühen Morgen, da haben die Haundorfer noch unter der Bettdecke geschlafen, in seiner Kutsche still und leise durchs Dorf geschlichen. Er dürfte schon in Brennsdorf drüben sein, und den dortigen Herrn Pfarrer heimsuchen.«

Aus der Ferne hörte man leisen Kanonendonner, als kündigte sich Unheil an.

120.

Im Norddeutschen hätten sie nun endlich zu einem Auskommen gefunden, sagten die Leute, aber man wisse nichts Genaues und die Oberen hätten sogar einen Vertrag unterschrieben, der den Krieg bannte, man warte auf die Neuigkeiten.

Aber das Land wäre von der Nordsee bis zu den Bergen

im Süden zerstört, das hatte sich herumgesprochen. Der Hunger hätte die meisten Menschen in den deutschen Ländern immer noch im Griff, ganze Landstriche hätten ausgiebig mit der Pestilenz zu tun und seien verwüstet und es würde lange dauern, bis Deutschland wieder auf die Beine käme.

Das eine oder andere Mal hatten sie Grund zur Freude in Haunstein, kehrte doch ein tot geglaubter Vater, Bauernsohn wieder heim ins Dorf. Hatte ihn der Tod noch nicht brauchen können, war den Kugeln der Landsknechte, den Bajonetten und den Schwertern der Kürassiere entkommen. Von anderen wiederum hörte man zeitlebens nichts mehr.

Die Haunsteiner lebten bescheiden ihr karges, oft genug recht kurzes Leben. Sie liebten sich und stritten miteinander, der eine betrog, der andere lamentierte, der dritte hasste seinen Nachbarn, sie waren eifersüchtig, neideten dem anderen die Kuh, das Ross, das er mehr im Stall stehen hatte. Missgunst und Schadenfreude, Jammer und Kummer zogen mit durchs Leben. Menschliche Gefühle waren ihnen also nicht fremd.

Sie starben oft genug viel zu jung, kaum dass sie das Licht der Welt erblickt hatten, schon im Kindsbett, die meisten wuchsen zu gradlinigen Menschen heran, sie heirateten, zeugten wieder Kinder, wurden krank, trauerten und litten, starben. Aber sie hielten auch zusammen. Das Dorf wurde zum Marktflecken, aus hölzernen Hütten wurden steinerne Häuser, in der Kirche stand schließlich eine Orgel, von Schinko selber gebaut.

Die Kinder im Dorf wuchsen heran, nicht alle überlebten ihre jungen Jahre.

Die alte Gräfin Ludmilla, die seinerzeit im Dampfbad

zu Rokyzany ihren Erstgeborenen zur Welt gebracht hatte, sagte immer, die Kinder seien wie Regentropfen, die aus den Wolken fallen und die Jahre dieser Kinder würden sich aus den Tropfen bald zu einem Rinnsal entwickeln, zu einem Bach und zu einem Fluss, der schließlich ins große Meer seinen Lauf lenke und jeder Tropfen würde irgendwann dort ankommen. Die Kinder würden ihre Erfahrungen machen. Ohne diese Erfahrungen gäbe es kein Leben. »Einmal wirst du gebremst in diesem Leben«, sagte sie zu ihren Kindern, »dann wieder geht es schnell vorwärts.«

Das Leben der Menschen wäre wie der Reigen der Schneeflocken, die im Winter vom Himmel fallen, durch die Luft torkeln und tanzen, die der scharfe, eisige Wintersturm auch durch die Straße fege.

Auf der Burg ging alles seinen Gang. Die Haunsteiner Grafen und ihre Kinder wurden auch älter wie auch der Stefan Prack und seine liebe Frau. Die neue Generation kam ans Ruder.

Der Frederik Mannstein, der Buckler, wie sie ihn zeitweilig in Haunstein genannt hatten, der seinem Herrn und Meister, dem großen Herzog Wenzel Eusebius Waldstein bis zu dessen unrühmlichen Tod treu gedient hatte, hatte seinem geliebten Prag Adieu gesagt, war ein arrivierter Gutsherr im Bayerischen geworden und hatte mit seiner Julia eine erkleckliche Nachkommenschaft in die Welt gesetzt.

Der Harrschler Gustl bereiste halb Europa mit den Wagenkolonnen seines Pariser Schwiegervaters, war ein echter Parisienne geworden, liebte die große Stadt und lachte darüber, dass seine Kinder den ersten Buchstaben seines Namens nicht aussprechen konnten. »Harrschler«, schrieb er, ist eben ein böhmischer Name.

Auch der Rupert Prack hatte nun lange schon mit der Lara seine Kinderschar großgezogen. Keiner der drei war ein Geselle des Wallenstein, wie er sich auch nannte, geworden, der schon vor langem in Eger das Zeitliche gesegnet hatte. Aber sie hatten ehemals die Welt kennen gelernt.

Der Paulig hatte in den Gardianhof hineingeheiratet und war der Magdalena ein guter Mann und den Kindern ein liebevoller Vater geworden, hatte die Straßen in Haunstein gepflastert und die Höfe der Bauern, hatte mit den Tausern die Wege und Straßen an der Grenze vermessen und ausgebaut und sich einen Namen gemacht.

Das gräfliche Brauhaus war ausgebaut und vergrößert worden und die Poststation wurde stark genutzt. Von Krumau im Süden wie von Pilsen, der alten Königsstadt, führten die Wege durch den Marktflecken und der Graf war zufrieden.

Der Gardian war krank geworden, das schmerzende Kreuz ließ ihn nicht mehr atmen und er müsse aufs Alten-teil, sagte er und die Dörfler wählten den jungen Prack zum Schultheiß. Sie meinten, wenn einer schon in Brünn war oder in Esztergom und Buda und das große, ungarische Land kennt, gar das reiche und mächtige Wien gesehen hat und wenn einer den gefährlichen Weg von Passau über den tiefen Wald geritten ist, ja dann kennt er die Welt, durchschaut die Zusammenhänge.

Ernst Adalbert von Harrach, seine Eminenz, der Hochwürdigste Herr Erzbischof von Prag hatte den Brief des erzürnten Graf von Haunstein, ein von ihm hoch geschätzter Edelmann vor sich liegen. Der Generalvikar kannte den Inhalt schon.

»Der Haunstein hat Kontakte bis in den Wiener Hof hinein«, erwähnte der Herr Erzbischof zunächst, »zudem ist er ein honoriger und spendabler Mäzen unserer Heiligen Kirche, hat am Weißen Berg gekämpft. Wir müssen ihm den Gefallen tun. Schreib er den Pfarrer Egid Freimuth, dass er sein Packerl binde und hier unverzüglich zu erscheinen habe. Dem Haunstein geben wir den Luthe oder den Perlinger, beides honorige Leute. Der Haunsteiner hat von Seiner Majestät das Marktrecht verliehen bekommen, wie er schreibt.

Es ginge schnell aufwärts mit dem Ort, fügt er an und man könne sich keinen albernen Pfaffen mehr leisten. »Ah, schau an, jetzt wird er aufmüpfig der Haunstein. Aber wo er Recht hat, da hat er's. Na, lese er das selber, Herr Generalvikar. Schickens den Luthe nach Haunstein, der hat eine kreuzbrave Schwester, die ihm aufkocht und die kann sich ein wenig um die Haunsteiner Weibsleut abmühen, brauchen doch alle eine Stütze in diesen schlechten Zeiten.«

Der Anlass der Kündigung war der Sonntag Jubilate. Der Pfarrer hatte all derer zu gedenken, die nicht mehr aus dem unseligen Krieg zurückgekehrt waren, es waren ihrer zwölf und er meinte, dass jeder für seine Schuld und seine Sünden büßen müsse, daheim oder auf dem Schlachtfeld. Dann hat er seine scharfe Zunge kurz in Zaum gehalten. Aber nur, weil er die Männer aufforderte, seine Unterbrechung des geistlichen Donnerwetters für eine Brise Schnupftabak zu nutzen.

Da wurde es dem Graf heiß und er schlug mit der Hand auf die Kirchbank. »Aus ist es mit dem Schnupfen«, schrie er zur Kanzel hinauf und erhob sich, »und er schnüre jetzt sein Säckel und ziehe noch morgen aus dem Pfarrhaus. Hinterlasse er es fein säuberlich. Am heiligen Sonntag Jubilate steht es ihm nicht zu, die Leute zu schänden und zu verleumden, alles sind es fromme Christen gewesen und Helden des ganzen Landes, Väter und Söhne und Ehemänner aus Haunstein, die für uns gestorben sind. Weiß er nicht, was sich am heutigen Sonntag geziemet: »Halleluja! Jauchzet Gott, alle Lande, Halleluja!« Das sollte die Gemeinde singen. »Lobsinget zur Ehre seines Namens! Halleluja! Und ihr, Pfaffe, ihr frevelt Gott, den Schöpfer und die Menschen, seine Geschöpfe. Schämt euch also.«

»So und ihr geht jetzt alle auseinander«, wandte er sich an die Kirchenbesucher und wartet bis seine Eminenz, der Herr Erzbischof, uns einen anderen Pfaffen schickt. Das ist nun schon der dritte unfähige Pfaffe in zehn Jahren, einer gibt sich ärger als der andere. Geh er mir aus den Augen, Freimuth.« Die Haunsteiner waren sehr zufrieden mit diesem Sonntagvormittag und sie hatten viel miteinander zu reden. So schnell ändern sich die Zeiten und die Umstände wird mancher Haunsteiner gedacht haben.

121.

Der gräfliche Herold war nach Haunstein hinein geritten. Er läutete zur Mittagsstunde seine Glocke auf dem Dorfplatz und alle kamen sie herbei. Der Kaiser lasse allen Untertanen mitteilen, rief er, das die Katholischen und die Lutherischen sich die Hände gereicht hätten, dass die Kampfhandlungen der Kriegsparteien nach dreißig Jahren nun endgültig vorbei seien, dass man einen Frieden ausgehandelt habe, dass das nun eine sogenannte *pax universalis* sei. Eintracht kehre nun ein von Italien bis hinauf an die nördlichen Meere und von Frankreich bis herüber nach Böhmen. Mit der Angst und der Kümmernis habe es nun ein Ende und aus und gar sei es nunmehr und alle sollten arbeiten und schaffen und ihren Lehensherrn gehorchen, auf dass Hass und Streit aus der Welt seien.

»Es lässt sich gut an, das Leben«, sagte die Lara, »wennst deinen Glauben hast und wennst gesund bist, wird dir nichts zu viel.«

122.

Der Pfeilschrieber hatte inzwischen eine scheckige Stute im Stall stehen. Die Tage waren noch feucht, er setzte sich auf einen Baumstumpf, auf dem die morgendliche Feuchtigkeit lag und brütete über seinen Gedanken, während die Stute die frischen Triebe von der Birke zupfte, die am Rand des Weges stand. Sie schaute zum Pfeilschrieber, schritt bedächtig bis zum Bach hinüber, trank einen Schluck aus dem frischen Wasser, das pfeilschnell dahin floss, wieherte verhalten, als wolle sie ihn zum Spiel auffordern, wedelte mit dem schmalen Schweif. Der Pfeilschrieber dachte an seine Frau. Die Elis war still geworden, sprach kaum mit ihm, hing ihren Gedanken nach.

Der Prack sagte dem Pfeilschrieber, er solle der Elis Zeit lassen, dann renkt sich vieles wieder ein.

Der um diese Jahreszeit wenig befahrene Hohlweg wurde Jahr für Jahr tiefer ausgefurcht. Das Wasser der schon bald beginnenden Schneeschmelze würde ihn weiter aushöhlen.

Um diese Jahreszeit, Ostern war heuer schon Ende März, lag jedoch der harschige Schnee noch knöcheltief. Er führte die Stute am kurzen Strick. Kurz bevor der Hohlweg in die Buchtaler Schlucht hinab führte, bogen sie ab vom Weg, den steilen Hang rechterhand hinauf. Dichter Baumwuchs hinderte sie am zügigen Vorwärtskommen. Oben auf der lang gezogenen Schräge würden mächtige Fichten warten, die er mit dem Horneis Ernst während der kalten Wintertage gefällt hatte. Er schob die braune Pfeife zwischen die Zähne.

Er dachte an die Missernte des letzten Sommers. Woher sollte er das Geld nehmen, um Brot zu kaufen. Zum Bettler würde er nicht taugen. Gut, dass die Elis beim Prack in der Mälzerei zu tun hatte. Der Graf mälzte selber, wenn er die Elis nach ihrer Arbeit fragte, erzählte sie gern davon, wurde gesprächiger. Dann berichtete sie davon, dass das Braugetreide den richtigen Wassergehalt haben musste, dass sie genau sein musste, man müsse schon um die Zusammenhänge wissen. Die Sommergerste würde der Graf am liebsten zum Brauen hernehmen, weil sie einen besonderen Geschmack verströme. In Nürnberg drüben hätten sie gerne das helle Malz verwendet, das würde sehr heiß gedarrt werden und verleihe dem Nürnberger Bier den besonderen Eigengeschmack. »Aber es muss eben auf der Darre schonend getrocknet werden, dann erst stimmt das Aroma.« Er war stolz auf seine Elis, die dem Prack und dem Braumeister so gewissenhaft zur Hand ging.

Den Braumeister, den Hierlinger Ferdl, hatte der Graf aus dem Bayerischen abgeworben und der Hierlinger braute ein gutes Bier. In Nürnberg würde das Bier am Samstag am Brunnen ausgeschenkt und an Arme kostenlos verteilt. Mit großen irdenen Krügen stünden sie an, bis sie an die Reihe kämen.

Die Elis hatte in der Magda vom Prack eine gute Freundin wieder gefunden. Er habe zu viel mit ihr geschrien und getrunken habe er über die Maßen, der Pfeilschrieb, erzählte sie seinerzeit der Magda und dann ist sie nachts aus dem Haus. Nach Budweis möchte sie, vertraute sie der Magda an und wenn es dort nichts würde, dann hinaus ins Bayerische oder hinauf nach Pilsen, nur weg von hier und in der Stadt fände sie Arbeit und eine Bleibe.

Die Magda versprach ihr die Freundschaft, was auch käme. Sie war auch nur eine Häuslertochter gewesen, die Magda. Beim Wäschewaschen im Bach habe der Prack Stefan mit dem Pferd neben ihr gehalten und sie gefragt, ob es erlaubt sei, Wasser aus dem Bach zu trinken. »Das steht jedem zu«, lachte sie und er wusste von diesem Augenblick an, dass sie und nur sie die Richtige wäre.

»Mir ging es wie damals vor sechshundert Jahren dem Herzog Oldrich von Böhmen mit seiner Bozena«, erzählte er seinen Kindern, wenn sie immer wieder neu wissen wollten, wie das denn damals gewesen war, als er die Mama getroffen hatte. Die Bozena wäre ein Bauernmädel gewesen, erzählte der Vater und der Fürst Oldrich hätte sie beim Wäschewaschen zum ersten Mal gesehen und es wäre um ihn geschehen gewesen. Bald zog sie in seine Burg ein. »Ich lebe ja auch auf einer Burg mit meiner Bozena, die Magda heißt«, erzählte er lachend und die Kinder waren mächtig stolz auf ihren Vater, der sich seine Frau wie der große Fürst Oldrich vom Bach geholt hatte. »Ich war jedoch nicht auf der Jagd wie der Fürst Oldrich, ich kam aus Budweis herüber, hatte dort im Auftrag des Grafen Haunstein zu tun. Aber es kann ja nicht jeder ein Fürst sein.« Das genügte den Kindern und sie freuten sich auf das nächste Mal, wenn der Vater die Geschichte von der Magda beim Wäschewaschen erzählte.

So gingen die Tage ins Land, der Sommer löste den Frühling ab. Neue Haunsteiner erblickten das Licht der Welt und die alten starben, gingen heim in Frieden, den ihnen die Welt zumeist schuldig geblieben war.

123.

Von einem gewissen Sebastian Branka aus Hilecek, dessen Vater einen großen Besitz nahe Hilecek verwaltete, redeten die Leute landauf, landab an den Stammtischen, auf den Feldern und nach dem Gottesdienst in den Kirchen. Er war an eine Eiche genagelt gefunden worden und jeder in Hilecek erinnerte sich an das grobe Großmaul, das den Dörflern eine Last war, ein Prahlhans war er, der junge Leute zusammengeschlagen hatte und für jede Schandtat gut war. Seinen guten Eltern geriet er zur Schande. Er bereitete ihnen nur Kummer, solange er lebte. Er verdarb ihnen das Leben und brachte Schmach über den guten Namen der Eltern.

In Hilecek selber konnte sich niemand einen rechten Reim auf die schlimme Tat machen. Aber es wäre der gleiche, alte Eichenbaum gewesen, an den seinerzeit der Jud genagelt worden war und die Leute machten sich so ihre Gedanken, wussten die Älteren.

»Auch unser Herr Jesus Christ war ein Jud und seine Heilige Mutter Maria und der Erzvater Abraham auch und der Moses, der sein Volk aus Ägypten heraus geführt hat, war auch ein Jud«, sagten die Verständigeren unter den Menschen seinerzeit. Manche bekreuzigten sich und wälzten so ihre Gedanken.

»Man soll aber nicht reden, wenn man nichts Sicheres weiß, nichts beweisen kann«, sagte der Dorfschulze von

Hilecek. Der Dorfpfarrer meinte auf dem Friedhof, wo der Sebastian Branka im Familiengrab beerdigt wurde, dass alle Menschen ständig von der Sünde und der Schuld umstrickt wären und dass vor der ewigen Verdammnis noch das Fegefeuer stünde, das unsere verdorbenen Seelen läutern würde.

Der Herr Baron Branka, der Vater des auf so tragische Weise ums Leben Gekommenen, der um das schlechte Leben seines Sohnes, die Schuld des Kindes wusste und mit seiner Ehefrau trauerte, war dem Herrn Pfarrer für den Trost dankbar und er spendete einen Batzen.

Im Wirtshaus meinten die Männer, dass den Branka doch gleich der Luzifer geholt habe, da brauche es kein Fegefeuer mehr und jeder in Holecik wisse, dass der Branka tausend Teufel im Leib gehabt hätte und alle Frauen, denen er gegen ihren Willen ein Kind gemacht hätte, würden sich des Vaters ein Leben lang schämen. Der Zickling Adam, der nicht weit von der alten Eiche seine Hütte hingestellt hatte, sagte, er habe just zur gleichen Nacht, als man wohl den Branka an die Eiche genagelt hatte, einen schwarzen Hund aus dem Dorf schleichen sehen. Schnell wäre der dran gewesen, verstohlen habe er sich mehrmals umgeschaut, hat sich geschüttelt und irgendwas habe er im Maul zwischen den Zähnen getragen.

An der Kirche hätte er einen großen Bogen gemacht, haben andere wiederum gesehen. Der Körble Justus wiederum, der vor ein paar Jahren aus Augsburg zugezogen war und gar gerne das große Wort führte, meinte, man müsse die Eiche fällen, weil sie ein Schandmal wäre und es käme gar noch einer auf den Gedanken, wieder einmal jemand zu nageln.

Die anderen Dörfler meinten, dass der Branka an Teifl gsehn hätt' und dass eahm scho recht gschiachat.

»Die Weiberleut möchten sich der Sünden fürchten«, sagte die Wirtin, deren Tochter auch einen schwarzkopferten Bub vom Branka an der Schürze hängen hatte. »Es geschieht ihm Recht, der hat nur Unglück gebracht.« Die Leute hatten nun wieder Neues zu bereden und so wurde es in den Dörfern nicht langweilig.

Der Herr Amtsrichter, dem der Fall vorgelegt wurde, erinnerte sich auch an den Hileceker Jud, einen gewissen Salomon Abendstein, dessen ältesten Sohn drei Holzfäller aus dem Dorf seinerzeit auch erschlagen und an eine dicke Eiche genagelt, gefunden hatten, aber man hätte die Mordbuben nicht entdeckt.

»Die Rache ist mein, ich will vergelten, spricht der HERR«, dachte der Herr Amtsrichter, ein Baron von Lesch, der allseits geachtet war und seine Frau aus Pilsen geholt hatte, eine entfernte Cousine, die ein gutes Geld und ein kleines Häusl in Pilsen ererbt hatte. »Aber es mag sein, dass der Herr damals, als sie den Judenbub ums Leben gebracht hatten, keine Zeit gehabt hatte, den Jud zu rächen, und nun hat der Allmächtige doch noch, nach langer Zeit, einen seiner Engel beauftragt.«

Der Prälat Zollitzer, mit dem er am Freitagabend immer in der Gaststube saß, verwies zudem darauf, dass wohl der Erzengel Uriel jenem die Hand führe, der für Rache vom Herrn auserkoren ist und der Uriel wäre ein furchterregender Gewaltiger und seinem Herrn und Gott unendlich nahe. Der Mensch, der zur Rache auserkoren sei, dieser Mensch wäre ein Auserwählter. Die Welt wäre voller Verderben und die Menschen boshaft. Deshalb wären Uriel, der mit Feuer das Böse verbrennt und mit mächtigem Schwert zuschlägt, aber auch Michael und andere der Erzengel nötig, um diese Welt vor noch größerem Unheil zu bewahren. »Im Krieg wäre dieser Branka zum Mordbrenner geworden und hätte ganze Städte eingeäschert«, sagte der Herr Prälat Zollitzer, »gut ist's, dass ein End' ist. Aber Gott wird es richten, er wird die Bösen strafen, grad jene die Furcht und Schrecken unter die Menschen bringen. Verlass er sich darauf, Herr Baron.«

Der Herr Amtsrichter Baron von Lesch sah das alles genauso wie der Herr Prälat es gesagt hatte und er nahm sich vor, für den Erzengel Uriel in seinem Haus einen Altar aufzustellen. Wenn ihm und seiner Familie der Heilige Erzengel Uriel wohl gesinnt wäre, würde man sich vielleicht durch die Irrungen und die Kriege besser durchschlagen und müsse sich schließlich auch nicht vor der ewigen Hölle fürchten.

In Haunstein war das Geschehen ebenfalls Tagesgespräch, hatten viele den nun gewaltsam Verstorbenen doch noch in schlechter Erinnerung. »Aber eigenartig ist dieser Vorfall schon«, sagte auf der Burg Haunstein der Verwalter Stefan Prack zum Graf Leopold, »sehr eigenartig, hat man doch gemeint, der Mord an dem Judenbub bleibt ungesühnt.«

Gräfin Klara bedachte, dass der Herr seiner nicht spotten lasse. Das stünde in der Bibel. »Denn was der Mensch sät«, sagte sie, »das wird er ernten«, und der Graf Leopold, der sich an den Verblichenen mit zwiespältigen Gedanken erinnerte, setzte knapp hinzu, dass der Sebastian Branka, Gott schenke ihm den ewigen Frieden, nun wohl der letzte der Übeltäter wäre, die den Jud von Hilecek einst umgebracht hatten. »So eine Tat rächt sich.«

124.

In der Kirche in Haunstein putzte der Pfaffe am Sonntag wieder die Versammlung der betenden und zu Gott flehenden Gemeinde herunter, hatte er sich doch vorgenommen mit scharfer Klinge in die verdorbenen Seelen der Haunsteiner hineinzuschneiden und dass der verlotterte Höllenfürst nur auf sie warten würde, würde er ihnen sagen und wenn sie der Heiligen Kirche nicht gehorchten, würde der Zorn Gottes auf ihnen liegen und gerade die Wollüstigen und die Gottesfrevler, und ohne wahrhaft geübte Buße würden sie mit den Zähnen knirschen und vor einer schrecklichen Todesstunde würde sie niemand mehr bewahren, auch nicht der mächtige Erzengel Michael.

Mit hochrotem Kopf zitierte er den Apostel Johannes, der ganz nahe beim Herrn gesessen hätte: »Wer an den Sohn glaubt, hat ewiges Leben, wer aber dem Sohne nicht gehorcht und sein Lotterleben weiterführt, wer ungläubig ist, der wird verdammt werden«, schrie er, dass ihm der Geifer aus den Mundwinkeln floss. »Das bestätigt zudem der heilige Evangelist Markus«, brüllte er. »Euer schändlicher Unglaube schreit zum Himmel.«

Mit seinem roten Sacktuch wischte er sich den Schweiß von der Stirn, auf dass alle sehen konnten, wie sehr er sich um ihr Seelenheil kümmere.

»Und wenn dich aber deine Hand zum Abfall verführt, so haue sie ab! Es ist besser für dich, dass du verkrüppelt zum ewigen Leben eingehst, als dass du zwei Hände hast und fährst in die Hölle, in das Feuer, das nie verlöscht. Auch das sagt der Heilige Evangelist«, spie er den ängstlichen

Frommen wie den halsstarrigen Haunsteiner Sünderinnen und Sündern ins Gesicht.

Der Graf Haunstein, der mit seiner Familie in der gräflichen Seitenbank saß, nahm sich vor, den furchterregenden Prediger zu etwas mehr Mäßigung zu veranlassen. Andererseits wusste er, dass seine Haunsteiner diese bildhafte Sprache, mit der der Pfaff das Inferno der Hölle ausmalte, auch schätzten, hatten sie doch so wenig Abwechslung im Alltag. Und die vielfältigen menschlichen Laster, der ekelhafte, stinkende Beelzebub, den er ihnen vergangenen Sonntag geschildert hatte und vor allem der gehörnte, bocksbeinige Satan würden ja auch die Phantasie der Frauen und Männer anregen und die priesterlichen Standpauken machten ihnen auch eine gewisse Freude.

Irgendwie meinten die vom mächtigen priesterlichen Wortschwall gerührten Haunsteiner Christen im Hintergrund einen flüchtigen Donnerschall zu vernehmen. Aber niemand glaubte so recht, dass der Herr und Gott einen Rabatz gemacht hätte, eher schon kam das Kanonengedröhn beim passenden Wind gerade in Haunstein gut an.

Am nächsten Morgen fanden sie dann in der oberen Leite, wo er seit ein paar Wochen die Ziegen der Dörfler hütete, den alten und so gebrechlichen Kallmüntzer, dem ein schlechter Mensch mit einem Stein den Kopf eingeschlagen hatte. Es fehlten etliche junge Zicklein.

Die Meilrabin fehlte am Donnerstagfrüh daheim und ihre sieben Kinder schrien in der Stube. Der Nachbarbub, der

Suiberer Luisl, rannte in den Wald, wo der Meilrab seit Tagen das Holz im gräflichen Wald fällte.

»Ja mei«, sagte der Meilrab, nachdem er den Haufen unversorgter Kinder anschaute, »da kann i a nix mehr tua«, und ging wieder in den Wald.

Am Sonntag darauf, die Meilrabkinder waren im Dorf verteilt, prangerte der Pfaff wieder die Heuchler und die Scheinheiligen im Dorf an und vor allem die Unsittlichen und sie hätten nicht genügend Angst vor dem Herrn und Schöpfer der Welt und die letzte Woche hätte ihnen ja aufgezeigt, dass man den Herrn nicht spotten darf. Und das würde schon der große Apostel Paulus in einem Brief an die Galater schreiben und diese Menschen wären auch Heiden gewesen, die der Heilige Apostel wieder auf den rechten Weg brachte.

»In unserer Pfarrei ist so viel Unkraut gewachsen und der gute Same fällt bei euch nicht auf guten Boden. Betet, damit aus eurem schlechten Samen noch Gutes wachsen kann.«

Sie sollten dem Herrn nicht aus dem Weg gehen und wenn er nicht alle Dörfler sonntags in der Kirche sehen würde, dann würde es krachen und sie seien alle schuldig geworden. »Tut Buße«, schrie der Pfaff, »weil ihr alle miteinander schon einen großen Mühlstein am Hals hängen habt, der euch in die tiefsten Tiefen des Meeres zieht. Schaut euch um, was sich alles im Dorf ereignet.« Lug und Trug, Mord und Totschlag seien an der Tagesordnung.

Die Leute erschraken und erschauderten, weil ihnen der Pfaff das Leben im Fegefeuer wieder in Aussicht gestellt und garstig ausgemalt hatte. Im Übrigen, so überlegten sie, hätte kein Haunsteiner einen anderen umgebracht und das Elend mit dem alten Kallmüntzer würde der Richter schon aufklären. Aber der hätte jetzt wenigstens alles hinter sich.

Und wer gar nicht einsehe, dass er auf dunklen Wegen gehe, dem schilderte der Pfaffe noch die schreckliche Pein der Hölle. »Euer Schicksal ist schon besiegelt«, schrie er sie an, »denn im Fegefeuer gibt es Heulen und Zähneknirschen. Fürchtet euch also und wandelt euer Leben. Sonst werden euch die Teufel das Gedärm aus dem Leib reißen und eure Nasen mit glühenden Scheren abschneiden und sie werden euch die Augen ausbohren, weil ihr euch lüstern umgeschaut habt.«

Dann warf er sie mit einem heftigen »Ite, missa est« in die Wirklichkeit ihrer harten Arbeit, ihres brüchigen Alltagslebens hinaus und sie schrien ihm ihr »Deo gratias« zu, froh, dass der Vormittagsgottesdienst wieder ein Ende hatte.

»Der soll auf sich selber schaun«, lachte der Behlmeisl und der Gruber flankierte. »Er is a Lindwurm, a Hodernflechter a gscherter is er, hot es alleweil mit de Weiba und wüll uns wos vormacha, der Hüata, der asgschamte.«

125.

Der große Tag der göttlichen Mutter, an dem die Dörfler ihrer heiligen Himmelfahrt gedachten, wo sie in der Kirche ihre Fürbitten in die Ewigkeit trugen, der Mutter Christi im Gebet und mit Gesang gedachten und sie um ihren Beistand angefleht hatten, ging dem Ende zu. Tagsüber schon hatten sich mächtige Wolkenberge am Himmel über Haunstein zusammengezogen, würden ihre nasse Fracht bedächtig ins Mährische hinüberschieben. Die milde Dämmerung begann allmählich der Dunkelheit zu weichen.

»Da wird noch was kommen«, sagte der Moor Lenz, der erst vor ein paar Minuten aus dem Wald, wo er tagsüber die Fichten gesägt und entrindet hatte, todmüde ins Haus getreten war.

Urplötzlich lag eine bedeutungsschwere Stille über dem Dorf. Die drückende Schwüle, die tagsüber angehalten hatte, die die Alten auf einem kühlen, schattigen Plätzchen fand, die Kinder zum Spielen am Bach aufforderte, ein paar Männer ins Brauhaus lockte, um sich bei einem Haunsteiner Bier zu erfrischen, kühlte auf einmal merklich ab.

Ein warmer Schwall zog aus dem Buchtal herauf, schob sich ins Dorf und dann bellte der Fauchende, überfallartig wie ein räudiger Köter den schmalen Weg herauf, nahm ruppig den knappen Bogen, der den Buchtalweg ins Dorf hineinführte und warf sich mit aller Macht wie eine wilde Truppe berittener Dragoner über die Dorfstraße, die Seitenwege, die Häuser und Ställe. Ein scheußlicher Sturm hatte es auf Haunstein abgesehen, der sich von einem schneidenden Windstoß zu heftigen Böen entwickelte, mehrere Windhosen im Gefolge. Die tollten sich zunächst an den Gartenzäunen aus, torkelten zu den Obstbäumen in den Gärten und trieben ihr erregtes Spiel.

Der scharfe Wind raste im Galopp durchs Dorf, machte mit kraftvollem Geheul auf sich aufmerksam, pochte an die hölzerne Kirchentür, jammerte hinauf zum Turm, schüttelte das eiserne Kreuz. Er fasste dann die alte Dorflinde, verbiss sich in das borkige Kleid, als wolle er versuchen, den Stamm zu entblößen, bäumte sich auf, fuhr in das dichte Blätterdach der Baumkrone und entfesselte ein Inferno, riss die Blätter vom Geäst, fetzte dürre Zweige und Astwerk vom Stamm. Dann irrte der Gewaltige ausgreifend durch die

Höfe, wo immer ein angelehntes oder offenes Tor ihn einlud, um im Hof zu tollen und den Staub auf dem trockenen Boden zu verwirbeln.

Er grölte die hölzernen Zäune an den Hütten und Häusern entlang, fauchte durch die Gärten, schleppte feinen Sand hinter sich her, verteilte ihn großzügig vor den Häusern, auf der Straße, peitschte ihn in die Fenster, warf ihn mit Nachdruck hoch auf die hölzernen Dachschindeln der Hütten, Scheunen und Ställe. Am Brauhaus bellte, winselte, schnaubte der die hölzerne Stiege an der Straßenseite empor, fuhr unter das hölzerne Dach, rüttelte an den Dachrinnen, musste aber dann schließlich klein beigeben.

Beim Silbrecht, dessen Hof hinter dem Weiher lag, brüllten die drei mageren Kühe verhalten in den Ställen, stampften mit den Beinen. Die Unruhe, das Getöse im Stall wiederum erschreckte den Hühnerhaufen und die Schweine im Koben. Der Bauer trat auf den Hof, die beiden Flügel der Stalltür klapperten und krachten, die drei Katzen stieben über den Hof und der schwarze Rüde bellte in seiner zugigen Hütte. Der Silbrecht verrammelte die Türe, allmählich beruhigten sich die Tiere

Der Spuk endete urplötzlich am Dorfteich, der ruhte gelassen in sich, fing den Tobenden ein, gab ihm Frieden. Dann kehrte wieder Stille ein in Haunstein.

126.

Aber der rechte Friede ließ auf sich warten. Ein gewisser Bischöflicher Adjutor Aloisius Ramsteiner war in einer hölzernen Kutsche, mit einem alten und müden Grauen vorgespannt, ins Dorf getrottet. Seine Eminenz, der Hochwohlgeborene Herr Fürstbischof in Prag, schicke seine Gesandten durch die Lande, ließ er verlauten.

Er hatte sich beim Herrn Graf Leopold vorgestellt und gesagt, dass seine Eminenz keinen Lutherischen in den böhmischen Dörfern haben möchte, weil die nur einen Unfrieden und Zwietracht säten. Was die als eine Reform und große Wahrheit verkauften, wäre nichts als ein satanischer Aberglaube und würde die Heilige Katholische Kirche zuschanden machen und das wolle doch kein Christenmensch unter Gottes Sonne.

Er würde darüber und auch über die Auswüchse mit den Hexen und den Teufelsanbetern in seiner Kanzelrede am kommenden Sonntag ein deutliches Wort zu sagen haben und gerade im Bayerischen drüben gäbe es so viel Unzucht, im Fränkischen zumal, auch mit dem Teufel, dass es nicht zu sagen wäre. Es wäre schon eine teuflische Zeit, wenn zur Erntezeit noch das Korn auf dem Feld erfriere. Am Himmel würden gar mächtige Zeichen gesehen, die nichts Gutes verheißen. Wie soll ein Krieg zu Ende geführt werden können, wenn die Leute mit dem Teufel buhlen? Und in den böhmischen Dörfern wolle der Hochwürdigste Herr Fürstbischof Ruhe und keine Querelen und keine Hetze. Aufwiegler würde der Herr Fürstbischof nicht dulden, da würde der Kerker warten, zuvor aber eine detaillierte Befragung angestrengt. Eine peinliche Befragung könne man sich jedoch sparen, wenn man beizeiten in sich geht, nicht leugnet und die Vorwürfe zugibt, bevor es also zu spät ist. Schließlich sei er der Meinung, dass man in einer solch aufgeklärten Zeit nicht mehr dem Teufel anhangen müsse oder gar diesem Luther, der noch dazu ein katholischer Priester gewesen war, Gott sei es geklagt. Es kämen aber noch immer genug Verstockte und Teufelsanbeter auf den Scheiterhaufen, unabhängig von Rang und Namen.

»Hütet eure Zungen!«, sagte der Erzbischöfliche Adjutor, »Favete linguis!« Schon der Heilige Petrus habe zu Lebzeiten darauf verwiesen, dass wir alle Bosheit und allen Trug und Heuchelei und Neid und alles üble Nachreden ablegen müssen. Denn nicht alles, was uns dünkt, ist zugleich auch wahr. Viel Schmerz seien schon durch üble Nachrede ausgelöst worden. Er zog einen roten, karierten Rotzhadern aus dem linken Ärmel und wischte sich über die schweißige Stirn, dann schob er eine Prise Schnupftabak, wie es sich gehört, in das rechte und dann in das linke Nasenloch.

»Wir katholische Christen sind anders als die Lutheraner«, schrie er. »Wir dürfen nicht bei einem Lästerer sitzen und auf seine Reden hören. Wir können sicher sein, dass ein solcher die Aufgabe des Teufels ausübt und große Unaufrichtigkeit und Lüge tut.«

Da dachten alle frommen Christen von Haunstein an den Gelbitzer Hias, der im Wirtshaus die Anna Wondrasch ausgerichtet hatte, weil sie ihm nicht gefällig gewesen ist und der Prack hatte ihn tags darauf aus dem Dorf verwiesen und er hatte gesagt, dass sie jetzt ein Marktflecken würden und solche Verleumder, wie der Gelbitzer verschwinden sollten. Und sollte er sich noch einmal in der Grafschaft umtreiben, würde er, der Prack selber, ihn auf den Scheiterhaufen schlichten und seinen Staub in die Moldau drunten streuen.

»Auf meinem Weg durch die heiligen böhmischen Länder, welche den Menschen von Gott geschenkt zu ihrem Nutz und Frommen, habe ich immer wieder verbrannte Höfe, daselbst in einem Weiler nach Kladrau vor zwei Tagen, wo die Straße herführt von Pilsen und erschlagene Besitzer gesehen und die Kinder der so Leidtragenden irrten weitab herum, kein Hahn kräht nach ihnen. Wie ein Mahnmal an dunkle Zeiten steht der Wellerhof, den ihr alle wohl kennt, nun in göttlicher Natur. Kein Schaf blökt mehr, keine Ziege meckert und das Federvieh ist von den lutherischen Kriegsknechten weggestohlen und gebraten worden. Dies alles ist Täuschung, Zauberkunst und Hexenwerk.« Solche Hexen, fügte er hinzu, können sich zudem auch mit verschiedenen Tieren gemein machen und jede Hexerei sei unheilbar wie Geschwülste, Pest und Cholera. Alle sollen auch wissen, dass selbst das höchste Gebet oft genug nicht gegen die Hexerei helfen kann. Gerade wenn diese und jene schwere Erkrankung durch Hexerei zugestoßen ist, bedarf es der Befragung durch heilige Herren und wenn man einer Hexe ansichtig wird, solle man das Kreuz schlagen. Wo aber weder das Kreuzschlagen noch die Besprengung mit Weihwasser helfen, auch Fasten und Freisprechen nichts nutzten, da soll der weltliche Richter auf Erlass des Bischofs zu richten und zu verurteilen haben. »Essante causa cessat effectus«, heißt es richtig in der Heiligen Kirche, »Fällt die Ursache fort, entfällt auch die Wirkung.« Dies hoch zu achten gefalle dem Hochwürdigsten Herrn Erzbischof.

Die Haunsteiner hatten die Köpfe gesenkt, als der Bischöfliche Herr Adjutor ihnen diese Auswüchse in den Kopf zu trichtern versuchte, und dem geifernden Kanzelredner Tod und Teufel auf den Leib gewünscht.

Sie horchten sich das alles geduldig an und meinten, bei ihnen gäbe es keine Hexen und keine Lutheraner. So könne er also wieder auf seinen Gaul steigen und nach Prag reiten. Dort hätte er was zu tun in den Schlössern der adeligen

Herrschaften, in den Palästen und den schönen Häusern der geistlichen Herren.

Graf Leopold begrüßte die Klarheit, gab aber dem Herrn Abgesandten mit auf den Weg, dass er, der Graf Haunstein, selber alle Vorkehrungen treffe, dass solches in seiner Herrschaft unterbleibe und das soll er dem Herrn Erzbischof sagen.

Aber der Prack sagte, dass man zuerst dieses Pfaffenpack verbrennen müsse, dann werde schon Frieden im Land.

127.

Diesen Weiler nach Kladrau kenne er, eine einsame Ansiedlung, erzählte er seiner Klara. Als ihn seinerzeit der Jud vor dem Verderben gerettet hatte und der Prack ihn schließlich heimholte, hätten sie dort die Nacht verbracht. Bei spätem Dunkel erst wären sie angekommen und der Herr Damian habe sie aufgenommen. Er würde sich kümmern müssen.

128.

»Da wird noch was kommen«, hatte der Moor Lenz gesagt und manchmal lässt eben das Schicksal mit seinen schweren Stunden und seinem Dunkel nicht lange warten, würden doch die Irdischen wieder übermütig und sündhaft werden und wie der Esel auf dem Eis sich aufführen. Da könnte selbst die Jungfrau Maria keinen Einhalt gebieten.

Seine geliebte Klara war in den letzten Monaten schmäler und schwächer geworden und hatte ihren Kopf nur bei den Kindern, die in alle Welt verstreut lebten.

Den Erstgeborenen Karl hatte es nach Bologna gezogen.

Er möchte in die Welt hinaus, gar nach Rom und sich den neuzeitlichen Studien hingeben, sagte er bei der Abreise. Dann schrieb er eines Tages, er hätte ein wunderschönes Mädel gefunden, die Adriana und er würden gerne heiraten. Ihr Vater wäre der florentinische Baron und Handelsmann de Sappada und er hätte Beteiligungen am venezianischen Schiffswesen und lasse seine Schiffe in alle Welt fahren.

Dann schrieb er ganz beiläufig, dass das schöne Italien nunmehr und endgültig seine Zukunft bliebe und sie sollten den Wenzel, der in Prag auf Theologie studiere, mit der Erbschaft auf Haunstein betrauen. Für ihn wäre das sowieso nichts. Die Mutter weinte und der Vater brachte keinen Laut aus dem Mund. Er hätte mit allem gerechnet, nur damit nicht, sagte er.

»Unser Karl wird die neuen und für ihn wohl sehr angenehmen Seiten des Lebens entdeckt haben«, sagte die Klara.

Die Monate verflossen. Dann kam ein Brief aus Bologna. Er würde, schrieb Karl, sein Studium in Bologna nun abbrechen. »Die Adriana hat sich abgewendet und ich habe bald darauf und das recht zufällig, eine wunderschöne Wienerin, meine Julia, kennen gelernt und mit der ziehe ich nach Wien.« Dort wären die Haunsteiner ja nicht unbekannt und sein Stamm würde sich wohl bezahlt machen und sicher einen Nutzen für ihn haben. Julias Vater wäre ein reicher Advokat und zudem Rechtsbeistand an der Grazer Residenz. Sie würden in Graz heiraten, Julia wäre schon glücklich und voller Freude, sie wäre begeistert und er lade sie jetzt schon dazu ein und beizeiten würde er ihnen mitteilen, wann das große Fest stattfände.

Die Duplizität der Ereignisse ist eine Urerfahrung der Menschen. Plötzlich treffen ähnliche Begebenheiten aufeinander. Tags darauf stieg der Prager Kurier vom Ross und überreichte einen Brief ihres kleinen Wenzel. »Mit der hohen Theologie und meiner Pfaffenspinnerei habe ich Schluss gemacht, das ist doch nichts für einen Haunstein. Ich bringe meine Tereza mit. Sie ist herzig und von Herzen brav und fröhlich und immer frohen Mutes. Wir würden gerne in Haunstein heiraten und danken für Euren elterlichen Segen.«

Dann teilte er noch mit, dass die Tereza eine von Sednitzky sei und aus der Mährischen Gegend käme und der Herr Vater habe eine hohe Regierungsposition in Troppau. »Ich werde euch alles erzählen, wenn ich auf Haunstein eintreffe.«

»Der liebe Herr Kilian«, schrieb er noch, »lebt nun allein im Haus am Hradschin, war doch im Frühjahr seine Emma gestorben, mit der er so viele Jahre verheiratet gewesen war.«

Die Arbeit oben im Dom falle dem Herrn Kilian zu schwer, sodass ihm der Baumeister den Abschied nahe gelegt habe. »Dann ist noch die Anna gestorben, die einen kalten Winter lang schon gehustet hat«, schrieb der junge Wenzel. »Die zwei Buben, der Marquardt und der Florian meinten dann, sie würden mit dem Schiff in die Welt fahren und der Vater käme schon zurecht. Er brauche sich nicht um sie kümmern. Jetzt sind sie fort.«

Der Kilian hätte darauf gesagt, dass man alles so nehmen müsse, wie es grad kommt und dass der gute Gott schon wisse, warum das eine so und das andere wieder ganz anders läuft. Für den Kilian war es zeitlebens darauf angekommen, seinem Tagwerk korrekt und besonnen nachzukommen. Aber für diese große Arbeit im Heiligen Dom, den er mitzugestalten hatte, waren doch auch vor allem sein vielförmiges Fachwissen, sein ausgeprägtes Kunstverständnis, sein Geschmack, gebildet auf langen Reisen bis ins Italienische hinunter, aber auch seine Charakterstärke und Unbestechlichkeit ausschlaggebend gewesen. Ein lauterer Mann, dieser Kilian, dem es nie darauf angekommen ist, einmal in die Geschichtsbücher einzugehen. Er war ein der Sache Ergebener, ein Bescheidener. »Bonus vir semper tiro«, sagte er, »ein guter Mensch bleibt immer ein Lehrling.«

129.

»Die zwei Grünschnäbel tun, was sie wollen«, lamentierte der Graf Leopold.

Die Klara schaute ihn nur lange an. Es wurde still im Haus. Dass die Heilige Maria auch in diesen Fällen helfen würde, sagte er dann noch, das Herz voller Kummer

Tags drauf konnte die Klara nimmer aufstehen, wurde von einem mächtigen Schwindel geschüttelt und fröstelte am ganzen Körper. Er sagte ihr, dass er anspannen ließe und sie nach Budweis bringe. Dort praktiziere ein Wunddoktor, einer, der sein Geschäft verstehe. In ihrem Zustand bräuchten sie zwei Tage bis dorthin und das würde sie nicht überstehen, sagte sie.

Da stieg der Prack auf seinen Gaul. Der Graf hatte gemeint, er solle den Wunddoktor aus Pisek holen. Der kam nach zwei Tagen mit dem Prack zurück nach Haunstein und fand die Klara am Sterben. Aber er machte noch einen Aderlass bei der Leidenden. Dann roch er am abgezapften Blut und sagte, das wäre deutlich sauer, aber zur Heilung bedürfe es eigentlich mehr vom süßen Blut und dem Batzen, den sie im Leib trage, würde man nur mit süßem Blut Herr werden.

Ihre zwei Buben fehlten in den Tagen ihrer schweren Erkrankung, fehlten auch am Tag der Beisetzung. »Ein Jammer ist es«, sagte der Graf Leopold.

Die Hedwig, die sich schon einige Tage auf Haunstein zur Pflege der Mutter aufhielt, hatte sich der Mutter Gottes vor die Füße geworfen und ihr zugerufen, dass die Mutter doch noch so jung sei und sie würde die Mama doch so nötig haben. Der Graf Leopold fragte sich, was er denn alles falsch gemacht hatte, weil ihm der gute Gott seine Barmherzigkeit entzogen habe.

Am nächsten Morgen starb die Klara und sie wurde zwei Tage aufgebahrt in der Haunstein'schen Kapelle. Dann wurde sie zu Grabe getragen und der alte und gute Pfaff Bolecher, ein wahrer Seelenhirte zeitlebens, der sie bald im Himmel wiedersähe, war nochmals vom Krankenlager aufgestanden und rief ihr sein »Requiescat in pace« zu.

130.

»So ändern sich die Dinge.« Darauf hatte der alte Simmerdell von jeher hingewiesen. »As Irdische«, hat er gesagt, »is halt vergänglich, der Mensch is sterblich und vo seim Charakter her eher unbeständig.«

In Haunstein hatten neue Leute das Sagen, wie auch in Prag. Rupert Prack schaffte in Haunstein an und der Graf Wenzel auf der Burg Haunstein hatte seine kindlichen Allüren verloren. Er betete noch immer treu zu seinem Herrgott, hatte seine Pragerin geheiratet und würde sich über kurz oder lang um einen neuen Burgverwalter umsehen müssen, denn die Prack'sche Generation, die seit drei Menschenaltern den Gang der Dinge mitbestimmte, hatte sich unter die Freien Bauern eingereiht und mehrte mit Umsicht ihr Vermögen und Ansehen. Es wird die Zeit mit sich bringen, sagte Rupert zu seiner Lara, ob mein Traum, nach Prag zu kommen, sich erfüllt oder ob er eine Vision bleibt.

Die Prager Freunde schrieben schöne Briefe aus der Stadt an den jungen Graf Wenzel. Aber die Sicht der Vermögenden ist eine andere als das Leben der kleinen und armen Leute in der Gosse.

Der junge Graf von Lodatsch, den sein Lebensweg nach Prag geführt hatte und der fürwahr seiner priesterlichen Berufung nachgekommen und ein junger Prälat auf dem Hradschin oben geworden ist, erzählte ihm von einem gewissen Max Kolář, einem scheinbar haltlosen Mann mit acht Kindern am Hals. Der sagte seiner Frau, er würde noch nicht genau wissen, ob er sich in die Moldau stürzt oder sich aufhängt. Da gäbe es aber genug Zeugen, schrieb der junge Lodatsch, die ihm zugeschaut hätten, wie er sich einen Stein um den Bauch gebunden hätte und dann winkend und frohen Mutes von der Steinernen Brücke in die Moldau gesprungen sei. »Dass man sein Leben so wegschmeißen kann, ist schon unverständlich«, hat der Lodatsch energisch notiert, »er ist ja gewiss ein aufrechter katholischer Christ gewesen, wenngleich gar etwas haltlos und jetzt dürfte er, wenn er Glück hat, für lange im Fegefeuer alle Not erleben müssen.«

Von einem Ota Hollar berichtete er, der ja die meiste Zeit auf der Straße geschlafen hätte, na ja, solange er einigermaßen gesund war und so kleine Aufträge für die Kaufleute übernommen hatte. Dieser Hollar saß wie so oft bis spät abends in so einer dreckigen Taverne in der engen Ulička, wo es rauf geht ins Vinohrady, und der Wirt goss den Besuchern sein schütteres Bier in die Krüge.

Die Landsknechte an einem Tisch verspotteten ihn, dass er eben ein Sudler sei und ein arbeitsscheuer Strolch dazu und der Aussprach nach noch dazu aus dem Pardubicer Winkel, wo sie die kleinen Kinder in die Elbe schmeißen.

Das hatte der Hollar, ein ausgemergelter Bärtiger, sich eine Zeitlang angehört und mit dem Ärmel den nassen Tisch gewischt und dann hatte er gesagt, dass er auch anders könne. Da hat er zuerst sein Bier ausgetrunken und hat alsdann den irdenen Krug auf dem Tisch zerschlagen. Dann griff er sich eine scharfe Tonscherbe und schnitt sich den Hals auf. »Ratz«, hat er geschrien, »hi is, aus is.«

Selbst die Kriegsknechte sagten, sie hätten noch nie so viel Blut aus einem Menschen auslaufen sehen und sie seien schon was gewöhnt, sagten sie. Den Pardubicer Ota Hollar haben sie dann in den Hof getragen und der Wirt sagte, dass sie ihn am Morgen wegschaffen würden. Da ist er dann doch noch zu später Ehre gekommen, der Hollar, denn nicht jeder aus Pardubice oder aus Kolin oder Königgrätz findet seine letzte Ruhe in der kaiserlichen Stadt Prag. So hat oft genug ein Gutes, was zunächst schlecht aussieht und die Dinge haben eben zwei Seiten.

Dann hat der Wirt einen Haufen Sägespäne auf den blutigen Boden gestreut und meinte, dass das bis morgen früh trocken wäre und dann wär es wieder so sauber wie vorher.

Der junge Graf von Lodatsch meinte in seinem Schreiben, dass er jeden Tag solche Geschichten höre und dass es schon ein Elend wär. Aber die Leute führten eben kein christliches Leben und das käme dann dabei raus.

Vom Prälat Lajos Barabás, den er ja noch als Präfekt im

Seminar in gewisser Erinnerung habe, wird geredet, dass er schon sechs Kinder hätte und auch mit seinem Gehänge durch Prag zöge. Hinter dem Kloster Strahov habe er ein Haus, ein steinernes, gebaut, und da wohnen sie alle in Eintracht. Aber auch wo es runter geht nach Střešovice, hätte er, heißt es, ein Anwesen erworben, von einem Baron Hutec, der im Krieg geblieben ist. Jeden Morgen würde er dann rauf fahren nach Břevnov, da hätte er eine schöne Kirche zu betreuen und er habe wohl ausgesorgt. Zudem sei er ja von der Vaterseite recht begütert, sodass es auszuhalten sei. Die Kriegswirren seien auch für den Adel und den geistlichen Stand alles andere als normal.

»Es ist recht und billig, dass wir Prager wieder alle katholisch sind und den lutherischen Kelch hat der Herr Erzbischof auch wieder verboten. Na, wie sich's halt gehört«, schrieb der junge Graf Lodatsch. »Eine Ordnung muss schon sein, das weißt ja, Wenzel. Heuer wird seine Eminenz, der hochwohlgeborene Herr Kardinal Ernst Harrach, ein guter und so gescheiter Herr ist er uns, seine Sommerfrische entweder in Bischofteinitz, nahe bei euch im böhmischen Wald oder drüben in Breslau zelebrieren, wo er auf Einladung seines Herrn Amtsbruders weilen könnte, heißt es. Es kann aber auch ein Gerede sein. Er hat aber auch viel im Kreuz, unser Herr Erzbischof, und so ein hohes Gnadenamt ist wohl bedeutsam vor Gott und den Menschen, aber es drückt eben die meiste Zeit bleischwer und die ganze Lage ist heut so arg durcheinander und verzwickt und die Leut sind schon recht verderbt und gehässig zueinander.«

»Mit der Versorgung steht es gut, leiden keinen Mangel«, notierte der Graf von Lodatsch.

Nun wusste der Graf Wenzel wieder, wie es in der unerbittlichen Welt so zugeht.

131.

In ihrer steten Sorge um das böhmische Land trägt Mutter Moldau ihre wilden, schweren Wasser, gespeist durch tausende Zuflüsse, aus den böhmischen Bergen hinab nach Budweis, der Perle Südböhmens, lässt linkerhand das gesegnete Příbram liegen und sucht gemächlich den weiteren Weg nach Prag, bis schließlich Mělník in Sicht ist. Dort verschwendet sich die Fruchtbare, die Lebensspenderin an die Elbe, die nichts wäre ohne die heiligen Wasser der Moldau.

Von tausend Sagenwelten erzählt sie, von vergangenen Zeiten raunt sie, spendet reiche Ernte, süße Frucht und Licht, beständig, beharrlich, ewig.

Sie hatte erst vor Tagen die Sagritz Magdalena und ihren verkrüppelten Jaroslav, die eigens zu ihr von Holubov herübergepilgert waren, freundlich aufgenommen. Sie hat ihr allen Zweifel, alles Unglück, alle Kümmernis aus der Seele genommen.

In Holubov, was die Tschechen Kamenný Újezd nennen, und Budweis vorausgelagert, war die Holzdrift im Gange und der Schwertfisch Tomáše war, obwohl er genagelte Schuhe trug, zwischen die Stämme geraten. Er hat einen Arm noch zwischen zwei der dicken Hölzer nach oben geschoben, als wolle er denn zum Abschied Lebewohl sagen. Aber die grundgütige Mutter Moldau hat ihn ganz weich in ihre Arme genommen.

Der Tomáše, sagten die Fährmänner, die ihre Kähne über die Moldau lotsten, hätte jetzt seinen beseligenden Tanz mit den Moldauelfen und den Wassergeistern und man sollte sie nun nicht stören, das würden sie den Menschenkindern nicht zugestehen.

Der František Brejcha hat dann der Irma des Tomáše Schwertfisch, die drei Kinder am Rock hatte, gesagt, dass er, der František, sie nehmen würde und auch die Kinder. Darauf käme es auch nicht mehr an und sie würden es schon miteinander aushalten, sagte er. Was ihr recht war.

132.

So fließt und flutet die Mutter Moldau aus ihren moorigen Urgefilden hinein nach Prag und manches Mal reißt sie von den Ufern Hütten und Scheunen weg und die Viecher da drinnen und die Menschen weckt sie nicht, lässt sie schlafen und bettet sie recht nachhaltig nass. Die Fischersleute lieben ihre Mutter Moldau, bringt sie ihnen doch jeden Tag den flotten Barsch und den großschuppigen Eitel, die aufgeräumte, gepunktete Forelle und den langen Hecht, den Räuber unter den Moldaufischen.

In Prag, der Kaiserlichen Residenz, stehen die Händler mit ihren fahrbaren Verkaufsbuden auf der Brücke, Kinder tollen, singen und abgerissene Bettler halten ihre Hand auf, ein paar Köter schnüffeln über das Pflaster.

Vereinzelt drücken sich die Damen und Herren der niederen Prager Aristokratie, kleine Junker und reizende Baronessen zumeist, an die Brückenbrüstung, girren und debattieren wesentliche Vorkommnisse in der mächtigen Metropole, plappern so vielerlei belanglosen Sermon, was die Prager Stände eben einerseits und die Kaiserlichen andererseits derzeit als entscheidend und erheblich erachteten. Sie ereifern sich über mancherlei Geschwätz in der Stadt und flanieren über das steinerne Monument. »Vor dem bisserl Pest kann man sich ja schützen, man muss sich halt abdecken und außerdem wird die Gottesgeißel gewiss nicht in Prag einfallen. Na, das wär was«, lacht die Fanny von Kuschera.

Der Peter von Halowicz, den sein Vater vor einem Jahr schon zum Studieren der Jurisprudenz in Prag abgeliefert hatte, hat nachher gesagt, dass auf der Bruckn jeden Tag was los is. Sei Vater hätte ihn besucht, vor ein paar Tagen war es, um zu schauen, was denn der Herr Sohn den ganzen Tag so treibt. Der Herr Vater wäre da über die Karlsbruckn geschlendert, wollt sich einfach die Stadt anschauen und da wär so ein junges Madel einfach über die Brüstung rüber und hätte sich in die Moldau gschmissen. Der Vater hätte gesagt, dass ihnen des in Wien auch passiert. Sein Freund, der Baron von Stofflecker, der am Hof ja eine sehr passable Stellung hat, war einmal Zeuge von so einer Springerei. Und er hat das lange nicht verwunden, hat der Stofflecker gesagt.

Aber es hätte ja nicht sein müssen, während er da in Prag residiert, sozusagen, »da hat man einen Eindruck, hat er gesagt.«

Die jungen Leute schauen hinab in die unergründliche Tiefe der Mutter Moldau, in ihr rätselhaftes Dunkel, vertiefen sich gar ein wenig in das mysteriöse Geheimnis der Mutter Moldau, überrascht auch von der wilden und unheimlichen Intensität des grün gefärbten Wassers.

War da nicht, es ist schon Jahrhunderte vor unserer Zeit gewesen, plaudern die Damen, ein gewisser Hoher Priester, ein Herr Johannes aus Pomuk, einem kleinen Städtchen dem böhmischen Wald vorgelagert gewesen, den sie, die hohen Richter der Stadt in die Moldau gehängt hätten, dass er ersaufe. Aber es lebte dann doch noch eine eher feine, gar galante Fröhlichkeit auf. Der Guido von Raffels zeigte nach dem Süden und verwies auf die recht hübsche Aussicht zum Vyhnorady hinüber, wo man einen gar lieblichen Wein anbaut, wie er sagte.

Adelheid Baronesse von Kilian deutete zum Pulverturm, der frisch gestrichen war. »Da ham sie anen Kriegsknecht füsiliert«, sagte sie, »der hot ane hingemacht, es war aber a Bauernmadl.«

Kaspar von Dobczer machte noch einmal auf die Stelle aufmerksam, von der die Magd, die den Vormittag des Herrn von Halowicz gesprengt hatte, in die Moldau gehüpft war. »Dass se kane von euch untersteht«, feixte er und alle stimmten frohgemut ins Lachen ein.

Der Blick der jungen Menschen richtete sich endlich hinauf zum Hradschin, wo das Mittagsgeläut über die Dächer hallte. Der hehre Dom des Heiligen Veit schickte seine Grüße den Menschen in der Stadt. Das Völkchen auf der Karlsbrücke war begeistert.

»Signifikante Mängel da oben, muss noch einiges hingestellt werden«, fühlte der Peter von Halowicz sich verpflichtet, doch noch zu erwähnen, und deutete mit gemessenem, abgewogenem Blick zur großen Kathedrale am grünen Hradschin. Sein Vater hätte immer schon gesagt, dass es da droben recht mühsam vorwärtsgehe.

133.

Das Haus am Hradschin wartet. Der alte Graf, der vis-à-vis in seiner einsamen Kammer wohnt, wartet, im herzoglichen Schloss derer von Waldstein, dem sie Land und Gut und

Geld gestohlen hatten, seinerzeit. Der alte Graf nun hört des Nachts aus dem oberen Gemach die Schritte der Mörder, die dem Generalissimus Waldstein droben im Egerland die Hellebarde in den Leib stoßen, hört sein Stöhnen. Der gemarterte Körper des Herzogs, des im Tod geheiligten Albrecht Wenzel Eusebius von Waldstein, des Helden im langen Krieg, des Kriegsfürsten für alle Zeiten, fällt auf die harten Bodendielen. Die Meuchler machen sich davon, verheimlichen ihr fürchterliches Geheimnis nicht lange, protzen, tun sich gütlich und der Herr Kaiser ist's zufrieden.

Der alte, müde Graf schaut hinüber auf das Haus am Hradschin, es würde ihm genügen auf seine letzten Tage, meint er. Gemeinsam mit dem alten Kilian, der das Haus am Hradschin bewohnt, mit dem er tagsüber durch die Gärten der Residenz geht, lebt der alte Graf seine kurzen, mühsamen, leidvollen, letzten Tage und wird bald vor seinem Allmächtigen stehen: »Das Opfer will bereitet sein.«

Dünne, weiße Rauchfäden ziehen durch den Kamin im Schloss und durch den Rauchfang im Haus am Hradschin in den lautlosen, nächtlichen Sternenhimmel über der hoheitlichen Stadt.

Der Graf schaut mit leeren Augen über die Dächer des Palastes auf die weit drüben, jenseits der Moldau liegende Stadt. Durch die beklemmende Stille des nächtlichen Häusermeeres schicken die kräftigen Schritte fremdländischer Soldaten ihren Hall herüber. Wieder und wieder, jahraus, jahrein. Der Golem, der Unvollendete, ist unter ihnen.

Im zuckenden Schein der leuchtenden Fackeln wachsen die Galgen in der Geisterstadt aufwärts. In der morgendlichen Dämmerung weisen die Todesgerüste mit blutrotem Gewebe überzogen in den offenen Himmel empor. Hinter dem *Vyšehrad* erscheint die Sonne am jungen Morgenhimmel. Von der hohen Burg auf dem Hradschin dröhnt nun ein einzelner Kanonendonner.

Der Golem schaut nach oben: Das Zeichen war dies, dass der Tod nun ins Recht gesetzt wird. Auf dem Galgengerüst inmitten der Stadt sind dunkle, in purpurne Gewänder eingehüllte Gestalten zu sehen – die Henker, ihre Knechte und der Totengräber mit seinen Gehilfen. Mit ihnen treten siebenundzwanzig Ratsherren auf den Platz unter den Galgen. Der Graf im Palast krümmt sich in seinem hölzernen Stuhl.

134.

Im Haus am Hradschin erwartet der alte Kilian Nacht für Nacht in seinen nächtlichen Träumen wieder und wieder den großen Parler, redet mit ihm über seine Engelchen, mit denen der Baumeister liebevoll im Gespräch seines Herrn und Erlösers gedachte. Mit den großen Heiligen aus dem granitenen böhmischen Stein gemeißelt, stand der Kilian im Disput über Zeit und Ewigkeit, lautlos, auf hölzernem Gerüst im mächtigen Dom des Heiligen Veit, der großen Nothelfer einer, Schutzpatron für viele in Not und Drangsal. Er würde ihn wohl beizeiten abholen, ihn an der Hand nehmen, der Meister Parler, und ihn in Frieden hinüberbegleiten in das Gelobte Land.

135.

Jahr für Jahr würden sie nun erscheinen, die hohen Toten auf dem Altstädter Ring, würden über den weiten Platz zur Kirche schreiten, würden niederknien, vor dem Heiligen Altar die Hände zu ihrem Gott emporheben, beten, den Leib und das Blut ihres gekreuzigten Heilands empfangen. Dann würden sie wie das vergangene Jahr wiederum verschwinden so lautlos wie sie erschienen sind. Und der Golem tritt pünktlich und treu aus der Judenstadt an ihre Seite, ist nun einer von ihnen, weist ihnen ihren Weg zurück in die Gräber.

Grölende Landsknechte torkeln nun aus den Gassen, plärren, lachen, widmen das Haus am Hradschin keines Blickes. Torkelnde, gurrende, betrunkene Huren bewundern im morgendlichen Dämmerlicht den bunten Blumenschmuck auf den steinernen Fensterbänken. Die Pest, die Listige, schiebt sich über die große Brücke durch die Goldene Gasse, schleicht um das Gemäuer wie eine schwere, schwarze Katze, findet keinen Einlass.

Der Golem aus dem Judenviertel sitzt auf der Bank vor dem Haus am Hradschin und grübelt über die Zukunft seiner heiligen, kaiserlichen Stadt, liest mit seinesgleichen aus der Kabbala, schreibt mit dem Finger in den Staub der Straße, prüft seine Weisheit, seine Kräfte und schielt verstört zur Prager Burg, wo im Hohen Dom der Heilige Wenzel, der ewige Herrscher der Böhmen, sich in seinem steinernen Grabe dreht.

Von Franz Spichtinger sind bereits die
folgenden fünf Romane erschienen:

Breitbrucker Rhapsodie

Schauplatz dieses figurenreichen Romans ist ein verschlafenes Dorf namens Breitbruck. Franz Spichtinger stellt bewegende, oft dramatische Lebensschicksale in den Mittelpunkt, erzählt in eindringlicher Sprache von Geburt, Leben und Sterben der Dörfler. Vor dem Auge des Lesers lässt der Autor ein faszinierendes Kaleidoskop von Psychogrammen erstehen, erzählt mit langem Atem von einem Menschenschlag, der Chuzpe und Charme versprüht, aber auch in Abgründe blicken lässt. Das Besondere an Spichtingers Geschichten ist die beobachtende, nicht wertende Haltung des Erzählers, mit der er eine nahezu spielerische Leichtigkeit der Figurenkonstellationen erzeugt.

Gebundene Ausgabe, 216 Seiten | 22.90 €
ISBN 978-3-8423-7099-9

Paperback, 216 Seiten | 13.90 €
ISBN 978-3-8423-7109-5

Eine böhmische Serenade

Ferdinand Hrdlicka, Archivoberrat in der Stadtarchiv-Bibliothek, kann die historischen Fakten des Dreißigjährigen Krieges wie die der Weimarer Republik umfassend erklären und er legt größten Wert auf ein geordnetes Leben. Kaum hat ihn seine Fr»au Antonia verlassen, gerät sein Leben aus den Fugen. Als sie schließlich zurückkommt, kehrt damit die Beschaulichkeit aber nicht wieder ein. Antonia wird von ihrer Tante das Restaurant Treibsand übernehmen, und so steht auch für Ferdinand Hrdlicka eine berufliche Veränderung an. Es sind schließlich die Erfahrungen von Liebe und Freundschaft, die ihn lehren, sein Los zu meistern.
In diesem bunten Bilderbogen ergreifender Geschichten scheinen unterschiedliche Lebensentwürfe von Menschen auf, wie das Schicksal der dem Leben zugewandten Bertil, die nach Krieg, Vertreibung und Flucht aus Böhmen ihr Geschick in die Hand nimmt und in Argentinien neu beginnt, oder der Aufbruch, den Christiane Wordes in späten Jahren auf dem amerikanischen Kontinent wagt.

Eine böhmische Serenade ist eine Erzählung, in der es um Abschied und Verzicht geht, um Neuanfang und Tapferkeit, vor allem aber um couragierte Unverzagtheit.

Gebundene Ausgabe, 224 Seiten | 24.90 €
ISBN 978-3-8482-2051-9

Paperback, 224 Seiten | 14.90 €
ISBN 978-3-8482-2730-3

Remsky, Hamlet und Beaufort

Drei ehemalige Schulfreunde begegnen sich nach zwanzig Jahren wieder. Aus ihnen sind erfolgreiche Männer geworden, die es ganz nach dem Wunsch ihrer Väter zu Ansehen und Wohlstand gebracht haben. Ihre zufällige Begegnung wird unversehens zu einer Reise in die Vergangenheit, auf der sich die großen Fragen des Lebens noch einmal stellen und Bilanz gezogen wird: Ist das, was im Leben erreicht wurde, in jeder Hinsicht das Bestmögliche gewesen?
In diesem Reigen von Lebensschicksalen, die der Roman aufscheinen lässt, wird so mancher von uns das eigene wiedererkennen.

Paperback, 284 Seiten | 16.90 €
ISBN 978-3-7357-3924-7

Der Ratisburger Mane geht ins Amerika

›Ins Amerika gehen‹ ist im böhmisch-bayerischen Raum des ausgehenden 19. Jahrhunderts das geflügelte Wort für einen großen Traum. Wenn es einer schafft, ihn zu verwirklichen, dann ›der Mane‹, so ist man sich einig. Doch woher soll ein einfacher Regensburger Handwerker wie Manfred Waldstein das Geld nehmen? Das Schicksal will es, dass er dem Kommandaten des Königlich Bayerischen Infanterieregiments begegnet und mit ihm in den Krieg gegen Frankreich zieht. Als er nach dem letzten schweren Gefecht in die Heimat zurückkehrt, ist er nicht mehr derselbe; nur sein Traum, eines Tages nach Amerika auszuwandern und sich dort eine Existenz als Farmer aufzubauen, brennt noch in ihm. Schon hat sich der Mane darauf eingerichtet, die nächsten Jahre durch harte Arbeit im heimatlichen Eisenbahnausbesserungswerk die Mittel für die Überfahrt zusammenzusparen, da kommt von ganz unerwarteter Seite Hilfe …

Paperback, 292 Seiten | 9.99 €
ISBN 978-3-7347-5833-1

Der böhmische Herr Ferdinand

»A wenig a Tristesse, a wenig a Schmäh, oba ane Kultur«: So ließen sich die Lebensumstände wie der Seelenzustand der kaiserlichen Untertanen im Habsburger Reich beschreiben. Die morbid-charmante Historie der österreichisch-ungarischen Donaumonarchie bildet den zeitlichen Hintergrund des neuen Romans von Franz Spichtinger. Ferdinand Polschitz, den sie im südböhmischen Prachatitz achtungsvoll den böhmischen Herrn Ferdinand nennen, ist der Hauptprotagonist der facettenreichen Romanerzählung.
Das österreichische Linz und das prunkvolle, ausgelassene Wien der Jahrhundertwende mit seiner spezifischen Lebensqualität, aber auch das böhmische Juwel Prag an der Moldau, vor allem aber der Böhmische Wald sind Stationen dieses an Metaphern und literarischen Miniaturen reichen Romans. Aus dem Reigen der Figuren stechen Anna Anzengruber, ein Gewächs aus dem »Mödlinger Pflanzgarten«, und die neureiche Jarmilla hervor, Witwe des früh verstorbenen Rittmeisters von Wesowitz, »ane ägyptische Potifar«, welche aus einfachen Verhältnissen in den niederen Adelsstand aufstieg. Der Autor legt einmal mehr einen erfrischenden, authentischen und sprachlich überzeugenden Roman vor.

Paperback, 376 Seiten | 11.- €
ISBN 978-3-7392-4234-7

Alle Bücher sind auch als E-Book erhältlich.

Besuchen Sie die Homepage des Autors:

www.Franz-Spichtinger.de

- Informationen zum Autor
- Leseproben
- Bestellmöglichkeiten
- Kontakt